dtv

Anton Stövers Ehe ist zerbrochen, seine zahllosen Affären sind vorbei, als Wissenschaftler ist er endgültig in der Sackgasse. Nun reist er von Göttingen nach Rom, um ein verschollenes Notizheft Antonio Gramscis zu suchen, des legendären italienischen Kommunisten: Ist es aus politischen Gründen beiseitegeschafft worden? Oder aus ganz persönlichen? In Rom begegnet Stöver einer jungen Frau, in die er sich obsessiv verliebt, während er sich weiter mit der Vergangenheit beschäftigt: Der gebrechliche, fieberkranke Gramsci erholt sich in einem sowjetischen Sanatorium. Eigentlich soll er Italien vor der Machtübernahme Mussolinis bewahren, doch stattdessen verliebt er sich in die russische Genossin Julia Schucht. Nora Bossong erzählt mit feinem Sinn für das Absurde vom Konflikt zwischen den großen Gefühlen für einen Menschen und dem Kampf für eine große Sache.

*Nora Bossong*, 1982 in Bremen geboren, studierte in Berlin, Leipzig und Rom Kulturwissenschaften, Philosophie und Literatur. Sie veröffentlichte die Romane ›Gegend‹, ›Webers Protokoll‹, ›Gesellschaft mit beschränkter Haftung‹ und ›36,9°‹ sowie die Gedichtbände ›Reglose Jagd‹ und ›Sommer vor den Mauern‹. Nora Bossong wurde mit dem Peter-Huchel-Preis, dem Kunstpreis Berlin und dem Roswitha-Preis ausgezeichnet. Im Frühjahr 2017 erschien ihr Buch ›Rotlicht‹.

Nora Bossong

# 36,9°

Roman

dtv

Von Nora Bossong ist bei dtv außerdem erschienen:
Gesellschaft mit beschränkter Haftung (14322)

Die Autorin dankt dem Deutschen Literaturfond e.V. und der Casa di Goethe für die Unterstützung ihrer Arbeit.



MIX
Papier aus verantwortungsvollen Quellen
FSC® C019821
FSC www.fsc.org

2017 dtv Verlagsgesellschaft mbH & Co. KG, München
Lizenzausgabe mit Genehmigung des Carl Hanser Verlages München

Umschlaggestaltung: dtv unter Verwendung eines Fotos von akg-images
Gesamtherstellung: Druckerei C.H.Beck, Nördlingen
(Satz nach einer Vorlage des Carl Hanser Verlages)
Gedruckt auf säurefreiem, chlorfrei gebleichtem Papier
Printed in Germany · ISBN 978-3-423-14573-2

*für meinen Vater*

Und es ist wahr, dass man bestimmte Bosheiten dem antut, den man liebt.

*Antonio Gramsci an Julia Schucht*

## I EIN PONCHO

Der Alte öffnete mir im Bademantel die Tür. Seine Füße steckten in Pantoffeln mit pompösen Quasten, ein scharlachroter Schal lag wie eine Stola um seine Schultern und sein Lächeln war elegant und schüchtern und irr.

»Der Dottore aus Deutschland! Piacere piacere piacere –«

Gebetsartig wiederholte Professor Brevi die Bekundung seiner Freude und schlurfte mit majestätischer Langsamkeit vor mir her einen langen Flur entlang, von dem diverse Zimmer abgingen, alle mit Antiquitäten und Nippes vollgestellt. Die Wohnung machte einen herrschaftlichen Eindruck, von einer Herrschaft allerdings, die mindestens hundert Jahre zurücklag. Ich roch Naphthalin und Lavendel. Hinter einer der Glastüren huschte ein Schatten vorbei, der Alte blieb stehen, »il Dottor Stöver è venuto, cara!«, und zu mir gewandt erklärte er: »Meine Haushälterin Gabriella.« Er lächelte und errötete leicht. Die Tür öffnete sich und ich sah auf eine winzige, in ein rotes Abendkleid gehüllte alte Dame. Das Kleid mochte ihr einmal gepasst haben, vor zwanzig, dreißig Jahren vielleicht, nun hing es weit und schwer auf ihrem Rosinenkörper.

»Oh, es ist Besuch gekommen?«, fragte die Dame in einem sardischen Tonfall und sah Brevi hilfesuchend an. »Aber Pippo, ich habe mir noch gar nicht die Haare gemacht.«

Und schon war sie wieder hinter ihrer Glastür verschwunden, wir hörten sie unruhig auf und ab gehen. Der Alte nickte bedächtig, dann entschied er: »Wir müssen weiter!«, als brächen wir zu einer Expedition in ein entlegenes Land auf.

An den Wänden des Zimmers hing eine Tapete mit vergilbtem Blumenmuster, Gerümpel war als Mobiliar in den Raum gestellt. Ich hörte zwei erregte Frauenstimmen streiten und etwas schepperte zu Boden. Die Häuser hier waren so gebaut, dass sie das Klackern der Schuhe und das Gezeter der Nachbarn von Wohnung zu Wohnung, von Haus zu Haus leiteten, über Höfe hinweg, wodurch ein grässliches Surren entstand, das einem in der Nacht den Schlaf raubte.

Der Alte blickte sich in dem Zimmer um, prüfend, ob er mir etwas zeigen, ein Möbelstück hervorheben, mit einer Seltenheit prahlen könnte. Doch er fand nichts.

»Ihnen gefällt das Zimmer?«, fragte er schließlich.

»Und wie!«, beteuerte ich.

Brevi wiegte zufrieden den Kopf. »Also dann. Und zum Istituto Gramsci sind es von hier aus nur ein paar Minuten.«

Er schloss die Tür und ließ mich im Halbdunkel allein. Licht fiel spärlich zwischen den Lamellen des Fensterladens in den Raum. Eine Sprungfeder stöhnte, als ich mich aufs Bett setzte. Es stank nach Schimmel und Rost, ich stand wieder auf, tappte über den kalten Boden. Mit den Zehen stieß ich gegen den Schreibtischstuhl und fluchte leise. Der Fensterladen ließ sich mit etwas Gewalt aufstoßen. Unter mir drehte ein Mann auf einer Vespa Kreise, am Bordstein zersplitterte eine Flasche, jemand fluchte. Kurz sehnte ich mich nach Göttingen zurück, nach unserer sanierten Wohnung im Inneren eines Fachwerkhauses. Die geräuschlosen Straßen vermisste ich, den geputzten Stadtkern mit Gänseliesel und Lichtenberg, Reformhäusern und Dekoläden, die Studenten auf den Holzbänken vor dem Thanner's.

Den Palazzo als anheimelnd zu beschreiben wäre übertrieben gewesen. Ein windschief durch die Jahrhunderte geschipptes Gebäude, in dem es überall leckte und bröckelte, und mir wurde klar, dass Errungenschaften wie Fensterisolation und Kaltschaummatratzen vergleichsweise jungen Datums waren.

In meinem Koffer suchte ich nach einem weißen Oberhemd, das die Fahrt unzerknittert überstanden hatte. Als ich es übergezogen hatte, fühlte ich mich ein wenig besser. Geordneter. Vor dem Spiegel, der an der Wand mehr schwankte als hing, band ich mir die Krawatte, betrachtete mein Gesicht, die Krähenfüße an den Augen, die geplatzten Äderchen am Nasenrand und registrierte eine Bewegung in der linken Spiegelecke. Ich zog das Krawattenende durch die Schlaufe, und schon kroch er näher, rückte heran, war da. Gramsci. Er stand dicht neben mir, keine anderthalb Meter groß, schaute durch seine kreisrunden Brillengläser auf den blindfleckigen Spiegel, als blicke er durch eine Fensterscheibe. Er sah weder sich noch mich, aber ich sah uns beide, wie wir fast brüderlich nebeneinanderstanden. Ich überragte ihn, aber ich überragte ihn nur um ein kleines Stück, eine Handbreit etwa. Eine große Hand, aber nur eine Hand.

In all den Jahren, die wir schon zusammen arbeiteten, in denen vielmehr ich über ihn arbeitete, waren wir zum vertraulichen Du übergegangen, oder um genau zu sein, hatte ich ihm das Du aufgedrängt und er hatte keine Gelegenheit gehabt, es abzuweisen. Gramsci, mit vollem Namen Antonio Gramsci, war seit nunmehr über siebzig Jahren tot.

Man muss ihn sich ein wenig untersetzt vorstellen, eben nicht groß geraten, aber die großen Gedanken entstehen nicht in der Höhe, sondern in der Tiefe oder – so könnte man sagen – in der Breite und die hatte er. Eine ungewöhnliche Breite, die sich nicht um die Hüften herum ansetzt, über den Gürtel oder den Hosenbund hinauslappt und rund um den Nabel herum anschwillt. Ihm wuchs sie unterhalb des Nackens, zwischen den Schulterblättern und unter dem Brustbein. Es mag sein, dass ein Sturz der Grund für all das war. Das Hausmädchen stritt es ab, stritt es ab, stritt es vehement ab, und gab es am Ende doch zu:

Sie hatte ihn fallen gelassen, den dreijährigen Gramsci, und sein Wachstum missachtete seither jede Regel. Während die anderen in die Höhe schossen, manche mehr, manche weniger, hatte er es bald aufgegeben und richtete sein Interesse auf Entfernteres. Auch in seinen Gedanken begab er sich nun auf Abwege und kehrte bis zuletzt nicht zurück. Der Kleine. Nino.

Wenn jemand klein war und ausgerechnet als Mann, wenn er so wenig maß, dass es den anderen wie eine Verwachsenheit, ja wie eine Verzwergung erschien, dann sollte er sich entweder an einem bestimmten Punkt des Lebens von der Sinnlichkeit verabschieden, und je früher, desto besser, desto weniger Quälerei, dann sollte er sich ein Gehäuse aus Gedanken bauen oder vielmehr wachsen lassen, wie es die Schnecken tun und sich dorthinein zurückziehen.

Das war die eine Möglichkeit.

Oder aber er trainierte sich ein solches Übermaß an Sinnlichkeit an, dass sie die Umgebung stutzig machte, dass man nicht mehr aus noch ein wusste und niemand mehr sah, wer er war oder was oder wie groß. Der eigene Körper musste unter steter Spannung stehen. Ein Fluoreszieren der Nerven. Ein ansteckendes Zittern. Es war eine übertriebene Wärme, die von diesem in jenen Körper floss, ihn ansteckte, wie ein Feuer, das vom einen aufs andere Haus übersprang, und irgendwann lag die ganze Stadt in Asche.

In diesem Sommer war ich sechsundvierzig Jahre alt, und je näher ich an die fünfzig herankam, desto häufiger sah ich meine Kontrahenten um mich herum einknicken. Sie wurden beleibt oder gänzlich mürbe, spröde oder übermütig, ihre Körper verkamen unter schlechtgeschnittenen Jacketts, und ihre Hände, mit denen sie den Arm einer jungen Frau zu berühren trachteten, begannen bereits auf dem Weg dorthin, mitten in der Luft zu schwitzen. Sechsundvierzig also, und Hedda hatte vor zwei Jahren schon behauptet, meine Haut würde weicher, meine Arme gäben auf eine seltsame Art nach, wenn sie sie umfasste, ich glaubte das zwar nicht, ich vermutete, dass Hedda etwas an mir zu erkennen meinte, was ihren eigenen Körper betraf, denn ich spürte es ja, ich spüre es von ihren Schultern abwärts, ich spürte es an ihrer Taille, ihrem Bauch, den Hedda mit Tiefenmuskulaturübungen zu traktieren versuchte, aber es waren nicht die Tiefenmuskeln, es war ja nicht einmal das Fett, von dem Hedda nie viel gehabt hatte, es ist das Alter, Hedda, so einfach ist das.

Mein Körper hatte sich bisher den Jahren widersetzt, und ich meinte zu wissen, weshalb. Es war für mich auf tiefere Art notwendig, geschmeidig zu bleiben, denn sollte ich tatsächlich einmal altern, dann würde ich wieder so groß, wie ich es einmal gewesen war, würde zurückschrumpfen in die vorpubertäre Zeit, da die Jungen mich über den Schulhof geschubst und die Mädchen nicht einmal über mich gelacht hatten. Nicht einmal das! Jetzt, nachdem ich ein Leben lang neben Gramsci hergetrottet war, er mich verdeckt hatte, getreten, in die kleine Form gezwungen, jetzt war es an ihm, dass er mir einmal, ein einziges Mal zumindest beistand. Hinter mir lagen Wochen und Monate voller Vorwürfe und Verweigerungen, voller Irrsinn und Getöse, ach was, Jahre waren es am Ende gewesen und es rauschte in meinen Ohren. Ich musste zur Besinnung kommen, und dorthin, das wusste ich, kam ich nicht mehr allein.

Das Istituto Gramsci lag in der Via Sebino, tatsächlich nur einige Straßen von Brevis Wohnung entfernt, doch schon in der Villa Torlonia, vor dem Casino Nobile, wurden meine Schritte langsamer. Kurz schloss ich ermüdet meine Augen. Um mich hörte ich warmes Stimmengewirr und ich dachte an den Bibliothekar im Institut, jenes letzte Exemplar sowjetrussischer Volkskunst, das einem nicht von der Seite wich, sobald man eines seiner geliebten Bücher in der Hand hielt.

An einer Fliederhecke vorbei bog ich in eine Seitenstraße der Via Sebino. Dort wuchs ein Haus über die Straße, hier wucherten Zweige über eine Mauer, und dahinter tauchte der Verkehrskreisel auf, über den sich die Autos wie besessen jagten. Risse zerfurchten die Fassaden um den Platz und Wasserflecken waren darübergeworfen. Zwischen Bankfiliale und einer Parfümerie lag es, das Institut, das eher an ein Militärgelände als an eine Bibliothek denken ließ. Eine Kamera erwiderte kaltäugig meinen Blick, und am Klingelschild war nur *fondazione* zu lesen, als wolle man geheimhalten, um welche Stiftung es sich hier handelte.

Ich starrte auf die Klingel und fühlte mich unsäglich erschöpft, wollte mich nur noch vor dem Metalltor ausstrecken und schlafen, bis jemand öffnete, oder ich würde einfach dort liegenbleiben, trotzig bis zum nächsten Morgen oder bis eine Polizeistreife mich Vagabunden aufsammelte und zu all den stumpfen Kriminellen sperrte, die sich nicht einmal mehr die Mühe machten, vor der Staatsgewalt davonzulaufen. Das Sonnenlicht glühte auf der Mauer, das Metalltor brannte. Ich blickte mich nach einem schattigen Platz um, nach einer Bank, einem Mauervorsprung, einem Piero Sraffa, der mir einen Sonnenschirm brachte, und flüchtete unter die Markise eines Lebensmittelgeschäfts. Ein Bus hielt und fuhr wieder an. Menschen drängten an mir vorbei, es kam mir unwirklich vor, als sei ich selbst aus der Szenerie herausgefallen, die mich umgab.

Woher sie gekommen war, ob aus dem Institut, aus einem Hauseingang oder einfach die Straße herunter, konnte ich nicht sagen. Sie trug einen Poncho, einen Poncho bei dieser Hitze, und überquerte die Straße. Ihr Haar war lockig und kinnlang und wippte im Takt ihrer Schritte. Sie ging nicht schnell, aber auf eine bemerkenswerte Art lebendig. Nichts Träges. Nichts Verlegenes. In der Hand trug sie eine Tüte, *punto, il suo supermercato*. Der Poncho war milchweiß mit einem braunen Muster am Saum.

Jemand hupte, ich drehte mich um und sah die Frau zwischen zwei parkenden Wagen verschwinden. Das Auto bog um die Ecke, die Straße war leer. Nur die Frau und ich und das monotone Tapsen eines Gummiballs gegen eine Hausmauer. Vorsichtig machte ich einen Schritt auf die Straße, dann den zweiten, den dritten, so wie man sich über einen Bach hangelt, auf wackligen, glitschigen Steinen. Ihr Poncho flammte in der Sonne.

Als sie an der Via Nomentana stehenblieb, sah ich zum ersten Mal ihr Profil: Die Konturen weich und dunkel, ihre Nase gerade, aber nicht perfekt, ihr Mund voll, ohne anrüchig zu wirken. Die Ponyfransen berührten ihre Augenbrauen, gleich würde sie dagegenpusten, dachte ich, da wandte sie sich ab und ging weiter.

Wir überquerten die Via Nomentana, sie vorweg, nach links abdriftend, dann, auf der anderen Straßenseite, zurück nach rechts eilend, als hätte sie ihren Verfolger gewittert und wollte ihn abschütteln oder zumindest verwirren. Ein Bus zuckelte unter seinen Oberleitungskabeln entlang, die Autos sackten in den Tunnel unter der Porta Pia ein.

Dieser Poncho, dieser Pony, diese Frau, das war ja Unsinn. Natürlich empfand ich etwas für Frauen, für einige von ihnen, unter gegebenen Umständen sogar für einige mehr, aber ich ließ mich nicht von ihnen auf der Straße abfangen. Von einem Haarschnitt. Von südamerikanischer Folklorekleidung.

Der Poncho hielt vor einem Mülleimer. Eine Hand kam unter der Alpakawolle hervor, kleine, von der Sonne gebräunte

Finger, die sich im Winter zu einem matten Olivton aufhellen würden. Was ging mich ihr Winter an. Sie stieß eine leere Zigarettenschachtel hinein, spätestens hier hätte ich umdrehen sollen: die Fahrlässigkeit ihrer Bewegung, und dann die Marke, Marlboro.

Sie schlenderte weiter, ich hinter ihr her, in die Biegungen um die Villa Paganini hinein, ein Herrenausstatter und ein Restaurant, vor dem ein dreirädriger Lieferwagen hielt, waren zwischen die Wohnhäuser geraten. Die Tomaten glänzten sämig in den Paletten, zwei waren zu Boden gefallen und zerplatzt. Die aufgerissene Haut, das übers Pflaster gespritzte Fruchtfleisch und der Abdruck ihrer Schuhe darin. Das Fiepen eines Mobiltelefons schreckte mich auf, sie zog es hervor und betrachtete das Display eine Weile, ehe sie den Anruf annahm.

»Hallo?«

Ein wenig rauh, darunter der helle Ton einer Mädchenstimme, und vielleicht war das Dunkle nur einem vorübergehenden Katarrh geschuldet.

»Aber ich habe es dir doch gesagt!«

Sie fuhr sich durchs Haar, trat gegen Luft.

»Das war nicht unsere Abmachung.«

Sie wandte mir ihr Gesicht zu. Dunkle, schmale Augen, darüber die zynischen Bögen ihrer Brauen. Und dann brach sie ab in geschmeidige Zerknirschung: »Nein, sag du es mir.«

Die Hände in den Hosentaschen, mimte ich den ortsunkundigen Passanten, schlenderte ein paar Schritte zurück und besah mir ein Klingelschild, schielte zu ihrem Arm, der vor- und zurückschnellte, als schüttele sie das Phantom, mit dem sie sprach, am Kragen.

»Ach, und was habe ich damit zu tun?«

Binotti, Franceschini, Martelli. Hinter mir hörte ich ihre

Schritte, hartes, rasches Tropfen über Stein. Brescoli, Fratoni, nurmehr ein Tröpfeln, Gentile, Nannetti.

Als ich mich umdrehte, war sie verschwunden. Ich ging langsam die Straße hinauf. Ein Haus war durchbrochen von der Fassade eines Billigsupermarkts, eines mit der schlottrigen Flagge Kanadas drapiert. Ich stromerte weiter durch die Gässchen, die sich halbmondförmig krümmten, wieder streckten, dort sich gabelten und hier wieder zusammenliefen, und schließlich gab ich sie verloren.

**II KLINIK QUISISANA** Am Mittag des 25. April 1937 wird Tatjana, genannt Tanja Schucht, das Dokument zur Freilassung von Antonio Gramsci ausgehändigt. Mehr als zehn Jahre hat er in faschistischer Haft gesessen. Am 8. November 1926 um zweiundzwanzig Uhr dreißig ist er in seiner Wohnung in Rom von einigen Squadristi verhaftet und abgeführt worden. Er ist in das römische Gefängnis Regina Coeli in Isolationshaft gebracht und später auf die Gefängnisinsel Ustica verbannt worden, man hat ihn in ein Mailänder Zuchthaus geschickt und in eine Haftanstalt in Bari. Er hat mit seinen Mithäftlingen Karten gespielt, und einmal ist eine Blume zwischen den Bodenplatten seiner Zelle gewachsen, er hat Repressalien überstanden und neue erlitten, Weckrufe mitten in der Nacht, Isolation, Drohungen, er ist noch kleiner und hinfälliger geworden, er hat Gymnastikübungen in seiner Zelle gemacht, damit er seinen Körper nicht vollständig verliert, ist an seinen Gedanken hinaufgeklettert und hat nach Luft geschnappt dort oben am schmalen Fenster, und geschrieben hat er, hastig, nervös, fieberhaft, um dem Wahnsinn doch noch zu entgehen.

Tanja hält das Dokument fest an sich gedrückt, als sie das Büro des Überwachungsrichters beim römischen Gericht verlässt und sich wie jeden Tag auf den Weg zur Klinik Quisisana macht, wo der schwerkranke Gramsci behandelt wird. Für dieses Papier hat sie gekämpft, unermüdlich, sie hat einen Arzt herbeigeholt, der Gramscis Gesundheitszustand geprüft hat, sie hat einen neuen Arzt gesucht, in seinem Urteil weniger dem Duce verpflichtet, sie hat die Atteste von hier nach dort getragen, hat auf Menschen eingeredet, sie zu überzeugen versucht, in den

Ämtern in Rom, in der Partei in Moskau, in der Haftanstalt in Mailand, sie hat auf Gramsci eingeredet, der sich gegen jede bevorzugte Behandlung wehrte, gegen jedes Mitleid: »Aber Nino, es ist deine Gesundheit, kein Privileg, sie können dich nicht zurück in Haft schicken.«

Jetzt ist sie da, die Freilassung, wenn auch bislang bloß auf dem Papier, nur ein Versprechen, aber ein amtliches, abgestempelt und mit Signatur. Um halb sechs betritt sie mit den Unterlagen die Klinik, Gramsci erwartet sie bereits. Er verzieht keine Miene, als sie ihre Hand auf die Krankendecke legt.

»Willst du denn die Unterlagen nicht sehen?«

»Das hat Zeit bis morgen.«

Er ist zu müde, zu erschöpft, und er weiß nicht, was ihn dort draußen erwartet, ob da nicht das Gleiche liegt, nämlich Gefängnis, allein die Zelle ist anders gebaut. Langsam zieht er seine Hand unter der Decke hervor, legt sie auf Tanjas, und in seinem Gesicht löst sich eine jahrelange Anspannung, die hier im Gefängnis überlebenswichtig gewesen ist. Sein Körper hat schon lange einen Grad des Verfalls erreicht, der näher an dem eines Toten als eines Lebendigen ist, und womöglich hat er nur deshalb die Entlassung bekommen: Weil die Faschisten einen Märtyrer nicht gebrauchen können, ihn aus ihrem Gefängnis heraushaben wollen, ehe er stirbt.

Bis zum Abendessen sprechen Gramsci und Tanja von der neuen päpstlichen Enzyklika, in der Pius XI. den Kommunismus verdammt: Zerstörerisch sei er, gehässig, gottlos, und zwar im Kern, und nur die christliche Nächstenliebe gelte, und sie verstummen, als die Schwester das Tablett mit dem Essen hereinträgt. Sie stellt es auf dem Tisch ab, mustert die beiden mit strengem Blick und verlässt, ihre Haube zurechtrückend, wortlos das Zimmer.

»Soll ich dir zeigen, was christliche Nächstenliebe ist?«, zischt Gramsci und deutet auf sein Abendessen. »Hier, das ist sie.« Brühsuppe, gekochtes Obst, ein vertrocknetes Kuchenstückchen.

Tanja zerkleinert den Kuchen für ihn, rückt ihm das Tablett auf der Bettdecke zurecht und schlägt dann ihren Larousse auf.

»Leg das weg«, fährt Gramsci sie an. »Oder bist du dafür gekommen? Um deine Hausaufgaben hier zu machen?«

»Entschuldige«, flüstert sie und nimmt mechanisch das Tuch vom Nachttisch, fährt ihm damit über die Stirn. Seine Haut fühlt sich an wie erhitztes Wachs. Er schiebt das Essen von sich und steht mühsam auf, um zur Toilette zu gehen.

Während Tanja auf ihn wartet, blättert sie wieder in ihrem französischen Wörterbuch, aber es dauert so lange, dass sie unruhig wird. Sie steht auf, geht zur Tür, um nach ihm zu sehen, da schwanken ihr drei Männer entgegen, sie tragen einen Stuhl geradewegs auf sie zu und auf dem Stuhl sitzt Gramsci. Benommen taumelt Tanja zurück. Wie ein geliefertes Möbelstück stellen die drei Männer den Stuhl vor ihr ab. Gramscis Blick ist gebrochen, die linke Körperhälfte hängt herab, ein Klumpen nur, ein kraftloses Ding.

Er fühle sich gut, bringt Gramsci hervor. Sie solle nicht so schauen, als habe man eine Marienerscheinung vor ihr abgestellt.

»Auf der Toilette ist er gestürzt«, sagt einer der Träger, »gottlob nicht auf den Kopf, er hat sich bis zur Tür geschleppt und gerufen, ein Patient hat ihn gehört und Hilfe geholt.«

Tanja steht nah bei Gramsci, als Doktor Marino Puls und Atem fühlt. Immerhin, Gramsci ist bei Bewusstsein. Seine linke Körperseite ist gelähmt. Der Doktor blickt unter seine Lider, pocht mit seinen Instrumenten an dem labilen Körper herum.

»Eine Spritze«, fordert Gramsci mit matter Stimme, »doppelte Dosis«, und meint die Belebungsspritze, die sie ihm hier schon einige Male gegeben haben. Der Doktor schüttelt den Kopf und zieht Tanja mit sich auf den Flur. »Hirnblutung«, erklärt er, »die hat im Kopf alles erschüttert.«

Eine Eisblase auf der Stirn, eine Wärmflasche an den Füßen und ein Salzklistier, so liegt Gramsci wenig später da, als könne ihn ein Temperaturgefälle heilen. Er verlangt Aderlass, man lässt ihn warten, er erbricht sich, erbricht sich mehrmals, Tanja wischt mit einem Waschtuch den magensauren Gestank aus seinen Mundwinkeln. Seine Nase ist mit Speiseresten verstopft.

Um zehn endlich öffnet man ihm die Adern.

In der Nacht lassen die Ärzte einen Priester kommen.

Halb schlafend, halb wachend sitzt Tanja an seinem Bett, sie hat die ganzen Stunden bei ihm ausgeharrt. Das Licht im Raum wird langsam heller, ihre Augen schmerzen, und das, was sie sieht, möchte sie eigentlich nicht sehen. Gramscis Lippen liegen fleischlos im erschlafften Gesicht, eine Harnvergiftung hat ihn längst alle Zähne gekostet, aber jetzt scheinen auch die Muskeln aufgegeben zu haben. Auf seiner Stirn steht Schweiß, ein gelber Schatten scheint von tief unten durch die Haut herauf. Tanja beugt sich über ihn, fühlt seine Hand, seine Stirn, will ein Anzeichen von Besserung erkennen oder wenigstens den letzten Absturz.

Als am Vormittag ein Arzt vorbeischaut, zieht Tanja ihn zu sich und fragt flüsternd, wie es um Gramsci steht, »und bitte, seien Sie ehrlich«.

»Ich kann Ihnen gar nichts sagen.«

»Irgendetwas. Sie werden mir doch irgendetwas sagen können.«

»Ein Architekt kann auch nichts mehr über ein Haus sagen, das eingestürzt ist.«

Der Arzt setzt Gramsci Blutegel an die Schläfen und lässt Injektionen in seine Adern tropfen, zu einem immer groteskeren Geschöpf wird er gemacht, das in den Laken vor sich hin dämmert, halluziniert, schläft, wieder erwacht. Das Licht fällt nur als schmaler Streifen durch die vorgezogenen Gardinen in sein Krankenzimmer, es könnte noch Mittag sein oder schon Nachmittag oder bereits Abend, die Zeit hat sich während des Deliriums aufgelöst, sie wird ohnehin keine Rolle mehr für ihn spielen, nur noch ein Wabern sein, bis alles aufhört. Aus dem Garten hört er ein Rascheln und Schleifen, vermutlich werden Äste aus den Baumkronen gerissen. Er denkt an Julia, an die Twerskaja Jamskaja, über die sie gegangen sind, ihre Schultern berührten sich beim Gehen leicht, er denkt an seine Söhne, die flach wie Fotografien vor ihm auftauchen, und er denkt an die Schauprozesse, in denen man den Häftlingen alles nimmt, zuletzt noch die eigene Wahrheit.

Gramsci ruft in den Raum hinein, verlangt ein Ferngespräch nach London. Mit einem Mal ist er ganz klar, sein Kopf, sein Denken gehorcht ihm wieder. Das Stöbern in der Ecke wird lauter, jemand nähert sich ihm. Er wolle, nein nein, er müsse mit seinem Freund Piero Sraffa reden. Ob sie ihn höre. Ob sie ihn verstehe. Die Schwester neben seinem Bett kontrolliert die Injektionsdosis und kümmert sich nicht um seinen Wunsch, er insistiert, sie aber will ihm wieder mit einem Priester kommen, was soll er jetzt mit einem Priester, er braucht keinen Rosenkranz, sondern seinen Freund Sraffa.

Sraffa hat ihm immer geholfen, er hat ihm in all den Gefängnisjahren mit Büchern aus der Mailänder Buchhandlung Kupfer und Sperling versorgt, er hat ihm Briefe geschrieben und nicht geduldet, dass Gramsci sich aufgibt, er hat den Kontakt zur Partei gehalten, denn Sraffa ist ein Freund nicht nur von Gramsci, sondern auch von Palmiro Togliatti, der die italienische KP nun führt, aber nicht nur von Togliatti, sondern auch des Philosophen Ludwig Wittgenstein und des Ökonomen John Maynard Keynes. »Du musst immer mit deinem klügsten Gegner diskutieren«, hat er Gramsci einmal gesagt. »Erst wenn du den überzeugst, überzeugst du überhaupt.«

Genau deshalb braucht er Sraffa, genau ihn braucht er jetzt. Gramsci hat zu viele Gegner und er wird noch mehr Gegner haben, wenn seine Hefte in die falschen Hände geraten, nach seinem Tod, aber an den Tod denkt er nicht, dafür hat er keine Kraft.

Die Schwester klappert mit ihren Holzschuhen aus dem Zimmer. Tanja streicht Gramsci mit einem Tuch den Schweiß von der Stirn. Sein Zustand wechselt in den nächsten Stunden zwischen Wachheit und Umnachtung. Tanja weiß bald nicht mehr, wen sie vor sich hat. Wenn er fiebert, sind seine Augen so leer, als hätte er längst von allem Abschied genommen. Wenn er wach ist, fordert er wieder und wieder das Telefonat. »Tanja«, flüstert er, »das könnte das wichtigste Gespräch meines Lebens sein.«

Am Abend endlich karrt man ihn an den Fernsprechapparat. Das Rauschen in der Leitung. England ist womöglich schon zu weit entfernt, Cambridge, wo Sraffa lebt und lehrt, nicht mehr von einem italienischen Telefon aus zu erreichen. Oder Sraffa ist nur außer Haus, spazieren mit seinem Freund und Kollegen Keynes, um das milde, verregnete Winterende in Cambridge zu genießen und über eine Vorlesung zur Geldpolitik zu beraten. Die Schwester beobachtet Gramsci, während er den Hörer fester an sein Ohr drückt.

Ein Räuspern. Dass es keine Einbildung, dass es tatsächlich Sraffa sein möge, doch ob er es ist oder nicht, Gramsci hat keine Wahl, er muss jetzt vertrauen. Mit gebrochener Stimme flüstert er in die Sprechmuschel, er redet hastig, verschluckt Silben, Sraffa muss einige Male nachfragen, Gramsci kämpft mit seinen Lippen, seiner Zunge, die Worte werden kurz deutlicher, dann sackt die Stimme wieder ab, Sraffa muss noch einmal fragen: »Und die Partei soll nichts davon wissen?« Gramsci wiederholt es ein letztes Mal. Endlich scheinen sie sich einig.

In der Nacht kommt es erneut zu einer Krise. Tanja hält ihm die Hand, streicht mit dem Tuch über seine Stirn. Jedes Mal, wenn er seine Augen schließt, denkt sie, es sei vorbei. Ihre linke Hand ins Betttuch geklammert, weiß sie nicht, ob sie schreien oder aufatmen soll. Sie harrt an seinem Bett aus, kurz nur geht sie schlafen, kehrt zurück, ihr Körper, kaum noch zu spüren, wird jeden Moment mit ihrem Bewusstsein wegsinken, aber sie muss wach bleiben, wenigstens sie.

Es ist nach drei in der Nacht, als sein Atem plötzlich aussetzt. Tanja horcht auf, sie beugt sich über ihn, presst ihre Lippen auf seine, bläst ihren Atem in seinen Mund, lauscht, stößt erneut Atem in ihn. Ihr Ohr an seine Lippen gelegt, hört sie, wie schwach und immer wieder aussetzend Luft aus ihm strömt. Dann wieder Stille. Stille. Sie müsste einen Arzt rufen, aber sie kann ihn hier nicht allein lassen, beugt sich über ihn, beatmet ihn. Und noch einmal. Sie presst, sie atmet, sie schluckt, ihre Brust schmerzt und ihre Lunge, sie horcht, atmet, die Lippen, die sie berührt, fühlen sich bereits kalt an. Am Morgen des 27. April 1937, um zehn Minuten nach vier, gibt sie auf.

Noch am selben Morgen trägt Tanja Schucht einen Stapel Hefte aus der Klinik, ein Konvolut aus Notizen, das als die Gefängnishefte des Antonio Gramsci berühmt werden wird, der vor wenigen Stunden an Entkräftung gestorben ist, an einer vorangegangenen Hirnblutung, an der schlechten Gefängniskost, an den Wärtern, die ihn vom Schlaf abgehalten haben all die Jahre, ihn mehrmals in der Nacht aufweckten, er stirbt am Ausbleiben der Briefe Julias, an Paranoia, an Stalins Führung, an Mussolinis Italien, an sich selbst. Von all dem steht nur wenig im ärztlichen Protokoll.

Tanja ist mit einer Wache ins Magazin gestiegen, hat den jungen Mann so lange in ein Gespräch verwickelt, bis er hinlänglich abgelenkt war und sie die Hefte zwischen Gramscis wertlose Habseligkeiten stecken konnte. Erneut ist es allein ihrem Geschick zu verdanken: Dass sie die Schriften jenes Mannes hinausträgt, den das faschistische Regime stimmlos hatte machen wollen. Verzeichnet werden später neunundzwanzig Hefte mit Aufzeichnungen und vier Hefte mit Übersetzungen, jedes umfasst zweihundert Seiten. Die Etiketten sind von Tanja beschriftet, auf manchen Heften weicht die Handschrift deutlich von der auf den anderen Heften ab. Mehrere Etiketten sind überklebt, unter der Nummer XXIX in schwarzer, hektischer Schrift schimmert rot XXXII durch. Marmorierte Kladden, hergestellt von *GIUS. LATERZA E FIGLII* in Bari, eines der Hefte ist grün und trägt eine Säulenverzierung, zwei sind mit farbigen Motiven beklebt: ein Stück Pyramide und ein Hotel in Kairo, drei Kamele stehen davor.

3. Mai 1937
An das Volkskommissariat für auswärtige Angelegenheiten
An den Genossen V. P. Potemkin, Vize-Volkskommissar
Von Ju. A. Schucht-Gramsci

Ich bitte das Volkskommissariat für auswärtige Angelegenheiten sich in meinem und im Namen meiner Söhne Delio und Giuliano für die Wiedererlangung der persönlichen Gegenstände, der Briefe und Schriften einzusetzen, die nach dem Tod meines Mannes Antonio Gramsci übrig geblieben sind.

Ju. Schucht-Gramsci

III LASSE Keine vierundzwanzig Stunden war es her, dass Hedda am Bahngleis gestanden hatte, Lasse an ihrer Hand, der gegen das verspiegelte Glas angewinkt hatte, und als der Zug anfuhr, sah sie erleichtert aus, aber vielleicht täuschte ich mich.

Zwölf Jahre lang war ich an der Göttinger Universität von einer befristeten Stelle zur nächsten gekrochen, ich hatte veröffentlicht, und niemand hatte meine Aufsätze gelesen, ich hatte mit Leidenschaft doziert, und die Studenten hatten verschlafen aus dem Fenster geblickt. Ich hatte Lesekreise angeboten, und niemand war gekommen. Vor zwei Jahren hatte man mich schließlich auf das akademische Abstellgleis geschoben. Meine Karriere war beendet, und wenn ich an die Universität dachte, hatte ich ein versteinertes Publikum vor mir, das mit bitterer Miene zu mir hinab in den Orchestergraben sah.

Aus meinem Leben natürlich war ich nicht entlassen, es zeigte sich unwirsch, aber es hielt an mir fest. Seit anderthalb Jahren schrieb ich für die örtliche Zeitung, die schlechter bezahlte, als ich es Hedda gegenüber zugab. Wir wohnten in einer repräsentativen Wohnung im Düstere-Eichen-Weg. Die Miete war auf eine verbeamtete Professur, nicht auf Tagelohnschreiberei ausgerichtet, und so schrieb ich über alles, was an Nichtigkeiten in diesem Kaff geschah, Aufführungen im Deutschen Theater und Inaugurationsfeiern an der Universität, ich schrieb über Burschenschaften und Badeseen, über verstorbene Wissenschaftler und wiederauflebende Restaurants, ich schrieb und schrieb, und immer wieder musste ich nach Bremen fahren, um meine Mutter über meine desaströse finanzielle Lage ins Bild zu setzen, woraufhin sie sich über die Perserteppiche hinweg zu ihrem Sekretär bewegte und einen vergilbten, dennoch brauchbaren Überweisungsschein ausfüllte.

Vier Zimmer plus Garten bewohnten wir, eines davon mein Arbeitszimmer, worüber ich Hedda bis hierher lachen hörte: »Wofür brauchst du ein Arbeitszimmer?«, eines das Kinderzimmer mit krebsroten Autos, die über den Boden wuselten und einem unter die Sohlen witschten, sobald man das Zimmer betrat, ein Schlafzimmer, daran dachte ich besser nicht, und ein ansehnliches, über fünfzig Quadratmeter großes Wohnzimmer, das Hedda eingerichtet hatte, ein Raum aus Weiß und Glas und Licht, alle Möbelecken verchromt, ein Terrarium hatte Hedda um uns herumgebaut, und einmal die Woche lotste sie Besucher vorbei, um diese aussterbende Art, Eheleute Stöver, zu besichtigen.

Dabei sahen wir Stövers an diesen Abenden täuschend lebendig aus, wie wir da in unserem Gehege herumtappten, und Hedda reichte Blätterteighäppchen, ehe es ans Deftige, an den Rollbraten ging. Hedda hatte für mich und eigentlich gegen ihren Willen kochen gelernt. Als sie mich kennengelernt hatte, oder vielmehr meine Mutter, Aktivistin des Bremer Kommunistischen Bunds Westdeutschland, über den Hedda damals ihre Abschlussarbeit in Politikwissenschaft hatte schreiben wollen, war sie ein Wunderkind der Emanzipation gewesen, das alles Bürgerliche ablehnte, kochen und bügeln und Eheringe.

Ein Professor der Kunstwissenschaften hatte sie schließlich in seinen Fachbereich herübergerettet, man solle niemals seine Leidenschaften zum wissenschaftlichen Thema machen, erklärte er ihr, sie schrieb dann über bäuerliche Gewalt bei Pieter Bruegel, und jetzt war sie Köchin von Rollbraten. Der Duft drang bereits ins Wohnzimmer, Hedda kam aus der Küche zurück, gab dem Braten noch zehn Minuten und schenkte uns mit fehlerfreiem Lächeln Prosecco aus. Wie gut sie hier hereinpasste, diese stets taghelle Erscheinung, weiße Haut, blondes Haar, alles an ihr beinahe durchsichtig, und sie ging mit der Flasche von Gast zu Gast, Kalkreuther, wie immer allein, hoffnungsloser Fall, die Schweigerts, und Hedda als tänzelnde Hausherrin zwischen Weiß und Glas und Licht und einem Sofa, auf dem ich seit vierzehn Monaten schlief.

»Es geht um ein Heft, Herr Stöver, und ich glaube, dass es dieses Heft noch gibt«, hatte Brevi mir vor drei Wochen am Telefon gesagt. Er sprach mit einem leichten Tänzeln in den Silben. Seit Jahren tauschten wir uns über Editierungsfragen der Gefängnishefte aus, persönlich waren wir uns niemals begegnet, und dies war das erste Mal, dass ich seine Stimme hörte.

»Sehen Sie«, erklärte er, »man kann eine weitere Anthologie von Gramscis Schriften herausgeben, ein Buch über seine Beziehung zu Stalin oder einen Essay über die Linierung der Gefängnishefte. Geschenkt. Wenn es stimmt, was ich annehme, dann würde es uns Gramsci vom Kopf auf die Füße stellen. Wenn es –«

Er machte eine Pause und räusperte sich mehrmals. Brevi konnte das offenbar: sich so viel Schweigen erlauben, wie es ihm eben angenehm war. Er hatte sich ja auch stets lieber in der Stille aufgehalten, sich niemals auf Tagungen und Konferenzen gezeigt und derlei auch nicht nötig gehabt. Brevi war eine Koryphäe der Gramsci-Forschung, seine Aufsätze gehörten zu den kühnsten, sie krochen Gramsci so tief in die Gedanken, als lebte Brevi in ihnen oder aber Gramscis Gedanken in ihm.

»Wenn was?«, fragte ich vorsichtig.

»Ich habe in den relevanten Kreisen die Vermutung geäußert, dass ein Heft Gramscis verschollen ist, und Sie wissen, was verschollen in diesem Zusammenhang bedeutet. Nicht einfach abhandengekommen, weil jemand es zu spät als historische Quelle erkannt hat, nicht weggekommen, weil es in der Müllentsorgung eines Gefängnisses verschwand. Auch nicht verschollen, weil die Zeit nun eben schusselig ist und viel verlegt wird mit den Jahren. Nein, Anton, verschollen, weil es die Archivare von Moskau so wünschten. Und zwar so verschollen, dass es dort nicht einmal verzeichnet ist. Aber ich glaube, dass es dieses Heft noch gibt, irgendwo hier in Rom, ich bin mir sicher, dass es niemals bis nach Moskau gelangt ist.«

Brevi schwieg, nicht einmal seinen Atem hörte ich mehr, ich meinte schon, die Verbindung sei unterbrochen, und ging ans Fenster in der unsinnigen Annahme, dort würde die Verbindung besser werden.

»Nicht wahr, Tonio, das würde auch Sie interessieren. Dafür würden Sie noch einmal in die Archive steigen.«

»Hmnja«, murmelte ich und betrachtete eine junge Frau, die sich auf der anderen Straßenseite an einem Treppengeländer rekelte.

»Gramsci wird ein anderer sein!«, rief Brevi aus. »Und der Kommunismus auch.«

»Aber Herr Brevi, der Kommunismus –«

»Der Kommunismus«, bestätigte er. Die Frau am Geländer öffnete ihre Jacke, unter der sie nur ein weißes, leicht transparentes Top trug, sie wandte ihren Kopf, blinzelte zu mir herauf, und wie einfach wäre es gewesen, für einen Moment zu vergessen, dass sich außer Brevi und mir niemand, wirklich niemand mehr für Gramsci interessierte.

»Der Kommunismus ist eine Nummer zu groß für uns«, wandte ich ein.

»Ach, Tonio, danach darf man nicht gehen. Man muss schauen, wo etwas zu holen ist. Das Geheimnis einer guten Forschung ist, dort zu suchen, wo keiner den Gegenstand vermutet«, sagte er und begann, von der Numerierung der Gefängnishefte zu erzählen, von der KP in Moskau, von Stalins Schauprozessen, von Gramscis Schwägerin. Ich beugte mich vor, um die Frau auf der anderen Straßenseite genauer zu betrachten, da stieß sie sich vom Geländer ab, eilte die Stufen hinauf und verschwand.

»Wann darf ich Sie in Rom erwarten?«

»Bitte?«, fragte ich.

»Ich möchte, dass Sie mir bei der Suche nach dem Heft helfen.«

Kurz dachte ich an Lasse und an Heddas Launen, wenn sie abends nach Hause kam, und an das Sofa, auf dem ich schlief oder vielmehr nachts wach lag, ich dachte an meinen Vorgesetzten Nordhoff und an den Ausblick aus der Lokalredaktion.

»In vier … in drei Wochen ginge es wohl«, sagte ich zögernd.

»Das ist gut«, sagte Brevi.

»Ich müsste in Göttingen noch –«

»Das ist gut«, wiederholte er. »Ich erwarte Sie Ende des Monats in Rom.«

Als ich aufgelegt hatte, lehnte ich meine Stirn gegen die Fensterscheibe und sah auf die Gehwegplatten unter mir. Zwei Schülerinnen liefen, ihre Ranzen hinter sich herschwenkend, die Straße entlang, aus der Bäckerei trat eine Frau mit einer Mohnschnecke in der Hand. Hierbleiben, Brevis Vorschlag ausschlagen, einfach unsichtbar werden wie ein Buch, das an einen falschen Platz zurückgestellt wird und von da an unauffindbar ist. Aber ich hielt die Stille zwischen uns nicht länger aus, zwischen Hedda und mir. Rom würde mir guttun, der Lärm dort, die Lebendigkeit, die Arbeit an Brevis Seite, wenn ich auch nicht wusste, was ich mit dieser Forschungsarbeit eigentlich retten wollte, meine Karriere, meine Ehe, Gramsci oder mich.

»Es hat eben nicht gepasst«, hatte ich Hedda bei einem unserer letzten gemeinsamen Abendessen erklärt. Wir aßen eigentlich schon länger nicht mehr zusammen in unserer Wohnung, aus dem geteilten, aber niemals ausgesprochenen Gefühl, dass es zu intim war. Hedda bereitete etwas zu, aß mit Lasse, und ich wärmte mir später auf, was übriggeblieben war, oder hatte gleich gar keinen Appetit. Ab und zu suchten Hedda und ich einen neutralen Ort auf, ein Restaurant oder ein Café, in dem wir uns dann wieder gegenübersaßen, versteckt vor der eigenen Wohnung wie frische Liebespaare, die noch nicht sicher genug miteinander sind. Heute aber hatte Hedda ein Essen bei uns zu Hause gefordert, Lasses Einschulung stand im Sommer bevor, doch es dauerte nur ein paar Sätze, da kam sie auf uns zu sprechen, als gäbe es über uns noch etwas zu sagen. Wir hatten uns vor Monaten schon offen eingestanden, keine Beziehung mehr zu führen, nur noch für Lasse zusammenzusein. Hedda hatte es als erste gesagt, wenn ich es auch vor ihr gedacht hatte, und entschieden hatte ich es schließlich für uns beide schon lange.

»Es hat eben nicht gepasst.« Sehr ruhig, sehr nüchtern sagte ich das an diesem Abend noch einmal. Hedda sagte nichts, sah sich in der Vorratskammer nach Möhren um, wollte doch keine Prinzessbohnen zum Fleisch. Erst als ich schon nicht mehr an meine Bemerkung dachte, ging sie mit all ihrer kalten Enttäuschung darauf ein.

»Passen! Ein Anzug passt oder passt nicht. Aber zehn Jahre? Es hat eben nicht gepasst? Eine Beziehung ist doch kein Kleidungsstück.«

»Wie schön, dass du so viel von Mode verstehst.«

»Deinen Zynismus kannst du dir sparen.«

»Zynismus?«, erwiderte ich nun heftig. »Pass auf, wenn du es ganz genau haben willst, dann rechne ich es dir auf, Jahr für Jahr, Monat für Monat. Von zehn Jahren, Hedda, hörst du, haben dreieinhalb Jahre gepasst, und von den dreieinhalb Jahren vierzehn Monate gut bis sehr gut. Dann kamen vier Jahre, in denen wir dachten, es wird wieder besser, und zwei davon haben wir das nur gedacht, weil wir einen gemeinsamen Sohn haben und man dann so etwas denken muss. Die letzten zweieinhalb Jahre haben wir bloß noch durchgehalten, anderthalb wegen Lasse und eines, weil wir zu müde waren zum Gehen.«

»Ich bin längst gegangen.«

»Gerade stehst du mir gegenüber«, sagte ich und mein Gesicht bekam wohl wieder dieses, wie Hedda sagte, Käferartige. Sie legte ihre Hand vor die Augen, sie konnte diesen Anblick nicht ertragen, das hatte sie mir mehrmals gesagt, kleine, aber zu gewollte Stiche gegen mich, die mich hätten verletzen können, wären sie weniger durchschaubar gewesen. Dennoch, ich wusste, hatte es selbst gesehen, dass mein Gesicht sich ein wenig zusammenzog, wenn ich erbost war und der letzte Rest Weichheit, den es da noch um die Wangen herum gab, verschwand. Meine Miene wurde hart wie Chitin.

»Dir gegenüber stehe ich!«, rief Hedda und schmiss das Küchenhandtuch auf den Tisch. »Und wo ist das? Sieh dich doch um. Was ist das für eine Wohnung? Wir wünschen uns doch beide fünf Zimmer mehr, damit wir uns noch besser aus dem Weg gehen können. Unsere Nachbarn sind mir ja näher als du.«

»Aber wir schlafen noch miteinander«, wandte ich ein.

Hedda lachte nur, und zwar plump. Sie konnte das hervorragend, plump sein, und es missfiel mir, wie sie dann zu etwas zusammenbrach, dem ich kaum noch Respekt entgegenbringen konnte. Wir schliefen zwar noch miteinander, aber natürlich wusste ich, dass wir es nur deshalb taten, weil ich auch mit anderen Frauen schlief. Hedda sprach von Verrat, ich begriff nicht, was sie mit dieser Vokabel meinte. Ich stritt es ihr gegenüber ja gar nicht ab, wäre sogar willens gewesen, ihr Details zu nennen, was dann wiederum sie nicht wollte. Sei's drum.

»Dein Begehren ist doch auch nur eine Flucht«, sagte Hedda, während sie ungerührt Sellerie schälte. »Du begehrst, was du nicht bekommen kannst.«

»Ich habe immer die Frauen bekommen, die ich begehrt habe«, entgegnete ich und drückte ihre Hand auf das Schneidebrett. »Und könntest du für einen Moment diese Sellerie beiseitelegen?«

»Das ist mir nicht entgangen«, sagte Hedda, sah kurz auf und kniff ihre Augen zusammen, was sie, wie ich wusste, für drohend hielt, mich aber, was sie nicht wusste, an den alten Labrador unserer Nachbarn denken ließ.

Hedda traute mir mittlerweile eine Affäre hinter jeder Straßenbiegung zu. Ich begehrte, aber ich konnte auch nicht alles begehren. Selbst wenn Hedda es sich wünschte, weil sie mich dann zum Teufel schicken konnte, endgültig. Dabei holte uns der Teufel anderswo, nicht an der Straßenbiegung. Er holte uns in einem Moment, der uns überwältigte, der sich nicht wiederholen ließ, und diesen Moment, den hatte ich eben mit dir erlebt, Hedda, und darum habe ich dich irgendwann geheiratet. Nicht wegen Lasse, nicht wegen all dieser albernen Vernunft: Wenn ihm etwas zustößt, oder mir, und du dann im Krankenhaus –

»Du hättest es einfach mal lassen können«, sagte Hedda und zog ihre Hände samt der Sellerie aus meinem Griff. »Du hättest dich einfach ein wenig zusammenreißen können.«

»Was, bitte, wovon sprichst du?«, fragte ich.

»Du weißt, wovon ich spreche«, sagte Hedda und schob die geschnittene Sellerie in eine Glasschüssel. »Du weißt es besser als ich. Du warst schließlich dabei.«

»Immerhin einer von uns war dabei!«, antwortete ich. »Du hast dich ja völlig aus dem Leben zurückgezogen.«

»Deine Gier erschöpft mich«, sagte Hedda. »Du drehst dich nur noch darum. Immer schneller, immer enger, wie ein verrückt gewordener Planet um die Sonne. Das ist kein Begehren mehr, das ist Besessenheit.«

Ich griff nach dem Korkenzieher, den ich bei meinem letzten Einkauf für zwei neunundvierzig im Supermarkt erworben hatte. Lasse hatte unseren eigentlichen Öffner, der den Korken wie eine Bohrstation aus dem Flaschenhals barg, bei einem Freund gegen ein Maschinengewehr aus Plastik eingetauscht. War es eigentlich vernünftig, Kinder zu lieben? Sie nicht zu lieben schien mir in solchen Momenten nur allzu einleuchtend. Meine Hand rutschte immer wieder ab, während ich die Zweineunundvierzig-Spirale in den Korken zu drehen versuchte.

»Du interessierst dich nicht für Politik«, warf Hedda mir nun vor. »Nicht für die Gesellschaft, nicht für Kunst. Nur für dich und deine Lust.«

»Ich interessiere mich für Gramsci.«

»Sage ich doch. Für dich.«

Vorwürfe standen Hedda nicht besonders. Dabei hatte sie eigentlich ein hübsches Gesicht, und wenn sie lachte, wenn sie an nichts dachte, strahlte es vor Leichtigkeit.

»Du musst es ja wissen, du kennst dich ja hervorragend mit der Lust aus, so gewissenhaft, wie du sie vermeidest.« Ich klemmte die Flasche zwischen meine Schuhe, zog und zerrte und wusste, dass ich dabei wie Rumpelstilzchen aussah, aber was machte es, Hedda blickte ohnehin nicht zu mir.

»Und wo warst du überhaupt die ganze Zeit?«, fragte ich. »Du hast dich verkrochen, du warst nicht mehr da für mich. Was hätte ich denn tun sollen? Ich brauche nun mal Nähe, und von dir bekomme ich sie nicht.«

»Ich habe mich um unseren Sohn gekümmert«, sagte sie und hackte mit dem Messer ins Schneidebrett. Jetzt die Zwiebeln, dachte ich, Hedda, nimm bitte die Zwiebeln. Führ mir vor, wie du weinst.

»Gekümmert! Das nennst du kümmern«, entgegnete ich. »Er kann ja kaum noch klar denken, so wie du ihn umtüdelt hast!«

Hedda sagte nichts. Natürlich hatte sie nicht die Zwiebel genommen, sie tat mir ja keinen Gefallen mehr, hatte mir im Grunde nie einen getan. Sie viertelte eine Paprika, kratzte die Kerne heraus, was überhaupt bereitete sie da zu, hatte einer von uns beiden noch Hunger? Lasse jedenfalls mochte kein Gemüse, Kinder mochten nie Gemüse, das wusste nun wirklich jeder.

»Irgendjemand musste ja auf ihn achtgeben«, sagte sie. Ihre Stimme war ruhig. Hedda wusste, wie das Spiel funktionierte, sie beherrschte die hohe Kunst des Streits. Dafür war ich nicht mit ihr zusammengewesen. Aber auch dafür. Ihr gelang ein perfekter Augenaufschlag, noch während sie verletzte. Gerade dann.

»Wenn ich mich nicht um ihn gekümmert hätte, wer dann? Du hast dich ja lieber um dich selbst gedreht. Um deine verdammten Bedürfnisse. Ein Kleinkind, Toni, überlebt nicht allein.«

»Vielleicht war es keine gute Idee, ein Kind zu bekommen«, entgegnete ich und spürte, wie der Korken im Flaschenhals endlich nachgab.

»Keine gute Idee? Hier geht es nicht um einen Zeitungsartikel, Toni, du redest von einem Kind, du redest von deinem Sohn. Das ist ein Mensch, verdammt noch mal.«

Der Korken brach, meine Hand rutschte ab.

»Was für einen Wein hast du da eigentlich gekauft, Hedda? Für sechs Euro aus dem Supermarkt? Was soll diese alberne Sparsamkeit?«

Hedda ließ das herausgeschnittene Paprikagehäuse in den Mülleimer fallen. »Deine Bedürfnisse, Toni. Immer deine Bedürfnisse. Könntest du bitte Musik einschalten.«

»Du willst jetzt keine Musik«, entgegnete ich.

»Doch, ich will Musik. Dein Gerede ertrage ich noch weniger als dein Schweigen.«

Die Spitze saß nicht und das merkte sie. Ich pulte am Korkenrest, der noch im Flaschenhals steckte. Hedda erwartete von mir, was ihr nur ein Toter geben konnte. Wir Übrigen lebten nun einmal mit Bedürfnissen. Das Leben bestand nicht aus richtig und falsch, sondern aus Dur und Moll. Wollte sie etwa mit jemandem zusammenleben, der sich in den Hobbykeller zurückzog, weil er im Wohnzimmer nichts mehr zu sagen wusste und im Schlafzimmer nichts mehr zu geben, und jeder sähe es dir an, Hedda, diese düstere Enthaltsamkeit. Mit mir ist es nie düster um dich gewesen. Es war zu laut, es war anstrengend, ja, meinetwegen, aber düster war es nicht.

»Könntest du jetzt bitte Musik einschalten, Anton?«

Ich stellte den verkorkten Wein auf den Küchentresen und ging hinüber ins Wohnzimmer. Auf der Treppe hörte ich Lasse, seine leichten, von Rutschnoppen abgefederten Schritte. Vielleicht hatte er Hunger, vielleicht war ihm langweilig, vielleicht hatte er diese Ehe ruiniert. Heute würde ich ihm nur vorwerfen, dass er die Bohrstation gegen ein Maschinengewehr eingetauscht hatte. Das war fürs Erste genug.

**IV SANATORIUM SILBERWALD** Ein Birkenwald einige Kilometer vor Moskau, ein Mann im weißen Kittel, der mit gravitätischem Ernst über die Parkwege der Anlage schreitet. Vor den Hecken leuchten Patienten in hellen Kleidern. Sie sind gerade zu einem Spaziergang im Freien aufgebrochen, in zwei Stunden werden sie von einem Gong zum Mittagessen gerufen und im Anschluss von Pflegerinnen, die mit ihren breiten Gesäßen durch die Gänge wippen, in Gewahrsam genommen.

Es ist der Sommer des Jahres 1922 und Hochwürden Oberarzt prüft im Inneren des Gebäudes seine Patienten auf Herz und Nieren und vor allem auf die Seele. Der Begleittross, bestehend aus Unterärzten, Pflegerinnen und Zaungästen, nickt synchron und trippelt hinter Hochwürden her. Der Flur ist lang, endlos lang, noch viel länger, als man anfangs gedacht hat, und alle paar Meter wartet eine neue Sensation: In Silberwald gibt es Katatoniker und Hospitalisten, es gibt Nervöse und Rheumatiker, Traurige und jene, die einfach nur fliehen wollten – vor der Revolution und was nach ihr kam. Ein Mann erdrückend russisch-orthodoxer Prägung ist hier untergebracht, der vom Aufstehen bis zum Schlafengehen mit dem Kopf nickt und auch im Bett noch, tock tock tock gegen die Wand. Eine Frau, die von ihrer Kindheit in Nowosibirsk spricht, dabei, so berichten die Akten, hat sie das Moskauer Umland nie in ihrem Leben verlassen. Es gibt Zimmer, die so karg geblieben sind, wie sie bezogen wurden, ein Feldbett an die Wand gerückt, eine schubbernde Decke darübergebreitet und in einer Ecke gekauert der Patient, als wünsche er nur, von Hochwürden und dem Rest der Welt übersehen zu werden. Es gibt Zimmer, die mit Blumenschmuck so hochdekoriert sind, ein Kübel Narzissen hier, ein Gebinde aus Buchs und Vogelbeeren dort, Bouquet über Bouquet um das Bett herum, ein Kranz am Fenster, dass man meinen könnte, bereits auf der Beerdigung zu stehen. Und dann ist da dieser kleine Wilde aus Sardinien, der seit einigen Tagen in dem linken Trakt wohnt und die Mitpatienten mit seinen Anfällen ängstigt. Krampfartig beginnt er zu zittern und hat Koliken, in denen er faucht wie eine gereizte Raubkatze.

Genosse Patient heißt Antonio Gramsci, und es spricht sich herum, die Komintern habe diesen seltsamen Sarden geschickt. Man mutmaßt bei Tisch und in den nachmittäglichen Mußestunden, wo er die Revolution geführt haben mag. Odessa? Tiflis? In Italien ist doch, soweit man unterrichtet ist, die Revolution bislang noch ausgeblieben. In Moskau haben sie jedenfalls noch nicht von ihm gehört.

Aber Moskau! Reden wir nicht davon. Hat nicht diese Stadt sie alle hierhergebracht? Die Spuren der Revolution sind noch in den Straßen zu finden, sie sind in den Blicken der Menschen zu sehen, die erst hochmütig scheinen und sich dann unvermittelt zu Boden senken. Einige Moskauer haben zu stottern begonnen, und andere sprechen ununterbrochen laut, als müssten sie gegen Geschützlärm anschreien. Menschenmassen, die verwirrt und trotzig ins Leere starren, Straßenzüge, in denen die Passanten wie Verfolgte mit eingezogenen Schultern vorbeihuschen. Diesmal wird die Gesellschaft nicht in ihre alten Gewohnheiten zurückkippen, sie bleibt auf den Kopf gestellt, und wer das nicht glaubt, den hängen die Revolutionäre an den Füßen auf. Der Krieg und der Umsturz haben allen zu lange an den Nerven gezerrt. Die Stadt leidet an Ticks.

Eine junge Frau, zart in der Erscheinung, störrisch in ihrer Erschöpfung, ist eine der vortrefflichsten Trägerinnen dieses

Leids hier in Silberwald. Eugenia Schucht mit Namen, Tochter eines Antizaristen, die bereits in ihrer Kindheit Worte wie Deportation und Exil zu verstehen lernte, in vier Ländern und drei Sprachen aufwuchs und im Bürgerkrieg für die Revolution gekämpft hat, liegt im Bett und kann nicht mehr laufen. Bei ihrem Eintritt in die KP soll Lenin persönlich für ihre Integrität gebürgt haben, und jetzt fühlt sich niemand für ihre Beine verantwortlich, nicht einmal sie selbst.

»Kein Wunder, dass sie nicht mehr laufen kann«, sagt Hochwürden, »genug gelaufen, jetzt streikt sie.«

Bei ihren ersten Gehversuchen hält Eugenia sich nah am Zaun. Dem Holz, unter dem weißen Lack längst morsch, vertraut sie nicht, aber wem oder was vertraut sie schon, sie ist stur in ihrer Einschätzung, und außer Wladimir Iljitsch Lenin hält da kaum etwas stand, vielleicht noch ihr Vater, aber das wäre noch genauer zu prüfen. In ihrer Familie vertraut sie darauf, zu bestimmen und zu lenken und zu regieren, sie regiert dieses kleine Viergespann aus Schwestern, von denen eine, Tanja, nun in Rom verlorengegangen ist. Schade ist es Eugenia nicht um sie. Ein Mündchen weniger stillzuhalten.

Apropos Rom. Hat sie da nicht gerade ein paar italienische Worte aufgeschnappt? Sie nestelt an ihrem schlichten Baumwolljäckchen und sieht sich um.

Da steht der seltsame Sarde und spricht mit einem Mann, dessen Gesicht von einer Schiebermütze im Schatten gehalten wird. Weg mit der Mütze, weg mit dem Mann, sie will sich diesen Sarden genauer und am besten alleine ansehen, sie hat schon ein wenig über ihn gehört, man hat ihr, genau genommen, einige hübsche Anekdoten über ihn zugetragen.

Eugenia tritt ein paar Schritte näher und grüßt über den

Zaun hinweg. »Come è bello il tempo oggi«, bemerkt sie und der Italiener lächelt, so viel und so gut und von allen Seiten her wird seine Landessprache in der Moskauer Peripherie gesprochen. Ach Italien, so weit weg ist es doch gar nicht.

Man fällt in ein lockeres Gespräch über die verordnete Diät und die Bequemlichkeit der Betten, die Schirmmütze wird dabei von Eugenia gewissenhaft ignoriert. Der Sarde zeigt sich mild wie eine Meerkatze, die Diät scheint bereits zu wirken. Wie es zugeht in Silberwald? Streng gemächlich. Was man hier für gewöhnlich tut? Warten. Und worauf? Dass es mit dem Warten weitergeht.

Die Schiebermütze verschwindet mit kurzem Gruß, endlich kann Eugenia ein wenig tiefer bohren. Ihre Hände rutschen am Zaun entlang, mit ihren unsicheren Schritten führt sie Gramsci ein wenig fort vom Sanatoriumsbau, in dem es an allen Ecken und Enden Ohren gibt. Aus Turin kommt er, soso. Die kommunistische Zeitschrift *Ordine Nuovo* hat er dort geleitet, na das ist doch was, und in der Rätebewegung eine Rolle gespielt. Hochachtung. Bei der Gründung der KPI war er im letzten Jahr auch dabei, und in Italien hat er so viele Erfolge gefeiert, dass sein Name bis nach Moskau drang. Die Großen der Partei sind mit seinen Meinungen, die er im *Ordine Nuovo* veröffentlicht, zufrieden. Allerhand.

Gramsci ist einunddreißig Jahre alt in diesem Sommer 1922, hier in Moskau ist er als italienischer Repräsentant im Exekutivkomitee der Komintern vertreten, er hat Anfang Juni an der zweiten Konferenz teilgenommen, wieder einmal hat er bis zur vollständigen Erschöpfung gearbeitet, Eugenia wiegt mitleidsvoll den Kopf, und es ist klar, dass er so geschwächt in der Komintern nicht sitzen kann. »Nein, nein, das sollten Sie nicht«, findet auch Eugenia und sie denkt an Lenin, der im Mai seinen ersten Schlaganfall erlitten hat, er wird erst im Herbst wieder die Amtsgeschäfte übernehmen. Und Lenin war ein ausgewachsener Mann. Sie mustert Gramsci, diesen kleinen verbogenen Haufen mit dem milden, durchaus hübschen, durchaus ruhigen Gesicht, das genau jetzt! von einem Zucken erschüttert wird. Allerhand, das war für einen Moment ein ganz anderer, der da vor ihr stand.

Seinen Körper habe er nie beherrscht, gesteht Gramsci, aber nun verliere er gänzlich die Kontrolle über ihn, sei ihm zu einem Grad ausgeliefert, der seine politische Arbeit behindere.

Wie kommt es, dass er, so kurz er dieses magere Persönchen vor ihm erst kennt, sich ihr gegenüber schon öffnet, was nicht seine Art, was nicht einmal sein Können ist für gewöhnlich? Eugenia hört ihm zu, aufmerksam protokolliert sie in ihrem Inneren alles, während er von einem kalten Studentenzimmer erzählt, in dem er Jahre verbracht hat, von einem abgetragenen Anzug, wegen dem er sich nicht mehr auf die Straße wagte. Seit der Gründung der KPI und der Trennung von den Sozialisten arbeite er mehr denn je, rackere wie ein Besessener für die Partei, erfährt sie von ihm und in ihr tickert und rattert es, und ein endloses Band an Informationen wickelt sich in diesem mondblassen Kopf auf, vermerkt, dass er ausgebrannt ist und niedergeschlagen und, ach!, er war noch nie in seinem Leben verliebt?

V ERCOLI Die philosophische Fakultät lag in einem gelben Gebäude, von einem kleinen Park umgeben. An einem Teich beugte sich Franz von Assisi zu einem Vogel hinab, darüber schaukelten Palmenblätter in zeitlosem Gleichmut. Brevi hatte den Lehrstuhl für Moralphilosophie an der Universität La Sapienza inne und herrschte über seine Fakultät mit der Gelassenheit eines Gottvaters, was bedeutete, dass er nur alle paar Wunderjahre in Erscheinung trat und die Studenten meist vergeblich vor seinem Büro warteten.

»Alle Menschen sind intellektuell, aber in der Gesellschaft kommt nun mal nicht jedem die Funktion eines Intellektuellen zu«, zitierte er Gramsci, während wir durch einen schmalen Seitenflur im obersten Stockwerk gingen. Hinter einer Tür führten Metallstufen weiter hinauf, und plötzlich standen wir im Freien. Brevi ließ das Geländer außer Acht und balancierte geradeaus über das Dach, ich folgte ihm wankend und versuchte, nicht in die Tiefe zu sehen.

»Ich war länger nicht hier. Um ehrlich zu sein, ich bin im Ganzen erst dreimal hergekommen. Meine Güte, Anton, der Aufstieg macht einem schon zu schaffen, finden Sie nicht?«

Ich nickte, noch bemüht, meinen Atem wieder zu beruhigen. Der Raum wirkte, als sei er fluchtartig verlassen worden. Benutzte Kaffeetassen standen herum, einige Klausuren wurden von Bibliotheksbänden beschwert, die seit Jahren die Leihfrist überschritten haben mussten.

»Wenigstens haben wir hier unsere Ruhe. Gramscis Heft, das Heft, das wir suchen, das vierunddreißigste, das verträgt keine Mitwisser«, erklärte er.

Ich ließ mich auf einen der Schreibtischstühle sinken und betrachtete die Bilder an der Wand. Auf einer Weltkarte waren die Schlachten des russischen Bürgerkriegs mit Stecknadeln markiert, daneben hing ein Stich von Pico della Mirandola.

»Auch keine schöne Nase«, bemerkte Brevi. Er stand mitten im Raum, mit hängenden Schultern. Ich war mir nicht sicher, wie alt er wirklich war, beim Frühstück hatte ich gemeint, er könne kaum über sechzig sein, und bei meiner Ankunft in Rom war er mir wie der altertümlichste Professor erschienen, dem ich je begegnet war, eine Eminenz, die allein schon durch ihr Geburtsdatum Würde ausstrahlte. Brevi changierte. Brevi flimmerte.

»Schauen Sie mal, das habe ich neu erworben. Was sagen Sie dazu?«

Er reichte mir zwei von Schreibmaschinenschlägen durchstanzte Blätter, die am Rand mit Bleistiftnotizen überkrakelt waren: *Es ist nicht zweckmäßig Photokopien an die Familie zu geben.*

»Lieber Genosse Dimitrow!«, las ich auf Deutsch.

»Die Familie verlangt, dass ein Komplet der Fotokopien bei ihr bleibt. Ich bin gegen einen solchen Beschluss und die Kommission hat auch dagegen Stellung genommen. Meine Argumente sind folgende:
a) Prinzipiell ist es nicht richtig, dass in einer solchen Form zwei Archive des Gramsci-Materials gebildet werden; b) die Hefte von Gramsci, die ich schon fast alle sorgfältig studiert habe, enthalten teilweise ein Material, das nur nach einer genauen Ausarbeitung ausgenützt werden kann. Ohne eine solche Ausarbeitung, kann das Material nicht ausgenützt werden und sogar einige Teile, wenn sie in der Form, wie sie jetzt sind, ausgenützt würden, könnten der Partei nicht nutzen. Deswegen glaube ich, dass es notwendig ist, dass das Material in unserem Archiv bleibt und

hier bearbeitet wird. Ich habe volles Vertrauen zur Frau des Genossen Gramsci, aber die Frage ist nicht die des persönlichen Vertrauens, sondern der organisatorischen Sicherung (für heute und besonders für die weitere Zukunft), dass alles ausgenützt wird, wie es zweckmäßig und notwendig ist – ich bitte Sie über diese Frage Meinung zu äußern.

/Ercoli/
25. April 1941.«

»Sie wissen, wer Ercoli ist?«

»Palmiro Togliatti«, antwortete ich.

»Und was, mein lieber Tonio, wollte der Vorsitzende der KPI mit diesem Brief wohl erreichen?«

»Er will die Schuchts aus dem Weg haben.«

»Und warum?«

»Um die Kontrolle über das Erbe zu haben. Die Partei wollte immer die Kontrolle.«

»Könnte es nicht sein«, fragte Brevi, »dass er keine Zeugen haben will? Dass er, wenn schon Zeugen, dann keine Zeugen mit Beweisen wünscht? Dass die Ausarbeitung des Materials, wie er es so hübsch nennt, eine Kürzung bedeutet? Vielleicht das Wegretuschieren eines ganzen Heftes? Dass es nicht um das ging, was der Partei nützt, sondern vielmehr um das, was ihr schadet?«

»Es käme wohl darauf an, was Gramsci in dem Heft geschrieben haben könnte.«

»Nun bitte, er wird gegen Stalin gewettert haben oder ihn in den Himmel gehoben. Bei Variante eins mussten Tanja, Piero Sraffa und auch Togliatti fürchten, dass dieser Denker vollständig aus dem kommunistischen Kanon ausradiert wird. Und sie mussten um sich selbst fürchten und um Julia und die Kinder. Die zweite Möglichkeit lässt schon ein wenig mehr zu. Was hat Sraffa von Stalin gehalten? Und was Tatjana? Nun sehen Sie, es gibt auch noch Variante drei. Es gibt die Möglichkeit, dass Gramsci sich vom Kommunismus distanzierte, oder lassen Sie es mich so ausdrücken: Dass er ihn so ausgelegt hat, wie es nicht allein den Stalinisten unangenehm gewesen sein dürfte.«

»Zu liberal?«

»Liberal! Libertin! Was den Kommunisten eben nicht in den Kram passte.«

»Haben Sie eigentlich mal daran geglaubt? An den Kommunismus?«, fragte ich.

»Mein lieber Tonio, ich bin Wissenschaftler. Ich beziehe keine Position, ich hinterfrage sie nur. Dieses Projekt wird übrigens mein letztes sein. Wenn es misslingt … Aber es wird nicht misslingen. Weshalb sollte es das.« Ein kleines, hohes Glas wurde in meine Hand gedrückt. Brevi holte aus seinem Schreibtisch eine Flasche Limoncello und schenkte uns ein. »Wir haben einen gewaltigen Vorteil. Es gibt kein Geld, nirgendwo gibt es Geld, schon gar nicht an den italienischen Universitäten, und man wundert sich, weshalb sich all die überteuerten Restaurants, die Boutiquen und Juweliere halten können, wer in all den Luxusapartments in der Innenstadt wohnt und wer diese Menschen sind, die im Maßgeschneiderten durch die Via Condotti gehen. Jedenfalls, dieser Staat hat kein Geld, diese Universität hat noch weniger, wir können nicht forschen, meine Kollegen jagen jedem Symposium im Ausland nach und wissen Sie was? Das ist ein enormer Vorteil für uns. Wir haben keine ernst zu nehmende Konkurrenz. Schmeckt Ihnen der Limoncello?«, fragte Brevi und hatte mein Glas bereits wieder gefüllt.

»Ich möchte dieses Heft finden«, sagte er, nachdem er auch sich eingeschenkt und den Likör in einem Schluck gekippt hatte. »Und Anton, wir werden es finden.«

Wenn es auch nur ein entschlossenes Aufreißen der Augen

war, was ich nun sah, machte es mir doch Angst. Brevis Gesicht zeigte für gewöhnlich nicht die geringste Gefühlsregung, und ich ahnte, dass für ihn mehr als bloß seine dünne restliche Zukunft an diesem Heft hing, mehr als diese paar Jahre mit Emeritierungsehren und hochoffiziösen Einladungen zu nutzlosen Veranstaltungen. Und wenn es danebenging, so viel war sicher, würde es ihm das Genick brechen.

»Aber wenn es das Heft eben doch nie gegeben hat?«, entgegnete ich. »Oder wenn es vor Jahrzehnten in einem Aschenbecher in der Via Sebino verbrannt ist?«

»Wenn es nicht zu finden ist, Tonio«, sagte Brevi, griff mit seinen Pranken nach meinen Händen und hielt sie fest, »dann finden wir es trotzdem. Sie verstehen, was ich meine?«

Ich zog meine Hände zurück, ich verstand nicht, ich wollte ehrlich gesagt nicht verstehen. Brevi blickte mich verschlafen durch seine Brillengläser an, eine vollkommene Autorität. Diese Dösigkeit konnte sich nur leisten, wer tatsächlich jemand und nicht bloß irgendjemand war. Ich dachte an Hedda und an Lasse und an die Wohnung, in die ich zurückkehren würde, wenn ich mich aus Brevis Projekt verabschiedete. Und ich dachte an das, was ich mir wirklich wünschte: den Heiligen Gramsci ein für alle Mal zu zerstören.

»Natürlich verstehe ich«, sagte ich. Brevi stieß sich die Brille auf der Nase hinauf und beobachtete mich neugierig.

»Vielleicht war Gramsci Stalinist«, sagte ich, »oder er hat den Stalinisten den Hals umgedreht. Aber vielleicht, Brevi, vielleicht steht noch etwas ganz anderes in dem Heft, das wir finden werden. Und wir werden es finden, das weiß ich ebenso gut wie Sie.«

»Natürlich wissen Sie das. Und ich wusste, dass ich mit Ihnen die richtige Wahl getroffen habe. Gehen Sie ins Istituto Gramsci,

Anton, tun Sie mir den Gefallen«, bat er. »Finden Sie irgendetwas und berichten Sie mir heute Abend. Wir werden bald unseren Radius ausweiten. Wir werden Tatjanas Wohnung aufsuchen und die Klinik Quisisana. Wir werden etwas finden, Anton. Das werden wir.«

Er brachte mich zur Tür seines Büros und lächelte schüchtern, ehe er die Tür hinter mir schloss. Ich lauschte noch seinen Schritten im Büro, dem gleichmäßigen, fast besänftigenden Auf und Ab. Dann kletterte ich über das Dach zurück ins Hauptgebäude. Studenten hockten auf dem Boden, ihre Laptops auf den Knien. Eine Dozentin rauschte mit einem Papierstapel an mir vorbei. Kurz überkam mich eine Melancholie an diesem Ort, an dem ich weder befugt noch eingeschrieben war. Dann stand ich im Park, die Sonne fiel durch die Palmenkronen. Bis zum Istituto Gramsci waren es nicht mehr als fünfzehn Minuten zu gehen.

Sie saß an einem der Tische nah am Fenster, ein geröstetes Panino vor sich, das sie mehr skeptisch als begehrlich betrachtete. Ich starrte auf ihre Finger, unfähig, mich zu rühren oder nur den Blick abzuwenden, die Geräusche um mich sanken ab und ich sah es wieder vor mir, wie sie eine leere Zigarettenschachtel (Marlboro) in einen Mülleimer stieß.

Den Poncho hatte sie gegen ein ausgewaschenes Männeroberhemd eingetauscht, die Ärmel hochgekrempelt. Sie senkte ihr Gesicht über das Panino, ihre Lippen waren rissig, was der Schönheit ihres Gesichts etwas leicht Vulgäres gab. Menschen drängten an mir vorbei, ich hörte weit entfernt ihre warme, überschäumende Sprache und sah auf diesen Mund, ich sah ihr zu großes, bis über die Hüften fallendes Hemd, der Stoff schien mir durchlässig zu werden und ihr Körper leicht zu zittern.

Ich drückte die Tür auf, gleich würde sie ihr Gesicht zu mir wenden, da watschelte ein dicker Junge durch die Aussicht, zerrte seine tunnelförmige Jeans ungeschickt an seinem Gesäß hinauf. Der Kellner wischte mit einem Tuch über den Tresen. Als er an der Espressomaschine hantierte, blickte er kurz zu mir herüber. Er knipste einen Schalter um, konzentrierte sich auf eine neue Ladung gemahlener Bohnen, blickte wieder zu mir und machte mir Zeichen. Komm endlich ganz rein oder verschwinde.

Ich zögerte, ließ die Tür hinter mir zufallen, sie beachtete es nicht. Unschlüssig stand ich zwischen Schirmständer und Spielautomaten. Ich steckte ein paar Münzen in den Schlitz des Automaten und drückte auf die Knöpfe. Der Automat verdrehte seine mit Äpfeln und Kirschen gefüllten Augen und blieb dann auf einer hoffnungslosen Stellung stehen. Ich fror, obwohl es Juli und Rom war und die Klimaanlage *fuori funzione* an der Decke hing. Sie biss in ihr Brötchen. Ich schob Münzen nach.

*»Ma dai!«,* rief der dicke Junge, riss an meinem Hemdärmel und zeigte auf die Anzeige. In vier der fünf Felder waren Kirschen zu sehen, im letzten rotierte es noch, wurde langsamer, kippte vor, kippte zurück, kippte um. Die Lichter sprangen wie irr über die Anzeige, Geld rasselte in ein Metallbecken, und aus dem Inneren der Maschine drang eine Fanfare, so laut, dass sie den gesamten Raum ausfüllte. Von der Tür ein Luftzug. Als ich mich umdrehte, war sie verschwunden.

**VI SONNTAG** Als Gramsci am Sonntag erwacht, meint er in der Ferne Glockenläuten zu hören, aber das kann nicht sein. Glocken und Glauben sind in Silberwald abgeschafft und der siebte Tag ist nicht mehr der Tag des Herrn, die Welt wurde schließlich auch nicht im Wochentakt produziert, diese Legende haben die Ökonomen erfunden. In der Stille von Silberwald sieht man manches klarer und hier ist Sonntag ein Tag der Unruhe, der Ankunft, das hat ihm Eugenia erklärt.

Sonntags nämlich kommt der Besuch. Er kommt aus Moskau, aus den Prachtstraßen, in denen die Häuser zerlumpt und zerrauft werden, bis das bürgerliche Leben gründlich aus ihnen herausgetrieben ist, zehn Menschen teilen sich einen Salon, kochen, waschen, schlafen, kranken darin. Der Besuch kommt aus der Peripherie und aus den kleineren Orten der Umgebung, wo im Bürgerkrieg selbst die schäbigsten Schuppen noch geplündert wurden, wieder aufgebaut, wieder zerstört, und jetzt sitzen die Bewohner trüb und gleichgültig vor ihren Holzbaracken und wissen nicht mehr, ob sie gerade Wände oder Schutthalden hinter sich haben. Aus Podolsk und Selenograd und Balaschicha und sogar aus Iwanowo reist sie an, die höhere Gesellschaft des nachzaristischen Russlands, die verdientesten Arbeiter und Bauern und auch Ingenieure und Lehrer und Intellektuelle kommen aus dem Chaos geradewegs in die Herzensgüte dieses Spitals. All jene, die Lenins Gedanken aufrichtig teilen. Und deren Angehörige dennoch krank geworden sind.

Aus Iwanowo, einer Textilstadt mit hunderttausend Einwohnern, einer ägyptischen Mumie und einem Musikgymnasium, das auch in den Jahren der Hungersnöte geöffnet geblieben ist, stößt ein versierter Antizarist in die Sanatoriumspracht fernab der sozialistischen Unwirtlichkeit. Er ist bereits für seine Überzeugungen ins Exil gegangen, als man mit gesundem Verstand noch glaubte, in Russland könne keine proletarische Revolution ausbrechen, da das Land noch gar nicht im Industriezeitalter angekommen ist.

Der genannte Antizarist heißt Apollo, bedeutend der Name, bedeutend der Mann, wohlhabend von Haus aus und im Militärdienst hochgedient, verheiratet mit der Jüdin Julca, Mädchenname Grigorevna. Er hat einige Jahre im Exil verbracht, Frankreich, Schweiz und Italien, ehe er nach Russland zurückgezogen ist, die Oktoberrevolution in Moskau erlebt hat, dann nach Iwanowo übergesiedelt ist, hundert Kilometer vom roten Moloch entfernt. Und die Revolution? Die hat sich derweil erst in den Dörfern zugetragen, man stellt sie dort von den Füßen auf den Kopf und sie zeigt einem ihre violette Zunge.

Apollos Überzeugungen jedenfalls scheinen geradewegs in seinen Bartwuchs übergegangen zu sein, wie Karl Marx sieht er aus. Er hat einen Sohn in Moskau und fünf Töchter: Da ist zunächst Eugenia, die im Sanatorium wieder laufen lernt, da ist Anna, über die nicht viel zu sagen bleibt, und Nadiana, die aus dem Bürgerkrieg nicht zurückgekehrt ist, Tanja, die noch in Italien lebt, und Julia, die soeben mit ihm zusammen das Sanatoriumsgebäude betritt, um ihre Schwester zu besuchen.

Gramsci, gutmütig nichtsahnend, ist auf dem Weg zu Eugenia, er ist seit der ersten Begegnung am Lattenzaun ständig auf dem Weg zu ihr, man hat zu reden, in Italien gärt es, Italien könnte das nächste Land sein, das die Revolution an ihre magere Brust drückt, aber sie wird dort von der falschen Seite kommen und er muss Eugenia fragen, wie ernst man hier Mussolini nimmt, die Frage dreht sich in seinem Kopf, eine angespannte Aufregung, ein Unwohlsein, während er an den ehemaligen Sozialisten denkt, dessen Fasci den Kommunisten beiseite drängen werden und die Revolution auf ihre Art spielen und da –

da –

brechen die Sätze in ihm weg. Er blickt auf die Frau, die am Fenster in Eugenias Krankenzimmer lehnt, eine Hand nachlässig herabbaumelnd, die andere am Fensterrahmen, und sich nun umblickt zu ihm. Sie ist groß. Sie hat ein ovales Gesicht, eindringliche Augen, schulterlanges blondes Haar. Aber das ist nur die halbe Wahrheit. Er kann sich nicht mehr erinnern, ob er die Tür soeben gegen den Widerstand des Teppichs aufgeschoben hat oder ob sie gar nicht geschlossen gewesen ist. Er kann sich auch nicht daran erinnern, was er mit Eugenia hatte besprechen wollen. Überhaupt bemerkt er Eugenia nicht noch ihren Vater, dabei ist Apollo mit seinem gewaltigen Bart kaum zu übersehen.

Die blonde Frau am Fenster hat Ähnlichkeit mit Eugenia, eine mildere Version von dem strengen Revolutionsflämmchen, und ihm kommt der Gedanke, dass sie wohl Eugenias Schwester ist, die zu Besuch kommen wollte. Was sie sagt, dringt verzögert zu ihm, erst ist es nur Klang, jetzt sind es Worte, und endlich setzen sie einen Inhalt zusammen, sie redet, während sie ihn ansieht, über Nadiana, die Älteste der Schucht-Schwestern, die seit den vorrevolutionären Wirren verschwunden ist. Sie verstummt kurz und sagt dann zu ihm gewandt: »Ich bin Julia und Sie müssen der berühmte Antonio sein, meine Schwester hat mir von Ihnen erzählt.«

Langsam kehren auch die anderen Sinneseindrücke zu ihm zurück, die Kälte des Flurs, das Körperlaue des Patientenzimmers, das Rasseln eines Servierwagens weiter hinten der Treppe entgegen.

Eugenia hat ihr also von ihm erzählt. Sie haben von ihm schon gesprochen, und jetzt steht er hier, jetzt sieht sie ihn in seiner ganzen Unzulänglichkeit, eingesperrt in seinem Körper, in diesem Käferpanzer. An einem Phantom hätte sie vielleicht Gefallen finden können, so wie er ist, wird sie ihm nur Mitleid oder Ekel entgegenbringen können.

Der vordere Buckel drückt ihm auf die Brust und der hintere wiegt Tonnen auf seinen Schultern. Jetzt beginnt er auch noch zu zittern, krampfhaft. Ihre Hand zupft an ihrem Kragen, über ihre Wange fließt ein Streifen Sonnenlicht.

Weder die Beine noch sein Kopf gehorchen ihm, er will verschwinden, wieder hinauf an den Deckenbalken, an dem er als Sechsjähriger gehangen hat, von seinem Bruder hinaufgezogen, um die Verwachsungen in einem eigens für ihn angefertigten Drahtgehäuse aushängen zu lassen. Sein Gesicht zuckt, Julias Hand schreckt von ihrem Kragen zurück.

»Kommen Sie doch zu uns, Antonio«, fordert ihn Eugenia auf.

Wie ein Diener am Zarenhof buckelt er endlich in den Raum hinein und weiß kein einziges Wort zu sagen, dabei fällt es ihm doch sonst so leicht, die anderen mit zwei, drei Sätzen zum Lachen zu bringen. Eugenia redet anders heute, und ihre Wangen, zwar noch blass und eingefallen wie stets, wirken trotz des grellen Julilichts frisch. Er bangt, wenn er ihr zuhört, ohne zu wissen, wovor. Julia wagt er erst recht nicht anzuschauen.

»Gestern habe ich ein Buch von Nadiana in der Hand gehabt«, sagt Julia zu ihrer Schwester. »Ich habe das Lesezeichen endlich rausgezogen. Sie hatte noch dreißig Seiten zu lesen.«

»Ach, Sorel hat sie doch vor ein paar Jahren gelesen. Sie hat es weggelegt, weil sie nichts zu Ende bringen kann.«

»Du kannst sie einfach nicht vermissen.«

»Was redest du, Julia. Sie hat es vor Jahren gelesen.« Ihre Brust straff herausgedrückt, wendet Eugenia sich von ihrer Schwester ab und blickt zum Fenster, streicht sich über den streng gezerrten Scheitel. Dieses schmerzhaft an den Schädel gedrückte Haar gibt ihrem Gesicht etwas Irres. Nichts darf aus der Reihe tanzen, alles muss beherrscht werden. »Sieh dir nur diese Birken an!«, ruft sie. »Überall stehen sie. Die ganze Anlage ist davon umstellt. Sagen Sie, Antonio, haben Sie Russland je leiden können? Die russische Landschaft?«

»Das heutige Russland ist für uns alle …«

»Lassen Sie das heutige Russland! Lassen Sie das Politische beiseite. Sehen Sie diese Birken? Haben Sie dazu gar keine Meinung?« Eugenias Finger tippen gegen die Fensterscheibe. »Ich hasse diese Bäume. Ihre weißen Stämme.«

»Seien Sie nicht so heftig, liebste Eugenia«, sagt Gramsci.

Eugenia funkelt ihn an. »Birken«, sagt sie. »Überall Birken. Und die Revolution hat man nicht mit Zärtlichkeiten gewonnen.«

Als Gramsci zum Fenster blickt, ist alles verschwommen, die Birken sind nur weiße Schatten, die Wege schlängeln sich wirr und zittrig wie helle Aale vor ihm. In seinem Kopf schwillt Sitzungslärm an, der Park, der Wald verschwindet hinter Stuhlreihen, Genossenrücken, roten Bannern. Und da, er hat es doch vermeiden wollen, sieht er Julias Gesicht, gespiegelt in der Scheibe. Die feine Linie ihres Kinns. Der glasige Blick. Sie sehen sich an, sehen sich an, immer noch und noch und noch immer. Er kann hier nicht bleiben, er ist eine Zumutung für das, was diese Frau von ihm angenommen haben muss. So ist es. Das weiß er. Und da, was ist das, was soll das, lächelt sie ihm zu.

Lauf, so schnell du kannst. Da drängt etwas an die Macht, das von Herrschaft überhaupt keine Ahnung hat, das auf nichts und niemanden hört, wie soll das anders enden als in Chaos und Schrecken und Not. Es hilft nur die Flucht, zurück in sein Zimmer. Das also war Julia. Genossin Julia. Das war der Schock darüber, wie lange du nicht begriffen hast, worum es in Wahrheit geht.

Bäuchlings liegt Gramsci auf seinem Sanatoriumsbett. Das Zittern rüttelt ihn heftiger denn je. In seinem Kopf bricht ein Rauschen los und der Schweiß rinnt ihm am Rücken hinab. Er spürt seinen Körper, dumpf schmerzend, eng sich um ihn schließend, er lässt seinem Bewusstsein keinen Platz.

Einunddreißig Jahre lang hat er es nie mit solch einer Erschütterung zu tun gehabt. Nicht, als sein Vater von den Polizisten abgeführt wurde, aus dem elterlichen Haus, durch den Garten, die Straße Ghilarzas hinab, weil er ein paar Lire des Katasteramts verkramt hatte und dafür Gefängnishaft von fünf Jahren, acht Monaten, zweiundzwanzig Tagen bekam. Nicht, als sein Bruder ihn in ein Korsett geschnürt an den Deckenbalken zog und er dort oben hing wie eine Salami zum Trocknen, auf seine Familie hinunterblickend, ein fernes Geschehen aus Haarwirbeln, Scheiteln, ab und an einem Hinterkopf. Das, was jetzt vor sich geht, übersteigt all das. Das hier wird er nicht meistern. Er muss Julia aus dem Weg gehen. So viel steht fest. Es ist entsetzlich. Er hat nicht gewusst, wie die Welt sein kann, groß und schrecklich und jenseits des Verstandes.

Angeblich gibt es sie, die große Liebe. Es gibt Manzoni und Shakespeare und Dante, ja ja, natürlich, es gibt in der Phantasie Himmel und Hölle und Tod, und sogar den lieben Gott gibt es da. Bleiben wir in der Welt. Es gibt Seufzer, *ach*, dieses hingebungsvoll Verlangende, dieses sehnsüchtig Begehrende, *ach ach ach*, es will mit seinem Namen einfach keine Verbindung eingehen. *Ach* Antonio. Das scheppert in seinen Ohren, und wenn es auch fünf oder fünfhundert andere Antonios gibt, die man umseufzt, niemals kann er gemeint sein. »Ach Nino!«, allenfalls ein erboster Ausruf nach einem Missgeschick.

Wie man das macht, einer Frau, überhaupt einem Menschen nahezukommen, das kann er sich nicht erklären. Er ist überzeugt, und das seit Jahren, dass es für ihn absolut und auf schicksalhafte Weise unmöglich ist, geliebt zu werden. Er hat sich in der Gedankenwelt so weit eingerichtet, dass es erträglich ist, überwinterbar. Einunddreißig Jahre lang, und er hätte noch weitere einunddreißig Jahre durchgehalten, das zumindest hat er bisher geglaubt. Dass nach dem Winter nichts kommt, ist ihm klar. Wofür er dann überhaupt durchhalten soll, erübrigt sich für ihn zu fragen, denn er denkt nicht in dieser Kategorie: für mich.

Kaum rühren kann er sich auf seinem Bett, die Decke kommt ihm zu schwer vor, der ganze Körper voller Müdigkeit, nur seinen Kopf kann er wenden, er blickt zum Fenster und da, hinter den Gardinen, die zerschlissen vor den Parkwegen hängen, bewegt sich etwas, taucht ein Gesicht auf, ihr Gesicht, und er versucht sich zu erinnern, Petrarca, Manzoni, Flaubert, irgendwo muss doch einmal ein solches Gesicht in dieser Weise aufgetaucht sein, Dante, Goethe, was hätten Ibsens Figuren jetzt getan? Gescheitert wären sie, aber auf welche Weise?

Er schließt seine Augen und sieht seine Mutter, zusammengeruckelt vor einem Nähtisch, wo sie zu reparieren versucht, was längst schon nicht mehr zu reparieren ist, Socken, eine Schürze, Teresinas Jacke mit den Flecken am Revers. Er sieht seinen Vater, wie er von zwei Polizisten flankiert die Straße hinabgeht, verhaftet, weggenommen von der Familie, und was wird nun. Seine Schwester über ein Schulheft gebeugt, sie blickt auf, das dunkle, ernste Gesicht ihm zugewandt, ein leichter Flaum auf ihrer Oberlippe, durch den das Licht fällt. Der Geschmack von altem Brot, das er mit tauber Zunge hin- und herstößt in seinem Mund. Der Geruch von herben Frühlingswiesen. Und alles ist von ihm abgerückt, er spürt keinen Körper, er spürt, wie die Jahre von ihm wegbrechen, Äste aus einem kalten Gestrüpp.

**VII ILSA** Im Herbst 1967 war meine Mutter eine hochschwangere Intellektuellendiva auf einem Biedermeiersofa, las Gramscis Gefängnishefte und blickte nach Ustica, Bari, Regina Coeli, auf diese aussätzigen Orte, wo eine Haftanstalt als heimliches Herzstück pulsierte und Gramsci einst seine Schriften verfasst hatte, während die gedanklichen Höhenflüge ihrer Kommilitonen nicht über Frankfurt hinauskamen. Ich weiß, oder zumindest wurde es mir so berichtet, dass in der linken Studentengemeinde eine gewisse Hochachtung vor ihr bestand. Ob auch Sympathien, weiß ich hingegen nicht zu sagen, darüber schwieg man sich aus, mir gegenüber zumindest, dem Sohn dieser Grande Dame der Umwälzung, die im Übrigen Ilsa hieß. Sie gab einen Ton an, der milder als Lenins, aber doch autokratisch genug war, um meinen Vater durch den Haushalt zu scheuchen und die Bremer Linke mit Flugblättern vor die Tore der Klöckner-Werke, in Demonstrationszüge und durch Diskussionsrunden. Dass sie nicht ganz unverdient Ansehen genoss, sei hinzugefügt. Gramsci war ihr Säulenheiliger, noch ehe er es in den siebziger Jahren für viele wurde, da aber las sie bereits wieder Bakunin und Kropotkin.

Im November 1967 nämlich kam mit einigen Komplikationen ihr Sohn, genau genommen ich auf die Welt. Im Kreißsaal mit blutjunger Hebamme und missgelauntem Arzt wäre sie beinahe an mir oder vielmehr meinem störrischen Ausbleiben umgekommen, sie war somit die erste Frau, die mich nur haarscharf überstand. Die Wehen zerschnitten dieses zierliche Geschöpf, in ihrem Bauch lag ich quer und ließ mich nicht wenden.

Mein Vater lief auf den Linoleumfluren auf und ab mit einem

zunehmend hinfällig aussehenden Blumenstrauß, war erst zerknirscht über die Verzögerung, dann wusste er nicht mehr ein noch aus, dann reichte es ihm. Er pfefferte den Strauß in einen mit blauem Plastik bespannten Mülleimer, rief ein Taxi, das ihn einmal durchs Quartier und, als sein gebeuteltes Gewissen anfing, verrückt zu spielen, zurück vors Hospital karrte. Nicht nur um den Verstand, gleich ums Leben hätte ich meine Mutter beinahe gebracht und das noch vor meinem amtlichen Vorhandensein. Das erzählte sie mir bis heute jedes Jahr zu meinem Geburtstag, vor den Glückwünschen, die dann eher karg ausfielen, und sie wusste wohl selbst nicht genau, ob sie nun Dank von mir erwartete oder eigentlich bedauerte, dass sie damals diesem trägen Drang widerstanden hatte, einfach wegzudämmern, nie wieder aufzuwachen und das Kind zwischen ihren Schenkeln so deutlich als Täter auszustellen und in ein Leben zu entlassen, das knüppeldick mit Schuldgefühlen ausstaffiert gewesen wäre.

Ob aus Rache oder aus plötzlich doch aufbrechender Mutterliebe, Ilsa schreckte nicht davor zurück, mich, als alles überstanden war, nach Antonio Gramsci zu benennen. Tonio, immerhin, verbat ihr mein Vater. »Tonio Stöver! Ich bitte dich! Nenn ihn doch gleich Thomas Mann.« Sie hatte sich von ihm nie viel sagen lassen, aber durchgesetzt hatte er sich am Ende doch, und so wurde aus mir Anton. Anton Stöver.

Über Perserteppiche steigend und meinen Vater zunehmend in den bürgerlich-marxistischen Haushalt eingliedernd, übersah Ilsa mich die meiste Zeit, gab mir die Flasche nur hie und da, wickelte mit legerer Verspätung, rauchte eine Selbstgedrehte nach der anderen und zuckte die Schultern, wenn ihre Mutter die Hände über dem Kopf zusammenschlug und das Enkelkind umgehend mit Babyseife von all dieser kommunistischen Unordnung zu reinigen versuchte. Was sollte Ilsa denn schon tun?

Ihre Interessen richteten sich einfach weniger auf das kleine Stück Mensch da, das auf der Wickelkommode lag, als auf die große Menschwerdung auf ihrem Schreibtisch. Die Revolution war in meinem Elternhaus schließlich ein durchaus gebräuchliches Wort, und daran änderte auch nichts, dass sie ein ums andere Mal ausblieb.

Nur der kleine Anton Stöver trat ein ums andere Mal ein, jeden Morgen mit grellem Säuglingslachen, und nachts, wenn die anderen vor den Klöckner-Werken Flugblätter verteilten, schrie dieser Konterrevolutionär im Kinderbett Ilsa herbei, die meinen Vater schickte, der dann auch nicht so recht wusste, was zu tun war. Ich gab nach, wurde leiser, genügsamer und älter, ließ mich in Kinderläden und in Tagesstätten abschieben, wurde wegen mangelhaften Wachstums ein Jahr zurückgesetzt und bekam als Lohn zur dann endlich doch erreichten Einschulung eine erste, von Palmiro Togliatti besorgte Auswahl von Gramscis Schriften auf Italienisch, obwohl ich kein Italienisch verstand, was Ilsa nicht weiter kümmerte. Ich schleppte schwer an diesem hässlich broschierten Ding, denn ich begriff schon siebenjährig, dass es kein Buch, sondern mein Schicksal war, was sie mir da hatte unterjubeln wollen.

Noch während meiner Grundschulzeit zog Ilsa mit Bakunin und Kropotkin, schließlich Pico della Mirandola und Thomas von Aquin immer weiter aus dem zwanzigsten Jahrhundert davon, aber es blieb Antonio Gramsci, der über meiner Kindheit hing wie ein Schatten. Ich stieß ihn weg, diesen bevorzugten Bruder, aber ich stieß nur durch Luft.

Ich wurde älter und sogar ein wenig größer, ich lernte lesen und bald auch Italienisch, wurde ab meinem zehnten Geburtstag einmal die Woche in ein mit rohen Holzregalen gedämmtes Privatlehrerzimmer eingepfercht, lernte *sono sei è siamo siete sano* nein *sono* und erfuhr, dass es sich bei meiner Gramsci-Ausgabe beileibe nicht um etwas Vollständiges oder wenigstens organisch Bruchstückhaftes handelte, sondern um eine von Togliatti hübsch stalintreu gesteuerte Zusammenstellung. Obwohl mir das Buch bis dahin recht gleichgültig geblieben war, erboste mich dieser Eingriff so sehr, dass ich einmal wieder das Wachsen vergaß. Mit elf hänselte man mich noch, mit zwölf übersah man mich fast völlig.

Als ich zu Beginn des Gymnasiums im Sportunterricht zu den Mädchen sortiert wurde, hatte ich ja nicht vorgehabt, die Größe meines Vaters zu erreichen, der mit seinen ein Meter fünfundachtzig unnahbar schien. Doch zumindest Ilsa um ein paar Zentimeter übertreffen wollte ich, die mir von ihren ein Meter neunundsechzig doch auch etwas mitgegeben haben musste, immerhin waren wir verwandt. Aber Namen sind stärker als Gene, und Vorbilder, vor allem jene, die wir uns nicht selber suchen, sind ein Fatum, was immer wir auch tun.

Mein Vater hatte zum Vorbild ohnehin nie getaugt. Er war, solange er bei uns lebte, ein Schemen im Arbeitszimmer gewesen, sofern Ilsa ihn nicht gerade daraus vertrieb, ein Schatten, der morgens um fünf vor den Klöckner-Werken stand, um die Arbeiter aufzuklären, wie es beim vaterlosen Frühstück hieß. Später, als ich bereits selbst Frühstücksszenarien mied, gestand ich mir ein, dass es wohl eher geschehen war, um Ilsa aus dem Weg zu gehen und in der gemeinschaftlichen Küche ihren drei, vier Verehrern Platz zu geben, die sie sich hielt, aber niemals an sich heranließ. Ilsa, die Koryphäe an der Kaffeemaschine, war prüde und wählerisch, kratzte sich Aufmerksamkeit aus allen Ecken zusammen. Dabei mochte sie wohl Männer im Allgemeinen nicht besonders, auch ich stand bei ihr nicht allzu hoch im Kurs, sie konnte aber wiederum auch nicht auf deren Anbetung verzichten. Ab und an warf sie ihren Jüngern einen Brocken Aufmerksamkeit zu, ließ sich gar zu einem Kompliment herab, aber nur, um einen Katalog an Forderungen folgen zu lassen.

Wann genau mein Vater gegangen war und weshalb, danach hatte ich mich später kaum mehr gefragt. Zu unauffällig war sein Fortgang gewesen. Zu unauffällig sein mehrjähriges Vorhandensein zuvor. Obendrein war es nichts wirklich Neues für mich, war mein Vater doch in all den Jahren meiner Kindheit immer wieder gegangen. Alle paar Wochen rauschte er durch den unteren Flur unseres Altbremer Hauses, griff seinen Hut vom Garderobenhaken und versprach aufgeregt, dieses Mal sei sein Weggang endgültig. Dieses Mal käme er nicht zurück. »Hörst du, Ilsa?« Er gab ihr noch zwei Minuten, um ihn bettelnd zum Bleiben zu bewegen, ihn zur Besinnung zu bringen, zwei Minuten wenigstens, damit sie sich in der Tür des Wohnzimmers zeigte. Ilsa aber blickte nicht einmal auf, als die Haustür ins Schloss fiel.

Ich saß dann im Wohnzimmer mit ihr, versteckt mal hinter der Couch, mal unter dem Esstisch, gab mich spielend und lauschte doch nur auf die Stille in der Wohnung, die allein durch Ilsas Seitenblättern gestört wurde. Ich rätselte, welcher ihrer Anhänger nun bei uns einziehen würde, denn war ein Mann fort, kam der nächste, das wusste ich von Karsten, der im Klassenzimmer zwei Reihen vor mir saß und in den Pausen mit seinem getürmten Vater prahlte.

Wenn sich die Haustür wieder öffnete, Bernd nach einer Stunde zurückkam in die ilsabeherrschte Wohnung, denn länger hielt er es nie auf den Bremer Straßen durch, lobte sie ihn für seine Pünktlichkeit. Danach wurde kein Wort mehr darüber verloren und der Hut hing am Garderobenhaken wie zuvor.

Ihren kümmerlichen Respekt vor meinem Vater jedenfalls

hatte sie vollends und binnen weniger Minuten an einem Vormittag in den späten siebziger Jahren verloren, als vor unserer Tür zwei Beamte vom BKA standen. Ein Autokennzeichen hatte sie zu diesem Besuch animiert, wie es in jenem Herbst viele gegeben hatte, viele Besuche, viele Kennzeichen, die Polizei tat nichts anderes mehr, als Kennzeichen von 2CVs und VW-Bussen zu notieren. Frauen in flatterigen Oberhemden, ein halbnacktes Kind im Arm, öffneten ihnen jeden Tag zigfach die Türen und wussten nicht, wie ihnen geschah. Kinderärzte und Reformhausbedienungen mussten Alibis liefern. Väter verliehen immer seltener ihren Wagen.

Ilsa hingegen wusste nur zu genau, wie ihr geschah, und die beiden Beamten, die an jenem verschlafenen Vormittag vor unserer Tür standen, mochten sich später noch oft gewünscht haben, sie hätten niemals an dieser Tür geklingelt, wussten wohl auch zwischenzeitlich nicht, ob sie gleich die ganze Familie abführen oder aber sich nie wieder in die Nähe dieses Hauses wagen sollten. Was überhaupt konnten diese beiden armseligen Gestalten dafür, ausgerechnet Ilsa befragen zu müssen? Schleyer war nun eben entführt, und seit Schleyer fort war, war jeder durch irgendetwas verdächtig, allen voran die Stövers, erste kommunistische Familie der Stadt, darauf gab Ilsa viel, und hätten die beiden Beamten nicht bei uns geklingelt, wäre sie wohl höchstselbst aufs Präsidium gegangen, um sich über den ausbleibenden Besuch zu beschweren.

Dass mein Vater aber die Tür öffnete an jenem Vormittag, weil Ilsa im Arbeitszimmer Wichtigeres zu tun zu haben meinte, war der letzte Fehler in einer Reihe immer fatalerer Fehler, die Ilsa ihm nicht mehr verzieh. Ein Autokennzeichen wurde ihm wie ein Urteil verlesen, er nickte, er gestand, schließlich bot er gar einen Kaffee an und wusste doch nicht, weshalb der Wagen zu der Zeit an jenem Ort unter diesen Umständen gesichtet worden war.

»Wo sind Sie an dem Abend gewesen?«, fragte einer der Beamten, und meinem Vater fiel nichts ein, er zählte nach, Freitag, Donnerstag, »am Mittwoch soll das gewesen sein?«, und ihm fiel noch immer nichts ein.

»Haben Sie also den Wagen gefahren«, fragte der Beamte weiter.

»Oder haben Sie ihn verliehen«, bot ihm der andere einen Ausweg.

»Dann aber«, sagte der erste Beamte, »müssten Sie uns die betreffende Person nennen und zudem ein Alibi vorweisen können.«

»In der Uni!«, fiel es meinem Vater endlich ein, »bei einem Lesekreis, zwanzig bis zweiundzwanzig Uhr.« Dass es Marx gewesen war, unterschlug er, wenn es sich die beiden Beamten auch gedacht haben mochten. Vielleicht habe er den Wagen an einen Bekannten verliehen, er sei sich nicht sicher, müsse nachdenken und – da sah der eine Beamte mich auf der untersten Stufe stehen und kürzte Vaters Gezausel mit der Bemerkung ab: »Zu dem Kind gibt es doch gewiss eine Mutter.«

Mein Vater, erneut hastig und hilflos, gab Ilsa zu, gab auch zu, dass sie nicht beim Lesekreis gewesen, obwohl sie doch sonst immer beim Lesekreis war.

Ilsa, ohne Kind auf dem Arm und in ihrem strengen Existentialistenpullover, löste die Misere binnen weniger Minuten. Ob man hier verhaften wolle, ob man es sich gut überlegt habe, denn sie, die beiden Beamten im mittleren Dienst, hätten doch gar keine Ahnung, was daraus folgen könne. Sie führten nur aus, was an anderer Stelle entschieden worden sei, mitdenken habe noch niemandem geschadet, und am Ende müssten auch sie um die

Stabilität des Systems fürchten, in dem sie lebten, und sie lebten doch gut, sie liebten doch die Eintönigkeit, die sie umgab, und wollten sie etwa, dass alles zusammenbrach, ihre Sparkonten, ihre Doppelhaushälften, ihre Ehen, nur weil jemand im Gefängnis zur Legende wurde?

Ilsa brauste auf, Ilsa führte vor, Ilsa zitierte und zeterte und verwickelte die Beamten in ein harsches Gespräch über die Wirkung von Gefängnisschriften, malte aus, wie Märtyrer entstanden und welche Kraft sie entfalten konnten, ach was: mussten, wob Nebensätze von stupender Länge ein, dass den armen Beamten mindestens die Ohren, wenn nicht gleich auch Nase und Wange glühten, und sie entließ die beiden mit der trockenen Bemerkung: »Nichts gelesen, aber schon verbeamtet!«

Mein Vater erholte sich nie wieder von diesem Besuch. Ilsa zeigte sich entschlossen, einen vor der Staatsmacht so kümmerlich eingeknickten Menschen nicht länger neben sich zu dulden, und die Tage in der gemeinsamen Wohnung waren gezählt. Ich stand oben am Treppengeländer, als mein Vater ohne Hut, aber mit zwei Koffern floh. Ilsa begutachtete die Szene, sah dann hinauf zu mir. »Nicht mal ein Kind mit normaler Größe hast du zuwege gebracht. Mit dir war wirklich nichts anzufangen, Bernd Stöver!«, rief sie meinem Vater nach, aber die Tür war bereits zugefallen.

VIII PIA Plötzlich ist Pia wieder da, die Erinnerung an Pia Carena. Sie trägt Locken und sitzt hinter einer Schreibmaschine, sie glaubt an die süditalienischen Bauern und an die Überzeugungskraft des journalistischen Stils. Sie ist Redakteurin des *Avanti!* und das seit Dezember 1917, ist wohl auch etwas davor gewesen, doch das fällt nicht weiter ins Gewicht, denn was mag sie schon gewesen sein? Eine Frau, die tippen und korrigieren konnte, man findet in Turin an jeder Straßenecke abtippende und korrigierende Frauen, eine kluge Frau, eine politische und entschiedene, nun, auch das lässt sich finden. Etwas Besonderes, das wird sie erst in Gramscis Augen.

Ein Liebesleben hat er zuvor nicht geführt, wenn das, was er sich gestattet hat, überhaupt Leben genannt werden kann. Sein Anzug ist so abgetragen gewesen, dass er lange nicht gewagt hat, sein Zimmer zu verlassen, und das Geld für den Schneider, um das er den Vater immer wieder dringlich gebeten hat, bleibt Mal um Mal aus. Die Familie ist selbst in Geldsorgen und so weit weg von Turin, auf der Insel, in einer anderen Welt, dass Gramscis Nöte nur als verwaschene Nachricht zu ihnen dringen. Es bleiben ihm während seines Studiums 70 Lire eines königlichen Stipendiums, das sich königlich nun eben nicht anfühlt. Das wenige, das er bezieht, gibt er für Bücher aus, zu essen gesteht er sich Brötchen zu, fünfzig Gramm, zehn centesimi, und in der Nacht halluziniert er vor Hunger. Frauen hat er auf Sardinien allenfalls anschauen können, wenn überhaupt. Er solle seine Augen von ihr nehmen, von einem Krüppel wolle sie nicht mal in der Phantasie angefasst werden, hat eine zu ihm gesagt und gelacht. Manchen Frauen schien es Spaß zu machen, ihn zu verachten.

In Turin gibt es seit dem Frühsommer 1919 das Redakteursgehalt des *Ordine Nuovo*, es gibt Kollegen, die wie Jünger an Gramsci glauben, es gibt die Rätebewegung und es gibt die Etablissements. Mal sind es lange Flure hinter Gaststätten, von denen einzelne, spärlich beleuchtete Zimmer abgehen. Mal sind es Kellerwohnungen. Mal nennen sie sich freiheraus Bordell. Die Frauen kommen vom Land, sie haben in der Stadt nach Arbeit gesucht und nur Häme gefunden. Sie sind von ihren Männern sitzengelassen worden oder selbst vor ihnen geflohen, einige teilen sich noch ein enges, heruntergekommenes Apartment am Stadtrand mit ihnen, aber das Geld, das sie hier verdienen, reicht selten, um sie zu besänftigen, man kann die Abdrücke der Ledergürtel an ihrem Rücken sehen. Zu Gramsci sind sie zärtlich oder ruppig, sie lassen ihn in sich eindringen, ohne sich über ihn lustig zu machen oder etwas von ihm zu verlangen, das mehr ist als ein paar Lire. Manche Frauen schicken ihn danach sofort hinaus, sie möchten nicht wissen, wer dieser Mann ist, sie möchten es von niemandem hier wissen. Einige unterhalten sich noch mit ihm, während sie sich über einer Waschschüssel in der Zimmerecke reinigen. Er will hören, was sie von den Turiner Räten halten, von den Generalstreiks und von der Befreiung der Arbeiter. »Wir sollten hier auch mal streiken, dann würdet ihr ziemlich alt aussehen«, meint eine.

Einmal ist seine Gier größer als das, was noch von seinem Gehalt übrig ist. Wie ein Schuljunge sitzt er auf einem Schemel vor dem Zimmer, man hat nach seinem Freund Leo Galetto gerufen, der ihn auslösen soll. Die Mädchen streifen an ihm vorbei, zwei von ihnen bleiben vor ihm stehen, besehen ihn sich von oben bis unten und brechen in ein glockenhelles Gekicher aus.

»Du hast ja Hunger, als müsstest du für die letzten zehn Jahre essen«, meint Galetto, als er endlich vor ihm steht.

»Nehmen wir es als Zeichen von guter Gesundheit«, meint Galetto, zahlt das Mädchen aus, drängt Gramsci den Flur hinunter und zurück ins Freie.

Und dann, irgendwann, gibt es Pia Carena. Attilio, ihr Bruder, ein Mitarbeiter Gramscis, hat sie miteinander bekannt gemacht. Nach einer ermüdenden Sitzung, in der sie über die Brigata Sassari und die Möglichkeiten eines Streiks in den Fiat- und Brevetti-Werken gesprochen haben, hat er Gramsci untergehakt und mit zu sich nach Hause genommen. Im Juli will man sich mit einem großen Solidaritätsstreik gegen die konterrevolutionären Aktionen der Entente stellen, und wie wird dieser ausgehungerte Mann, der ständig zu den Fabrikräten eilt, um an Diskussionen teilzunehmen, bis dahin bei Kräften bleiben? Gramsci ist Attilio schon immer zu mager vorgekommen, aber die Arbeit scheint ihm auch noch das Mark aus den Knochen zu rauben.

Attilios Schwester steht in der Küche, sie bereitet Fisch mit Fenchel zum Abendessen zu, blättert nebenbei, als läse sie dort die Rezepte ab, in einem Buch von Ugo Foscolo, das auf der Fensterbank liegt, und sie lacht viel am Tisch, während sie den neuen Gast betrachtet, der so vorsichtig die Gräten aus dem Fisch herausfiletiert. Pia interessiert sich für die Idee der Arbeiterdemokratie, für die Fabrikräte, die sich an die Stelle der Kapitalisten setzen, anstatt mit ihnen zu verhandeln, und für die Ehe, die sie jungfräulich eingehen will. Sie liebt verregnete Nachmittage und vielleicht, aber da ist sie sich nicht sicher, einen jungen Italiener.

»Ein Streik darf den Betrieb nicht lahmlegen. Die Arbeiter müssen in eigener Verantwortung weiter produzieren«, erklärt Gramsci und legt eine Gräte mit der Gabel an den Rand seines Tellers. »Es geht um Selbstermächtigung. Die Gewerkschaften lassen die Arbeiter in ihrer Abhängigkeit. Bessere Bedingungen in der Unmündigkeit, das ist alles, was sie erkämpfen.« Attilio nickt und Pia betrachtet ihn nachdenklich. Als sie später, es ist schon fast zehn, die Teller abräumt, drückt sie ihren Arm eng an den Körper, ein praller Vorgang, den Gramsci nicht übersehen kann.

Sie verabschieden sich schon so herzlich, als kennten sie sich seit Jahren, und er kommt bald wieder zu ihnen, in ein Haus mit hellen Steinfliesen, die wärmer wirken als die Fliesen in den anderen Häusern Turins, kommt nach zwei Wochen schon regelmäßig zu Attilio, Pia und ihrer Fensterbanklektüre. Hier erholt er sich von den Spinnen an seiner Zimmerdecke, von dem Hunger und von seinen asketischen Studentenjahren, seiner selbst geschaffenen Haft. Einmal legt er ihr die Kreutzersonate auf die Fensterbank, die bei seinem nächsten Besuch schon zerlesen aussieht, ein anderes Mal bindet er ihr die Schürze um, seine Finger gleiten über ihre Taille. Anders fühlt sie sich an als die Frauen in den Etablissements, wärmer, vollständiger, als wäre sie tatsächlich mit Leben gefüllt und nicht bloß mit Lebhaftigkeit.

Sie gründen zusammen mit Attilio den »Club des moralischen Lebens«, einen Debattierkreis für die Jugend, in dem sie sich regelmäßig treffen, von der Arbeiterselbstverwaltung aller Betriebe reden, von der Turiner Rätebewegung, die sich ausweiten könnte, die sich ausweiten wird, die Revolution darf nicht in einem Parteibüro beginnen, sondern in der Fabrik, am Ort der Produktion. Wie ruhig und bestimmt Pia vor den anderen spricht. Gramsci lehnt sich auf seinem Stuhl vor, er betrachtet die über ihre Wangen wippenden Locken, ihre gerade Haltung. Mit einer schnellen Geste zieht sie einen Strich in der Luft, so ist es!

Ja, denkt Gramsci, so ist es.

Als sie schweigt, nacheinander in die Gesichter der Zuhörer blickt, nickt er ihr zu. Pia schaut zu Boden, fährt sich durchs Haar, und da erkennt Gramsci, dass sie lächelt. Ein Kinderlächeln.

»Wenn es uns nicht gelingt, die politische Macht zu erobern«, erklärt er ihr später, während Attilio die Gäste an der Tür verabschiedet, »dann werden das andere tun. Und das wird der Bodensatz des Bürgertums sein. Fratzen nur noch, keine Gesichter mehr.«

»Manchmal machst du mir Angst«, sagt Pia, die sich aufs Fensterbrett gesetzt hat und hinausblickt in die Dunkelheit.

»Ich mache dir Angst?«, fragt Gramsci amüsiert. »Und was heißt das?«

»Du vertraust so sehr auf unseren Willen, aber was ist das? Hast du dich mal gefragt, wer noch die Kraft dazu hat? Wir sind müde, Antonio, die meisten von uns sind müde.«

»Aber doch nicht du, Pia.«

»Doch, ich auch.«

»Du bist zehnmal stärker als ich. Du bist die Stärkste von uns allen.«

Sie zuckt zusammen, als er ihr über den Rücken streicht, und sitzt noch gerader da als zuvor.

»Du solltest jetzt gehen«, sagt sie leise.

Nach diesem Abend sehen sie sich eine Weile nicht. Am 20. Juli wird Gramsci verhaftet. Er sitzt mit einem dunklen Anzug in einer Zelle, auf einer mit Stroh bestreuten Pritsche, feilt mit seinen Fingernägeln an einem Strauß Halmen herum und lässt sich von den anderen Gefangenen mustern.

»Sie können nicht Antonio Gramsci sein«, rutscht es endlich einem der Männer heraus. »Gramsci ist ein Riese!«

»Das habe ich auch immer gedacht«, erwidert Gramsci, »aber weißt du was? Es stimmt nicht, ich habe nachgemessen.«

Auf den gestutzten Halmen pfeift Gramsci seinen Mithäftlingen Melodien vor, die sie erraten sollen, er scherzt mit dem Wärter, der ihnen dünne Suppe und einen Kanten Brot hereinbringt, und formt aus einem Stückchen Teig ein winziges Boulespiel, das sie bis zur Dämmerung unterhält. Am nächsten Tag ist Gramsci der Liebling des Gefängnisses, er redet Sardisch, wo er nur kann, er lacht viel und sagt allen auf den Kopf zu, was sie sein könnten, würden sie sich nicht hinter ihren geduckten Rollen verstecken. Geleitet von einem Trupp junger Wärter, verlässt er das Gefängnis, sie winken ihm nach, sie hätten ihn am liebsten für sich behalten. Abends steht er vor dem Haus der Carenas.

»Du weißt, worauf es ankommt«, begrüßt ihn Attilio. »Um einen Staat zu beurteilen, muss man seine Gefängnisse von innen sehen, aber um seine Macht zu begreifen, musst du die Rinderfilets probieren. Wir haben wochenlang nur Nudeln gegessen, und kaum liegt Fleisch in der Pfanne, steht unser Herr Gramsci vor der Tür.« Und in den Flur hinein ruft er: »Rate mal, Pia, wer heute mit uns isst.«

Pia wirft ihm nur einen kurzen Blick zu, als Gramsci die Küche betritt, dann beugt sie sich wieder über die Töpfe. Er versucht sie mit Scherzen zum Lachen zu bringen, sie runzelt die Stirn und zählt Nelken. Am Tisch setzt er sich neben ihren Platz, sie aber hat etwas im Nebenraum vergessen und bleibt dann auf der anderen Seite des Tisches. Attilio ereifert sich über Bordiga und dessen Idee, die Wahlen zu meiden, »was meinst du, Antonio?«, ruft er und knallt das Weinglas auf den Tisch. Gramsci murmelt Einsilbiges und schneidet sein Fleisch. Attilio witzelt noch ein wenig über den König, der sicherlich eine eigene Wahlurne in den Palast setzen wird, bis auch er still wird und seine beiden schweigenden Tischgenossen betrachtet. Das Rinderfilet wird zäher und zäher in ihren Mündern.

Attilio verabschiedet sich früh, er hat noch eine Erledigung zu machen, »willst du nicht mitkommen, Antonio?«, aber Gramsci schüttelt nur den Kopf. Pia spült in der Küche Geschirr und starrt auf das seifige Wasser. Als Gramsci dicht hinter sie tritt, lässt sie den Lappen fallen und eilt ins Wohnzimmer, wo sie etwas vergessen zu haben meint, aber doch nichts findet und unschlüssig mitten im Raum stehenbleibt. Endlich, ist es nicht einfach zu stickig in der Wohnung?, gehen Pia und er doch spazieren. Ein bisschen frische Luft, meint sie, nur ein wenig frische Luft. Sie läuft dicht neben Gramsci über die Piazza Solferino, am Alfieri-Theater vorbei, sie passieren den Bahnhof und schrecken vor einer um die Ecke biegenden Tram zurück. Als es zu regnen beginnt, sind sie in der Nähe von Gramscis Unterkunft. Unter den Portici frösteln sie eine Weile schweigend nebeneinander. Dann hasten sie über das feuchte Pflaster, weichen den Pfützen aus. Nur weil sie keine Erkältung bekommen will, wirklich nur deshalb, begleitet Pia ihn in sein Fremdenzimmer. Sie setzen sich auf sein Bett, es gibt weder Sessel noch Stuhl hier. Es ist still, in der Wohnung über ihnen geht jemand mit harten Schritten durch den Raum, vor dem Fenster fällt noch immer Regen. Pia verschränkt schützend die Arme vor ihrer Brust, als Gramsci an sie heranrückt.

»Du weißt, was ich über all das denke«, sagt sie.

»Über was denn?«, zieht Gramsci sie auf und fährt ihr mit der Hand über die Schulter.

»Ich will das so nicht.«

»Ach, es ist wieder deine seltsame Vorstellung von der Ehe.«

»Sie ist nicht seltsam.«

»Natürlich nicht! Weil jeder so denkt. Weil jeder so denken

soll. Weil es uns ja nur effizienter macht. Wir werden in der Fabrik konzentriertere Arbeit leisten, wenn wir in stabilen Verhältnissen leben. Und du fügst dich wunderbar in die Produktionsprozesse, indem du deinem Ehemann als Spielzeug und als Erzeugerin seines Nachwuchses dienst. Ist es das, was du willst? Mehr nicht?«

»Du weißt nicht, was ich will, du hast nicht die geringste Ahnung. Und ich möchte nicht, dass du so mit mir sprichst.«

»Du bist ja geradezu vorbildlich in deiner Selbstdisziplin. Du regulierst dich. Du unterdrückst deine Wünsche.«

»Wie soll es dann bitteschön sein? Soll ich mich jedem an den Hals werfen?«

»Warum nicht? Monogamie ist eine Erfindung des Industrialismus. Man will die Kräfte der Arbeiter schonen, damit sie am Fließband im vorgegebenen Takt funktionieren.«

»Denkst du das wirklich?«, fragt Pia.

»Und du, denkst du nur an deine Vorschriften?«, fragt er zurück. »Oder kannst du dazwischen auch noch etwas empfinden?«

»Es ist albern, so etwas aufzurechnen.«

»Denkst du, dass ich etwas aufrechne zwischen uns?«, fragt Gramsci, aber Pia antwortet nicht. Eine Weile hören sie nur ihren Atem, intim, beinah obszön klingt es, je länger sie schweigen.

Als Pia am nächsten Morgen die Wohnung verlässt, steht die Sonne noch trüb zwischen den Wolken, aber das Straßenpflaster ist getrocknet und die Pfützen sind nur noch diesige Flecken.

Sie schreibt ihm noch an seine Moskauer Adresse, alles erinnert sie an ihn, teilt sie ihm mit, nichts ist mehr so schön wie noch vor ein paar Wochen, und weißt du noch, das zweite Treffen in unserem Club? Sie schreibt ihm wieder und wieder, wird zaghaft mit der Zeit und sachlicher. Die letzte Ausgabe des *Avanti!* habe sie viel Kraft gekostet. Ob denn die Arbeit im Komitee gut vorangehe? Auch in Silberwald kommt noch ein Brief von ihr an. Gramsci antwortet ihr nicht mal mit einer Postkarte.

**IX NACHLASS** Am nächsten Morgen öffnete das Istituto Gramsci um halb zehn schwerfällig sein metallenes Tor, die Archivare ruckelten die Folianten zurecht und prüften, ob die Gespenster noch an Ort und Stelle waren. Hier lagerte, was die KPI anderthalb Epochen lang vor Moskau hatte schützen können, erst vor dem Monster UdSSR und dann vor dem anderen Monster, das an der UdSSR fraß und sie schließlich zusammenbrechen ließ. Dass der Eurokommunismus seitdem mehr und mehr zu einem historischen Begriff zerfiel, war das eine Problem. Das andere war, dass die Gelder ausblieben, sowohl die aus Moskau wie auch die aus den italienischen Parteibezügen. Was bis zur Zersplitterung der KPI groß und eitel und nicht weniger als die Hoffnung auf einen Kommunismus ohne Diktatur gewesen war, musste man nun kleiner denken und ganz weltlich: Man musste aussortieren, Bücher und Mitarbeiter, und hoffen, dass der nächste Wasserrohrbruch erst in ein paar Jahren kam.

Ich betrat die abschüssige Betonfläche, die hinabführte zum Institutseingang. Ein alter Autoreifen bröckelte an der Mauer, ein Stück Draht stak aus dem Boden hervor. Vor mir glitten die Glasscheiben auseinander, ich betrat die Eingangshalle, und der Mann am Empfang blickte prüfend über den Rand seiner Brille hinweg. Augen wie feuchte Kiesel.

Im Lesesaal saß ich allein zwischen den mumifizierten Doktoranden. Ich stellte mir vor, wie der Poncho dort am Tisch saß, jeden Nachmittag einen weiteren Absatz in ihrem Aufsatz schrieb, doch nicht einmal ihre Schritte klangen im Gang zum Archiv. Keine einzige Frau war im Raum.

Die Müdigkeit zog so heftig an mir, dass ich meine Arme auf

dem Tisch verschränken und meinen Kopf darauf betten musste. Ich konnte kaum noch die Augen aufhalten, blinzelte zum Fenster. Im Hof lag eine rote Plastikabsperrung aufgerollt und Bauzäune waren nachlässig übereinandergeworfen. Sie werden uns abreißen, dachte ich. Wenn ich einschlafe und die Schließzeiten verpasse, werden sie mich mit den abmontierten Regalen und den herausgerissenen Wänden in die Vororte karren, wo zwischen den grauen, traumlosen Wohnsilos die Mülldeponien ihren schnodderigen Atem Richtung Fluss blasen.

Ende April 1937 telegrafiert Tanja über die Botschaft der UdSSR an ihre Schwester. Sie solle sich nicht um die Hefte sorgen, sie habe alles an sich genommen. Das Telegramm aber büßt bis Moskau seinen Inhalt ein. Was genau Julia Schucht über den Verbleib der Hefte zu Gehör bekommt, ob sie gar nichts weiß oder nur Verwirrendes, erfährt Tanja nicht. Allein, dass alles missverstanden wurde zwischen Moskau und Rom, dass ihre Schwester in Sorge ist, begreift Tanja, als sie vom Gesuch ihrer Schwester erfährt, das Volkskommissariat möge sich um den Nachlass ihres Mannes kümmern. Niemand anderes als Potemkin persönlich solle Sorge tragen um das, was Gramsci besessen hat, ein Pyjama, eine Uhr, ein paar Oberhemden. Hefte und Briefe. Zeug.

Ihres Mannes! Eine leidlich schnöde juristische Formel. Gramsci ist Julia schon vor Jahren als Liebhaber verlorengegangen; als Freund, als Vertrauter hat er ihr noch Briefe geschrieben, aber wie können zwei Menschen vertraut miteinander sein, wenn der eine von der Lebenswelt des anderen nichts versteht? Es geht ihr nicht darum, die Reste einer Liebesbeziehung zusammenzuklauben, die seit langem in die Taubheit zweier Handschriften übergegangen ist. Auf den Fotografien ist in Julias Gesicht von Sehnsucht keine Spur. Da ist überhaupt nichts. Nur ein leeres, für den Fotografen aufgelegtes Lächeln. Da ist höchstens der Wille ihrer Schwester, der Wille der Partei. Da ist die Sorge um ein paar Gedanken, die in Heften angerissen wurden, stets mit Blick auf mehr Zeit, mehr Konzentration, auf ein Leben jenseits der Gefängniszelle. Dabei hätte das Leben jenseits der Zelle niemals mehr Zeit, mehr Konzentration, eine bessere Gesundheit mit sich gebracht.

Die sowjetischen Botschaftsangehörigen wären freilich in der Lage, eine Nachricht an die Frau des wichtigsten Kommunisten Italiens zu verschicken, sie über den Verbleib der Hefte zu informieren. Aber sie tun es nicht. Wollen es nicht. Sie lassen Julia in Unkenntnis über den Verbleib der Hefte. Tanja endlich schreibt Anfang Mai einen Brief an ihre Schwester, ohne die diplomatischen Wachhunde mit einzubeziehen:

»Du musst dich nicht um seine Manuskripte sorgen, alles ist in Ordnung, aber mit dieser Sendung schicke ich dir noch nichts von seinen Arbeiten und seinen Briefen.«

Sobald wie möglich müssen Gramscis Hefte aus Italien heraus und nach Moskau gebracht werden. Sie sind nicht sicher in Rom, welches Versteck Tanja für die Hefte auch wählt, ob sie sie in ihre Matratze einnäht, an die Botschaft übergibt oder in einem entfernteren Privathaushalt unter einem lockeren Bohlenbrett versenkt. Aus Rom müssen sie raus, so schnell wie möglich.

Mit der normalen Post können die Hefte natürlich nicht geschickt werden, so viel steht fest. Ehe die Sendung einmal durchs Postamt getragen wäre, hätte sie schon ihren Adressaten verloren und läge wenige Stunden später auf einem Schreibtisch im Ministerium für Volkskultur.

Es gibt drei Wege.

Mit dem Diplomatengepäck werden sie nach Moskau geschickt, geschützt von den letzten Benimmregeln, die zwischen den Ideologien noch gelten. Allerdings erreichen sie ihr Ziel zu Händen des Parteikaders und Julia kann nur noch darum betteln, einen Blick in die Hefte werfen zu dürfen.

Tanja oder ein Vertrauter Tanjas schmuggelt sie im Gepäck, in Damenwäsche eingewickelt, über die Grenze, durch Polen hindurch und über den Ural, und wie viele Grenzerhände werden die schlichten weißen Dessous durchwühlen, die dort im Koffer so reizlos aussehen wie Topflappen oder Taschentücher.

Oder man trifft sich mit dem Direktor der Banca Commerciale, der zufällig auch ein Bekannter Piero Sraffas, Gramscis letztem Vertrauten, ist, und lässt die Hefte monatelang in einem Banksafe ruhen, ehe sie mit einigen Noten und Derivatsscheinen nach Russland gelangen, möglicherweise mit einem Umweg über London, wo die Bank noch bis ins Kriegsjahr 1940 hinein eine Filiale unterhält und Piero Sraffa sich aufhält.

Natürlich weiß Tanja, dass diese Warnung nur ein müder Versuch ist, die Hefte vor der KP zu schützen. Russland ist die KP, die KP ist Russland, sie hat wie ein heftiger Regenschauer alles aufgeweicht und ist tief in den Boden hineingesickert. Es gibt keine Unterscheidung mehr zwischen Staat und Zivilgesellschaft, alles ist die Partei.

Selbst wenn Julia verstünde, was Tanja ihr sagen will und wie dringlich es ist: Julia, hörst du, nicht direkt an die KP sollen die Hefte, bewahre sie im Privatbesitz fürs Erste – es ist vergeblich. Dort, wo Julia ist, da ist auch Togliatti, und wo Togliatti ist, da ist die Partei. Er hat sich unter den Fittichen der Moskauer Macht eingerichtet, er hat schnell gelernt, erst auf Linie mit Lenin, dann auf Linie mit Stalin zu sein, was soll er auch tun, anders übersteht man es nicht im Moskau dieser Tage.

Als sie den Raum betrat, hörte ich es sofort. Ihre Schritte klangen heller, entschiedener, ja überhaupt in reinerer Weise mit dem Boden verbunden als der schlurfende Gang der Mumien. Ich blieb eine Weile so sitzen und genoss es, sie hinter mir zu wissen, diese Intimität, die sich zwischen ihr und mir auftat, die niemand sonst bemerkte, die nur für sie und mich bestand.

»Der Mikrofiche, den sie mir gegeben haben, ist leer«, flüsterte sie nah hinter mir. »Schauen Sie doch.«

Ich drehte mich um. Ein Mann stand neben ihr, es war ein Angestellter der Bibliothek, der für gewöhnlich im Gang zum Archiv herumtrabte wie ein Zirkuspferd, das an der Leine geführt wurde. Umständlich beugte er sich über den Filmstreifen, den Tatjana ihm hinhielt.

»Ah! In der Tat. Dann müssen wir eine Recherche beantragen. Ich bringe Ihnen ein Formular.«

»Ich möchte kein Formular«, erklärte sie, »ich möchte, dass Sie mir erklären, wo der richtige Film ist.«

»Das ist der richtige Film.«

»Der Film ist leer«, wiederholte sie.

»Aber sehen Sie, die Beschriftung zeigt das richtige Jahr an.«

»Dann erklären Sie mir, warum trotzdem nichts darauf zu sehen ist.«

Der Angestellte rückte noch näher an sie heran, ich erhob mich und trat auf sie zu.

»Schön, dich zu sehen, Tatjana.«

Sie blickte mich an, ihr Atem setzte kurz aus. Sie glühte. Sie war ganz weich, als habe sie soeben einen alten Widerstand aufgegeben.

»Dafür müssen wir die Recherche beantragen«, erklärte der Angestellte, der nicht bemerkt hatte, dass er soeben überflüssig geworden war.

Der Film zitterte. Tatjana öffnete ihren Mund, sagte aber nichts, ich sah auf die cremeweißen Kanten ihrer Zähne, Speichel glitzerte in ihrem Mund. Ich hätte nur die Hand an ihre Wange legen müssen und ihren Kopf zu mir ziehen, so leicht wäre es gewesen, sie zu küssen.

»Ach, geben Sie mir Ihr gottverdammtes Formular.«

Der Angestellte trottete auf der Stelle und schüttelte den Kopf.

»Haben Sie nicht gehört, was die Dame gesagt hat?«, mahnte ich ihn. »Sie sollen sie in Ruhe lassen. Mit oder ohne Formular.«

Sie legte den Film in den Kasten zurück und stolperte auf den Gang zum Archiv. Martinelli, las ich auf dem Bestellzettel, der darauflag. Tatjana Martinelli, wiederholte ich mir und steckte den Zettel in meine Jacketttasche. Als ich ihr nachgehen wollte, trat mir der Angestellte in den Weg.

»Entschuldigen Sie, aber Sie brauchen eine spezielle Genehmigung, um ins Archiv zu kommen. Die müssten Sie beantragen. Die Bearbeitung wird aber ein paar Tage dauern.«

»Lassen Sie mich in Ruhe mit Ihrem Formular!«, sagte ich gereizt, wollte mich an ihm vorbeidrängen, er aber hielt mich zurück. Ich ging zu meinem Platz und sah auf die Palme. Ich wartete und verlor mich in einer warmen, berechtigten Wut. Tatjana blieb im Archiv, der Angestellte kam zurück und legte mir sein Formular auf den Tisch, das ich nicht anrührte, was bildete er sich eigentlich ein? Ich sah auf den Gang, in dem Tatjana verschwunden war, hörte auf das Summen des Kopierers, das Räuspern und Knistern und Scharren der Mumien, die mit der Zeit leiser wurden. Der Angestellte kam wieder zu mir.

»Sie sind ja besessen von Ihren Formularen«, zischte ich. »Aber wissen Sie was, ich werde es nicht ausfüllen. Ich fülle es einfach nicht aus!«

»Ich wollte Ihnen nur sagen, dass die Bibliothek jetzt schließt.«

Ich sah mich um, der Raum hatte sich geleert, nur ein schmächtiges Männchen wickelte sich noch in einen Jackenärmel.

»Es sind doch noch Leute im Archiv«, sagte ich.

»Nein, im Archiv ist niemand mehr.«

»Aber Tatjana ist noch da!«

»Es ist niemand mehr im Archiv. Wenn Sie jetzt bitte den Platz räumen würden, wir schließen.«

Verwirrt griff ich mein Jackett und strauchelte Richtung Ausgang.

**X FELDBETTEN** Gramscis Haut ist aschfahl, seine Zähne wacklig, sein Magen wehrt sich gegen alles, womit man ihm kommen will. Die Genesung, mit der es in Silberwald so gut vorangegangen war, ist ins Stocken geraten, wie Hochwürden Oberarzt leider feststellen muss. Nach einer leichten Besserung, wie hoffnungsfroh war man!, läuft es nun wieder schnurstracks in die andere Richtung. Die Diät soll noch einmal auf Anweisung Hochwürdens überprüft werden, eine Schwester eilt durch die Flure, um den Köchinnen auf die Finger zu klopfen, und als sie zurückkehrt, steht fest, dass von Seiten der Silberwald'schen Küche keine Fehler gemacht wurden. Nach dem Stand der Wissenschaft müsste es weiter bergauf gehen, aber die Wissenschaft ist womöglich nur ein bourgeoises Relikt und töricht, wer sich darauf verlassen wollte.

Gramsci klagt über Gedächtnisverlust. Kaum hat er gelesen, dass Mailand gefallen ist, muss er noch einmal von vorn mit dem Artikel beginnen. Wieder fällt Mailand. Gramscis Ticks werden so heftig, dass die Neuzugänge in Silberwald verschreckt das Weite suchen. Seit ein paar Tagen leidet er an Angstattacken, mitten am Tag. In Italien marschieren die Schwarzhemden auf Rom, fünfzigtausend Mann, um die Regierung zu stürzen und ihre Vision eines diktatorisch geführten Einparteienstaates zu verwirklichen, sie campieren auf überfluteten Feldern. Mussolini reist mit dem Nachtzug aus Mailand an und wird vom König zum Regierungschef ernannt.

Eugenia hatte es so leichtfertig gesagt, als teile sie ihm mit, dass Hochwürden Oberarzt morgen eine Stunde später zur Visite erscheint: Wenn Julia am Wochenende in Moskau ist, und wahrscheinlich ist sie in Moskau, dann kommt sie zu Besuch. Sonntag. Wenn sie in Moskau ist. Aber wer sagt, dass sie nach Moskau kommt. Es gibt so viele Gründe, wegen denen man eine Reise verschiebt. Noch bröckelt die Revolution an jedem Straßenrand und muss von glaubenstreuen Genossen befestigt werden.

Gramsci liegt erschöpft in seinem Bett, blickt aus dem Fenster, auf die Wege, die blassgrün in der Ferne verlorengehen. Ein altes Paar, Gastritiker aus Gewohnheit, zieht Arm in Arm vorbei. Vorhin noch hat er sich mit Eugenia über Trotzki unterhalten und darüber, wie schwer die Palmenzweige in der Villa Torlonia werden, wenn der Sommer mit seinem ganzen Gewicht an den Bäumen zerrt, und jetzt ist Rom verschwunden und Trotzki ist fort. Es ist schon Montag. Er wartet auf das Klopfen an seiner Tür. Horcht in die Stille. Vielleicht ist sie nicht gekommen, vielleicht wollte sie gar nichts von Moskau wissen an diesem Wochenende. Aber wenn er jetzt das Zimmer verlässt, genau dann wird sie klopfen. Wenn er für eine halbe Stunde durch den Park spaziert, werden sie sich verpassen, ganz sicher. Er wagt nicht hinauszugehen. Und als es endlich klopft, ist es wieder nur Hochwürden.

Gramsci wagt abends nicht zu Bett zu gehen, der Schlaf bleibt lange aus, und wenn er irgendwann doch eintritt, spannt sich nur ein flacher Dämmertraum um ihn, in dem sich die Angst des Tages wiederholt. Er soll sich auf seine diätischen Mahlzeiten konzentrieren, sie zu seinem vorübergehenden Lebensmittelpunkt machen, ordnet Hochwürden an. »Und weniger Zeitungslektüre!«

»Habe ich es ihnen nicht gesagt?«, flüstert Gramsci aus seinem Krankenbett dem Silberwald'schen Visitetross entgegen.

»Habe ich es den Genossen nicht immer wieder gesagt, dass die Faschisten keine gewöhnliche bürgerliche Partei sind? Dass der Tyrann nicht ein Gesicht und drei Namen hat, Turati, Don Sturzo, Mussolini, sondern einen Namen, Mussolini, und allenfalls zwei Taufpaten?«

»Mag sein«, sagt Hochwürden seelenruhig, »aber hier und heute sind wir bei der Erholung und nicht im Sitzungssaal der Komintern. Sie konzentrieren sich gefälligst auf die Mahlzeiten, Genosse Gramsci.«

Er will noch etwas erwidern, aber Hochwürden erklärt die Visite für beendet.

»Mahlzeiten, Genosse, Mahlzeiten.«

Ob man die Korrespondenzen, die der Patient erhält, durchsehen sollte und ihm die ärgsten Nachrichten aus Italien vorenthalten?, fragt Hochwürden flüsternd seinen Assistenzarzt.

»Das wäre, als wollte man der Revolution das Proletariat vorenthalten, nur weil einige Trottel darunter sind!«

»Meist sind es viele Trottel, und im Übrigen würde ich es unserer Revolution sehr wohl gönnen, von denen verschont zu bleiben«, entgegnet Hochwürden und dirigiert sein Gefolge hinaus. Gramsci hört noch die Entourage den Flur entlangstapfen, ein Getratsch und Gezirp auf dem Gang, eine Tür wird geöffnet, dann ist es still. Er lässt sich an dem schmalen Tisch nieder, den man ihm zum Arbeiten zugesteht.

»Sind Sie am Sonntag nach Moskau gekommen, wie Sie angekündigt hatten?«, schreibt er. »Sie waren gar nicht in Moskau, nicht wahr? Sonst wären Sie sicher zu mir gekommen, wenigstens für einen kleinen Augenblick. Kommen Sie bald? Sehe ich Sie noch einmal?«

Schnell faltet er den Zettel zusammen. Schnell, ehe er es sich anders überlegt. Faltet ihn ein zweites Mal, ehe er anfängt, sich zu schämen für seine, ja was ist es denn?, Disziplinlosigkeit, fällt ihm ein. Es muss Disziplinlosigkeit sein, denn es ist etwas, das er nicht kennt. Natürlich wird Julia ihm nicht antworten, wie könnte er das nur annehmen? Es gibt keinen Grund dafür, und selbst wenn sie es dennoch wollte, dann wäre er doch für sie nur ein erstaunliches Insekt, das sie in ihr revolutionäres Herbarium einklebt und mit einer lehrreichen Notiz versieht. Einen Käfer will man studieren, nicht berühren. Einen Käfer packt man mit spitzen Fingern an.

Er schiebt den Brief in ein Kuvert, und es kann schließlich immer noch sein, dass er nicht ankommt. Die Post ist durch die Revolution nicht zuverlässiger geworden, es ist sogar wahrscheinlich, dass der Brief von hier nach Iwanowo irgendeiner Laune irgendeines Boten zum Opfer fällt, der sich plötzlich fragt, was all das eigentlich mit ihm zu tun hat, dieses Land, diese Zeit, dieser gerade beendete Krieg. Russland ist groß genug, um ohne ihn, den Postboten in einem Außenbezirk Moskaus, auszukommen, und er lässt den Postsack in einen Straßengraben fallen, genau an der Stelle, an der er vor vier Jahren einen Jungen hat fallen sehen mit aufgeplatzter Stirn, so mausetot wie die Liebesbriefe, die jetzt dort unten liegen und niemals ankommen werden, vielleicht gehen hier gerade Geschichten zu Ende, aber den Boten geht es nichts mehr an, er läuft davon, und wer kann es ihm verübeln?

So wird es kommen, denkt Gramsci, während er den Umschlag zuklebt. Wer glaubte denn an eine im Handstreich vollendete Revolution? Stetig ist sie, und stetig wird noch die Unordnung bleiben und das Chaos in den Köpfen der Menschen. Von Glück kann man sprechen, wenn es nur Liebesbriefe sind, die verlorengehen.

Und dann steht sie einfach vor seiner Tür. Gramsci ist über seine Tageskorrespondenz gebeugt, ein Schreiben Sinowjews, ein Brief von Bordiga, Berichte über die Lage in Rom, die kommunistischen Genossen werden aus ihren Büros herausgeholt und auf offener Straße überfallen, es klopft und er hebt erst verspätet den Kopf, ruft weder: Herein!, noch begibt er sich auf den beschwerlichen Weg durch sein Zimmer, um selber zu öffnen. Das ist auch nicht nötig. Die Tür geht auf. Und da steht sie. Und hier sitzt er. Sitzt in der Falle.

Um aus dem Zimmer zu kommen, müsste er sich an ihr vorbeidrängen. Nur ruhig bleiben. Er spürt, gleich wird er wieder zittern, etwas wird zucken, sein Gesicht, seine Hand, er versucht sich wenigstens im Kopf zu beruhigen, er denkt an Sorels Begriff des historischen Blocks, den er sich vorstellt wie die Verbindung von Haut und Knochen, und wenn man sich in eine Frau auch nicht wegen der Form ihres Knochengerüsts verliebt, so trägt es doch zur Harmonie ihrer Erscheinung bei. Zur Anordnung ihrer Haut. Zum sexuellen Reiz.

Er starrt sie an und weiß nicht einmal, ob sie seinen Brief erhalten hat. Und wenn sie ihn gelesen hat, was sie darüber denkt. Ob es ihr unangenehm ist, dass er ihr schrieb, vielleicht will sie ihm nur sagen, dass er es künftig unterlassen möge. Dann soll sie es doch sagen, damit es heraus ist, dieser bleischwere Moment endlich vorbei.

Sie kommt herein, dabei hat er sie doch gar nicht hergebeten, sie geht wie selbstverständlich durch sein Zimmer. Kein Wort vom Brief. Ihr leicht wiegender Gang. Dabei hat sie überhaupt kein Ziel in seinem Zimmer, geht erst hier-, dann dorthin. Gramsci ist außer sich, er will sie hinauswerfen, was fällt Ihnen ein, Genossin, haben Sie nichts Besseres zu tun, als das Exekutivkomitee von der Arbeit abzuhalten?

Dann, endlich, setzt sie sich auf den Stuhl, der dicht am Fenster steht, und wie viel dichter noch ist er selbst nun ihrem Schenkel, ihrer Hüfte, dann erhebt sie sich wieder, bleibt nah bei ihm stehen.

»Sie haben die Zeitungen gestürmt«, sagt er tonlos.

»Welche Zeitungen, wovon sprechen Sie?«

»In Italien. Die demokratischen Zeitungen. Mussolinis Squadristi sind in die Redaktionen eingedrungen und haben alles kurz und klein geschlagen. Und sie beginnen damit, die Kommunisten festzunehmen. Sie haben nichts gegen die Genossen in der Hand, aber sie verhaften sie von der Straße weg.«

»Damit werden sie nicht durchkommen.«

»Die Faschisten werden gewinnen. In Italien werden sie gewinnen«, sagt Gramsci.

»Reden Sie nicht so.«

»Aber ich sage Ihnen doch nur, wie es ist.«

»Dann reden Sie besser gar nicht.«

Scheinbar nebenbei streift ihre Hand seine Schulter, aber was ist in solchen Momenten schon nebenbei, die kleinste Geste kann die Geschichte in eine andere Richtung stoßen. Vorsicht also. Er hält es hier nicht länger aus. Springt zu hektisch auf, Julia betrachtet ihn erstaunt.

»Wir gehen spazieren«, erklärt er.

»Wenn Sie es sagen, Genosse.«

Und sie folgt ihm in angemessenem Abstand.

Draußen ist schon der einfallende Nebel zu riechen. Jeden Tag ist es kühler, es wird allmählich Herbst, bald klappern die trockenen Blätter in den Kronen, werden braunstichig, fallen herab.

»Sie haben mir geschrieben«, bemerkt Julia mit ihrer zurückgenommenen Stimme.

»Ich wollte Ihnen nicht lästig fallen.«

»Es hat mich gefreut.«

»Ich wollte Ihnen nicht lästig fallen«, wiederholt Gramsci.

»Sie sind schon sonderbar«, sagt Julia und lacht. »Aber schauen Sie sich die Birken an. Sie können nie sicher sein, ob das Laub grün oder weiß ist, eine kurze Böe und alles ändert sich, das gefällt mir so daran.«

»Ihre Schwester kann Birken nicht leiden.«

»Und das glauben Sie ihr? Meine Schwester ängstigt sich nicht vor den weißen Birken, sondern vor den weißen Brigaden, haben Sie das nicht bemerkt?«

Gramsci reißt einen Zweig herunter, streckt ihn nach Julia aus, und ist das womöglich ein zaghafter Versuch, sie zu necken? Sie wedelt ihn weg, »bitte, es ist jetzt nicht die Zeit dazu«.

»Hören Sie immer auf Ihre Schwester?«

»Wieso? Was habe ich vorhin denn getan?«

»Sie haben sich immer zu ihr umgewandt, wenn sie gesprochen haben. Als hätte sie es abnicken müssen.«

»Das haben Sie sich eingebildet.«

»Ich habe Sie nur genau beobachtet.«

»Nein, es ist bloß … Manchmal verstehe ich einfach nicht mehr, was um uns herum passiert. Hier … In Europa … Natürlich wird es dazu kommen, dass die Revolution siegt, aber dann wiederum …«

»Sie sollten die geschichtliche Entwicklung nicht mit einem Naturgesetz verwechseln«, gibt Gramsci lachend zurück.

»Aber ist es nicht so? Dass diese Krise zwingend ist?«

»Ich glaube nicht an das Zwangsläufige«, erwidert er, »und ich möchte auch nicht daran glauben. Dann käme es ja auf uns nicht an.«

»Finden Sie eigentlich, dass Frauen Krieg führen sollten?«

»Finden Sie, dass überhaupt jemand Krieg führen sollte? Oder wären Sie lieber auf der Seite der Pazifisten?«

»Es gibt keine Pazifisten mehr. Die Pazifisten hatten die falsche Meinung in diesem Land, das wird nicht geduldet.« Julia nimmt Gramsci den Zweig aus der Hand. »Eugenia spricht nicht vom Bürgerkrieg. Aber die beiden Bärtigen oben in der zweiten Etage, die reden von den Toten der weißen Armee und von den Nächten, in denen jedes Geräusch auf einen Angriff hindeuten kann. Wenn ich es mir genau überlege«, erklärt Julia und legt ihren Kopf in den Nacken, »hat meine Schwester doch recht. Die weißen Stämme sind grässlich, und die grünen Blätter, die kippen jeden Moment um, sind plötzlich weiß, das ganze wankelmütige Volk, und am Ende fallen auch sie uns in den Rücken.«

»Wir müssen eben die Köpfe der Menschen gewinnen. Wenn man ihnen nur vorschreibt, wie sie zu leben haben, werden wir sie bald gegen uns haben.«

Eine Wurzel, die keiner der beiden sieht, bringt Julia ins Stolpern, Gramsci schnellt vor, fängt sie am Arm auf, die erste heftige, wenn auch ungeplante Berührung, aber wer wünscht schon geplante Berührungen, plötzlich müssen sie kommen, und noch heftiger wäre diese Berührung gewesen, hätte Julia ihr Gleichgewicht nicht wiedergefunden. Sie sehen sich verwirrt an, Gramscis Hand noch an ihrer Elle. Die beiden stehen dicht beieinander, es ist ein Schweigen eingetreten, das länger und peinlicher und dringlicher wird, wie kommt man da jetzt wieder raus, unter normalen Bedingungen würde es jetzt – aber alles spricht gegen normale Bedingungen, der Ort, die Zeit, die Beteiligten, also weg mit den normalen Bedingungen, unter denen es vielleicht zu einem Kuss kommen würde, mit einer zufälligen Bewegung eingeleitet, und schließlich, in versteckter Entschiedenheit, träfen die Lippen aufeinander.

Nur nicht zügellos werden! Das hier ist Genosse Antonio Gramsci, ein Mann von kränklicher Verfassung, im Körper wie im Gemüt. Und neben ihm Julia Schucht, nicht minder fragil. Von diesem Schreck ruhen sie sich erst einmal in einer Laube aus, in jener zweifelhaften Ecke des Grundstücks, in der die Büsche nach Fallobst riechen, weil der Gärtner dort ablädt, was ungenießbar ist. Julia sitzt weit genug von Gramsci entfernt, so dass, käme jemand vorbei, man voneinander abrücken könnte. Sie finden zurück zu Tolstoi, zu Lenin und der notwendigen Einheitsfront, man muss sich mit den Sozialisten verbünden, um gegen die Faschisten anzukommen, alles andere wäre illusorisch, und Julia spricht vom Gären und Brodeln in Italien, vom König Vittorio Emanuele III., der sich neben den Sozialisten fotografieren lässt. »Haben Sie diese Fotos gesehen?«

Julia leuchtet, wenn sie spricht, es ist ihm, als rede zum ersten Mal jemand zu ihm, nicht nur mit ihm, und er weiß, dass er vorsichtig sein muss, auch wenn er nicht mehr vorsichtig sein will. Der Magen von Menschen, die lange hungern, verengt sich und wird von der überflüssigen Säure angefressen. Wenn sie vor Gier alles in sich verschlingen, was sie zu greifen bekommen, kann es leicht sein, dass die Magenwand reißt. Dann verbluten sie, und zwar ehe sich ein erstes Sättigungsgefühl eingestellt hat. Ihr letztes Gefühl wird immer noch Hunger sein.

Sie verabschieden sich auf dem Gang, im Dunkeln, die Lichter sind um diese Uhrzeit schon abgedreht. Hinter einer der Türen schnarcht Patient Genowjew, er hat sich kürzlich den Schnurrbart abrasiert, aber auch das hat nicht geholfen gegen seinen sägenden Schlaf. Julias Finger sind kalt, als sie Gramsci zum Abschied die Hand gibt. Ihr Kinn kurz an seiner Wange. Dann ihr Trippeln durch Genowjews Schlaf.

Gramscis Bett: neunzig mal hundertachtzig Zentimeter. Das

Laken kalt wie Wachstuch. Er denkt daran, dass Julia jetzt in ihrem Zimmer die Schnürung ihres Kleides auseinanderfädelt, dass sie, endlich, die letzte Öse herauszupft aus dem Schnurlabyrinth und der Ärmelstoff einfach hinabrutscht, ihre Schulter freigibt, die vertrackte Regung unterhalb ihres Schlüsselbeins.

Aus einer Ecke des Zimmers vernimmt Gramsci ein Tropfgeräusch, vielleicht das Heizöfchen. Er beginnt sich auszuziehen, die Jacke liegt schon über dem Schemel, er löst den Hemdkragen und legt ihn darauf. Man wird in den Schlaf finden. Man wird morgen aufstehen, allein. Das Tropfen wird lauter, es kommt nicht mehr aus der Heizungsecke, in der es mit einem Mal gespenstisch still ist, sondern vom Flur. Das erste, was er denkt, ist, an die Heizung zu gehen und zu prüfen, ob dort alles in Ordnung ist. Und dann öffnet er doch die Tür.

Über Julias Hals fällt ein Streifen Licht, sie steht auf dem Gang vor seiner Zimmertür, ihr Gesicht liegt im Schwarzen, für jeden außer Gramsci wäre sie nicht zu erkennen.

»Sie haben Feldbetten reingestellt«, sagt sie.

»Feldbetten«, wiederholt Gramsci und hält sein Hemd zusammen, das er bis hinunter aufgeknöpft hat. Unter seiner Hand fühlt er den Brusthügel, den Knorpelberg.

»Drei Stück und darauf schlafen sie schon«, sagt Julia. »Auch auf meinem Bett. Ich kann sie nicht wecken, es ist viel zu spät.«

Unten, nah an seinem Bauchnabel, klafft der Stoff auseinander.

Julia sieht an ihm vorbei, wirft einen Blick auf sein Bett und senkt ihn schnell wieder. Neunzig Zentimeter für zwei, bewegen unmöglich, schlafen ausgeschlossen und berühren, nur nicht daran denken. Was, wenn er wieder seine Anfälle bekäme? Wie leicht es war, mit ihm über Tolstoi und Syndikalismus zu reden.

Und jetzt – sie ist bereits einen Schritt in sein Zimmer eingedrungen.

»Ich habe keine zweite Decke«, fällt ihm ein.

»Mir ist es eh zu warm«, antwortet sie, aber natürlich lügt sie, natürlich wird er ihr die Decke überlassen müssen. Sie kommt noch näher, da ist ihre Haut, da ist ihr Geruch, da ist ihr Haar, das sich kühl anfassen wird wie die Rinde der Platanen. Sie schüchtert ihn ein, wie sie hier, mitten in der Nacht, vor ihm steht.

»Du kannst nicht einmal dein Bett freihalten?«, fragt er. Er möchte nur, dass sie geht. Er weiß doch nichts mit ihr anzufangen. Er weiß doch nicht, wie man sich jetzt verhält.

»Ich habe doch …«, sagt sie und bricht ab, rührt sich nicht, sieht einfach nur auf den Boden. Wäre es doch Terracini, der vor ihm steht. Gramsci muss jetzt schlafen, sonst wird er morgen übernächtigt, klapprig und unkonzentriert am Schreibtisch sitzen, ein diffuses Scheusal. Das kann er sich nicht erlauben, er darf sich das alles hier nicht erlauben.

»Legen wir uns jetzt besser hin«, sagt sie leise.

»Wie albern das ist!«, ruft er, sein letzter Versuch, sie aus seinem Zimmer zu vertreiben. Wieder die Oberhand zu haben in einem leeren Raum. »Ein verwöhntes, bourgeoises Töchterchen bist du.« Jetzt wird er laut, die Nachbarn gewiss wach. »Ach, die arme Elite, die eine Nacht ohne Schlaf nicht erträgt.«

»Legen wir uns einfach hin«, wiederholt sie.

Sie ziehen sich nicht voreinander aus, nur die Schuhe streifen sie ab, und selbst dafür drehen sie sich voneinander weg. Neunzig Zentimeter, streng durch zwei geteilt. Das ergibt weniger als vierzig Zentimeter, denn die Mitte wagt keiner für sich einzunehmen, und sie halten sechs Stunden lang den Atem flach.

**XI ORANGEN** Sie stand unter der Markise des Lebensmittelladens, eine Zigarette zwischen den Fingern, die Lippen leicht gespitzt, der Rauch strömte schmal aus ihrem Mund. In der Hand hielt sie eine Schachtel rote Gauloises, was mich verblüffte, ich kannte nur Raucher, die zwanghaft einer Marke treu waren. Sie schien nicht wählerisch zu sein und wenn doch, so fiel ihre Wahl offensichtlich je nach Stimmung anders aus, ich wusste nicht, ob mich das skeptisch machte oder ob es mich reizte oder ob es mir gleich war, am Ende schmeckten Zigaretten eben nach Rauch. Ich betrachtete ihren zarten, etwas zu kleinen Daumen, der über den Filter strich. Ein Muttermal, so groß wie ein Stecknadelkopf, fleckte ihren Handrücken. Sie sah nicht zu mir herüber, aber sie musste meine Nähe spüren. Ein Bus fuhr vor, sie wollte ihre Zigarette auf den Bordstein werfen, hielt inne und zog doch ein weiteres Mal daran. Der Bus schloss seine Türen.

Wie weich ihr Gesicht war, erschöpft und weich, ich bräuchte nur die Hand nach ihr auszustrecken, und in einer einzigen Bewegung zöge ich sie zu mir heran. Hinter ihr glühte ein Berg Orangen in der Sonne, pralle, fast rötliche Bälle, die durch eine einzige herausgestohlene Frucht den Fußweg überrollen würden. Hier in der Sonne war die Härte verschwunden, die noch in ihrem Gang mitgeklungen hatte, als sie aus der Bibliothek geeilt war. Da wandte sie sich den Orangen zu, betrachtete die Früchte mit einer fast zärtlichen Neugier.

»Entschuldigen Sie, Sie haben etwas übersehen.« Ich stand so dicht vor ihr, dass sie mich berührt hätte, wäre sie zusammengezuckt. Sie aber blickte träge auf und hob die Augenbrauen.

»Wenn ich eine Sache übersehe, dann ist sie mir gleichgültig.«

Ich lächelte, beherrscht jungenhaft. Fünf Sekunden, damit es wirkte. Zehn, dann würde es durchschaubar.

»Wir haben uns dort drüben getroffen«, sagte ich und deutete auf die Tavola Calda.

»Ich habe niemanden getroffen.«

»Aber Sie sind wegen mir so hastig aufgebrochen.«

»Wegen Ihnen? Für wen halten Sie sich eigentlich?« Sie schnippte die Zigarette von sich und hob eine Orange, wog sie in der Hand, legte sie zurück an den Berghang.

»Und für wen halten Sie mich?« Ich trat noch einen Schritt näher an sie heran, spürte das Vibrieren ihrer Haut, leicht, wie das Zittern auf dem Wasser, wenn die Wellen noch nicht zu erkennen sind.

»Haben Sie so etwas wie Schamgefühl? Wenn ja, möchte ich Sie bitten, davon Gebrauch zu machen. Sie stehen gleich auf meinem Fuß.«

Ihre Widerborstigkeit gefiel mir. Noch bäumte sie sich auf, zudem heftig, und ich wusste, wie sich diese Heftigkeit anfühlen konnte, wenn sie die richtigen Kanäle fand.

»Gehen wir einen Kaffee trinken«, schlug ich vor.

»Ganz gewiss nicht.« Sie holte erneut ihre Zigarettenschachtel hervor, war offensichtlich nervös, womit wir uns auf dem richtigen Weg befanden.

»Überlegen Sie es sich.«

»Danke, das habe ich bereits.«

Aus meiner Jacketttasche zog ich einen Zettel und schrieb Brevis Nummer darauf. »Wenn Sie es sich überlegt haben, rufen Sie mich an, Tatjana. Jederzeit.«

»Warum nennen Sie mich Tatjana?«

»Ich denke, so heißen Sie.«

»Denken Sie nicht zu viel. Sie wissen nichts über mich.« Sie trat die halbgerauchte Zigarette auf dem Fußweg aus, wandte sich von mir ab, ohne den Zettel zu nehmen, und ging, ihre Hüften kaum merklich schwingend, die Straße hinunter. Ein Bus hielt neben mir, die Türen klappten auf. Ich griff eine Orange vom Berg herunter und sprang die Stufen in den Bus hinein. Zwischen pechschwarz gekleideten Alten, die sich mit Plastikfächern klappernd Luft zuwarfen, und zwiebelig riechenden Touristen fuhr ich die Straße hinab. Tatjana stand an der Ampel und blickte kurz auf, als der Bus an ihr vorbeiratterte.

Natürlich würde ich ihr nicht aus dem Kopf gehen. Selbst Frauen, die versuchten, mir auszuweichen, liefen mir über kurz oder lang nach, sie hatten keine andere Wahl, und hätten sie das eingesehen, wäre es ihnen besser ergangen, das Zwangsläufige muss man sich nicht vorwerfen. Viele von den Frauen, die ich getroffen hatte, machten sich das Leben unnötig schwer, dabei konnten sie ja nichts dafür, oder vielmehr konnten sie nichts dagegen ausrichten, ich zog Frauen nun einmal an, hübsche und weniger hübsche, jene, um die ich mich bemühte, und jene, denen ich lieber aus dem Weg gegangen wäre. Hedda hatte das nie verstanden oder wollte es nicht verstehen. Sie glaubte, man könne derlei abklopfen wie Straßenstaub von einem Mantel.

»Wenigstens vor Lasse könntest du dich zusammenreißen«, hatte Hedda mir am Abend nach Lasses Geburtstagsfeier vorgeworfen. Ich stand erschöpft am Küchentresen, noch den Lärm von der Kinderparty im Kopf, der letzte Gast, in Elternarme gepackt, war vor einer Viertelstunde verschwunden und ich wollte nur Ruhe, ein Glas Wein und die krakeelenden Stimmchen vergessen.

»Weißt du eigentlich, was für einen Ruf du in der Elefantengruppe hast?«, fragte sie.

»Elefantengruppe! Ich wüsste nicht, dass ich Mitglied einer Elefantengruppe bin.«

»Ist dir nie aufgefallen, dass es schlagartig still wird, wenn du den Mantelraum betrittst?«

Natürlich war es mir aufgefallen. Ich stand vor den zweiundzwanzig Tiermotiven, darunter die Haken, die Mäntelchen, das Kindergewusel, durchquerte den Raum und zog Lasses Jacke unter einem pausbäckigen Mäuserich hervor. Die Mütter verfolgten jede meiner Bewegungen, die Väter stopften ihren Nachwuchs rabiat in den Anorak.

»Elefantengruppe!«, rief ich noch einmal.

»Es ist ein Kindergarten, Anton. Wie sollen sie ihre Gruppen denn sonst nennen? Postrevolutionäres Syndikat?«

»Wäre mir lieber. Ich möchte mich nicht ständig auf das Niveau von Sechsjährigen herunterdenken.«

»Das solltest du aber mal. Merkst du nicht, dass am Ende alles auf Lasse zurückfällt? Die Eltern von Robert nehmen Lasse schon nicht mehr mit zu sich, und Carolin ist es unangenehm, wie du sie taxierst.«

»So, unangenehm? Vielleicht ist sie ja auch neidisch auf dich.«

»Natürlich, neidisch.« Hedda lachte trocken. »Wer denn noch alles? Wenn wir schon dabei sind: Denkst du, ich merke nicht, wie früh du in letzter Zeit in den Kindergarten fährst?«

Hedda brachte ihre Vorwürfe stets im richtigen Moment hervor, wenn ich zu erschöpft war, um mich zu wehren, und nur noch die Schultern zuckte, was sie selbstredend für ein Geständnis hielt. Dabei war ich lediglich ausgelaugt von dem Robert-Maria-Esther-Hannes-Wiebke-Geschrei. Maria war gestolpert,

Hannes hatte um mehr Kuchen gebettelt, Esther hatte Heimweh gehabt und traute uns Stövers nicht über den Weg. Meine Präsenz im Kinderzimmer war von Hedda natürlich einmal mehr übersehen worden. Erst als ich am späten Nachmittag der Wiebkemutter ein wenig zu herzlich aus dem Mantel half, fiel ich ihr auf, und jetzt witterte sie eine schmutzige Geschichte in den Mantelärmeln.

»Hedda, da ist nichts, und selbst wenn etwas wäre, hast du mir da nicht mehr reinzureden.«

»Ich rede dir in gar nichts mehr rein. Nur bitte, nicht auch noch in unserer Wohnung!«

»Das ist nicht mehr unsere Wohnung, das ist nur noch ein Behelf.«

»Aber wir leben darin.«

»Was man so leben nennt.«

»Rede vor Lasse nicht so.«

Er stand in der Tür und ließ zwei neu geschenkte Matchboxautos gegeneinanderklackern, die, wie er behauptete, mit ihm sprächen. Hedda fuhr ihm durchs Haar, ganz ihr Eigentum, nahm ihm die Autos aus der Hand, er protestierte, blickte verunsichert zwischen uns hin und her. Sie senkte sich zu ihm hinab, küsste ihn auf die Stirn und dirigierte ihn sanft aus der Küche hinaus. Ihr leicht wiegender Gang, als Lasse außer Reichweite war. Sie öffnete den Kühlschrank, holte den Sauvignon heraus und schenkte sich ein Glas ein. Als sie wieder an den Tresen kam, zwinkerte ich ihr zu, ich wollte ein versöhnliches Ende jetzt, wir waren beide erschöpft. Hedda war in den letzten Monaten bissiger geworden, ich warf ihr das nicht vor, wer liebt, ist ungerecht, aber Hedda verletzte mit einem Elan, als habe sie in ihrem Leben nichts anderes mehr vor.

»Irgendwann sieht das auch bei dir albern aus«, sagte sie.

»Natürlich, Hedda, immer nach deinen Wünschen.«

Hedda hob ihr Glas, als wollte sie es nach mir werfen. Dann setzte sie es doch nur an ihre Lippen, nahm einen tiefen Schluck und stellte es wieder auf den Tresen. Sie trank viel in letzter Zeit, ich hatte ihr das einmal gesagt, als sie morgens zu lange vor dem Spiegel gestanden war, »Hedda, mach dir nichts vor, es ist so, wie du es siehst, und du weißt auch, woran es liegt«. Es war nicht böse gemeint gewesen, ich wollte sie ja nur von ihrer Grübelei erlösen.

»Ich habe lange schon keine Wünsche mehr. Aber ich habe einen Sohn, und ich habe irgendwann begriffen, was Verantwortung ist. Sonst würdest du uns beide längst nicht mehr sehen.«

Ich ließ mich auf den Barhocker sinken, spielte mit den Krumen auf einem der bunten Pappteller und tauschte tiefe Blicke mit dem Clownsgesicht, das sein wüstes Grinsen nach all dem Kuchen, der darauf gelegen hatte, noch immer nicht verloren hatte.

»Bald bist du mich ja los. Wenn ich in Rom bin«, sagte ich.

»Wieso Rom?«

»Ein Forschungsprojekt.«

»So? Und davon erfahre ich jetzt?«

»Ich dachte, ich hätte es erwähnt.«

»Erwähnt?«

»Ich muss nach Rom, Hedda, da gibt es nichts rumzureden.«

»Du musst?«, fragte Hedda in ihrer überheblichen Art, als ob es für mich lediglich Müßiggang gäbe.

»Rom«, wiederholte ich, »für längere Zeit diesmal.«

»Ist das jetzt ein Auszug?«

Ich schüttelte den Kopf.

»Wie lange?«, fragte Hedda.

»Vier Wochen«, sagte ich. »Erst mal.«

»Erst mal?« Sie räumte mir den Pappteller unter den Fingern weg und ließ den Mülleimerdeckel hochkrachen. »Warum nicht gleich vier Jahre?«

»Wäre dir das lieber?«

»Mir wäre manches lieber, das ist nicht mehr die Frage zwischen uns.«

Wieder ein Schluck aus dem Glas, wieder war er zu tief.

»Denk wenigstens daran, Lasse eine Karte zu schicken«, sagte sie. »Und komm nicht auf die Idee, dich bei seiner Einschulung blicken zu lassen. Ich will ein einziges Mal mit meinem Sohn in Frieden feiern.«

Sie wurde wieder heftig. Sie hatte sich nicht mehr im Griff. Das Schlimme an einem Menschen, mit dem man ein Kind hatte, war ja, dass man sein ganzes Leben mit ihm zu tun haben würde und ich schaute Hedda wirklich nicht gern dabei zu, wie sie hilflos und lächerlich wurde, aber ich war mittlerweile zu weit von ihr entfernt, um ihr den Rücken zu stärken. Ich sah Hedda an, ihren fehlerlos geschminkten Mund, ihr zu teures Kleid, das sich um ihr Dekolleté herum bauschte. Ich fand weder Gefallen noch Missfallen daran, wie ihre helle Haut von dem schwarzen Stoff umrahmt wurde. Es war mir unangenehm gleichgültig. Da war nichts mehr zwischen uns. Und was sollte es. Der Moment, da ich hätte traurig sein können, war längst vorbei. Die Momente, die schön gewesen waren, auch.

**XII WELTREVOLUTION** Im Hotel Lux in Moskau gibt es im Winter 1922 einen schlechtgelaunten Nachtwächter, einen Wasserschaden und Zimmer für die bedeutendsten Kommunisten der Welt. Am 4. November wird der IV. Kongress der Kommunistischen Internationale durch eine Rede des abwesenden Wladimir Iljitsch Lenin eröffnet. Die Sowjetmacht in Russland feiert das erste Jahrfünft ihres Bestehens, lässt der oberste Genosse dem IV. Weltkongress der Komintern, dem Petrograder Sowjet und den Arbeiter- und Rotarmistendeputierten erklären. Sie ist stabiler denn je. Der Bürgerkrieg ist beendet. Die ersten wirtschaftlichen Erfolge sind zu verzeichnen. Es ist der größte Stolz Sowjetrusslands, den Arbeitern der ganzen Welt in ihrem Kampf um die Niederwerfung des Kapitalismus zu helfen. Der Sieg wird unser sein.

Es lebe die Kommunistische Internationale!

Gramsci schlägt mechanisch seine Hände ineinander, taub fühlen sie sich an, er blickt sich im Raum um und wundert sich, dass er noch in der Reihe der anderen funktioniert, die klatschen und leuchten. Das Fahnenrot pulsiert vor seinen Augen, Terracini versucht ihm etwas zuzuflüstern, er aber hört nicht. Der nächste in einen morschen Anzug gekleidete Genosse tritt auf, knöpft sein Jackett auf. Julias Lachen. Einhundert Kilometer entfernt ist sie, *ich möchte Ihnen tausend Dinge schreiben, Julia, doch es gelingt nicht, einige können Sie vielleicht erraten.*

Aber nein! Julia hat hier nichts verloren. Gramsci versucht sich auf die Rede zu konzentrieren, der Genosse auf der Tribüne kommt ihm vor wie eine Marionette, seine Sätze schwappen zäh und vernuschelt aus den Lautsprechern über den Saal. »Alles ist da und möglich«, behauptet der Redner, »wir müssen nur danach greifen, es formen, wir dürfen jetzt nicht schwach werden in dem Moment, da eine neue Wirklichkeit, eine neue Welt entsteht.« Er schwingt seine Hand, um den Zuhörern in die Luft zu malen, was das ist, eine Welt.

Julias Gesicht. Gramsci erinnert es nicht scharf, hat Wesentliches sogar vergessen: den Übergang des Nasenrückens, die Höhe der Stirn, die Proportionen, wenn er sie aus geringem Abstand sieht, ihr Profil, wie es sich für alle anderen zeigt.

Was er erinnert: die Größe ihrer Augen, wenn sie ihn von etwas überzeugen will, und die schmal zusammengezogenen Lider, wenn sie nach einer Formulierung sucht. Die Höhe der Stirn, eine Handbreit, wenn er fühlt, ob sie Fieber hat, und eine Kurve seines Fingers, wenn er ihr das Haar beiseitestreicht. Er könnte einen Nachmittag lang ihre Stirn betrachten. Die leichten Falten, noch nicht tief in die Haut gegraben, sondern wie sanfte Berührungen drübergezogen. Die Schläfenbuchten. Die Muskeln, die darunter spielen. Er kennt die Farbe ihrer Zunge und die Form ihrer Lippen, während sie spricht, und solange sie spricht und auch später noch, viel später, viel viel später, versetzt ihre Stimme ihn in eine fragile Euphorie.

Er muss sich an jemanden anlehnen, und das ist nun zufällig Umberto Terracini, der gar nicht versteht, was mit dem Mann los ist, den er so lange schon kennt! Erschreckend unabhängig, scharf im Denken, unterhaltsam, charmant und selbst auf nichts und niemanden angewiesen, das war Gramsci doch bis jetzt. Und was um alles in der Welt ist nun dieses Häufchen neben ihm, zusammengesunken an seiner Schulter?

Später, beim Abendessen, wirkt Gramsci müde, noch immer

kränklich und besorgt über die Zustände in Italien. Nach dem Marsch auf Rom sortiert Mussolini sein Reich. Die Kommunisten werden geprügelt, verschleppt, verhaftet, totgeschlagen. Die Revolution, die auf der Kippe stand, ist gekommen, nur von der falschen Seite.

»Wir müssen wieder mit den Sozialisten zusammengehen, allein sind wir zu schwach gegen die Faschisten«, sagt er Grigori Sinowjew, der nickt und sich eine tropfende Pelmeni in den Mund steckt.

»Erzähl das Amadeo. Für ihn sind die Sozialisten nicht besser als die Faschisten.«

»Wenn wir glauben, der Sozialfaschismus sei unser Feind, dann sind wir blind für das, was uns wirklich tötet. Wir müssen gegen den Faschismus kämpfen. Gegen den reinen Faschismus. Gegen Mussolinis Truppen. Warum seht ihr das nicht endlich ein?«

»Wir leben auf einem Vulkan«, erklärt er Terracini, der sich mit seiner Serviette Luft zufächelt.

»Die Sozialisten brechen uns das Rückgrat«, entgegnet der.

»Die Sozialisten brechen uns allenfalls den Stolz.«

»Revolution in Ungarn, in Estland, in der Ukraine. In Deutschland, Italien, Frankreich und England, glaubt ihr das denn wirklich noch?«, fragt er Amadeo Bordiga. »Die Weltrevolution wird so schnell nicht von hier aus vorangetrieben werden. Das ist nicht mehr als ein Gedankenspiel, aus den Sälen der Komintern, aus den Schlafzimmern des Hotel Lux, über die Landkarte, die neben Lenins Krankenbett liegt.«

»Wenn wir einknicken, dann wird es ganz bestimmt nicht gelingen«, entgegnet Amadeo. »Dann nicht. Aber wenn wir standhaft bleiben, Antonio, dann wird der Staat sich unter den Faschisten aushöhlen, warte ab, dann ist die Revolution unvermeidlich. Und du willst jetzt mit den Sozialisten paktieren? Bravo, mein Lieber, dann verhinderst du selbst alles.«

»Du versuchst noch immer, Italien mit Russland zu vergleichen. Hör endlich damit auf. Hier hat es genügt, die Schaltstellen des Staates zu erobern, Russland ist ein dahinsiechendes, feudalistisches Reich gewesen. Ein Land vom Zarismus zu befreien ist etwas vollkommen anderes, als eine bürgerliche Gesellschaft zu stürzen. Bei uns beherrscht die Bourgeoisie doch nicht nur die Macht, sondern das Denken. Das ist der Unterschied, Bordiga, sieh das doch ein. Selbst wenn die Kommunisten im Quirinal sitzen würden, hätten sie doch noch lange nicht das Volk erobert. Sie werden an monströsen Eichentischen Karten spielen, im August die Hitze verfluchen und an der Herrschaft der Bourgeoisie nichts ändern, die außerhalb der ministerialen Diensträume in den Köpfen der Menschen weiterbesteht, mit Mussolini Verträge schließt und den Ferragosto in ihrer Sommerresidenz feiert. Wir können in diesem Moment nicht für die Diktatur der Arbeiterklasse kämpfen«, sagt Gramsci, »wir müssen es für die Demokratie tun.«

»Die Sozialisten, Antonio, sitzen mit der Bourgeoisie in einem Boot«, hält Bordiga dagegen. »Wenn an denen etwas rot ist, dann allenfalls die Schwimmweste, an die sie sich klammern, so feige sind sie. Bei hohem Wellengang würden sie mit allen paktieren, die ihnen ein sicheres Schiff versprechen. Mit denen holt man sich den Feind ins eigene Nest.« Sprach Bordiga und verdrückt sich an die frische Luft.

Genosse Rákosi kommt anscharwenzelt, ein Dummkopf ohne ein Gramm politischen Verstand. Gramsci solle doch selbst Vorsitzender der KPI werden, erklärt er ihm lächelnd hinter vorgehaltener Hand, solle Bordiga stürzen, man wolle Bordiga ohnehin aus der Komintern ausschließen, redet er Gramsci ein.

»Was für ein Blödsinn, und gefährlich obendrein! Bordiga wird sich zurückziehen und eine Krise innerhalb der Partei heraufbeschwören. Und was wird der *Avanti!* tun? Jede Meinungsverschiedenheit auch noch aufpeitschen, und die Partei würde endgültig zersplittern.«

Am 13. November tritt Wladimir Iljitsch Lenin ans Rednerpult des IV. Kongresses der Komintern. Sein Erscheinen wird mit hysterischem Jubel begrüßt, die Genossen erheben sich und singen die Internationale. *Völker, hört die Signale, auf zum letzten Gefecht!* Lenin selbst aber hört nur noch wenig, er sieht schlecht aus und wird kein Gefecht mehr überstehen. Sein Gesicht ist fahl, die Haut wie Papier, er wirkt, als wolle er der Fäulnis der Klassengesellschaft, dem reaktionären kleinbürgerlichen Verfall, einen physischen Ausdruck verleihen. Kein Ekel, sondern Schwäche, keine Scham, sondern Gebrechlichkeit.

Über Perspektiven der Weltrevolution habe er zu sprechen, aber das Thema sei zu groß, er könne es nicht im Ganzen angehen, entscheidet der oberste Genosse und erzählt von den Fehlern der letzten Jahre, von den überstürzten Zügen der neuen Wirtschaftsordnung, die 1921 die dunkelsten Stunden Sowjetrusslands bedeuten und die Siege der Revolutionäre beinah zunichtegemacht hätten. Die Arbeiter waren unzufrieden, die Bauern rebellierten, die Hungersnot blieb. Eine Krise, die den neugeschaffenen Organismus beinah zerrüttet hätte. Der Gegner wird die Schwächen ausnutzen und die Massen zertrümmern und zerschlagen, die eben noch auf das bessere Morgen gehofft haben. Jetzt müssen Bastionen gebaut werden für die Wirtschaft. Der Staatskapitalismus ist ein kleiner, notwendiger Rückzugsort auf dem Weg zum Sozialismus.

»Ich denke, man kann den russischen Rubel schon deshalb

als berühmt bezeichnen«, erklärt Lenin, »weil die Menge dieser Rubel jetzt eine Quadrillion übersteigt.« Gelächter im Saal. »Das ist schon etwas. Eine astronomische Ziffer. Ich bin sicher, dass hier nicht einmal alle wissen, was diese Ziffer bedeutet.« Gelächter. »Doch wir halten diese Zahlen, und zwar vom Standpunkt der ökonomischen Wissenschaft, nicht für so wichtig, denn man kann ja die Nullen streichen.« Gelächter.

Aber es ist ja nicht nur zum Lachen, denkt Gramsci, und wieder spürt er die Kälte in seinem Kopf. Wieso ist jetzt niemand hier, der ihm mit der Hand über den Rücken fährt, der ihn stützt?

»Deshalb meine ich«, erklärt der oberste Genosse, »dass die PERSPEKTIVEN DER WELTREVOLUTION – das ist ein Thema, dass ich kurz berühren muss – günstig sind. Und unter einer bestimmten Bedingung, glaube ich, werden sie noch besser werden.«

Wir dürfen nicht an einen Determinismus glauben, denkt Gramsci. Wenn wir die Geschichte nicht verhandeln können, werden wir zu apathischen Sklaven.

»Das Wichtigste in der jetzt anbrechenden Periode ist das Lernen«, verkündet Lenin. »Wir lernen im allgemeinen Sinne, Sie dagegen müssen im speziellen Sinne lernen, um die Organisation, den Aufbau, die Methode und den Inhalt der revolutionären Arbeit wirklich zu verstehen. Wenn das geschieht, dann werden, davon bin ich überzeugt, die Perspektiven der Weltrevolution nicht nur gut, sondern ausgezeichnet sein.«

Applaus. Tosender.

In der Nacht liegt Gramsci schlaflos in seinem Bett. Lenins Stimme hallt in der Dunkelheit. Die Perspektiven der Weltrevolution. Nicht nur gut. Sondern ausgezeichnet. Ausgezeichnet. Ausgezeichnet. Er sieht Lenins vorgerecktes Kinn, sieht Tschitscherins Glubschaugen, Eugenia, die eine Fahnenstange über ihre Schulter gestemmt hat, eine rote Flagge flattert daran, ein Schuss löst sich aus der Stange und die Fahne zerfließt, es riecht nach Blut und Rost. »Die Organisation!«, ruft Lenin. »Der Aufbau!« »Die Methode!« Seine Faust zischt durch die Luft. Eine kleine rote Kugel hüpft über die Wand, schlägt auf dem Boden auf und zerbricht wie ein rohes Ei. Heraus fließen Buchstaben, über den ganzen Boden breiten sie sich aus.

Schlaf, denkt Gramsci. Bitte lasst mich schlafen. Noch immer ist er nervlich erschöpft, noch immer rast es bisweilen in seinem Kopf, und dann diese Leere, der vorübergehende Gedächtnisschwund. Die sechs Monate in Silberwald haben ihn nicht gesund werden lassen, all die Ratschläge von Hochwürden haben nur eine Eskalation seiner Krankheit verhindert. Und jetzt liegt er hier und findet den Zugang zum Schlaf einfach nicht, ein Gebäude ohne Tür und Fenster. So viel Müdigkeit in den Augen, hinter der Stirn, so viel Wachheit um ihn. So viele Gedanken. Immer derselbe Gedanke. Kälte in seinem Rücken. Die Matratze fühlt sich falsch an, zu weich und zu hart gleichermaßen. Er wendet sich auf ihr hin und her. Draußen johlen fremde übermütige Menschen. Junge Menschen. Verliebte Menschen. Menschen, die zusammen, Hand in Hand, über das Pflaster Moskaus torkeln. Soldaten, die vor wenigen Monaten noch ausgedörrte Bauernmädchen schwerfällig vergewaltigt haben und jetzt ein würdiges Mädchen im Arm halten, ihm behutsam über die Eingangsstufen eines bourgeoisen Hauses helfen, in dessen Inneren die Zeichen der alten Herrschaft heruntergerissen sind, Tapeten, Gardinen, Bücherwände.

Gramsci fühlt die Leere in seinem Rücken. Da ist nichts. Niemand, der ihm die Arme um die Schultern legt, mit den Fingern sein Rabenbein entlangfährt, und er erträgt es nicht mehr, seitdem er weiß, dass es anders möglich ist. Vielleicht war es nur ein Moment, längst vorüber, er wird nicht einschlafen, solange da niemand ist und niemand kommt und sich zu ihm legt und dieser Lärm durch die Scheibe dringt, das Johlen der verliebten Soldaten, der Krieg ist vorbei, der Krieg war erfolgreich, der Krieg hat ihr Leben zerstört, und dann dreht es sich in Gramscis Kopf.

Julia Julia Julia Julia Julia Julia Julia Julia Julia Julia Julia Julia
Julia Julia Julia Julia Julia Julia Julia Julia Julia Julia Julia Julia Ju-
lia Julia Julia Julia Julia Julia Julia Julia Julia Julia Julia Julia Julia
Julia Julia Julia Julia Julia Julia Julia Julia Julia Julia Julia Julia Ju-
lia Julia Julia Julia Julia Julia Julia Julia Julia Julia Julia Julia Julia
Julia Julia Julia Julia Julia Julia Julia Julia Julia Julia Julia Julia Ju-
lia Julia Julia Julia Julia Julia Julia Julia Julia Julia Julia Julia Julia
Julia Julia Julia Julia Julia Julia Julia Julia Julia Julia Julia Julia Ju-
lia Julia Julia Julia Julia Julia Julia Julia Julia Julia Julia Julia Julia
Julia Julia Julia Julia Julia Julia Julia Julia Julia Julia Julia Julia Ju-
lia Julia Julia Julia Julia Julia Julia Julia Julia Julia Julia Julia Julia
Julia Julia Julia Julia Julia Julia Julia Julia Julia Julia Julia Julia Ju-
lia Julia Julia Julia Julia Julia Julia Julia Julia Julia Julia Julia Julia
Julia Julia Julia Julia Julia Julia Julia Julia Julia Julia Julia Julia Ju-
lia Julia Julia Julia Julia Julia Julia Julia Julia Julia Julia Julia Julia
Julia Julia Julia Julia Julia Julia Julia Julia Julia Julia Julia Julia Ju-
lia Julia Julia Julia Julia Julia Julia Julia Julia Julia Julia Julia Julia
Julia Julia Julia Julia Julia Julia Julia Julia Julia Julia Julia Julia Ju-
lia Julia Julia Julia Julia Julia Julia Julia Julia Julia Julia Julia Julia
Julia Julia Julia Julia Julia Julia Julia Julia Julia Julia Julia Julia Ju-
lia Julia Julia Julia Julia Julia Julia Julia Julia Julia Julia Julia Julia
Julia Julia Julia Julia Julia Julia Julia Julia Julia Julia Julia Julia Ju-
lia Julia Julia Julia Julia Julia Julia Julia Julia Julia Julia Julia Julia
Julia Julia Julia Julia Julia Julia Julia Julia Julia Julia Julia Julia Ju-

lia Julia Julia Julia Julia Julia Julia Julia Julia Julia Julia Julia Julia Julia Julia Julia Julia Julia Julia Julia Julia Julia Julia Julia Julia Julia Julia Julia Julia Julia Julia Julia Julia Julia Julia Julia Julia Julia Julia Julia Julia Julia Julia Julia Julia Julia Julia Julia Julia Julia Julia Julia Julia Julia Julia Julia Julia Julia Julia Julia Julia Julia Julia Julia Julia Julia Julia Julia Julia Julia Julia Julia Julia Julia Julia Julia Julia Julia Julia Julia Julia Julia Julia Julia Julia Julia Julia Julia Julia Julia Julia Julia Julia Julia Julia Julia Julia Julia Julia Julia Julia Julia Julia Julia Julia Julia Julia Julia. Nicht auszuhalten.

»Es ist nun Folgendes, Julia«, schreibt er am nächsten Morgen. »Ich bin erschöpft. Es sind die Tage und Stunden und Reden, die mich aufreiben. Ich kann nicht klar denken. Wenn du nicht da bist, zerfalle ich wie ein morscher Pilz. Wenn ich es grob sagen wollte: Du tust mir nicht gut. Ein Mann kann nicht alles sein im Leben, ein glücklicher Mensch und ein getriebener. Ein verliebter Idiot und ein kluger Revolutionär. Siehst du das ein?«

Er muss weg von ihr, sie tut ihm nicht gut, sie tut seiner Arbeit nicht gut, und was ist nun wichtiger, seine Arbeit oder Julia? Die Welt oder ein Stecknadelkopf? Die Perspektiven der Weltrevolution werden ausgezeichnet sein. Lernen. Julia stößt ihm all das weg. Weil sie alles sein muss, weil sie es nicht erträgt, einfach nur ein Teil zu sein, der sich zu den anderen Teilen fügt. Überall Julia, sie sitzt zwischen den Zeilen, die er schreibt, sie sitzt in den Zeitungen, die er liest, und kaum dass er nach ihr greifen will, wendet sie sich ab und ist fort. Was fängt er denn am Ende an zwischen so viel Julia, zwischen so wenig von ihr? In seinen Gedanken hat er sich zurechtgefunden, in seinen Thesen, er ist brillant gewesen, und jetzt stolpert er wie ein blinder dreibeiniger Hund durchs Unterholz. Es ist ein Irrsinn, die vergangenen Wochen haben ihn vollständig aufgerieben. Er hat nicht mehr gedacht, nicht mehr geschlafen, nicht mehr nach vorn geschoben, was er hätte nach vorn schieben müssen. Getaumelt ist er zwischen seinem kleinen Glück, seinem kleinen Unglück. Aber wir können nicht alles sein, Juliakind. Es gibt Wichtigeres. Es gibt die Partei, es gibt die Arbeit, wir dürfen die Welt um uns nicht vergessen.

Er atmet auf. Er meint, aufzuatmen. So ist es richtig, er ist in der Pflicht, das ist nun mal sein Leben. Und Julia passt dort nicht hinein. Er blickt auf die schneebestäubte Straße vor dem Hotel Lux, denkt an die Rede Lenins, und seine Gedanken sind wieder kühl wie Winterluft. Dann nimmt er den Brief und verbrennt ihn über dem Aschenbecher.

## XIII DAS BÜRGERLICHE LEBEN

Wir waren erst ein paar Wochen zusammen, ich wartete im Museum auf Hedda, eine Ausstellung zu den großen Fälschungen der Kunstgeschichte, und Hedda war verspätet. Unter gewissen Umständen kann schon die kleinste Verzögerung grausam sein. Um meine Unsicherheit zu verbergen oder gar die Angst, sie könnte gar nicht mehr erscheinen, aus meinem Leben wieder herausfallen wie ein Vogel aus einem Nest, versuchte ich mich auf eine der Tafeln zu konzentrieren, die mich über einen neapolitanischen Kunstfälscher informierte. Dann und dort geboren, hier und da hochgestapelt, geblufft, Kontakte geknüpft, las ich, als im Raum ein Scharren und Rascheln einsetzte, fein, aber doch hörbar, und die Herren vor den Bildern ein wenig ihre Position verschoben, der eine nach hinten rückte, der andere sich vorbeugte, nicht genug, um Hedda zu sehen, aber doch genügend, um sie zu erahnen.

Nachlässig schlendernd kam sie auf mich zu, was sie, wie ich mir sicher war, lange geübt hatte. Das schwarz-blaue Kleid ließ ihre Kontur schmaler wirken, einen Grad nur, sie war immer schmal, aber an diesem Tag entschlossener als sonst. Durchs Fenster fiel bereits weiches Herbstlicht, dabei war es erst August. Hedda blieb dicht vor mir stehen, ich spürte das Zittern ihrer Haare, ich streckte meine Hand nach ihr aus, wollte ihre Hüfte greifen, aber sie glitt zurück.

Der Aufpasser strich nah an uns vorbei, ich meinte, etwas Anzügliches in seinem Gesicht zu erkennen, Hedda bemerkte es nicht, tat zumindest übertrieben unschuldig. Er sprach sie an, sie solle Abstand zu den Bildern wahren, und sein Blick glitt süffig über ihren Körper, dabei stand sie im angemessenen Abstand zu den Bildern, ich hätte ihn wegdrängen können, aber es schien mir zu lächerlich. Natürlich war alles eine Gefahr, sobald man etwas von Wert besaß, das meiste ging nun eben kaputt, Situationen und Verhältnisse und Überzeugungen, und das war der Grund, warum ich so sehr an den Moment glaubte. Der war vorüber, ehe er zu Bruch gehen konnte. Hedda nur war kein Moment mehr und ich hatte keine Ahnung, wie damit umzugehen war.

Wir hatten erst ein paar Nächte miteinander verbracht, es war noch die schwebende Zeit, da man hätte auseinandergehen können, ohne den anderen allzu sehr zu verletzen, ständig verlässt man Menschen, ohne es überhaupt zu merken, vielleicht wäre auch uns das geglückt, vielleicht war es nur Zufall, dass wir nicht aufhörten, uns zu sehen, dass wir nicht davon lassen konnten, und ich meinte, dass ich die Situation beherrschte, ich sog ihre Berührungen in mich auf, als könnte ich sie für schlechtere Zeiten speichern, küsste ihren Hals, ihren Nacken, ihr Schlüsselbein, drückte ihre Beine auseinander, presste mit der Hand ihre Hüfte an mich, und später in der Nacht glitt ihre Hand über meinen Rücken und ich fühlte mich so geschützt vor dem Einerlei aus Körpern und Sätzen, die gleichmütig an mir vorbeigezogen waren, dass ich nicht wusste, ob ich je wieder dorthin zurückwechseln konnte.

Ich blickte mich zu Hedda um. Sie stand nicht vor einem Gemälde, auch nicht vor dem Fenster mit Blick auf die Wallanlagen, sondern vor dem Flur, durch den es zu den Waschräumen ging, an einem der hässlichsten Orte, die ein Museum hergibt, aber was machte das schon. Scheinbar beiläufig wandte sie ihren Kopf zu mir, dabei war es längst nicht mehr beiläufig, auch nicht für sie, und ich gestand mir ein, dass das hier länger andauern könnte, dass es, wie man so sagt: ernst war und dass im Übrigen ein Körper keine Berührung speicherte, sondern süchtig danach wurde.

Ich war fünfunddreißig in dem Sommer, kein absurdes Alter, um mit dem Ernst zu beginnen, mir hatte die Vorstellung von einer bürgerlichen Ehe immer gefallen, wie mir überhaupt das bürgerliche Leben gefiel. Dabei war ich, wie Hedda mir später vorwerfen würde, nicht in der Lage zum Ernst, so wie sie ihn verstand, zur emotionalen Ausgeglichenheit oder Ruhe, ich musste ständig etwas und jemanden wollen, Stillstand jagte mir Angst ein, aber das alles, also die Vorwürfe, kamen ja erst Jahre nach unserem Museumsbesuch, und damals, an dem Tag im Museum, war alles leicht und wie gern hätte ich sie gefasst eben dort, wo sie stand, mit dem grünen Schild über ihrem Kopf, piktografisch einen Mann neben eine Frau gestellt, geschlechtsloses Strichwesen, und im Kontrast dazu, nein, auch ohne ihn, da hast du geleuchtet, Hedda.

Um uns herum gab es Bruegel, Rembrandt, Picasso. Es gab die Geschichte von Auktionshäusern und Privatpersonen, die ihr Ansehen und ihren Verstand an ein paar übertalentierte Schwindler verloren hatten. Es gab Lebensläufe, die so irr waren, dass man sie nicht glauben konnte, und die doch echter waren als die Bilder, die an der Wand hingen. Es war natürlich nur Einbildung, so wie man in einem historischen Museum meint, das Alter der Exponate zu spüren, die Schwere der Jahrhunderte, die sich darauf abgelagert haben und von dort auf uns abstrahlen. Wir standen umgeben von einigen der schönsten Werke der Kunst, und dass all dies nicht wahr war, nur ein Betrug, eine perfekte Täuschung, nichts mit den Händen von Bruegel, Rembrandt, Picasso zu tun hatte, machte den Reiz aus. Etwas Falsches flirrte in der Luft. Wir wurden hintergangen und genossen es.

Ich trat hinter Hedda, zwickte sie in die Seite, sie schrak lachend von mir weg. Vor uns lag ein Mond. Die erste wissenschaftliche Zeichnung eines Mondes. Genarbt wie die Haut einer Orange. Geschaffen von Galileo Galilei. Oder von einem beleibten Mittvierziger, der in Arona unter Hausarrest festsaß.

»Sei ehrlich, Betrug fasziniert uns.«

»Ich finde es geschmacklos«, sagte sie.

»Und was ist schlimmer, Ablehnung oder Betrug?«

»Ablehnung ist ein Schlag ins Gesicht«, sagte sie. »Betrug ist Krieg.« Sie trat einen Schritt von mir weg und betrachtete die Zeichnung des Mondes von Nahem. »Krieg innerhalb einer Einheit. Bürgerkrieg. Dein Nächster holt den Feind zwischen dich und sich, du spürst ihn, aber der andere verleugnet ihn. Du glaubst, wahnsinnig zu werden, dabei ist es die Welt, die wahnsinnig geworden ist.«

Ich fuhr ihr mit dem Handrücken sanft über die Wange, es amüsierte mich, wie ernst sie sprach.

»Warum nimmst du dir das so zu Herzen«, flüsterte ich.

»Ich würde jetzt gerne raus, Anton, ich kann diese klimatisierte Luft nicht länger ertragen.«

Auf der Straße verabschiedete sie sich, ich wusste, wir würden uns erst in zwei Tagen wiedersehen, und mir war, als ließe sie mich für immer im Stich.

»Ein Familienessen, Anton, nur ein Familienessen.«

Ich lachte, mehr aus Schreck als aus Verlegenheit, ich hatte nicht erwartet, dass es Eifersucht in mir überhaupt gab. Hedda ging sehr aufrecht, ihre Tasche über die Schulter geworfen, und ich fühlte mich beklommen. Etwas hob mich über den Rand meines Lebens und ließ mich hinuntersehen. Ich erkannte nichts dort unten. Nur ein gewaltiges sanftes Chaos.

Ich war, bis ich Hedda in diesem Sommer kennengelernt

hatte, sicher gewesen, dass ich bald heiraten würde. Fünfunddreißig war ein Alter, in dem ich mich früher längst verheiratet geglaubt hatte, in einem bürgerlichen Leben angekommen mit Ehefrau, gesichertem Einkommen, einem Haus am Stadtrand, ein bis zwei Kindern, zwei bis drei Affären. Ich hatte immer ein geordnetes Leben gewollt, das entsprach mir, und Hedda war eine gute Wahl, ich war verliebt, sie hing an mir. Natürlich, sie war nicht allzu bürgerlich, hielt an ihren linken Ideen trotzig fest, aber das würde sich in ein paar Jahren geben, wer hatte mit Anfang dreißig noch Lust, per Autostopp zu den Rosa-Luxemburg-Tagen zu fahren? Das war es nicht, weshalb ich zögerte, weshalb ich mitunter meinte, vor ihr weglaufen zu müssen, auch wenn ich zugleich wusste, dass ich genau das nicht können würde.

Das, was mit mir geschah, oder vielmehr mit Hedda und mir, hatte ich nicht mehr im Griff. Ich hielt es seit Tagen kaum mehr ohne sie aus. Wenn ich allein zu Hause war, umschlossen mich die Wände kalt und fest, ich tat Dinge, weil sie Hedda beeindrucken mochten, und ohne sie verlor alles an Sinn. Ich begann, sie in Gedanken zu fragen, wenn mir eine Antwort schwerfiel, und da hätte ich bereits wissen können, dass es bald nicht mehr ohne sie gehen würde, dass es noch anhielte, keine Wochen, keine Monate, sondern länger, als ich es überblicken konnte, und wie oft hatte ich mich in dieser Zeit erschlagen gefühlt von den Momenten mit ihr, aber was ist ein Moment, Hedda, wenn man das ganze Leben vor sich hat. Während ich an der alten Polizeiwache vorbeiging, ein graues, verschlissenes Gebäude, das meine Eltern mir in meiner Kindheit als Inbegriff staatlicher Repressalien vorgeführt hatten, hämmerten in meinem Kopf unermüdlich zwei Sätze. Lass es bleiben. Das ist zu groß für dich.

**XIV JAHRESWECHSEL** »Dass nun ausgerechnet *der* sich als Casanova von Silberwald entpuppt. Eins fünfzig ist ja nun auch keine Empfehlung!«

Im Schwesternzimmer lässt man Tee in den kleinen, verkalkten Bechern kalt werden, ordnet Schürzen und Häubchen und sucht heiser durcheinanderzwitschernd nach einer Erklärung.

»Die Hinfälligen, ich sage es, die Hinfälligen«, trällert die eine.

»Da haben sich zwei gefunden«, fügt die andere hinzu.

»Aber wen hat er denn nun gefunden? Eugenia oder ihre Schwester?«

»Nein, nein, die ist zu hübsch für ihn, das kann nichts werden.«

»Ist er nicht schon wieder bei Eugenia im Zimmer?«

»Was hat er ihr denn so viel zu erzählen, hier passiert doch nichts. Rein gar nichts.«

»Er ist auf ihrem Zimmer, aber nun rate mal, mit wem er gekommen ist.«

»Nicht im Ernst!«

»Doch doch.«

»Das geht nicht mit rechten Dingen zu! Da steckt die Partei dahinter«, entfährt es einer und sie verschüttet vor Schreck kalten Tee. Die anderen sehen sie an, ihre prallen Wangen werden rot, so rot, wie es die eingefallenen Gesichter der Patienten nie werden könnten, nicht einmal im Fieber.

»Doch doch«, bricht endlich die Älteste das Schweigen. »Mit rechten Dingen geht das wohl. Die Hinfälligen. Die spielen nach anderen Regeln.«

Alle nicken sie erleichtert, schenken sich Tee nach, und das Klappern der Tassen und Löffel und Stimmen füllt das Zimmer wieder mit gewohnter Betriebsamkeit. Sie, die Krankenschwestern von Silberwald, wissen es besser als die Menschen dort draußen: Am Ende halten die Zarten und Hinfälligen am längsten durch. Ihr Intellekt ist transparent für die Gefühle, wie es mit ihnen allein die Mystiker teilen, und mit ihrer nebligen Präsenz ziehen sie alle Blicke auf sich, ihre tatsächlichen Wege bleiben dabei jedoch unentdeckt. Die Hinfälligen sind nirgendwo ganz anwesend, aber auch abwesend sind sie niemals gänzlich, dringen mit ihrer diffusen Körperlichkeit selbst dort noch hindurch, wo für normale Menschen Mauern stehen, und sind für die Partei deshalb so unersetzlich. Sie bilden, wenn nicht das Rückgrat, so doch die feinen Nervenbahnen, die sich durch die Wirbel hinabziehen und die, einmal gekappt, das ganze System zum Einsturz bringen.

»Ich weiß nicht, aber mir macht dieser Gnom Angst«, fängt Vera wieder an.

»Besser als die beiden Bärtigen ist er allemal«, meint Polina.

»Ach nein, die sind harmlos, die wollen nur Suppe und ihr Kartenspiel.«

»Den Bärtigen kann man nicht über den Weg trauen«, erklärt Polina entschieden.

»Was sie wollen, ist essen und schlafen und vielleicht eine Frau. Oder was sie so unter Frauen verstehen«, entgegnet Anastasia, und Anastasia muss es wissen. Sie beherrscht von ihnen allen das Inventar von Silberwald am besten. Sie kennt die Gesinnungen der Patienten, des Personals und sogar der Besucher, sie kennt die Geschichten und selbst die Gerüche kennt sie, die mit den Menschen nach Silberwald getragen werden: Im Sommer war es die Leere, die in den Nahrungsmitteln nistet, wenn man denn überhaupt welche ergattert hat im Laden ums Eck. Jetzt im Winter ist es das verkohlte Leder, das in den Öfen aufbricht und zusammenschrumpft, seit aus Mangel an Feuerholz Möbel und Bücher verbrannt werden, bald verfeuert man sogar Luft und Kälte.

»Und was hat er mit Lenin zu schaffen?«

»Der Kleine? Der sitzt im Exekutivkomitee.«

»Eugenia und Lenin. Ich sage es. Eugenia und Lenin. Der Sarde ist doch nur ihre Spielfigur.«

Als es klopft, brechen die Krankenschwestern in aufgeregtes Lachen aus. Sie wissen selbst nicht, warum. Anastasia nippt an ihrem Tee. Sofia ordnet ein weiteres Mal ihre Kleider. Vera öffnet die Tür. Gramsci. Schüchtern steht er vor der Tür des Schwesternzimmers, in seiner Hand ein paar Tannenzweige.

Ob sie vielleicht eine Vase haben?

Die Schwestern drängen zur Tür, Polina und Anastasia und Darja, sogar die schwerfällige Sofia erhebt sich von ihrem Platz. Gramsci blickt von einer zur anderen. Licht spiegelt sich am Rand seiner Brillengläser. Wenn man ihm ins Gesicht schaut, vergisst man, wie klein er ist. Doch außer seiner Größe, seinem Blick, was ist eigentlich mit Gewissheit über ihn zu sagen?

Kaum etwas.

Eugenia erwartet ihn mit derselben Strenge, mit der er sie in ihrem Silberwald'schen Bett zurückgelassen hat. Sie sitzt in ihrem Bett, als seien seit seiner Abfahrt erst Minuten vergangen, und vielleicht ist das hier in Silberwald so, einer Schutzzone, die Zeit gibt und keine nimmt, während sich drum herum im neuen Russland die Ereignisse überschlagen.

Doch auch hier sind Dinge geschehen, erfährt Gramsci von Eugenia, während er versucht, winzige Kerzen an dem Tannenstrauch zu befestigen. Hochwürden Oberarzt ist verschwunden wie ein flüchtiger Großgrundbesitzer, der plötzlich keine Vergangenheit mehr besitzt. Ein kleiner Aufstand, der im obersten Geschoss seinen Anfang genommen hat, im Zimmer der beiden Bärtigen aus Nowograd, die seit ihrer Einlieferung auf ihrem Zimmer sitzen und Karten spielen, keiner der beiden gewinnt jemals, keiner verliert, sie brechen das Spiel ab, sobald sich das Glück für einen der beiden entscheidend wendet, und mischen wie vom Teufel besessen die Karten neu. Die beiden interessieren sich in Silberwald weder für die Schwestern noch für die Parkwege, nicht für den Wald und auch nicht für das Essen, das es dreimal am Tag gibt.

»Dreimal am Tag, aber immer zur falschen Zeit«, haben sie nur einstimmig gemurmelt.

Während die Rote Armee auf Nowograd zudrängte, saßen die beiden bei einer sauren Restesuppe, heißes, von Roter Bete eingefärbtes Wasser, in das sie ihre Löffel tippten, und heraus zogen sie Gekröse, sie wussten selbst nicht, ob von Pflanzen oder Tieren, und wussten auch nicht, was sie von den Bolschewisten hielten. Besser als der Zar, schlechter als der Frieden. Oder umgekehrt. Wussten es eben nicht. Die Suppe war erst zur Hälfte ausgelöffelt, da stand der Schuster von gegenüber in der Tür, sein Ladenfenster seit einer Woche leer, bis gestern noch zwölf Paar unbewohnte Schuhe auf den Regalen, doch jetzt sind auch die geplündert. Sie haben nicht aufbegehrt, sind nur mitgegangen, waren angeheuert, und wie die Suppe, so sah das dann alles aus im Krieg. »Rotes Gekröse«, sagen sie.

»Sie sind ja gegen alles misstrauisch gewesen«, meint Eugenia und betrachtet skeptisch die an den Zweigen wackelnden Kerzen. »Aber gegen Hochwürden sind sie es im Besonderen. Es hat ihnen einfach nicht gepasst, sich von so jemandem vorschreiben zu lassen, wie sie von jetzt an zu leben haben. Von jemandem, der nicht im Krieg gewesen ist.«

Eugenias Schulterknochen zeichnet sich unter dem Blusenstoff ab, eine kleine Bucht für einen Gewehrlauf. Gramsci geniert sich stets vor ihr. Weil er in Turin seine Aufsätze geschrieben hat, während sie zwischen belagerten Wäldern und entseelten Schusterläden dem Schießen und Sterben zusah. Und er kann nicht mal einen Tannenzweig schmücken.

»Und dann hieß es plötzlich, er hätte damals doch gekämpft«, sagt Eugenia. »Aber auf der falschen Seite.«

»Bei den Weißen, tatsächlich?«, will Gramsci sich versichern, doch da steht Julia in der Tür, und die Bärtigen, die weißen Garden, sogar die Kerzen werden gleichgültig. Sie lächelt ihn scheu an und blickt dann zu ihrer Schwester.

»Ist es gut gelaufen, das Konzert?«, fragt Eugenia.

»Ja, es ist … Sie waren wohl zufrieden.«

Sie legt den Violinenkasten auf den Tisch, öffnet ihn und prüft etwas an den Saiten. Er sieht den Flaum in ihrem Nacken, das hochgebundene Haar, das ihr, während sie dort vorgebeugt steht, über die Wange fällt. Er würde sie gern in den Arm nehmen, ihre Haut küssen, die ein wenig nach Birnen und Holz riecht.

»Es wird ausgezeichnet gewesen sein«, sagt Gramsci. Julia wendet sich wieder zu ihnen um. Sie glüht und er weiß nicht, ob es nur das Weihnachtskonzert ist, das sie soeben gegeben hat, der Applaus der Patienten, das anerkennende Nicken des neuen Oberarztes, den die Partei geschickt hat.

»Alles, was Julia macht, ist ausgezeichnet«, erklärt Eugenia etwas zu laut. »Julia ist ja selbst etwas ganz Ausgezeichnetes. Nicht wahr, das hat dir Papa schon immer gesagt.«

Gramsci und Julia blicken sich verstohlen an.

»Wir könnten die Kerzen anzünden«, schlägt Gramsci vor.
»Wir werden die Kerzen anzünden«, entscheidet Eugenia.

Das Zimmer ist bis in die Dielenritzen hinein ausgekühlt, der Frost zieht sich über die Scheibe und teilt mit seinen weißen Kristallen die Aussicht. Gramsci wacht neben Julia auf. Ihr Körper, an dem alles sichtbar ist, die Rippen, die Wirbel, das ganze verlotterte, wunderschöne Gelände, ist kaum vom Laken bedeckt, längst hätte sie vor Kälte wach werden müssen, aber sie schläft mit unerträglicher Beharrlichkeit. Vorsichtig fährt Gramsci mit der Hand über ihren Rücken, legt seine Hand in ihre, ihre Finger geben nach, sie rekelt sich, scheint zu erwachen, dann geht ihr Atem wieder tief und gleichmäßig.

Er steht auf. Es kommt ihm mit einem Mal sonderbar vor, diese Frau so dicht bei sich zu haben. Es ist nicht mehr, wie noch vor ein paar Wochen, allein das Überwältigende, was ihn nervös macht, es ist nicht mehr der Argwohn, dass alles ein Traum sein könnte, eine Fehlleistung seines unterzuckerten Hirns, das ihn in Studententagen eine gewaltige Spinne an die Zimmerdecke halluzinieren ließ. Nein, das hier ist, wenn überhaupt, keine Halluzination, die er allein hervorbringt. Diese Frau lässt sich zu lange schon auf ihn ein, bleibt bei ihm, obwohl er sie in Briefen wegschickt, immer wieder wegschickt, ihr die heftigsten Vorwürfe macht bei ihren Treffen, und wie harsch er sie auch fortscheucht, immer kehrt sie zurück.

Leise geht er im Zimmer auf und ab, blickt auf die im Bett scheinbar harmlos schlafende Julia, ihr zu hübsches Gesicht, ihr zu gleichmäßiger Körper, ihre zu weiche Haut. Sie ist nicht wegen mir hier, denkt Gramsci. So eine Frau verliebt sich nicht in einen Mann wie mich.

Als er ihr Gästezimmer im Besuchertrakt von Silberwald betreten hat, lag sie bereits unter der Decke, ihr sperriges Bustier klemmte ihr den Brustkorb ein. Er hat kein Licht gemacht, sich leise entkleidet, den Anzug über die Stuhllehne gehängt, die Wäsche, hat die Decke gehoben und ist an sie herangekrochen. Sie dreht ihm den Rücken zu. Mit seinen rauhen Fingern zupft er die Schnüre ihres Bustiers auf, verhakt sich, küsst ihre Schulter, nestelt an dem ganzen Geschnüre und Geöse, endlich gibt es nach, Julias Brustkorb dehnt sich, auf ihrer Haut spürt er noch die Einschnitte, sie dreht sich auf den Rücken, blickt gegen die Wand. Sein Arm um ihre Körpermitte, sein Daumen streicht über ihren Bauch, umrundet den Nabel, ihre Schenkel öffnen sich leicht. Julias Augen sind geschlossen, als er ihre Stirn küsst, ihre Schläfe. Er streift ihre kratzende Wollhose herunter, fährt mit der Hand ihren Schenkel hinauf, greift durchs kurze krause Haar. Mit seiner Zunge tastet er die Ränder ihrer Lippen entlang, stößt gegen die Zahnreihen, dann die Spitze ihrer Zunge und tief und weich ihr Mund. Er legt sich auf sie, Julia zuckt zusammen, als er in sie dringt. Ihr leises, heftiges, gepresstes Atmen. Er greift ihre Hände, bewegt sich in ihr. Die Taubheit im Kopf lässt nach. Sein Körper ist nicht mehr falsch, sondern stürzt in einem Punkt zusammen.

Julias Hände auf seinen Schultern. Sie beißt auf ihre Unterlippe, dehnt den Kopf zurück. Er bleibt auf ihr liegen, spürt das Pochen in ihr, stützt sich mit den Fäusten auf und betrachtet ihr Gesicht. Noch immer hält sie die Augen geschlossen. Er gleitet von ihr ab, liegt neben ihr und hört, wie sie zu weinen beginnt. Jedes Mal muss sie weinen. Weil alles wieder da ist, sagt sie. Weil sie wieder sieht. Weil sie wieder weiß, was sie gesehen hat. Weil sie wieder allein ist mit der großen und grässlichen Welt.

»Wir haben alle etwas gesehen«, fährt er sie an und setzt sich im Bett auf. »Denk an die, die im Bürgerkrieg für uns gekämpft haben, du bist nicht die einzige, die nah am Abgrund geht, unsere Zeit fordert uns bis zum Letzten, so ist es eben.«

Sie antwortet nicht, er hört ihr gleichmäßiges, leises Wimmern. Er würde Julia am liebsten von sich stoßen. Sie bricht zu tief in ihn ein und er wünscht sich zurück in die Zeit, da er nur durch den Kopf gelebt hat, in seinen ersten Turiner Jahren, als er nie gelacht hat, aber auch nicht geweint und alles durch Arbeit zu überwinden glaubte. Er hat damals so fern von der Wirklichkeit gelebt, außerhalb der Welt.

Julia öffnet endlich die Augen, ihr Blick ist gläsern und abwesend, als ziehe sich ihr ganzes Wesen zurück, klumpe sich um das letzte warme Pochen in ihrem Körper. Gramsci wendet sein Gesicht von ihr ab und steht auf.

Sie hat sich ja nie in ihn verliebt!, denkt er mit einem Mal. Unangenehm klar kommt es ihm vor, einfach und logisch. Er tritt ans Fenster, nah an den kalten, weißen Januarmorgen. Sie konnte es gar nicht. In einen Menschen wie ihn kann man sich nicht verlieben. Das hat er immer gewusst. Und das hier, dass sie hier liegt, dass sie ihn küsst und mit ihm schläft, das ist alles eine Täuschung, ein gewaltiger Betrug. Er hätte nie ihre Nähe zulassen dürfen. Er sieht Eugenia am Zaun im Sanatorium stehen, ihre erste Begegnung und wie interessiert sie zur Kenntnis nimmt, dass er noch nie geliebt hat. Warum hat sie ihn danach gefragt? Weshalb hat er ihr, noch keine Stunde mit ihr bekannt, darauf geantwortet?

Er spürt, wie kalt es im Zimmer ist, und trotzdem läuft der Schweiß seine Brust herunter. Julia hat einen Zweck hier. Er weiß es, und wie konnte er nur so lange glauben, dass es anders sei. Sie passt nicht in sein Leben, zwischen die von Salz und Feuchtigkeit zerfressenen Häuser, die freie Hügelfläche, die sumpfiggrün hervorscheint. Sorgono, ein Kaff in der Nähe vom

Nichts, in dem er als Kind auf der Wiese kleine Tiere jagte. An späten Herbsttagen, die mild und schwermütig über Sardinien hängen, fängt er Igel und sitzt unter den Apfelbäumen im Feld, still und hungrig, sitzt dort, bis die Dunkelheit mit solcher Wucht zwischen die Häuser stürzt, dass die Suppe auf den Tellern überschwappt und die Schafe in ihren Ställen rebellieren. Im Schatten huscht er heim, ein Zwerg, ein Krüppel, ein Wisch durch die Landschaft, und je schneller er rennt, desto mehr ähnelt er einem Käfer, der von einem Baum gefallen ist und nun wirr durch die Gegend wuselt. In der Ferne das Licht eines Hauses, das auf halbem Weg zwischen diesem und einem anderen Dorf vergessen worden ist, und da ist Gramscis Mutter. Peppina drückt sich an den Mauern aus rötlichem Lavastein entlang, immer im Schatten, immer auf der Hut vor Blicken, sie will nicht gesehen werden, sie schämt sich, die Frau eines Inhaftierten zu sein, doch nicht einmal angetrunkene Arbeiter laufen zu dieser Stunde durch die Kleinstadt, hier gibt es nichts zu holen außer Landwirtschaft, Weide und einem Katasteramt, das die Weideflächen abmisst. Man schläft, wenn man Zeit dazu findet. Für alles andere ist die Kreisstadt zuständig.

Sie zerrt den entflohenen Sohn am Arm nach Hause, zischend schimpft sie, ob sie wohl die ganze Gegend nach ihm absuchen solle. Ohne Essen wird das Kind ins Bett geschickt. Dann ist es still, Peppina nimmt eine Näharbeit auf, bückt sich über das dünne Licht einer Öllampe, um halbwegs erkennen zu können, wohin sie sticht. Ständig ist etwas kaputt, Strümpfe, Schuhe, ein Stuhlbein, und sie kommt nicht mehr hinterher mit dem Ausbessern. Für etwas Neues ist kein Geld da. Seitdem der Vater im Gefängnis sitzt, bleibt das Einkommen bis auf unabsehbare Zeit gesperrt. Nach einer Stunde schmerzen ihr die Augen, sie ist so müde, dass ihre Hände zittern. Ehe sie zu Bett geht, sieht sie sich eine endlose Sekunde lang im Spiegel des Schlafzimmers an. Sieben Kinder. Das älteste vierzehn, das jüngste noch in den Windeln, dazwischen eines, das in seinen Brustpanzer hineinwächst. Peppina und seine Geschwister beobachten die Verwandlung, sprechen nicht laut darüber, aber ihre Blicke zeigen den Ekel, den sie empfinden, wenn sie ihn versehentlich berühren.

Das war vor Jahren. Das hat er alles überstanden.

Das hier wird er nicht überstehen.

Gramsci denkt an Eugenia und daran, wie gut sie sich auf Lenin versteht, fast vertraut ist sie mit ihm. Julias Gesicht drückt sich in das Kissen, ihre Lippen sind leicht geöffnet, er meint, ihren Atem ein- und ausströmen zu hören. Ihre nackte Schulter ragt unter der Decke hervor, eben noch hat er seine Hand darum gespannt, hat ihr gestern, Körper an Körper, Kopf an Kopf, von seinen Sorgen erzählt. Bis in Lenins Offizien dringt nun, was Gramsci denkt, was er wirklich denkt, lange bevor er es in der Komintern ausgesprochen hat. Von hier aus wird er berechenbar. Und das ist überlebenswichtig für die Partei. Das große Ganze kann überall bröckeln. In jedem Genossen. Jemand muss die Fäden in der Hand behalten. Irgendjemand. Julia rekelt sich und ihr bleicher Körper rutscht noch weiter unter der Decke hervor.

Ach, lass sie doch schlafen. Er nimmt ihre Hand, beugt sich über sie und küsst ihre Finger. Was um ihn herum geschieht, das hat auch er nicht mehr unter Kontrolle gebracht. Am 30. Dezember wird die Union der Sozialistischen Sowjetrepubliken gegründet, wie Lenin gelähmt und mit schwacher Stimme verkündet. Von Samara bis Odessa, von Kamtschatka bis Jerewan zieht sich die neue Weltordnung, dieses Kopf-auf-die-Füße-Stellen. Man weiß noch nicht, was alles auf sie zukommt, auf die blutjunge Republik, dieses zarte Gespinst aus kommunistisch unterworfenen Ländern, glaubt noch daran, das hier etwas aufgeht und nicht sehr bald unter. Die Geschichte ist nicht zu ihrem Endpunkt gekommen, nicht einmal auf eine neue Stufe gestellt, sondern rastet ein paar Dekaden lang aus. Gramsci fühlt Julias Schulter an seiner Brust, langsam sinkt er in einen kurzen, viel zu kurzen Schlaf.

## XV VOLKSTÄNZE

Es schepperte an der Tür.

»Anton, ich muss mit Ihnen sprechen«, herrschte Brevi mich an. Ich öffnete die Augen und blickte auf ein zusammengeschobenes Laken in meinen Armen. Mein Kopf schmerzte, meine Zunge klebte an meinem Gaumen. Ich war am Abend länger in einer Bar geblieben, in den Palazzo, wo es nach alten Menschen und noch älteren Büchern roch, hatte ich nicht zurückgewollt. Ich hatte ein Glas Wein getrunken und noch eines, dabei die Mädchen betrachtet, die mir unendlich farblos vorkamen, und an Tatjana gedacht, wie sie davongegangen war, in ihren zu weiten Hosen, die eine Hand an ihrem aufgesteckten Haar, das wie ein Nest aussah, gebaut von irren Vögeln. Ich hatte ihr noch durch das Fenster des Busses nachgesehen, wollte wieder aussteigen, ihr hinterhereilen, der Bus hielt und fuhr wieder an, ich stand da, unfähig, mich für etwas zu entscheiden, und starrte durch das Heckfenster auf die Straßenecke, die kleiner und kleiner wurde.

»Anton, schlafen Sie noch?« Brevi klang unwirsch an diesem Morgen oder vielleicht war es auch schon später Vormittag. Ich tastete nach der Uhr auf meinem Nachttisch, kurz nach neun war es, kein Grund, Alarm zu schlagen, aber schon klopfte Brevi erneut gegen meine Tür, und ich taumelte aus dem Bett, vermutlich hatte ich auch das vierte Glas Wein noch bestellt und gar ein fünftes. Ich griff nach dem Oberhemd, das über der Stuhllehne hing, dabei verabscheute ich es, ein Hemd ein zweites Mal anzuziehen, ich mochte das Gefühl frisch gestärkter Textilien auf meiner Haut, aber da es Brevi offensichtlich um alles ging, zog ich mir das alte Hemd über, schlüpfte in meine Anzughose und stand mehr schlecht als recht und jedenfalls nicht so, wie ich für gewöhnlich gesehen wurde, vor ihm.

»Hören Sie, das geht so nicht, Anton.«

»Es tut mir leid, aber Sie wollten mich unbedingt sprechen«, verteidigte ich meine Nachlässigkeit.

»Was haben Sie bisher in Erfahrung gebracht? Wie sind Sie im Institut vorangekommen?«

»Ich habe …«

Tatjanas Schritte im Gang, ich versuchte mich zu erinnern, was davor und danach geschehen war. Tatjanas Schritte.

»Ich habe gesichtet«, antwortete ich und zog mein Hemd ein wenig gerader.

»Gesichtet?«

»Sondiert.«

»Sondiert? Hören Sie, Anton, wir haben keine Zeit zu sondieren, wir müssen fündig werden. Bunotti ist hier.«

»Hier?«

»In Rom. Nicht er selbst, sondern einer seiner Jünger, und das ist noch verheerender, Sie wissen, wie schnell diese akademischen Nachwuchsträffelschweine alles durchwühlen, sie sind gierig nach Anerkennung, und sie finden, was sie zum Überleben brauchen.«

»Es könnte Bunotti doch um alles Mögliche gehen«, wandte ich ein.

»Geht es ihm aber nicht. Ich habe es von Vacca gehört. Besser gesagt von seiner Sekretärin. Genau genommen von einer Bekannten seiner Sekretärin. Bunotti ist in Neapel und sein Mitarbeiter hier vor Ort. Wenn wir Pech haben, ist bald die gesamte Gramsciwelt gegen uns. Wir müssen die Führenden sein«, erklärte Brevi, »und nicht die Untergebenen.«

»Ja«, murmelte ich und dachte an Tatjanas leicht gerötete

Stirn, an ihre Unterlippe, die sie vorstülpte, um sich Luft gegen den Pony zu blasen.

»Kurz!«, rief Brevi, »ich habe ein Geheimtreffen mit Alexander Golubew in der russischen Botschaft vereinbart.«

Geheimtreffen! Nun stiegen wir also leibhaftig zurück in die frühe Hälfte des zwanzigsten Jahrhunderts.

»Wussten Sie, dass man Spione an ihrem Gang erkennt?«, fragte ich.

»Nein, das wusste ich nicht. Aber Sie müssen sich über ihren Gang keine Gedanken machen, Sie werden sowieso erkannt. Für halb elf sind Sie an die Botschaft bestellt, und Anton, wir dürfen uns nicht von Vacca an der Nase herumführen lassen. Und schon gar nicht von Bunotti. Wir müssen schneller sein. Und Sie sind noch immer nicht richtig wach!«

Die Botschaft lag im Bahnhofsviertel, in dem billige Pensionen und schmuddelige Internetcafés sich aneinanderdrängten, und sie war in einem cremeroten Gebäude untergebracht, an dem eine Flagge schlaff herabhing. Vor dem Tor stand ein Geländewagen der Carabinieri, und ein in seinen Camouflagefarben mehr leuchtender als gedeckter junger Ordnungshüter spielte mit seinem Mobiltelefon. Gegenüber pries ein Werbebanner den besten Telefonvertrag Italiens an.

Eine Portiersdame wandte mir den Rücken zu, als ich die Botschaft betrat. Die Glastüren standen offen und ich ging zügig an ihr vorbei, wusste ich doch, dass man von solchen Menschen meist nur indignierende Fragen und Verzögerungen erwarten durfte. Ihr Haar war zusammengesteckt unter einem verstaubten Netz, und der Kragen ihrer Bluse ging in ihre zerknitterte Haut über. Als ich fast ihrem Zuständigkeitsbereich entkommen war, zischte sie mir doch noch ein rauhes »un attimo!« nach. Ich drehte mich um. Die Dame sah mich drohend aus ihrem Glaskasten heraus an. »Ausweis«, blaffte sie.

Ich nestelte an meiner Gesäßtasche herum, zog mein Portemonnaie hervor und gab ihr den Ausweis.

»Zu wem wollen Sie?«

»Glbeff«, nuschelte ich.

»Termin?«

»Halb elf.«

»Gehen Sie bitte vor und warten Sie im Empfangsraum. Man wird Sie zu Herrn Legationsrat Golubew bringen.« Dann wandte sie sich ab und notierte etwas in einem schmuddeligen Heft.

Kaum war ich durch die Glasschleuse hindurch, trat eine spindeldürre Frau auf mich zu.

»Herr Stöver, ich freue mich, Sie als Gast der russischen Föderation begrüßen zu dürfen«, sagte sie mit rigider Zärtlichkeit und führte mich durch einen Flur, während ich darüber nachsann, was an diesem Geheimtreffen geheim sein mochte. An den Wänden hingen Porträts russischer Staatsmänner. Putin sah wie ein überdekorierter Schalterbeamter aus den siebziger Jahren aus, Medwedew wie ein Nachrichtensprecher des öffentlich-rechtlichen Fernsehens. In einem mit den üblichen staatstragenden Corbusier-Sitzmöbeln ausgestatteten Raum hieß die Dame mich warten.

»Herr Golubew ist noch in einem Telefonat«, erklärte sie und verschwand in einem anderen Flur, von dem, so viel hatte ich gerade noch erkannt, weitere Flure und Zimmer abgingen. Der Raum war um die Corbusiers herum so grau und trostlos, wie wir uns in der Schule den Osten vorzustellen gehabt hatten. Über dem Fenster röchelte eine Klimaanlage. Ich nahm mir einen Prospekt aus dem Regal, der mir die Schönheit westrussischer Volkstänze anpries. Männer in bunten Hosen schwebten über der Bühne, Mädchen mit dicken blonden Zöpfen lächelten mich an. Wie gern wäre ich zu ihnen auf die Fotografien geklettert. Und warum denn auch nicht?

Es war albern genug, Golubew sicherlich ein krawattengrauer Botschaftsangestellter aus Nischni Nowgorod, und die Geschichte, die er mir aufzutischen hatte, würde von Piero Sraffa handeln und seinem Vertrauten Raffaele Mattioli, Präsident der Banca Commerciale, und stimmte vermutlich mit nichts in der Wirklichkeit überein. Was konnte dieser schlaksige Angestellte schon wissen? Er interessierte sich allenfalls für Besoldungsgruppen, Sparanlagen und ein paar EU-Richtlinien, aber doch nicht für einen Banksafe aus dem Jahr 1937, in dem vielleicht (vielleicht!) ein paar von Gramsci erdachte Seiten gelegen hatten.

Ich trat ans Fenster und blickte hinaus auf die zerbeulten Autos und den totbetonierten Platz, auf dem Kinder Fußball spielten. Ein Pärchen teilte sich an einen Straßenponton gelehnt eine Zigarette. In den Stamm der Palme hatten sich Tauben eingenistet. Sie schienen zu schlafen. Doch gerade als ich mich wieder abwenden wollte, begannen sie zu gurren, tief und guttural.

Ich hatte nicht gewusst, dass Tauben so klingen konnten, es war beinah eine weibliche Tonlage. Ich ließ mich in einen der Corbusiersessel sinken, starrte an die Decke, auf die fleckigen Dämmplatten, und hörte, wie der Klang von draußen dringlicher, fast flehend wurde, da ging eine Tür auf, dann noch eine und ein gewaltiges Gehetze setzte ein. Menschen tanzten um mich, aber nicht mit der Schönheit westrussischer Volkstänzer, sondern streng und überspannt, wie es sonst nur aufsichtshabenden Lehrern eigen ist. Türen schlugen, Schritte ratterten. Ich wusste nicht, wie mir geschah. Hatte die Ukraine den Krieg gewonnen? War Putin verlorengegangen, womöglich auf ähnlich offensichtliche Weise wie einst der polnische Präsident in seinem Nebelflugzeug?

Ein Titan in hellem Stresemann rempelte an meinen Stuhl, dass ich eine Vierteldrehung machte. Drei Grazien schlitterten auf Lackpumps durch den Raum. Größere und kleinere, jüngere und ältere Anzugträger höheren und niedrigeren Dienstgrades füllten den Raum und verschwanden wieder. Aus all dem Chaos trat ein Mann mit Einstecktuch und Glatze hervor. Mir imponierten seine gewaltigen Nasenlöcher.

»Golubew«, sagte er und streckte mir die Hand entgegen. »Wir wollen in mein Büro – bitte hier entlang.«

Er dirigierte mich sanft, fast mädchenhaft durch einen der Flure, bis wir vor einer streifig geputzten Glastür hielten. Das Zimmer war vollgestellt mit uralten Aktenordnern, die noch aus vorsowjetischen Zeiten zu stammen schienen, ein Foto von Nabokov hing neben der Tür und eine Ikone stand auf dem Schreibtisch, dort, wo für gewöhnlich Familienfotos stehen. Der gewaltige, düsterhölzerne Konferenztisch nahm beinah das gesamte restliche Zimmer ein, er war kreisrund, und auf welchem Stuhl man auch saß, überall war man mit Gewalt an den Rand gedrängt. Auch hier gurrten die Tauben, was mich, allein mit Golubew, peinlich berührte. Wir saßen einander gegenüber und hatten so viel Kirschholz zwischen uns, dass wir die Stimme beim Sprechen heben mussten.

»Gramsci!«, rief er und hob seine kleinen Hände, als wolle er sie über seinem glänzenden Schädel zusammenklatschen. Durch die Glastür hinter ihm konnte ich auf den Flur sehen. Ein Jüngling eilte in zu weiter Kleidung vorbei, einen Stapel Papiere in der Hand.

»Professor Brevi hat sie ja bereits ins Bild gesetzt. Es geht um die Spedition der Hefte«, rief ich zu ihm hinüber. »Nach dem heutigen Stand der Forschung, an den Professor Brevi und ich glauben –«

»Und dazu möchte ich Sie sehr – aber fahren Sie bitte fort«, unterbrach mich Golubew.

»Nach dem derzeitigen Stand scheint es, als habe Tanja Schucht die Hefte nicht, wie in einigen Quellen angenommen, über einen Tresor der Banca Commerciale nach Moskau speditieren lassen, sondern sie im Jahr 1938 der sowjetischen Botschaft in Rom übergeben.«

»Darf ich Ihnen einen Kaffee –«, fragte Golubew und schenkte mir bereits ein. Er renkte sich über den Tisch, um die Tasse in meiner Nähe zu plazieren, ich erhob mich und reckte mich nach vorn, die Tasse stand nun verloren in der Mitte, von keinem von uns gut zu erreichen.

»Es ist jedenfalls nicht ausgeschlossen«, fuhr ich fort, »dass in der damals angespannten Lage einige Aufzeichnungen bei der Spedition übersehen wurden.«

»Sie wollen damit natürlich nicht unterstellen –«

»Es ist eben möglich, dass einige Notizen in Rom verblieben sind und sich somit heute weder in dem Archiv in Moskau noch in dem Archiv in Rom auffinden lassen.«

»Nun wirklich, ich glaube nicht, dass auf russischem Staatsgebiet, und ein solches ist ja diese Botschaft, etwas der Öffentlichkeit –«, meinte Golubew und hob seine Tasse. »Trinken wir auf die Freundschaft zwischen Italien, Russland und der Ukraine!«

»Die Ukraine?«, fragte ich verständnislos.

»Möchten Sie das etwa in Frage stellen?«

»Ganz und gar nicht«, antwortete ich hastig.

»Auch wenn das in der hiesigen Presse mitunter – zu meinem großen Bedauern.«

Hinter ihm in der Glastür glomm das Licht auf, der Stresemann eilte im Stechschritt vorbei.

»Ich denke, dass sich die Missverständnisse bei genauerer Betrachtung – aber das werden Sie längst begriffen haben.« Golubew lachte mich herzlich an, die Flurkulisse sank hinter ihm ab, und ich versuchte mich ganz auf seinen weichen, sich stetig bewegenden Mund zu konzentrieren.

»Sie und Herr Brevi sind ja exzeptionelle Wissenschaftler, und das sage ich mit aller –«

Da sah ich sie. Tatjana. Sie trug einen Stapel Akten und schien bemüht, den Stresemann einzuholen. Golubew murmelte weiter, ich wollte ihr winken, ihr Zeichen machen, sie möge doch warten, aber sie war bereits hinter einer eisengrauen Tür verschwunden.

»Aber nun, so ist es vermutlich«, erklärte Golubew entschieden.

»Bitte?«, fragte ich verwirrt. Ich deutete auf die Glastür, hinter der Tatjana längst nicht mehr zu sehen war. »War das eine ihrer Angestellten?« Er schaute sich um, fand nichts Bemerkenswertes, und als er sich wieder zu mir wandte, fragte er: »Kennen Sie eigentlich Tjutschew?«

»Tjutschew?« Vielleicht hatte ich einmal von ihm gehört. War das von Belang? Tatjana lief hinter dieser Tür herum, womöglich war sie Russin, ohne dass ich es bemerkt hatte, und was mochte sie noch alles sein?

Ein Anzugträger kam den Flur entlang, riss an der Plastikverpackung eines Müsliriegels und ließ sie dorthin fallen, wo Tatjana gerade noch gestanden hatte.

»Russland kann man nicht verstehen, man kann nur daran glauben«, intonierte Golubew und nestelte an seinem Einstecktuch. »Das hat Tjutschew in seinem berühmten –«

Der Anzugträger verschwand in seinem Büro, ließ die Tür hinter sich zufallen, der Plastikstreifen wurde von einem Luftstoß aufgeweht und flog aus meinem Sichtfeld heraus.

»Ihren großen Landsmann Rilke schätze ich auf eine ganz andere – aber nicht weniger«, beteuerte Golubew. Ich nickte und blickte an ihm vorbei auf den Flur, der wieder in kaltes Sparlicht getaucht war. Der Rollteppich welkte am Boden, das Metallregal trug einen schütteren Benjamini, und ich fühlte mich um Jahre zurückversetzt, in die Göttinger Universitätsgänge, die ich auf und ab gelaufen war, in denen ich gelebt und geträumt und forschend Nächte verbracht, in denen ich mich an einem aus dem Automaten getropften Instantkakao gewärmt hatte, während die Kollegen längst in ihren spärlich beglückenden Feierabend geglitten waren, der von Donnerstagnachmittag bis Dienstagfrüh reichte.

»Wir befinden uns in einer Zeit, die sich sukzessive –« flüsterte Golubew und beugte sich mit der ganzen Gravität seines Robbenkörpers auf dem Kirschholztisch vor. »Wir müssen wieder mehr Verständnis füreinander – ansonsten sehe ich eine Menge Unheil auf uns zukommen. Und wer wünschte sich das?«

Ich erschrak, als die Spindel hinter der Glasscheibe erschien.

»Denn bedenken Sie, welche großen, bilateralen Annäherungen –!«, sagte Golubew. »Welche Hoffnungen wir in den letzten fünfundzwanzig Jahren –!«

Die Spindel steckte schräg ihren Kopf ins Zimmer herein. »Herr Golubew, es wäre an der Zeit«, erklärte sie rigide.

»Ah, natürlich.« Golubew fiel auf seinem Stuhl wieder zurück und versicherte mit warmer Stimme: »Herr Stöver, es hat mich außerordentlich –!«

Er erhob sich, ging um den Tisch herum und drückte seine kleinen Finger um meine Hand. Seine Nasenlöcher bebten.

»Und die Krim –«, sagte er zum Abschied.

»Und die Krim?«

»Das wollte ich nur gesagt haben. Ich wünsche Ihnen alles Gute für Ihre Arbeit.«

Ich lungerte noch eine Weile vor dem Botschaftsgelände herum, betrachtete die runden Ziersteine unter den Balkonen, die Arabesken aus Gusseisen, die das Geländer verzierten, die großen, blanken, im Gegenlicht schwarzen Fenster, hinter denen Tatjana möglicherweise noch immer umherstrich. Irgendwann würde auch sie das Botschaftsgebäude verlassen, ich musste nur lange genug warten. Selbst wenn sie erst spätabends mit den letzten Angestellten das Gebäude verlassen würde, was hatte ich schon zu verlieren.

Ich setzte mich auf den Bordstein auf der gegenüberliegenden Straßenseite, betrachtete die im leichten Wind sich wellende Hecke und sehnte mich nach Tatjanas Körper, ich sehnte mich nach der Hitze, die aus ihrem kleinen, festen Körper an meinen drang, ich sehnte mich danach, meinen Kopf auf ihren Bauch zu legen, sie würde mir durch die Haare streichen und beruhigend auf mich einreden, und all das Unbehagen, das mir Golubew eingeflößt hatte, oder war es Brevi, oder war es doch Hedda gewesen, würde sie von mir abklopfen wie Staub von einem Mantelärmel.

»Entschuldigen Sie?«

Der junge Carabiniere stand vor mir und sah auf mich herab.

»Was machen Sie hier?«, fragte er.

»Ich warte«, antwortete ich und zitterte innerlich vor Wut. Was hatte dieser camouflierte Jüngling sich einzumischen in eine Geschichte, die viel zu groß war für seinen läppischen Dienstgrad.

»Warten? Dafür sollten Sie sich eine andere Stelle aussuchen«, erklärte er mir. »Wenn Sie die Botschaft noch länger beschatten, muss ich Ihre Personalien aufnehmen.« Er sah mich mit einem Blick an, der den Dingen nicht auf den Grund zu gehen versuchte, sondern sie lieber überwachte.

»Bitte, wenn Sie unbedingt wollen«, antwortete ich und reichte ihm meinen Ausweis.

»Hm, beh«, machte er und klopfte seine Taschen nach einem Stift ab, fand jedoch keinen. Er ging zurück zum Wagen, lehnte sich über den Fahrersitz und kramte nach einem Zettel. Meinen Namen notierte er sich auf der Rückseite eines zerrissenen Kuverts, das er gewiss, kaum beschrieben, verlieren würde.

»Es ist unser Auftrag, die Botschaftsgebäude in Rom zu schützen«, klärte er mich auf. »Wir sorgen für Sicherheit. Für staatliche Sicherheit. Was würde wohl passieren, wenn es hier einen terroristischen Anschlag gäbe?«

»Ich bin kein Terrorist«, verteidigte ich mich. »Ich habe ja nicht mal Überzeugungen.«

Der Beamte lächelte arrogant, was möglicherweise die menschlichste Regung war, die ich von ihm erwarten konnte.

»Das hätte ich Ihnen auch nicht zugetraut. Suchen Sie sich trotzdem eine andere Gegend. Machen Sie, dass Sie von hier fortkommen.«

Er gab mir den Ausweis zurück und wünschte mir einen guten Tag.

**XVI FAHRKARTEN** Serrati wird in Italien verhaftet, Tasca muss in die Schweiz fliehen, Lenin hat einen Schlaganfall erlitten und seine Sprache verloren. All das erscheint Gramsci nebensächlich. Er flaniert mit Julia über die Twerskaja. Die jungen Mädchen tragen rosige Schatten auf den Wangen, und die Männer spazieren gelassen die Wege entlang. Das Leben hier beruhigt sich, die Stadt gewöhnt sich an ihre neue Administration, und Julia lacht, als er ihr die Zunge herausstreckt. Er streicht ihr über den Nasenrücken, sie lacht weiter, läuft von ihm davon, um doch nur am Ende der Häuserzeile stehenzubleiben, sich nach ihm umzusehen, auf ihn zu warten. Damit sie sich nach zwanzig Metern endlich, endlich wieder in die Arme fallen. Er hält ihre Hand. Er hält ihre Ellen, seine Finger tasten ihren Rücken hinab und wieder hinauf. Julias heftig und sanft pulsierende Ader an der Schläfe. Ihre Wange. Der Halbmond ihrer Kieferlinie. Ihr Kinn. Dann die Wangenknochen unter der hellen Seidenhaut.

Was war Sommer bis zu diesem Sommer? Eine Ansammlung heißer und zu heißer Tage. Grelles Licht, das ihn bei der Lektüre geblendet hat. Die Mücken, die über seinem Bett kreisten, wenn er schlafen wollte. Wie schön Moskau jetzt ist. Schöner noch als im Herbst, als die roten Blätter auf den Wegen lagen und Julia neben ihm durch die Anlage um das Sanatorium spazierte, die Berührungen zwischen ihnen noch versteckt und neu. Hat er Julia da schon gekannt? Eine Haarsträhne von ihr im Vergleich zu dem, was er jetzt von ihr kennt.

Gerade noch rechtzeitig zieht Julia ihn am Arm zurück. Nah vor ihnen fährt eine Droschke vorbei, die Gramsci beinah mitgerissen hätte. Der Wagen hält ein paar Häuser weiter, und ein Mann in einem englischen Anzug steigt aus. Er schnauzt den Kutscher an und verschwindet in dem eleganten Hauseingang.

»Man weiß manchmal nicht, wer eigentlich an der Macht ist«, sagt Julia. »Warum meint so jemand, sich noch immer alles herausnehmen zu können?«

»Weil er damit durchkommt«, antwortet Gramsci, »und die Arbeiter sich weiter vor ihm ducken.«

»Und wofür dann alles? Am Ende ist nur der Zarenpalast neu besetzt. Aber draußen sieht alles aus wie vorher.«

»Es braucht eben Zeit. Ihr denkt, die Arbeiter hätten längst gewonnen, dabei sind sie nur in Alarmbereitschaft.«

»Aber die Herrschenden leben ja schlechter als die Beherrschten!«, ruft Julia. »Einige sehen das. Nur werden sie sich nicht durchsetzen, vielleicht gerade deshalb. Weil man so etwas nicht sehen möchte.«

Sie biegen in den Park ein. Kinder laufen an ihnen vorbei. Der Lärm von der Hauptstraße dringt nur gedämpft zu ihnen.

»Weißt du, bei uns auf den Inseln sterben die Leute noch an Malaria«, sagt Gramsci, »und in den Minen schlagen sie fünfzehn Stunden am Tag Steine, sieben Tage die Woche, während sie in Norditalien ein Parlament gegründet haben und eine Fabrik nach der anderen bauen. Der Süden ist für die Leute in Turin nur ein Vorrat an billigen Arbeitskräften. Und die Menschen dort haben es so oft gehört, dass sie selbst daran glauben. Wem man nie gesagt hat, dass er Rechte hat, dem muss man erst beibringen, für sich zu sprechen.«

Er denkt an Sardinien, an diesen ewigen Mittag, in dem nichts wächst, weil die Hitze alles niederdrückt. Das ist der berühmte italienische Schuh, denkt er, diese Halbinsel, die ins Mittelmeer baumelt und an ihrer Sohle verfault. Julias Schlüsselbein leuchtet in der Sonne. Russland kann man nicht verstehen, man kann nur daran glauben, hat Tjutschew geschrieben. Und so ähnlich ist es mit Julia. Obwohl sie jetzt neben ihm ist, ihm durchs Haar streicht und von ihrem Vater erzählt, der Lenin einen Krankenbesuch abgestattet hat, vermisst er sie, er vermisst sie für all die Jahre, die er nicht neben ihr gewesen ist, weil sie sechsundzwanzig Jahre lang nichts von ihm wissen wollte. Sechsundzwanzig Jahre in ihrem Leben. In seinem waren es sogar einunddreißig.

»Lenin geht es schlechter, als man nach außen zugibt«, sagt Julia. »Und Stalin kommt bei ihm zu Besuch und führt sich auf wie der Erbsohn.«

»Du magst ihn nicht.«

»Stalin ist mir unheimlich.«

»Kennst du ihn?«

»Nein. Aber der bringt nichts Gutes«, sagt Julia heftig.

»Also bitte, wovor fürchtest du dich?«

»Manchmal habe ich einfach nur Angst, ich kann es dir nicht erklären. Lach mich ruhig aus.«

»Ich lache doch nicht.«

Sie drängt sich ein wenig fester an ihn.

»Ich sehe dann eine Szene vor mir. Wir sitzen da in unserem Alltag, und ein Mann geht herum, ein leicht Untersetzter in ausgebeulten Hosen und mit müdem Gesicht. Er sammelt unsere Fahrkarten ein und sagt: So, das war's, die Herrschaften. Die Fahrt ist zu Ende. Dabei ist der Zug noch gar nicht losgefahren.«

Während sie spricht, schiebt sie immer wieder die Hand vor die Augen, als blende sie etwas.

»Wir sehen uns irritiert an«, sagt sie, »ein paar Fremde, die sich ein Abteil teilen, und wir blicken durchs Fenster auf die übrigen Waggons, die leer stehen auf den Schienen. Der Mann hakt die Tür auf, bitte die Dame, erklärt er und macht einen schiefen Kratzfuß. Ich rutsche zum Ausgang, steige aus dem Waggon, aber unter mir ist das Metall der Treppe verschwunden, und ich falle ins Bodenlose.« Sie zieht ihre Schultern an, als wolle sie ihren Nacken vor einem Angriff schützen. »Es ist nichts, es ist eine Albernheit, verzeih mir«, sagt sie. »Aber ich habe Angst, dass der Mann mit den Fahrkarten mir hinterherruft: Es ist deine eigene Schuld.«

Vor dem Gebäude des Exekutivkomitees verabschieden sie sich. Gramsci muss zurück an seine Arbeit, er hat eine Sitzung, er muss an seinen Schreibtisch, auf dem sich die Unterlagen stapeln, er muss sich mit Togliatti besprechen. Während er die Stufen hinaufsteigt, kommt ihm der Zugwaggon in den Sinn, in dem Julia umgeben von Fremden sitzt, und er denkt an Stalin. Lenin wird nicht mehr lange durchhalten. Er zeigt sich kaum noch in der Öffentlichkeit, wird in einem Rollstuhl hinaus in den Garten geschoben, in Decken gewickelt lächelt er um sich und ist in seine Kindheit zurückgefallen. Sein Gehirn stirbt und man kann beim Sterben zusehen. Es ist nur noch ein kleines Reich, über das er herrscht, zwei Karos auf der Decke, über die er mit dem Finger fährt, immer und immer wieder darüber hinweg. Im Postskriptum seines Testaments wünscht Lenin die Absetzung Stalins als Generalsekretär. Er sei zu grob und das dürfe in der Funktion nicht geduldet werden. Man solle jemand anderen an Stalins Stelle setzen, der sich von diesem »nur durch *einen* Vorzug unterscheidet, nämlich dadurch, dass er toleranter, loyaler, höflicher und den Genossen gegenüber aufmerksamer, weniger launenhaft ist«.

Während Gramsci an seinem zu schmalen Schreibtisch sitzt, neue Unterlagen im schnellen Takt ihm vorgelegt werden, ein Genosse von den Ergebnissen einer Sondersitzung berichtet und im Hintergrund auch noch das Telefon läutet, möchte er Julias Hand halten. Oder ihr Haar. Mehr nicht. Und ganz gleich, ob es ihnen gelingen wird oder nicht, Stalin von seinem Posten zu stoßen, solange Julia da ist, wird es gut ausgehen. Sie taucht in den Notizen auf, die Gramsci sich während den Sitzungen des Exekutivkomitees macht, sie sitzt neben Trotzki, sie schaut von einem Balkon auf sie herab, und dann ist sie einfach nur da, ohne Kulisse, ohne Trotzki, Mussolini, Stalin, Lenin, Sinowjew, Bordiga, ohne Straße und Land und Himmel über sich. Er sieht ihre Hand. Ihre Wasseraugen. Er hört ihre Gedanken oder das, was er sich unter ihren Gedanken vorstellt. Wenn es sie nicht gäbe, wenn sie verschwände (aber derlei darf er sich nicht vorstellen), wäre die Welt nur ein Stein, der durchs Nichts fällt.

## XVII MENSCHENLIEBE

Wie ich Affären beenden würde, hatte mich Ilsa bei einem meiner Besuche gefragt. Wieder war mein Geld knapp geworden, wieder war ich zu Ilsa gefahren, um mir einen ihrer Überweisungsträger ausfüllen zu lassen, wieder hatte meine finanzielle Notlage an überteuerten Restaurant- und Hotelbesuchen gelegen, was ich Ilsa eingestand, nachdem sie mir triumphierend vorgerechnet hatte, wie meine Finanzen aussähen, wenn ich nur meinen familiären Verpflichtungen nachginge.

Ilsa hielt es für progressiv, geradewegs heraus in all das zu stoßen, was man mit ein wenig Taktgefühl umging, und verwechselte gern Offenheit mit Schamlosigkeit. Dort allerdings endete dann ihre Fortschrittlichkeit und wurde unter Rasputin-Lektüre erstickt. Bei Rasputin hielt sie sich in jenem Sommer vornehmlich auf, nachdem sie Thomas von Aquin als klugen, aber letztlich doch mutlosen Kopisten von sich gewiesen hatte. Foucault las sie nur, weil sie meinte, mich damit endlich zu durchschauen, meine Machtinteressen, mein diktatorisches Genie.

»Wenn ich schon für deine Eskapaden aufkomme, würde ich gerne wissen, wie die aussehen«, forderte sie und lehnte sich auf dem Biedermeiersofa zurück. Sie hatte es vor kurzem neu und gelber denn je beziehen lassen und wirkte noch etwas ungelenk auf dem grellen Stoff. Auf dem Beistelltisch wankte ein Bücherstapel, obenauf eine Schale mit Keksen. Die Kaffeetassen fanden nur noch auf dem Boden Platz.

»Also?«

»Ilsa, bitte!«

Natürlich erzählte ich ihr nichts von meinen Affären. Ich hatte mir Takt antrainiert, was in meiner Familie ein wahres Kunststück war, und ich hielt große Stücke darauf. In Ilsas Umfeld verstand niemand den Unterschied zwischen Erotik, Trieb und Gleichgültigkeit. Wer die Scham verlor, verlor auch die Begierde. Wer das Tabu abschaffte, vernichtete die Lust. So viel zur Kommune eins. Meine Affären beendete ich mit einem klärenden Gespräch, und Ilsa öffnete eine Grappaflasche.

»Ich habe Hedda schon vor Jahren geraten, dich zu verlassen«, sagte Ilsa und schenkte mir eines der mundgeblasenen Gläser voll, die sie in Murano oder Venedig erworben hatte, auf einer dieser Bildungsreisen mit einem ihrer Liebhaber, mit dem sie eher die Lektüre als das Bett teilte.

»Wie gut, dass sie noch einen eigenen Willen hat«, erwiderte ich.

»Den eigenen Willen hast du ihr längst abgewöhnt. Du verhältst dich ihr gegenüber erbärmlich, mein Lieber, und sie lässt alles mit sich machen«, urteilte Ilsa, die geschult war in Vernichtungsstrategien gegen mich.

»Ich habe mich lange sehr um sie bemüht. Jetzt geht es nun mal nicht mehr, Ilsa, und das hat Gründe.«

»Ja, Gründe, das ist ein schönes Wort dafür. Ich habe das nie gern mit angesehen, deine Frauengeschichten, dieses lächerliche Eroberungsding.« Sie hielt mir das Glas mehr fordernd als anbietend hin, und in ihrer Geste spürte ich, wie starr und tief sie mich noch immer verachtete. Dabei konnte ich nichts dafür: Das, was Ilsa gegen mich hatte, was sie nicht aushielt an mir, war die Tatsache, dass ich mich auf Lust verstand, während sie nur das Herrschen begriff. Ich konnte genießen, während sie lediglich klug war. Sie wurde angehimmelt, ich aber war geliebt worden, hatte vielleicht sogar selber geliebt, nicht auf Dauer, sondern unkontrolliert und abrupt, aber auch von solchen Momenten war Ilsa weit entfernt.

»Du hast Hedda nie zu Wort kommen lassen«, befand sie und hatte ihren Grappa bereits gekippt. »Du erdrückst sie, du fährst ihr über den Mund, ehe sie eine eigene Meinung äußern kann, und wenn sie doch einmal dazu kommt, umso schlimmer! Dann wird sie an die Wand gestellt. Immer hast du recht. Du hältst keinen einzigen Standpunkt neben deinem aus. Du bist ein Diktator aus Hilflosigkeit, mein Lieber. Weißt du was, Anton Stöver, du hast Hedda einfach nicht verdient.«

»Nicht verdient!«, rief ich amüsiert. Ich dachte an meinen Vater, der es außerhalb ihres Gravitationsfeldes zu einem veritablen Bürokraten gebracht hatte, der in der Schulverwaltung saß und alles und jeden mit Vorschriften traktierte. Was hatte sie aus diesem Mann gemacht. Wie war er an ihrer Leine zu einem Nichts verkommen.

»Du hast dich nie für Hedda interessiert«, stellte Ilsa mit ihrem inquisitorischen Charme fest. »Was sage ich, du hast dich nie für Frauen interessiert.«

Jetzt kippte auch ich den Grappa. Was war das für ein abstruser Vorwurf? Ich interessierte mich für Frauen, ständig und überall, einen Mangel daran konnte man mir wahrlich nicht vorwerfen, und ich interessierte mich nicht nur für ihre Körper, mich interessierte, was in ihren Köpfen vorging, worüber sie nachdachten, ehe sie einschliefen, wenn sie aufwachten, wenn ihnen langweilig wurde in der Mittagspause, ich interessierte mich für alles an ihnen, nur eben nicht exklusiv, und das ist es, was uns Ilsas verdammter Kommunismus doch hätte beibringen können, ein für alle Mal. Die Entexklusivierung. Die klassen- oder besser noch grenzenlose Menschenliebe. Wofür war er denn gut, der Gedanke ans Kollektiv? Warum hatte er uns denn nichts anderes gebracht als Grundstücksenteignung, den Fünfjahresplan und ein paar verlotterte linke Studenten-WGs?

»Göttingen ist eben zu klein für mich«, sagte ich.

»Ach ja? Dabei seid ihr wegen dir nach Göttingen gegangen. Hedda hat in Bremen eine ausgezeichnete Stelle an der Kunsthalle angeboten bekommen. Und sie hat abgesagt, dir zuliebe, wegen deiner lächerlichen Anstellung als Mittelbauer an der Universität. Hattest du im Entferntesten die Aussicht auf eine Professur?«

»Natürlich gibt es die Aussicht.«

»Daran glaubst auch nur du. Jetzt verkümmert Hedda in dieser Galerie weit unter ihren Möglichkeiten.«

»Als ob du ihre Möglichkeiten kennen würdest.«

»Du hast ihr Leben ruiniert.«

»Das eigene Leben kann man sich nur selbst ruinieren. Und Göttingen ist eben zu klein für mich.«

»Weil deine Frau ständig deinen Liebhaberinnen über den Weg läuft.«

Damit hatte sie ausnahmsweise nicht ganz unrecht. Exakt ein Café gab es, in das ich mit den Frauen gehen konnte, es gab dieses Café seit Jahren, und seit Jahren nicht mehr als eben dieses. Es war übrigens eigenartig, dass diese Frauen oft vom Verlassenwerden sprachen, wenn ich ihnen meinen Abschied verkündete. Der Begriff Affäre schien immer weniger verstanden zu werden, was ich für den tatsächlichen Kulturverfall hielt, und eine Affäre war das Äußerste, was ich mit diesen Frauen teilte, und nur weil ich mich erkundigte, was in ihnen vorging, offensichtlich wollte das außer mir niemand wissen, so hieß das nicht, dass wir jemals etwas wie eine Beziehung eingegangen wären.

Göttingen war zu klein für meine Bedürfnisse, und nicht nur deshalb hatte ich Hedda immer wieder vorgeschlagen, in eine andere, in eine größere, in eine kulturellere Stadt zu ziehen. Nun ja. Heddas Galerie. Die Galeristin war eine der wenigen Frauen, die mich nicht leiden konnten. Wenn ich die Galerieräume betrat, um Hedda abzuholen oder ihr etwas auszurichten, warf sie mir vernichtende Blicke zu, und sie hätte Hedda allein deshalb nicht gehen lassen, weil sie wusste, dass Heddas Festanstellung mir Steine in den Weg legte.

»Hast du ein einziges Mal an jemand anderen als an dich gedacht? Zum Beispiel an deinen Sohn?«, fragte Ilsa.

»So wie du an deinen Sohn denkst?«

»Hast du denn keinen Funken Moral in dir, Anton Stöver?«

»Moral? Deine Moral ist nichts anderes als eine groß formulierte Vorschrift. Ihr mit eurer Bürokratenromantik. Liebe ist immer amoralisch. Weißt du was, Ilsa, das hat nichts mit Liebe zu tun, wovon du sprichst, nicht mal mit Marxismus, das ist höchstens Christdemokratie. Schäferstündchen auf Ibis-Niveau.«

»Für deine Liebschaften muss es natürlich immer das *Gebhards* sein. Darunter geht es für meinen Sohn ja nicht.«

»Ich habe mich nach Alternativen umgesehen, Ilsa, es tut mir leid, aber die Stundenhotels in Göttingen sind unzumutbar. Da kann ich mit keiner Frau hin. Wenn wir in Köln wären oder in München –«

»Stundenhotels! Mich ekelt es, Anton. Mich ekelt es vor deiner Lebensweise.«

»Meine Lebensweise kann dir vollkommen egal sein. Es kann dir egal sein, wohin ich mit den Frauen gehe. Und dein Antonio Gramsci im Übrigen, der war den Turiner Prostituierten kein schlechter Gast.«

»Er hatte gar nicht die Mittel dafür«, verteidigte sie ihn. Ich hob die Augenbrauen und schaute sie belustigt an, und als ihr klar wurde, dass es eine Verteidigung in meinem Sinne war, fügte sie hinzu: »Und auch kein Interesse.«

»Gramsci war ein Mensch, Ilsa, und kein Säulenheiliger. Gesteh ihm das doch zu.«

»Deine Stundenhotels jedenfalls sind der Inbegriff des Bürgerlichen!«, rief sie.

»Ach Ilsa, und eure Scheißkommunen waren der Inbegriff der Prüderie!«

»Du verlässt jetzt besser meine Wohnung«, sagte Ilsa, und ihre Stimme klang mit einem Mal auf eine unerträgliche Art gleichgültig.

## XVIII WIEN

Am 3. Dezember 1923 trifft Gramsci in Wien ein, von oberster Stelle der Komintern geschickt. Julia ist in Russland geblieben. Nach einem Jahr, in dem sie sich so vertraut geworden sind, dass sie nicht mehr genau sagen können, ob sie wirklich ohne den anderen aufgewachsen sind, ist er jetzt wieder auf unabsehbare Zeit allein.

Wenn er wenigstens in Rom von ihr getrennt wäre. Doch in Rom sichern Mussolinis Squadristi die Straßen ab, nicht nur der Sozialist Serrati, sondern auch fast alle führenden Kommunisten im Land sind verhaftet worden, alle, die sich nicht schnell genug absetzen oder untertauchen konnten. Und nach den Kommunisten kamen die anderen dran, die sich den Faschisten widersetzt haben und dafür von der Bildfläche verschwanden. Mussolini ordnet die Republik nach seinen Maßstäben, er sortiert aus, er buchtet ein, er lässt wegschaffen, was ihm gefährlich werden könnte, und Gramsci will so schnell wie möglich zurück nach Italien. Er will vor Ort sehen, was geschieht, er will handeln, es ist nötig, mehr denn je.

»Näher als Wien«, so hat man für Gramsci entschieden, »darfst du nicht an Italien heran, aber weiter weg darfst du dich auch nicht aufhalten.« Von hier aus muss er hinüberspähen ins Nachbarland, die Gründung der Parteizeitung *L'Unità* voranbringen und die spärlichen Neuigkeiten abschöpfen, die über Tirol heraufgetragen werden, von einem missglückten Streik in Mailand berichten, von einigen zu den Faschisten übergelaufenen Genossen in Triest oder von einem Einbruch in Neapel, bei der eine Druckmaschine zerstört wurde. Nie sind es gute Nachrichten, die ihm die Genossen übermitteln, und nie sind sie genau. Oft ist ihr Wissen nur aus zweiter Hand oder längst überholt. Gramsci weiß nicht, was er überhaupt hier soll. Derweil stellen ihm bereits die Behörden nach, mäkelige Wiener Beamte, die ihren Bleistift mit Spucke anfeuchten, um alles, was nicht in ihr Weltbild passt, peinlich genau zu ahnden.

Gramsci bewohnt ein Zimmer in einem peripheren Bezirk, das Schloss Schönbrunn kann er zu Fuß erlaufen, die Stadt ist weit. Es ist kalt in der Wohnung, es ist kalt in Wien, dabei kann er nicht einmal genau sagen, wo die Stadt beginnt, einmal steigt er in eine falsche Tram und gerät in eine Gegend mit einem verwahrlosten Heurigen, aus dem bereits am frühen Abend die ersten Betrunkenen torkeln, und die weißen Hügel ringsum erinnern ihn an die Salinen in Cagliari mit den zahllosen ausgemergelten Sträflingen, die dort arbeiten.

»Immer noch besser als Schönbrunn«, denkt er.

Josef Frey, sein Wirt und Generalsekretär der KPÖ, ist ein Melancholiker, dem das Wolkengrau, das über der Stadt hängt, bis in die Augenfarbe gekrochen ist. Seine Frau mustert Gramsci mürrisch. Und er versteht sie ja: Als wäre dieser Ehemann nicht schon Verhängnis genug, zwingt ihr die Partei nun einen dubiosen Untermieter auf, der ihr womöglich Ärger mit den Behörden einbringt.

Dabei ist Frau Frey eine Anständige. Ein wenig wechselhaft, aber anständig. Sie hat vor Jahren ihren jüdischen Glauben aufgegeben, um mit Leib und Seele katholisch zu werden. Diese Liaison allerdings hat nicht lange gehalten, da der Leib bald genug hatte von Hostien und dem Kniefall, und weil der Genosse Josef Frey mit charmierendem Gebausche und ab und an ein paar Blumen um sie wirbt. Sie zaudert nicht, sondern konvertiert zum kommunistischen Glauben, um ihren Frey-Josef nach Maßgaben von Räten und Fünfjahresplan an sich zu binden.

Doch ihr Mann übersieht, kaum rechtskräftig eingeheiratet, jeden Blumenladen, erinnert sich nur noch sehr gelegentlich an einen schmeichelnden Satz und geht alle Abende auf Versammlungen, bald auch mittags und morgens, und Frau Frey wird es einsam im Kommunismus. Sie vermisst die dick ins Öl gesetzten Heiligengesichter, immer nur Pelzmütze, immer nur Lenin und Spitzbart und Engelsmarx, wer kann das auf Dauer ertragen. Man schnüffelt ihnen zudem schon nach, und Frau Frey ist nie gern Stein des Anstoßes gewesen. Sie ist eine Anständige. Durch und durch anständig. Heimlich beginnt sie wieder ihren katholischen Zauber zu treiben, vergräbt sich trotzig in ihr Avemaria und wünscht sich sehnlichst den Kaiser zurück.

Gramsci würde am liebsten umgehend wieder abreisen. Wien missfällt ihm in allem, was er sieht, das Überbleibsel der bourgeoisen Epoche, die aus einer Schneewehe stakt. Auf den Straßen kommt es ihm düster und überheblich vor, die Noblesse trägt man wie eine Totenmaske, und das Hotel Sacher versinkt in großbürgerlicher Dekadenz. Er denkt an den Hunger seiner Kindheit, der ihn beinahe umgebracht hat, an den sardischen Frühling, der mild und gelassen über dem Land hängt, und ahnt nichts von den Ekstasen, die ein Stück Torte auslösen kann, wenn es über die Zunge in alle Sinne läuft. Draußen erwartet ihn eine kratzige Sprache, mürrisch in den Schneeregen geduckte Passanten und Pferde, die im Dreivierteltakt vor den Fiakern hertraben. In Wien, meint er, kriechen die Menschen einem nur deshalb in die Seele, weil es überall sonst in dieser Stadt nicht auszuhalten ist.

Was ist dagegen Moskau, schneeweiß und fröhlich, wo es Schlitten gibt und lachende Menschen mit rotgefrorenen Gesichtern, und wenn er auch niemals in einem solchen Schlitten gefahren ist, und wenn auch kein einziges der eingefrorenen

Gesichter lacht und Moskau im Übrigen alles andere als fröhlich ist, vielmehr eine Ansammlung überforderter Revolutionäre, Pfennigfuchser, ausgehungerter Schulkinder und einer Großbourgeoisie, die sich noch an ihre Privilegien klammert, so kann Gramsci es doch in seinem Wiener Fremdenzimmer nur in den schönsten Farben erinnern, dort in jener Zwischenstation, von der aus er weder ins faschistische Italien zurückkehren kann, wo Mussolinis Getreuen ihn umgehend verhaften werden, noch in das zu weit entfernte Russland, wo Julia wartet. Oder womöglich nicht wartet, aber daran darf er gar nicht denken.

Zweitausend Kilometer von Wien nach Moskau. Zweitausend Kilometer sind für alles zu weit, und nun sitzt er fest bei Frau Frey, die ihm Pantoffeln hinterherträgt, denn die Nachbarn!, das gute Parkett! Was für ein Leben, in dem man nur alles gepflegt halten will und im Übrigen nicht auffallen. Da steht er in seiner Kammer und blickt auf das Bild der heiligen Agnes, liegt bei sechs Grad in einem deutschen Bett, sehr hart, sehr unbequem, schläft so gut wie gar nicht und fühlt sich so verloren wie nach seiner Ankunft in Turin. Da sitzt er also wieder in den vergangenen Jahren, als wäre nichts geschehen, als wäre er nie aus der Gleichförmigkeit seines Lebens ausgeschert. Es riecht nach dem schwitzenden Käse, den er zu lange in seiner Turiner Schlafkammer aufgespart hat, weil er nicht gewagt hat, das wenige, was er besessen hat, anzutasten, es zieht durchs Fenster, der Anzug ist zu dünn, er möchte nicht daran denken, er möchte nicht dorthin zurück, nach Turin, in die Jahre, in denen er so ohnmächtig gewesen ist, und er drückt sein Gesicht auf das von Frau Frey extra hart gestärkte Kissen, versucht an die guten Momente von damals zu denken: Als er Mundharmonika gespielt hat vor seinen Gästen, die sich auf seinem Bett und auf dem Boden hatten zusammendrängen müssen, so viele waren es und so eng sein Quartier. Als sein erster Artikel erschien. Als er Ibsens Puppenheim im Theater gesehen und sich über das verhaltene Publikum geärgert hat, das nichts verstand vom dritten Akt, von Noras Weggang, den sie als anstößig empfanden und einfach nicht begriffen, welche zutiefst moralische Handlung es war, dass Nora nur ihrer Pflicht nachkam, die jeder zunächst sich selbst gegenüber und erst dann gegenüber den anderen hat, nämlich sich eine Welt zu schaffen, in der man menschlich sein kann.

Julia schickt einen Brief aus Russland, wo am Kreml die Besucher durch ein neues Mausoleum ziehen, in dem der tote Wladimir Iljitsch Lenin aufgebahrt liegt, am 21. Januar ist er gestorben. Frau Frey hat ihm den Brief mit neugieriger Miene in sein Zimmer gebracht. Sie bleibt neben ihm stehen, starrt auf seinen Finger, der endlich das Kuvert aufreißen soll, und als sie sich dann doch verzieht, Gramsci vorsichtig den Umschlag öffnet und das Blatt herauszieht, muss er die Zeilen zweimal lesen, um zu begreifen, um wenigstens zu ahnen, was Julia ihm da mitteilen will. Ihm ist schwindelig, hat er heute überhaupt schon etwas gegessen? Agnes lächelt ihn scheinheilig aus den Ölfarben heraus an. »Was verstehst du schon davon?«, zischt er ihr zu. In Moskau hat Sinowjew sich in Position gebracht, Stalin kaschiert noch seine Ziele, dabei hat er sich längst etwas aufgebaut, das stärker ist als Lenins mortales Postskriptum, doch das ist alles nichts gegen das, was Julia ihm schreibt. »Was verstehst du davon«, zischt er zu Agnes hinauf, »dass Julia womöglich ein Kind erwartet?«

Er muss ihr antworten, er muss sie jetzt bei sich haben, nicht diese unerträgliche sakrosankte Agnes, er will Julia in den Arm nehmen, und eigentlich ist er es, der in den Arm genommen werden will, und wie schreibt man das über zweitausend Kilometer hinweg? »Ich würde Uhren aus Kork basteln«, schreibt er, »und Geigen aus Pappmaschee und Eidechsen mit zwei Schwänzen aus Wachs. Ich würde Dir Gedichte aus meiner Kindheit erzählen, die ein bisschen wild und primitiv war – ganz anders als Deine.«

XIX TERESA Die Verkehrsmeldungen berichteten von einem Stau auf der A1, zehn Kilometer wegen einer Baustelle, und von einem Unfall vor dem Maschener Kreuz. Dann wurde Chopin gespielt, tröpfelnde Klaviertöne, entsetzlich sentimental. Ich drehte das Radio ab und hörte nur noch die monotonen Fahrgeräusche.

Hedda wartete zu Hause auf mich, vermutlich in einem Bildband über russische Futuristen blätternd. Auf meinen Rat hin hatte sie sich einen strengen Pagenkopf schneiden lassen, mit dem sie eleganter und auch ein wenig reifer wirkte, es war schließlich an der Zeit gewesen, jetzt, da sie zweiunddreißig war und ich Mitarbeiter an der Göttinger Universität. Wir stritten in letzter Zeit viel, wir stritten über ihren Kollegen Karsten, mit dem sie in jeder Mittagspause im Café Schroeder saß, wir stritten über ihre Promotion, die nicht vorankam, wir stritten über die Farbe der Bettlaken und die Farbe des Himmels. Es war seit einigen Wochen unerträglich mit Hedda, die launischer wurde, die vollkommen grundlos am Morgen zu weinen begann, wenn sie neben mir aufwachte. Ich fragte sie, was los sei, und sie gab keine Antwort, ich wollte nur noch weg aus diesem Mäusekäfig, und es hatte, das musste ich zugeben, nicht allein mit ihr zu tun. Ein Auto hupte, ich bremste scharf ab und schlingerte zurück auf den rechten Fahrstreifen.

Eine meiner Affären war wichtiger geworden, als ich es erwartet hatte. Sie hieß Teresa, war von einer verschreckten Schönheit, hatte im Bett den Reiz einer ewig Unerfahrenen, die man mit allem, was man tat, heillos überraschte, kurz, ich kam nicht von ihr los und sie begann, Ansprüche zu stellen. Für gewöhnlich war spätestens das der Punkt, an dem ich den Frauen höflich erklärte, weshalb es mit uns nicht weiterging. Ich war immer höflich. Wer die Umgangsformen verlor, wurde schäbig. Ich war nie schäbig. Ich verhielt mich höflich, ich achtete auf meinen Körper, duschte nach jedem Verkehr mit einer Frau lange und zahlte, wo wir auch waren, die Rechnungen für beide. Ich war alles in allem ein vorbildlicher Liebhaber, und Teresa hätte mehr als glücklich sein können über unsere Begegnung, die Begegnung, wie sie nun eben war, flüchtig und leicht und ausgesprochen schön. Sie aber wollte auf Teufel komm raus etwas festhalten, das man besser nicht festzuhalten versuchte.

Ich parkte den Wagen in einer kleinen Seitenstraße, denn auch wenn ich wusste, dass Hedda höchstens in ihre Galerie gehen würde, falls sie überhaupt das Haus verließ, war ich vorsichtig. Hedda war in manchem sehr empfindlich und es lag mir ja daran, sie zu schützen. Ich eilte die letzten paar Meter über den Gehweg, stieg durch das unsanierte Treppenhaus, und Teresa, die schon auf mich gewartet haben musste, öffnete mir die Tür, kaum dass ich geklingelt hatte.

Ich blieb im Hausflur stehen, es gefiel mir, sie zu reizen, kurz hielt sie sich zurück, spielte Eisprinzessin, und schon zog sie mich an der Hand in die Wohnung und wir eilten über ihre schmale Diele bis zu ihrem Bett. Oder vielmehr zu dem, was sie dafür hielt, ein Lattenrost, der auf alten Ziegelsteinen ruhte. Es knarrte und ächzte und war zum Liegen äußerst unbequem.

»Du könntest dir auch mal ein anständiges Bett kaufen«, sagte ich. Sie sah mich beleidigt an, dabei war meine Bemerkung ja in ihrem Sinne, immerhin schlief sie hier auch nachts.

»Na dann«, sagte sie, »gehen wir endlich mal zu dir.«

»Wir könnten ja auch ein Hotelzimmer nehmen«, wich ich aus.

»Ein Hotel? In der Stadt, in der wir beide Miete zahlen?«

»Du bist entsetzlich sparsam, Teresa, weißt du das?«, sagte ich und mein Daumen strich ihr Kinn entlang.

»Immer diese heimlichen Treffen bei mir«, sagte sie.

»Immer deine Fragen«, sagte ich.

Es half nur, sie zu küssen und mit der Hand zwischen ihre Schenkel zu fahren, dann hörte sie auf mit ihrer Inquisition. Sie war störrisch, sie war ängstlich, und endlich war sie wundervoll. Sie stöhnte heiser. Dieses Rauhe hinterging ihre Schüchternheit, setzte sich über ihre zarte Hemmung hinweg, und ich brach sie jedes Mal von Neuem. Es könnte so einfach sein: Ihre Wohnung war klein, aber ein paar neue Möbel, ein wenig mehr Ordnung und wir hätten etwas Gemütliches für uns beide. Ich hätte einen Schlüssel und käme zwischen meinen Uni-Terminen bei ihr vorbei, streifte noch im Flur hastig die Kleider von ihr, oder aber sie käme mir bereits nackt entgegen, vielleicht in Netzstrümpfen oder in gelben Dessous. Gelbe Dessous waren für sich eine Geschmacklosigkeit, auf ihrer Olivenhaut allerdings hätten sie einen absurden unübertrefflichen Charme. Teresa in gelben Dessous. Teresa im Morgenmantel. Teresa mit Strapsen. Überhaupt Teresa. So könnte es über Monate gehen, gäbe sie endlich ihre unnütze Fragerei auf. Wieso ich in manchem so verschlossen sei. Weshalb ich nicht mit ihr ausgehen wolle. Warum ich nicht von meinen früheren Beziehungen spräche.

»Immer diese Neugier, Teresaliebes«, flüsterte ich.

»Ich interessiere mich halt für dich«, gab sie zurück.

Man kam ja nicht vorwärts mit solch einem Unsinn. Merkte sie denn nicht, dass sie das Schöne, das wir miteinander hatten, dadurch nach und nach absterben ließ? Sie ließ es einfach verkommen, als sei es ihr gleichgültig. Ich wollte nicht, dass es aufhörte, ich wollte zum ersten Mal, seitdem ich mit Hedda zusammen war, vielleicht überhaupt zum ersten Mal die Begegnung mit einer Frau bewahren, obwohl diese Begegnung gegen meine eigenen Regeln verstieß. Ich wusste, dass ich die Sache mit ihr beenden musste, dass es begann, heikel zu werden für mich, doch jedes Mal, wenn ich bei ihr war, brachte ich es nicht über mich. Ich fühlte mich einem Zwang unterworfen, der mir jede freie Entscheidung nahm.

»Du stellst schon komische Sachen mit mir an«, sagte ich.

»Weißt du was, Anton«, entgegnete sie lachend, »ich glaube, du bist ganz schön verliebt in mich.«

»Ach so?«

Sie küsste mich am Kinn, am Hals, ihre Lippen krochen über meine Schulter, ihre Zunge spickte in die Dohlengrube.

»Ich gehe kurz duschen, wenn es dir recht ist«, sagte ich und schob sie von mir.

Teresa antwortete nicht, zog sich nur die Bettdecke über den Körper, bis hinauf zum Schlüsselbein, und eine Satinlandschaft verdeckte mir die Aussicht.

Im Bad sah ich auf die Uhr, bereits nach sechs war es, in einer halben Stunde erwartete mich Hedda, es war unser Jahrestag, und auch wenn Hedda behauptete, für derlei Anlässe nichts übrigzuhaben, wusste ich, dass es ihr nur gleichgültig war, solange ich daran dachte. Ich duschte mich gründlich, betrachtete mich im Spiegel, und je weiter der Dunst sich zurückzog, desto mehr musste ich mir eingestehen, wie gut mir die Affäre mit Teresa stand. Die Haut unter meinen Augen war weich und hell. Ich wirkte ausgeruht, obwohl ich weniger schlief denn je.

Als ich das Bad verlassen wollte, rief Hedda an. Ich drückte den Anruf weg, sie aber ließ nicht locker und wieder schrillte mein Telefon, dieser grässliche Ton, den sie mir eingestellt hatte. Ich drückte es erneut weg, sie rief wieder an.

»Was ist«, zischte ich.

»Anton?«, stammelte Hedda, und es klang, ab ob sie geweint hätte. »Ich muss dich sehen, jetzt gleich«, sagte sie, und ich merkte, dass ich mich getäuscht hatte, dass sie noch immer weinte, und ich konnte es nicht leiden, wenn erwachsene Frauen weinen, weil es ein so infantiles Mittel ist.

»Hör zu, ich kann jetzt nicht«, sagte ich.

»Meine Mutter hatte einen Schlaganfall, sie ist im Krankenhaus, ich weiß nicht, wie es ihr geht.«

»Es ist wirklich ungünstig gerade. «

»Ich weiß überhaupt nichts, wir müssen zu ihr fahren, jetzt gleich.«

»Setz mich nicht unter Druck, Hedda. Wir waren um sieben verabredet«, sagte ich etwas lauter.

»Anton?«, rief Teresa aus dem Flur. »Alles in Ordnung?«

»Wo bist du gerade?«, fragte Hedda.

»In der Uni, das habe ich dir doch gesagt.«

»Nein, bist du nicht. Ich bin in der Uni. Ich stehe in deinem Büro.«

»Was soll jetzt dieser überhebliche Ton.«

»Anton, entschuldige, meiner Mutter geht es nicht gut, ich mache mir Sorgen.«

»Dann fahr ins Krankenhaus. Ich sage den Tisch beim Italiener ab.«

»Ich habe Angst, Anton.«

»Du tust immer so, als ob alles nur dir zustoßen würde. Deine Mutter ist nicht die erste Siebzigjährige, die einen Schlaganfall hat.«

»Anton?«, rief Teresa aus dem Flur.

»Wo bist du, Anton?«, fragte Hedda noch einmal.

»Hedda, das hatten wir, fahr jetzt zu deiner Mutter, wir reden heute Abend.« Ich legte auf, rieb mir mit dem Handtuch über meine feuchten Haare und verließ das Bad.

Teresa hatte sich wieder ins Bett gelegt, die Decke reichte ihr nur bis zur Hüfte, ich sah ihre weißen Brüste, die violett-braunen Spitzen ihres BHs, und unter der Decke lagen ihre Beine gespreizt, formten ein Dreieck, meine Hand glitt über den Satin bis in den Winkel hinauf, jetzt hatten wir Zeit, Hedda würde nicht vor acht oder neun zurück sein.

»Mit wem hast du geredet?«, fragte Teresa.

»Jemand aus der Fakultät. Nicht mal am Freitag lassen sie mich in Ruhe.«

Ihre kleine Hand kroch in meine, ich hielt sie fest, und für einen Moment dachte ich, dass es doch gehen müsste, das zwischen Teresa und mir war ja nichts, was Heddas und meine Beziehung gefährdete, nicht im eigentlichen Sinn, und schließlich, man teilte sein Leben mit so vielen Menschen, warum sollten gerade diese beiden sich ausschließen? Teresa küsste mich in den Nacken, ihre Hand strich meinen Haaransatz hinauf, ich zog sie zu mir und nippte an ihren Brüsten.

»Du bist so übertrieben reinlich, Anton«, flüsterte sie. »Man schmeckt ja gar nichts von dir. Nur Seife.«

»Ach so?«, sagte ich und rückte von ihr ab. »Stört dich vielleicht noch etwas an mir?«

»Was ist denn, warum bist du gleich eingeschnappt?«

»Ich bin eben angespannt im Moment, ich habe so viel Arbeit, die Edition des Briefwechsels, die Artikel fürs marxistische Wörterbuch, und dann dieser ganze Bachelorunsinn, du kannst dir nicht vorstellen, wie viel Arbeit das ist, ich kann jetzt wirklich nicht auf deine Launen eingehen.«

Teresa rekelte sich auf dem Bett, was sie natürlich nur tat, damit ich ihren nackten, von ihr scheinbar als unwiderstehlich empfundenen Körper betrachtete. Dann schlug sie die Lider auf, oh Knopfauge!, doch unter der ganzen Lieblichkeit entging mir nicht die bissige Nuance.

»Mit wem hast du gesprochen?«, fragte sie. »Es ging nicht um die Uni, sei ehrlich.«

»Willst du mir irgendwas unterstellen? Hör zu, Teresa, wir können das hier auch beenden.«

Ich erhob mich und stand mit verschränkten Armen im Raum.

»Setz dich doch, Toni, was ist denn?«, fragte sie und senkte den Blick, alberner Rehkitzcharme. Ich sah mich im Zimmer um, überblickte ihren ganzen schludrigen Alltag, ein Rock hing nachlässig über der Kleiderstange, ein Hemd lag auf dem Boden, zerknittert, vermutlich besaß Teresa nicht einmal ein Bügeleisen, und dann bemerkte ich die weißen Flecken auf dem Stoff. Ich zuckte nicht zusammen, denn ich habe meinen Körper unter Kontrolle, aber wäre ich ein weniger beherrschter Mann, hätte ich gezittert. Ich kannte diese Flecken, ich mochte sie auf teuren Kostümen und auf Businesskleidern. Je strenger die Kleidung war, desto größer war ihr Reiz, und ich hätte sie theoretisch auch auf Teresas Hemd gemocht, das klar geschnitten war und gebügelt gut an ihr aussehen musste, nur hatte sie dieses Hemd noch nie in meiner Gegenwart getragen und gebügelt vermutlich auch noch nie.

»Sei doch nicht so böse, bitte«, flötete sie. Ihre ganze verlogene Unschuld. Sie musste das bisschen Gefühl, das sie hatte, lächerlich machen. Weil sie es nicht aushielt. Weil sie das Ungefährliche vorzog, das Ungefährliche und Stumpfe.

»Habe ich was Falsches gesagt?«, bettelte Teresa um eine Erklärung. Sie blickte betroffen, und als ich ihrem Blick standhielt, zog vorsichtig ein Lächeln auf. Ihre ganze Selbstgefälligkeit.

Natürlich wollte sie nur hören, dass sie nichts Falsches gesagt hatte, Teresa, wie könntest ausgerechnet du etwas Falsches sagen?

»Sag doch was, Anton.«

Ich hob das Hemd auf und warf es ihr in den Schoß.

»Was soll ich damit?«

»Du solltest deine Kleidung sauber halten.«

»Das ist jetzt nicht dein Ernst, oder?«

»So was soll ich mir bieten lassen?«

»Bieten lassen? Weil ich mir Joghurt auf das Hemd gekleckert habe?«

»Joghurt?«

»Oder Zahnpasta, was weiß ich.«

»Zahnpasta?«

»Du spinnst, Anton, du spinnst wirklich.«

»Ach so? Ich spinne. Und deine Vorwürfe sind natürlich vollkommen berechtigt.«

»Vielleicht gehst du jetzt besser und wir telefonieren morgen«, sagte Teresa und knetete das Hemd in ihren Händen.

»Ja, selbstverständlich. Immer nach deinen Vorstellungen. Weißt du was, dieses Spiel ist mir zu dumm. Das Telefonat können wir uns schenken. Endgültig.«

Als ich aus dem Haus trat, rief ich Hedda an. Sie hatte endlich ihren Vater erreicht. Ihrer Mutter ging es, und hatte ich ihr das nicht gleich gesagt, einigermaßen gut. »Siehst du, Hedda, es ist alles nicht so schlimm, wie du immer denkst. Ich hole dich nachher ab, und dann gehen wir zum Italiener. Nein, nicht wegen deiner Mutter. Hast du daran gedacht, dass wir heute seit genau fünf Jahren zusammen sind?«

**XX ROM** Im Schutz der Immunität kehrt Gramsci am 12. Mai 1924 nach Italien zurück, er ist Anfang April ins Parlament gewählt worden, und seine Genossen glauben noch, die Faschisten gäben etwas darauf, auf Immunität und Parlamente und auf die Rechte ihrer Gegner, oder wollen noch daran glauben, oder glauben längst nicht mehr daran, aber was bleibt ihnen anderes übrig, eine Alternative haben sie nicht.

Die Faschisten haben über Jahre Gramscis Schatten gejagt. In Turin, wo sie 1922 Zeitungsredaktionen gestürmt und Kommunisten zusammengeschlagen haben, spürten sie zwar nicht ihn, aber seinen Bruder auf und ließen ihre Wut an ihm aus. Viel Blut und einen Finger hat es Gennaro gekostet, danach ist er ins Ausland geflohen, er hat Italien nicht mehr ertragen können mit neun Fingern und ständiger Angst.

Gramsci muss nach Italien, er ist es, der eine Front gegen die Faschisten aufbauen könnte, über die Parteigrenzen hinaus, der mit den Abgeordneten reden und zusammenbringen könnte, was aufs ärgste und kleinlichste zerstritten ist. Womöglich hat man zu lange gegen die Sozialisten und gegen die Bürgerlichen gehalten, vielleicht kann er nicht mehr alle Klüfte überwinden, und den zehnten Finger seines Bruders bringt er wohl auch nicht zurück.

Er geht über den Markt auf der Piazza Alessandria, der Boden ist feucht vom Wasser, das über die Fische in den Auslagen gekippt worden ist. Da ist wieder der Dunst, der aus den Trattorien in der Via Mantova steigt. In der Villa Borghese halten ihm die Blumenmädchen winzige Veilchensträuße entgegen, er kauft drei und will sie für Julia trocknen, auf der Fensterbank seines neuen Fremdenzimmers, das er unter falschem Namen bei der deutschen Familie Passarge bezogen hat.

Die Passarges sprechen mit einem förmlichen Akzent, nennen ihn Professor, weil sein zweiter Koffer vollständig mit Büchern gefüllt ist und Gramsci sich obendrein bemüht, seine Tätigkeit als kommunistischer Abgeordneter zu verschleiern. Man hat Hochachtung vor Titeln. Frau Clara Passarge, eine vor lauter Zurückhaltung beinahe unsichtbare Person, achtet penibel darauf, dass der Professor nicht gestört wird. Wenn sie sich doch einmal in den Fluren über den Weg laufen, lädt sie ihn scheu auf einen Kaffee ein, den sie in der Küche nach deutscher Art aufbrüht, das warme Wasser auf einen Papierfilter gießt und hindurchtröpfeln lässt, anstatt es auf einer Herdflamme zu erhitzen, bis es hinaufzischt und dreimal so stark und dreimal so heiß ins Metallkännchen fließt. Dafür ist die Tasse, die sie ihm anbietet, dreimal so groß wie die Tassen, in denen er seinen Kaffee in den Bars an der Piazza Alessandria oder in der Via Mantova trinkt.

Und natürlich hat sie recht, er braucht seine Ruhe, wenn sie es auch nicht gleich so allgemein hätte halten müssen: Studierte brauchen alle ihre Ruhe, meint Frau Passarge, sie leben Ruhe, sie atmen Ruhe, sie ernähren sich von der Ruhe, das ist es, was Akademiker von anderen Menschen unterscheidet, die lieber essen, trinken und anderweitig körperlich werden. Wenn ihre Enkelin zu Besuch ist, hört er ein Scharren an seiner Tür, sie versucht, die Klinke zu erreichen, um zu dem drolligen Gast hineinzugelangen, aber mit ihren vier Jahren und 95 Zentimetern ist sie noch zu klein, und sie ruft ihm durch die geschlossene Tür in kindlichem Italienisch zu: »Stlivi?« Schreibst du? Und kaum hat er ihr die Tür geöffnet, schießt sie hinein, hält ihm ihre Wange zum Kuss hin und fragt: »Magst du spielen?« Gramsci zieht eines der Papiere aus seinem Schreibstapel, malt für sie Vögel darauf, und gemeinsam lassen sie Tinte aus seinem Füller tropfen und überlegen, was für absonderliche Gestalten diese Tintenkleckse wohl darstellen.

Die Wohnung der Passarges liegt in einer Seitenstraße der Nomentana, nahe der Porta Pia. Gramsci unternimmt lange Spaziergänge, bis zum Kolosseum hinunter geht er mit seinem Genossen Felice Platone, und sie lachen und streiten und lachen wieder, auch wenn Russland zu wichtig ist, um darüber Scherze zu machen, die bürokratische Diktatur, die sich dort aus den Schreibstuben und Hinterzimmern ausbreitet, weil niemand mehr weiß, wie man einen Staat lenkt, ein ganzes Land, das aus den Fugen geraten ist, sich selbst erst erfinden muss und keine Kraft mehr dafür hat. Sie essen in einer Trattoria beim Hauptbahnhof, es gibt gebratenen Wolfsbarsch und Pasta mit geschlagenem Ei, einige andere Genossen stoßen dazu, Alessandro, Federico, Lucca. Felice lehnt sich vor und sieht Gramsci an, lange, zu lange, und Gramsci weiß, dass er es wird beschwören müssen, ja, er glaube noch daran. Trotz allem. Auch wenn die Sowjetunion seinem Glauben nicht immer guttut. Die Getreuen Stalins haben sich bis aufs Blut mit denen Sinowjews und Trotzkis gestritten, weil sich Macht nun eben nicht von einem Tag auf den anderen in den Köpfen auswechseln lässt; sie haben gemeinsam eine Revolution gewonnen, sie haben gemeinsam einen Bürgerkrieg gewonnen, die Köpfe gewinnt man langsamer als die Straßen. Wenn Lenins Nachfolge erst geklärt ist, dann wird es einen guten Ausgang nehmen, hat Gramsci gehofft. Weil dies eine neue Ära ist. Weil dies eine Chance ist, die nicht verloren werden kann. Man darf sich nur nicht überwerfen. Man darf nicht brutal werden in den Mitteln. Man muss der Opposition ihren Raum geben. Auf dem dreizehnten Parteitag der KPdSU hat sich Stalin als einzig legitimer Erbe Lenins präsentiert.

»Mir ist der nicht geheuer«, bemerkt Alessandro.

Kurz ist es still, dann hört man das Scharren der Gabeln auf dem Porzellan. Vor den Genossenmündern hängen Spaghettibündel.

»Ich weiß es nicht, aber es sollte keine Machtkämpfe zwischen zwei Genossen geben«, antwortet Federico.

»Machtkämpfe wie zu jeder Zeit. Das ist keine neue Ära, das sind nur neue Namen. Alles bleibt, wie es ist«, ruft Felice und stößt seinen Teller von sich. »Hier haben sie auch schon besser gekocht.«

»Nichts bleibt, wie es ist«, entgegnet Federico.

»Natürlich«, sagt Gramsci. »Wir haben geschlafen. Wir haben auf Russland gestarrt und vergessen, dass Italien ein ganz und gar anderes Land ist. Dass die Dinge hier anders verlaufen werden. Schau dich doch mal um, Felice, es ist längst schlimmer, als wir es je befürchtet haben. Die Faschisten regieren. Sie haben alles an sich gerissen. Wir sind auf ihre Duldung angewiesen. Verstehst du? Auf ihre Duldung! Wir sind von ihnen abhängig. Und wir haben all das nicht kommen sehen, weil wir zu arrogant sind mit unserem Optimismus.«

Federico nickt, Amadeo blickt Gramsci mit leerem Blick an.

»Vielleicht haben wir dem Land mehr geschadet als die Sozialisten«, sagt er leise. »Vielleicht war all das falsch, wofür wir gekämpft haben, weil wir es zur falschen Zeit getan haben.«

Nach dem Essen spazieren sie wieder zurück in den Norden der Stadt, Lucca verabschiedet sich als erster, dann biegen Alessandro und Federico ab. Felice und Gramsci trennen sich vor dem Denkmal an der Porta Pia. Die Steinfiguren, die dort mit ihren Gewehren feststecken und an den italienischen Einigungskrieg erinnern, verfolgen Gramsci bis in seine Träume, die Möwen kreisen über dem Vittoriano, stürzen sich von dort bis in sein Schlafzimmer hinab. Wien verschwindet aus seinem Leben, als hätte er die Stadt niemals besucht. Die Heiligen in Rom blicken weniger trotzig auf ihn herab als Agnes mit ihrem vom Zimmerstaub eingefärbten Haar, und auch Julia scheint wieder näher zu sein, dabei liegen noch ein paar Kilometer mehr zwischen ihnen, aber wen interessiert schon die Geografie. Gramsci will ihr zeigen, wie die römischen Hausdächer von der Piazza della Trinità dei Monti aussehen, sie ist schon so lange nicht mehr hier gewesen, und vielleicht hat sie es vergessen, er möchte ihr erzählen, wie sattgrün der Tiber in diesem Jahr ist und wie harsch die Tiberinsel den Strom zerteilt. Kleine Wellen, die übereinanderfallen, wirbeln und strudeln und nicht schnell genug davonkommen. Und auch das möchte er ihr zeigen: Wie die Männer dort unter den Zypressen bei der Galopprennbahn stehen und sich über die Politiker lustig machen, einer von ihnen ahmt die Fratze Mussolinis nach. »Me ne frego!«

Als er ihr das erste Mal begegnet, sieht er sie nicht. Er sieht Julia. Er sieht einen Schemen, der aus seiner Erinnerung ausgebrochen ist und sich selbständig macht. Es ist ein verraucht nebliger Morgen, in der Straßenbahn drängen sich die Menschen zusammen, sie haben gerade die Via Nomentana passiert, gleich werden sie über die Piazza Buenos Aires fahren, ein charmantes kleines Rund mit Villen und Löwen aus Sandstein, die auf das wackelige überfüllte Gefährt herrisch herabblicken. Danach die gewaltige Villa Borghese, an deren Außenseite sie lange entlangfahren, auf den Tierpark zu, man wird, wenn der Wind richtig steht, die Elefanten hören können. Die Türen sind bereits zugeklappt, es ist stickig und die Arme der Menschen feucht vom Schweiß, er dreht seinen Kopf, sieht eine Frau, die, als sie ihm kurz das Gesicht zuwendet, zu vertraut aussieht, er stutzt, er denkt an Julia.

Er denkt an seinen Sohn. 3600 Gramm, dunkle Haare, blaue Augen, ein schön geformtes Köpfchen, hat ihm Julia im August geschrieben. »Er sieht aus, als wäre er in der Sonne gereift.«

Menschen schieben sich zwischen ihn und die Frau, Arme streifen ihn, klamme Abdrücke bleiben auf seiner Haut zurück, er sieht das runde Gesicht mit den scharfen Linien der Augenbrauen, den zierlichen Körper und fragt sich, ob sein Wünschen so dringlich geworden ist, dass es nun wahrhaftig vor ihm steht, ob sie aus Iwanowo angereist ist, ohne ihm Bescheid zu geben.

Nein, unmöglich. Ein Wunsch hätte zumindest gegrüßt.

Und dann weiß er es. Tanja. Er hat gerade Julias Schwester gesehen, nach der er wochenlang auf der Suche war, die Schuchts hatten ihn darum gebeten. Als die Familie nach Russland zurückging, ist Tanja in Rom geblieben. »Um ihr Studium abzuschließen«, wie Julia behauptet hat. »Das ist doch nur die halbe Geschichte«, hat Gramsci entgegnet. »Naturwissenschaften«, hat Julia nur geantwortet. »Sie war sehr begabt.«

Er will hinaus, er will ihr nach, aber die Tram hat ihn bereits weit von ihr weggezogen. Als er an der nächsten Haltestelle aussteigt, duckt er sich zusammen wie ein geschlagener Köter und eilt die Schienen entlang in die entgegengesetzte Richtung. Die Menschen auf dem Trottoir weichen ihm aus. Er bemerkt es nicht mehr oft, er hat sich daran gewöhnt, an diese Blicke, aber heute spürt er all den Unwillen, den er lange schon gegen sich spürt, gegen diesen fehlgewachsenen Körper.

Er schlägt sich noch tiefer in den Mantel ein, er friert mit einem Mal, dabei sind es über zwanzig Grad, die Luft kommt ihm bleiern vor, und drüben, auf der anderen Straßenseite, kracht eine Tür so laut ins Schloss, als wolle sie bis nach Moskau klingen. Er hat Angst, plötzlich hat er Angst vor dem Hydranten neben sich, vor der nächsten Straßenkreuzung, vor den Gedanken, die ihn zurückschlagen in seine Einsamkeit, in diesen Kokon, durch den nichts hindurchkommt, nur Buchstaben und Zahlen. Dieses Straucheln in den Nerven und in den Gedanken, das man Verliebtheit nennt, nur wohin damit, es hat doch in Rom keinen Ort und kein Ziel, und überhaupt müsste er jetzt zu einer Versammlung, und Tanja wird fort sein, in die eine Straße abgebogen oder in die andere.

Das hat er bereits über Tanja in Erfahrung gebracht: Sie ist als Bürgerin der UdSSR an der Botschaft verzeichnet, und im Juni hat er sogar eine römische Adresse erfahren, aber als er sie besuchen wollte, wohnte sie dort nicht mehr. Sie musste in eine Klinik, hat ihm die Hauswirtin erklärt, die in blau-weißem Kittel und mit gewaltigen Oberarmen vor ihm stand. Hinter ihr drängte sich ein Kind in den Türrahmen, das Gramsci neugierig betrachtete. »Die Bastianelli-Klinik«, sagte die Wirtin und trieb das Kind mit einer nachlässigen Handbewegung zurück. »Richten Sie ihr Genesungswünsche aus.« In der Klinik schließlich erfuhr er, dass sie verreist sei, auf einer Badekur in Pescara oder in der Toskana. Es gehe ihr gut, hat Gramsci im Juli an seine Frau berichtet. Im Oktober hat er gehört, sie unterrichte in einer Privatschule der Via Savoia, aber er hat die Straße nicht gefunden, die erst kürzlich umbenannt worden ist und in den Stadtplänen noch nicht verzeichnet.

»Sie versteckt sich vor dir«, meint Genosse Stuschewski, »sonst hättest du sie längst getroffen. Sie will nicht, dass du sie findest, sie weiß ja nicht, was du von ihr willst und ob es für sie gefährlich werden kann. Wer weiß, vielleicht hat sie Angst vor den Faschisten. Oder vor uns.« Gramsci nickt, er kann es ja verstehen, sogar er hat Angst vor ihnen, wenn auch nicht um seinetwillen. Er denkt oft an seinen Sohn, den er sich als sonnengereifte Aprikose mit Augen, Mund und Nase vorstellt.

Stuschewski klopft ihm auf die Schulter. »Eine Freundin von mir kann dir ihre neue Anschrift besorgen, vielleicht hast du ja Glück.«

Das Haus, das ihm Stuschewski genannt hat, liegt nur zweihundert Meter von dem Haus der Passarges entfernt, einmal über die Nomentana, dann links abgebogen, schon ist er da. Mitte Januar sucht er es auf, doch anstelle von Tanja öffnet ihm ein leichenbitterer Herr die Tür. Er trägt einen Anzug, ist aber barfuß und glotzt Gramsci missmutig an. Was er von Tatjana wolle? Er sei ihr Mitmieter, weder verwandt noch verschwägert. Und er? Ach, ein Abgeordneter im Parlament? Ein Kommunistischer? Er selbst, Schreider mit Namen, sei Sozialrevolutionär. Und der Herr Abgeordnete habe also Kontakt zu ihrer Familie in Moskau? Aus Russland sei ja noch nie etwas Gutes gekommen, alle hiesigen Vertreter der Sowjet seien korrupte Kanaillen, und wäre die Revolution in Europa ausgebrochen, sähe alles ganz anders aus. In Russland könne es einfach nichts Gutes geben, das habe er nun erkannt.

»Ja, danke Ihnen, und richten Sie doch dem Fräulein Schucht aus, dass ich sie gerne treffen würde. Sie hat nichts zu befürchten, wir werden nicht bis Moskau spazieren.«

Am 1. Februar um vier Uhr am Nachmittag steht Gramsci erneut vor ihrer Haustür, Schultern eingezogen, er erwartet das hagere Schreidergesicht vor sich, doch dann ist es Tanja, tatsächlich Tanja, die vor ihm steht. Wie ähnlich sie Julia auch jetzt sieht, ohne die Enge der Straßenbahn, ohne das schattige Morgenlicht.

»Also, da sind Sie«, sagt sie und lässt die Hand von der Türklinke gleiten.

»Ja, da bin ich«, antwortet Gramsci und blinzelt zu ihr hin. Das Licht im Flur ist bereits eingeschaltet und blendet ihn. So viel aber erkennt er doch: Tanja trägt eine helle Leinenbluse und eine Brosche über der linken Brust, sie wirkt zerbrechlich und zugleich bestimmt, und so, wie sie dasteht, könnte sie auch eine bürgerliche Ehefrau sein, kein Großbürgertum freilich, ein Haushalt mit einem Zimmermädchen, mehr nicht.

»Sie wollten mit mir sprechen?«

»Ja, das wollte ich«, antwortet Gramsci.

Er zögert, dann haspelt er es heraus: »Sie wissen es wohl noch nicht, aber ich bin Ihr Schwager.«

Sie hebt fragend eine Augenbraue.

»Sie haben auch einen Neffen, Delio, Julias und mein Sohn.«

»Julia?«

»Von der ich Sie grüßen soll. Man vermisst Sie in Moskau.«

Tanja wendet sich abrupt ab, er sieht ihren Nacken und das leicht sich wellende Haar, ihren schmalen Hals, der noch zerbrechlicher wirkt als der Rest von ihr.

Fast scheu sieht sie wieder zu ihm. »Dann kommen Sie eben herein, wir können ja nicht ewig in der offenen Tür stehen.«

Vorsichtig sieht er sich nach Herrn Schreider um, der aber bleibt hinter den Türen verborgen oder ist vielleicht gar nicht zu Hause. Sie setzen sich in die Küche, an einen altersschwachen Esstisch, der Wasserhahn ist verkalkt, ein Steintrog das Becken, Tanja schraubt die Cafetiere auf und misst sehr genau das Kaffeepulver ab, man leistet sich hier etwas, aber niemals zu viel.

Herr Schreider habe sie hergeholt, erzählt sie, er sorgt sich um sie, sie soll nicht mit den falschen Menschen Umgang haben, nicht für die Falschen arbeiten, nicht das Falsche denken, so sehr sorge er sich, dass sie bisweilen kaum atmen könne, und sind diese Sorgen nicht vergebene Liebesmüh? Das Arbeiten geht, das Leben geht, nicht etwa gut, aber es geht, und gut, was ist das schon, wer wollte festlegen, was ein gutes Leben ist, schlecht jedenfalls will sie es auch nicht nennen, denn es geht ja, es geht ja voran und es ist niemals bedrohlich, die Faschisten lassen sie in Ruhe. Sie unterrichtet Naturwissenschaften an einer Privatschule ein paar hundert Meter von hier entfernt, sie mag die Kinder, wenn sie ihr auch auf eine angenehme Art gleichgültig bleiben. Überhaupt ist vieles gleichgültig, vielleicht schätzt sie gerade das an ihrem Leben hier in Rom.

»Vermisst du denn nicht deine Familie? Und Russland?«

»Ich kenne Russland kaum.«

»Und du denkst wie Schreider, dass aus Russland nichts Gutes kommt?«

»Kommt denn überhaupt etwas aus Russland hier an?«, fragt sie. »Schreider hat seine Ideen und ich habe meine.«

Sie sieht mit einem Mal sehr müde aus und Gramsci schlägt vor, etwas essen zu gehen. Sie nickt stumm, räumt die Cafetiere in die Steinspüle und wirft sich einen dünnen Schal um. Draußen ist es bereits dunkel, sie spazieren nebeneinanderher, und als Tanja kurz ihre Hand auf seinen Arm legt, um ihn zurückzuhalten, »Vorsicht, ein Wagen!«, spürt er, wie mager sie ist.

In der Trattoria isst sie kaum etwas, Gramsci versucht sie zu überreden, wenigstens das Fleisch, bettelt er.

»Ich habe keinen Appetit«, entgegnet sie stur.

»Es geht nicht um Appetit, es geht darum, dass du zu Kräften kommst.«

»Ach, ihr glaubt immer nur an Kräfte.«

»Du musst ein wenig an dich denken.«

»Ich habe nie viel an mich gedacht«, antwortet sie schroff, als wäre es ihr unangenehm.

»Man kann nicht nur an die Gesellschaft denken, Tanja. Ohne uns gibt es sie ja gar nicht. Und ohne das, was wir wollen.«

»Ich habe kein Gespür dafür, was ich will. Ich bin mir nicht einmal sicher, ob ich ein Gefühl für meine Person habe.«

»Du musst deine Persönlichkeit wohl jagen wie Frösche in der Wiese«, sagt Gramsci lachend.

Tanja blickt von ihm weg, er sieht ihr Profil, das ihn wieder an Julia denken lässt. Vielleicht hat auch er kein Gespür für ihre Person, sieht durch sie nur Julia hindurch. Sie reden bis spät in den Abend hinein, es ist beinahe zwölf, als Gramsci sich von ihr verabschiedet, er umarmt sie lange, oder aber ist sie es, die sich an ihn schmiegt, nicht zurück will zu Herrn Schreider und all der Einsamkeit?

»Wann sehen wir uns wieder?«, fragt sie.

»Bald.«

**XXI BLICKE** Am nächsten Tag wartete ich mit den ersten beiden Mumien vor dem Tor des Istituto Gramsci auf die Öffnung der Bibliothek. Um halb zehn glitten die Glastüren auseinander und während draußen die Sonne schien, sackten die Temperaturen des Instituts auf die Kühle eines Weinkellers ab. Das Tageslicht wurde von den schweren Folianten abgefangen, die Halogenlampen summten wie sterbende Insekten, und schon der Blick auf die Studenten machte mich nervös, die sich durch die Öde einer Hausarbeit radierten. Tatjana war noch nicht hier, vielleicht würde sie heute auch gar nicht kommen, dennoch nahm ich Platz, hielt mich an einem Buch fest und sah auf die Tür, die sich hin und wieder öffnete, aber nur triste Doktoranden hereinließ. Ich wandte mich ab und starrte durch das Fenster auf den Stamm der Palme, der sich nach oben hin auffächerte. Ich suchte nach Tauben, doch schien dieser Baum unbewohnt zu sein.

Kurz tauchte Tatjana vor meinen Augen auf. Wie sie die Zigarettenschachtel verächtlich über den Rand der Mülltonne stieß. Meine Hand glitt über ihre Hüfte. Jemand stolperte gegen einen Stuhl, ein Bücherstapel wurde auf den Tisch geknallt, eine Tür fiel zu. Ich schrak bei jedem Geräusch zusammen, Tatjanas Konturen flackerten auf und verschwammen. Sie ließ sich einfach nicht in Erinnerung behalten. Als wehre sie sich. Als verbiete sie es mir.

Womöglich war sie auch heute wieder in der russischen Botschaft und schlich dort durch die Gänge. Ich war mir mit einem Mal so sicher, dass ich aufspringen wollte und zurück zu Herrn Golubew eilen, doch dann hielt ich mich zurück, denn kaum wäre ich gegangen, würde sie gewiss hier auftauchen, sich an den Tisch neben dem meinen setzen und sich vergeblich nach mir umschauen, während vor der Botschaft ein bübchenhafter Carabiniere erneut meine Personalien würde aufnehmen wollen. Alle legten sie uns Steine in den Weg, weil am Ende jeder lieber unglücklich war unter Unglücklichen, und auch diesen Hof, der noch immer von der roten Plastikabsperrung zugewuchert war und in dem die Bauzäune unbeachtet verrosteten, ließ das Institut doch nur deshalb verkommen, um die Misere im Inneren des Hauses zu kaschieren.

Als ich wieder in den Raum blickte, saß Tatjana plötzlich da, an einem der Schreibtische, ihr Gesicht war in das ungesunde Licht der Halogenlampe getaucht und der Saal aufgeladen wie ein Katzenfell, in das man elektrische Ladung rieb. Ich sah nicht, in welchem Buch sie las, und vielleicht las sie in keinem einzigen Buch, meine Wahrnehmung stürzte auf diesen kleinen Fleck zusammen, auf einen Punkt oberhalb ihrer Augen, wo sich zwischen den Brauen eine Falte zeigte, und ich wollte nichts anderes, als mit der Fingerkuppe darüberstreichen.

Ich konnte nicht sagen, wie lange ich sie ansah. Mumien trödelten mit Packen schmuddeliger Unterlagen im Arm durch die Aussicht, eine Bibliotheksangestellte wies mich darauf hin, dass die Sitzplätze den arbeitenden Besuchern vorbehalten waren.

Ein junger Student setzte sich auf den Platz neben sie, mit einer Zeitung aus dem Archiv, die von den Jahrzehnten glashell geworden war und wie ein abgelegter Kokon davonwehen würde. Tabakskrumen hingen in den Flusen seines Wollpullovers. Ich erkannte ihn sofort. Ich erkannte diesen Typus Mann. Männer wie er standen mit ihren Selbstgedrehten am Rand der Raucherecke, fielen mit trübernsten Blicken und verstiegenen Referaten in den Uni-Seminaren auf, sie lasen Camus und

Foucault, ohne auch nur einen einzigen klugen Gedanken dazu zu fassen, und sie waren nichts für Frauen wie Tatjana.

Sie schob ihm ein Blatt Papier zu, er beugte sich darüber und kritzelte etwas an den Rand. Sie lehnte sich zu ihm, als könne sie nicht warten, bis er ihr das Blatt zurückgeschoben hatte. Ihre Arme berührten sich. Mir schien, dass sie ihm etwas zuflüsterte. Ich beugte mich wieder über das Bild der Spitzensportlerin vor mir, über ihre sehnigen, in der Kopie graugestreiften Oberarme. Es war müßig, sich über Männer wie ihn zu ärgern. Er würde in dem Leben von Frauen niemals eine Wegmarke, höchstens ein Tiefpunkt sein, und das würde er wahrscheinlich bis zum Schluss nicht begreifen. Ich blinzelte zu ihnen hinüber. Tatjanas Gesicht wirkte älter und kantiger, so als färbe das Aschfahle ihres Sitznachbarn auf sie ab. Er tat ihr nicht gut, das sah ich sofort.

Er erhob sich und stellte sich hinter Tatjana, beugte sich so weit vor, dass seine Brust ihre Schulter berührte. Er flüsterte ihr etwas zu, aber was konnte das schon sein. Jetzt erhob auch sie sich, sie standen dicht voreinander, verdeckten ein paar Bände zu Palmiro Togliatti, neben Tatjana sah ich einen Titel zur paramilitärischen Organisation Gladio. Bombenanschläge in Bologna 1980 und in Rom 1969 hatte Gladio zu verantworten, und wenn man Ilsa glaubte, auch den Tod von Aldo Moro. Tatjanas Finger tippten auf den flusigen Wollpullover. Ein Kleidungsstück wie ein Shetlandpony. Ich stand auf, ich konnte das nicht länger mit ansehen. Sie hatte Besseres verdient.

Links eine Redensammlung von Palmiro Togliatti und das Shetlandpony, rechts Tatjana und der Bombenanschlag von Bologna. Der junge Mann musterte mich irritiert, während er Tatjana etwas über den Staatsbegriff erklärte, in aufgeblasener Manier, als sei er der erste, der jemals vom integralen Staat gelesen hatte. Vom Hölzchen aufs Stöckchen erklärte er sich voran und schleppte Tatjana von Gramsci über Tocqueville bis hin zu Machiavelli, um ihr schließlich auch noch das venezianische Steuerrecht vorzurechnen.

»Also hören Sie, so kompliziert ist das nicht«, intervenierte ich. »Im integralen Staat nach Antonio Gramsci betrachten wir nicht allein die politischen Institutionen, sondern auch die privaten Initiativen der Zivilgesellschaft. Dort nämlich findet der Kampf um die kulturelle Hegemonie statt, um die Vorherrschaft bestimmter Überzeugungen. Oder, wie Gramsci es auf eine kurze Formel gebracht hat: ›Staat = politische Gesellschaft + Zivilgesellschaft, das heißt Hegemonie, gepanzert mit Zwang.‹«

»Deutscher, eh?«, fragte er.

»Was hat das mit Deutschland zu tun?«

»Sie sollten an Ihrem Akzent arbeiten. Sie reden zu abgehackt.«

»Und Sie hinken hoffnungslos den wissenschaftlichen Standards hinterher. Hat ja keinen Sinn für Sie. Sie vertrödeln hier nur Ihre Zeit.«

»Kennt ihr euch?«, fragte das Pony Tatjana.

Sie zuckte die Achseln. Ich war entzückt, wie nervös sie war.

»Sie hat jedenfalls Talent«, erklärte ich dem Pony. »Im Gegensatz zu Ihnen.«

»Das wissen Sie?«, fragte Tatjana.

»Tatjana«, sagte ich und legte kurz meine Hand auf ihre. »Ich bin sicher nicht der erste, der Ihnen für Ihre Klugheit Komplimente macht.«

»Warum nennt er dich Tatjana?«

»Ach, lass ihn«, versuchte sie das Pony loszuwerden. Der junge Flusenträger aber verstand nicht. Manche Menschen konnten die Wirklichkeit ganz hervorragend ausblenden.

»Ich glaube, Sie sind hier jetzt wirklich überflüssig«, übersetzte ich es in eine unmissverständliche Deutlichkeit.

»Ist das so?«, fragte es.

Tatjana blickte zwischen mir und dem Pony hin und her und sagte kein Wort.

»Also dann bin ich weg. Wir sehen uns morgen. Oder wann auch immer.« Es küsste Tatjana auf die Wange, links, rechts, dann trabte das Pony Richtung Ausgang, die Tür klappte zu, wir waren allein. Nur ein paar Mumien schrumpelten an ihren Tischen.

»Essen wir beide zusammen zu Abend?«, lud ich Tatjana ein.

»Bitte?«

»Oder sind Sie schon verabredet?«

»Na, Sie sind gut. Meine Verabredung haben Sie gerade vertrieben.«

»Das ist nicht Ihr Ernst. Sie wollten doch nicht mit dem ausgehen?«

»Und warum nicht? Kennen Sie ihn denn?«

»Sie wollen mir nicht ernsthaft sagen, dass Sie an so einem Mann interessiert sind.«

»Er ist klug.«

»Davon konnte ich mich gerade eindrücklich überzeugen.«

»Er kann vielleicht nicht so eloquent erklären wie Sie, aber er ist auch erst halb so alt.«

»Ach, er ist erst fünfzehn?«

»Und Sie sind albern.«

»Jedenfalls sollte man in seinem Alter mehr zu bieten haben.«

»Sie sind doch nie in seinem Alter gewesen. Sie sind schon alt auf die Welt gekommen.«

Einen Moment war ich irritiert, ich wusste nicht, was sie

meinte, bis mir klar wurde, dass sie ins Spiel einstieg und mich aufzog. Ich lachte und legte den Kopf schräg. Sie drehte sich um und verließ den Raum.

Der Mann am Empfang grummelte mir etwas zu, als ich an ihm vorbeiging, die Glastüren glitten auseinander, und da stand sie, auf der Asphaltbrache, ihren Rücken mir zugewandt, und sie war nicht allein. Ich sah das Pony, und das Pony sah mich. Arrogant überging es meine Anwesenheit und redete weiter gedämpft auf Tatjana ein. Sie schüttelte ein paar Mal den Kopf, und als das Pony innehielt, begann sie heftig zu gestikulieren, sagte etwas, aber ich stand zu weit entfernt, um es zu verstehen. Das Pony krempelte an seiner Hose herum, zog aus seiner Tasche eine Tüte Tabak und drehte sich mit verbissenem Ernst eine Zigarette.

Ich ging ein paar Schritte auf sie zu, um in Tatjanas Blickfeld zu gelangen, und hielt doch einen gut bemessenen Abstand. Auf meinem Gesicht spürte ich die ideale Balance, subtil und zwingend. Die meisten Menschen wussten wenig von ihrem eigenen Gesicht, rieben sich Peelings über die Haut und kauften teure Cremes gegen das Altern, dabei hat sich das Alter noch nie um Glyzerin und Propandiol geschert. Sie übertrieben in ihren Mienen, hoben die Augenbrauen zu schnell und wirkten albern oder blieben versteinert und unbemerkt. Die Frau, die ich ansah, glaubte, nichts Besonderes in meinem Gesicht wahrzunehmen, und doch spürte sie etwas, eine Irritation, eine Anziehung, niemals sofort, ein paar Stunden brauchte es, um sich zu entfalten. Die Nacht war wichtig, die Nacht war die Inkubationszeit für all das, was uns tiefer als das Alltägliche berührt.

Das Problem war nur: Tatjana blickte nicht zu mir her, dabei musste sie spüren, dass ich sie ansah. Sie hielt den Blick gesenkt, um mich zu reizen, und das gefiel mir, obwohl es ein wenig albern war, aber wie alt war sie? Ein Mädchen Mitte zwanzig durfte noch albern sein, musste es sogar, alles andere wirkte altklug und kalt.

»Wir hatten eine Vereinbarung!«, sagte sie so laut, dass es bis zu mir drang.

»Das wird mir wirklich zu blöd!«, schrie das Pony zurück, galoppierte an mir vorbei und machte sich an einer Vespa zu schaffen. Tatjana drehte sich langsam zu mir. Ich lächelte sie an, sie senkte ihren Kopf. Ihr Gesicht wirkte zerbrechlich, als hätte sie gerade geweint.

»Du solltest dich nicht mit solchen Leuten einlassen«, sagte ich.

»Sie verstehen doch gar nicht, worum es hier geht.«

»Ach, Tatjana.«

»Den Namen kann ich Ihnen auch nicht mehr abgewöhnen, oder?«

»Gehen wir«, entschied ich. »Hier stören wir die heilige Andacht.« Ich warf einen Blick auf das fusselige Pony, das an seiner Vespa herumkurbelte, und leitete Tatjana sanft Richtung Ausgang. Als ich das Tor aufstieß, streifte meine Hand kurz ihre Schulter. Tatjana taumelte, ich griff sie am Arm.

»Ist dir nicht gut?«

»Doch doch. Mir ist nur … Sie riechen so entsetzlich schwer nach Parfum.«

**XXII JAWOHL! JAWOHL!** Sie taxieren sich kurz. Der Abstand zwischen ihnen nur ein paar Meter: Gramsci auf der Rednertribüne, Mussolini, sein Kinn vorgereckt, auf seinem Platz im Parlament. Sie kennen sich seit Jahren, Mussolini hat den *Avanti!* betreut, ehe er 1915 aus der Sozialistischen Partei ausgeschlossen wurde, Gramsci den *Ordine Nuovo*, doch heute wird Gramsci zum ersten Mal von Angesicht zu Angesicht gegen ihn reden. Hierauf hat er gewartet, seitdem er wieder in Italien ist, und eigentlich schon viel länger. Wie eine Schimäre kommt Mussolini ihm jetzt vor, unwirklich, in seiner Pose erstarrt. Der Prototyp des wild gewordenen Kleinbürgers.

Die Sozialisten können dem Duce nichts mehr anhaben, zweiundzwanzig Sitze haben sie noch, während die Faschisten mit mehr als dem Zehnfachen das Parlament dominieren. Am Ende hat sich gezeigt, wer stärker ist, wer recht hat, und Mussolini wird noch die letzten Abgeordneten aus dem Parlament vertreiben, nach und nach, und auch diesen eigentümlichen Sarden, den er vor Jahren mal für den *Avanti!* hat schreiben lassen und der jetzt meint, mit ein bisschen Rhetorik etwas ausrichten zu können. Gegen den Duce sollte man sich im Parlament nicht wenden, diese Bühne gehört ihm, wie auch der Rest des Landes, und als zuletzt jemand in diesem Raum gegen ihn laut geworden ist, der Sozialist Giacomo Matteotti, der nach den gefälschten Wahlen im vergangenen Frühjahr den Faschisten vorwarf: »Und wenn ihr nicht an den Wahlurnen gewonnen hättet, dann hättet ihr nackte Gewalt angewandt«, da hat es kein gutes Ende mit ihm genommen. Man fand seine Leiche erst Wochen später, in einem Wald fünfundzwanzig Kilometer vor Rom.

Die Faschisten hätten die übrigen Parteien nicht im Griff, und ihre Ziele würden sie mit Brandanschlägen und Augenwischerei vernebeln, zischt Gramsci in den Raum. Er versucht, so laut wie möglich zu sprechen, aber seine Lungen sind schwach und das Reden erschöpft ihn. Die faschistischen Abgeordneten lehnen sich in ihren Bänken zurück, amüsiert, verkniffen, und rufen ihm zu: »Jawohl! Jawohl!«

»Was tut man gegen einen starken Feind?«, fragt Gramsci die Runde der versammelten Parlamentarier, und vor allem fragt er Mussolini. Den kleinen Benito, den er endlich auf seine tatsächliche Größe zurückstutzen will. »Man bricht ihm zunächst die Beine und schließt dann einen Kompromiss aus der Position des Überlegenen.«

»Wir tun nur, was ihr in Russland auch tut!«, ruft Mussolini dazwischen. Gramsci wendet sich zu ihm um, und obwohl er genau darauf gewartet hat, blickt er den Duce nicht an, sondern über dessen Kopf hinweg.

»In Russland gibt es Gesetze, die eingehalten werden«, entgegnet Gramsci.

Mussolini erhebt sich von seinem Stuhl. »Ihr macht in Russland auch sehr gute Razzien«, ruft er zu Gramsci hinüber.

»In Wirklichkeit betrachtet der staatliche Polizeiapparat die Kommunistische Partei bereits als Untergrundorganisation«, antwortet Gramsci ruhig und blickt weiter über den Duce hinweg, eine kleine Figur unter kleinen Figuren.

»Das ist nicht wahr«, donnert Mussolini.

»Aber trotzdem wird jeder, der bei einer Versammlung mit drei oder mehr Personen angetroffen wird, ohne eine Anklage verhaftet und ins Gefängnis geworfen, weil er Kommunist ist.«

»Wie viele Personen sitzen im Gefängnis? Wir nehmen sie nur fest, um sie polizeilich zu erfassen.«

»Das ist systematische Verfolgung. Ihr macht es wie die Schergen Giolittis, die jeden verhaftet haben, der gegen die Regierung gestimmt hat – nur um ihn zu erfassen.

»Sie kennen den Süden nicht!«, ruft jemand aus den hinteren Bänken dazwischen.

»Ich *bin* Süditaliener!«, ruft Gramsci zurück.

Die Genossen applaudieren, die Faschisten lärmen, einige Abgeordnete drehen sich zu Mussolini um. Der Duce nickt vor sich hin. Den hier darf er nicht unterschätzen, dieser Gegner kann ihm tatsächlich gefährlich werden.

»Jetzt könnt ihr mein Begräbnis vorbereiten«, hat Matteotti nach seiner Rede zu seinen Genossen gesagt. Diesen Satz bekommt Gramsci nicht aus seinem Kopf. Im Erfrischungsraum des Parlaments bestellt er sich einen Kaffee und ein Wasser, sein Hals fühlt sich so rauh an, als habe er eine Stunde ununterbrochen geschrien. Hier glaubt er sich einigermaßen sicher, im Parlament wird ihm nichts geschehen. »Nieder mit dem Mörderregime«, hat Gramsci die *L'Unità* nach Matteottis Tod titeln lassen. Auch das wird man ihm nicht verzeihen. Mit Matteotti hat es angefangen, an ihm haben sie geübt.

Als Mussolini den Erfrischungsraum betritt, wenden sich die Anwesenden zum Duce um. Gramsci steht an der Bar, die Tasse Kaffee in der Hand. Aus den lauten Stimmen um ihn her ist plötzlich ein Flüstern geworden. Mit ausgestreckter Hand kommt Mussolini auf ihn zu.

»Was für ein Auftakt!«

Gramsci dreht sich weg, trinkt seinen Kaffee in einem Zug aus und geht, ohne Mussolini anzublicken, hinaus.

Tanja wartet vor dem Parlament auf ihn, in die Titelblätter der Tageszeitungen vertieft, die an einem Kiosk ausgehängt sind. Sie haben sich in den letzten Wochen immer wieder in einer Trattoria getroffen, und er hat sie mitgenommen auf einen Spaziergang hinunter zum Fluss und bis auf die andere Tiberseite, an der Engelsburg vorbei und am Justizpalast.

Er tritt auf sie zu, sie wendet sich zögernd, fast somnambul zu ihm um, ihr Lächeln ist schüchtern, wie in einem Mädcheninternat gelernt, erst als er sie umarmt, spürt er, wie die Anspannung von ihr abfällt.

»Ich dachte schon, sie lassen dich gar nicht mehr gehen.«

»Am liebsten hätten sie mich gleich zum Minister gemacht«, antwortet Gramsci und hakt sich bei Tanja unter.

Sie laufen durch die Altstadt, überqueren die Via del Corso, ein winziges Männlein spielt an einer Straßenecke Geige. Kurz schließt Gramsci die Augen, da sieht er den Parlamentssaal wieder vor sich, Mussolini, das Maskengesicht. Er würde gern umkehren, ihn noch einmal herausfordern, ihn vorführen, er will noch einmal sehen, wie dieser große Heerführer vor einer dünnen Stimme in die Knie geht.

»Ist alles gut, Nino?«, hört er Tanja wie von weit. Er nickt, drückt ihren Arm enger an sich. Sie steigen über die Spanische Treppe zum Pincio hinauf, kaufen den Veilchenmädchen ein paar ihrer kleinen Sträuße ab, feixen herum, laufen wieder hinab über die gewundene Straße zur Piazza del Popolo. Neben Tanja rückt das Parlament langsam von Gramsci ab, Mussolinis Clownsgesicht und der ganze zerfallende Rechtsstaat.

»Sieh mal!«, ruft Tanja und deutet auf ein Schaufenster, in dem sie ein Paar Schuhe entdeckt hat. »Für Julia.«

Gramsci betrachtet die viel zu schmalen Absätze, auf denen Julia wie eine kleinbürgerliche Fee herumstolzieren würde.

»So etwas würde sie niemals tragen!«

Tanja lässt sich nicht von ihrer Idee abbringen und zerrt ihn ins Schuhgeschäft. Auch für Delio findet sie in einem der hintersten Regale ein Paar. Und dann noch eins. Gramsci schüttelt den Kopf. »Das werde ich niemals verstehen. Deine Manie, alle Welt beschuhen zu wollen.«

»Aber für dich habe ich einen Kleiderschnitt gefunden«, erzählt sie, »der Anzug ist mit einer guten Nähmaschine in einer halben Stunde gemacht.«

»Du bist genauso manisch wie deine Schwester. Julia kennt jeden Spezialisten für Nervenleiden in Moskau. Sogar unseren Sohn schickt sie dorthin. Ich kann mir nicht vorstellen, dass dieser verträumte Krankheitsarchivar besonders hilfreich war für die Entfaltung seiner Persönlichkeit.«

»Julia macht sich eben auf ihre Art Gedanken um Delio.«

»Auf ihre Art! Wie eine Löwin, die ihr Junges vor dem großen animalischen Schmerz bewahren muss. Man sollte einen jungen Menschen so erziehen, dass er sich mit seinem eigenen Menschenverstand von all dem freikämpfen kann, was ihm die Umwelt aufprägt.«

»Und wie hast du ihn vom Spezialisten befreit?«

»Wir haben Doktor Wassiljew zum Abschied eine Correggio-Zeichnung geschenkt.«

»Warum denn ausgerechnet Correggio?«, ruft Tanja aus.

»Weil ...« Gramsci zögert, muss er für alles eine Erklärung haben? »Weil Correggio Kinder gemalt hat.«

»Nackte Kinder mit Flügeln.«

»Zumindest wirken sie gesund.«

»Bürgerlich und frivol.«

»Aber stell dir das vor: Julia und ich haben unsere Namen unter das Bild geschrieben, und gerade will ich es über den

Schreibtisch schieben, da beugt sich Eugenia darüber und schreibt ihren Namen zu Julias. Daneben: Die Mütter. Ich wusste wirklich nicht mehr, was ich sagen sollte.«

»Und was hat Herr Wassiljew gesagt?«

»Der hat …«

Gramsci hält Tanja an der Hand zurück und starrt auf den schwarzen Lack des Fiats, der eben vor ihnen gehalten hat. Wieder muss er an Matteotti denken. Einige Tage nach seiner Rede hat ein Wagen vor seiner Wohnung am Lungotevere geparkt. Als Matteotti das Haus verlassen hat, sind die Männer ihm entgegengetreten, haben ihn ins Auto gezerrt und ihn auf die Rückbank gedrückt.

»Nino, was ist denn?«, fragt Tanja. Eine Tür wird aufgestoßen. Eine Frau mit einem hellen Sommerhut steigt aus, nickt ihnen verwundert zu und schlendert die Straße hinunter.

»Was hat er nun gesagt?«

»Ein Amor«, murmelt Gramsci. »Und so nackt.«

Das Leder des Fonds glüht. Eine Faust schlägt zu, der Wagen rumpelt über das unebene Pflaster, Schweiß, Leder, Metall, noch ein Schlag, die weiße Sonne flackert im Fenster, eine Dolchklinge dringt zwischen die Rippen, Blut läuft übers Hemd und tropft auf die Lederbank. Die Hitze der Klinge und Klinge und Klinge und die Sonne im Fenster stürzen auf Matteotti zu.

»Ich sollte dringend etwas essen«, flüstert Gramsci.

»Ja, das solltest du«, sagt Tanja und stützt ihn am Arm bis zum nächsten Lokal.

Es ist dunkel und kühl dort, ein ausgebauter Weinkeller, in dem es nach gebratenem Fisch riecht. Tanja bleibt standhaft bei ihrer halben Portion und nagt lange an ein paar Kürbisblüten herum.

»Und sie werden dich nun besuchen kommen?«, fragt sie.

»Uns. Deine Schwestern wollen auch dich sehen.«

»Wollen! Manches nimmt sich in unserer Familie etwas anders aus. Das verstehst du nicht.«

»Immerhin kenne ich einen Teil deiner Familie sehr gut.«

Gramsci legt ihr einen halben Fisch auf den Teller.

»Ach, du wieder mit deinen Kräften«, winkt Tanja ab.

»Seit Nadianas Tod …«, beginnt Gramsci.

»Seit was?« Tanja blickt ihn mit einem Mal feindselig an, als hätte er zu verantworten, was er gerade ausgesprochen hat.

»Ich dachte, du wüsstest … Sie ist aus dem Bürgerkrieg nicht zurückgekommen.«

»Ich weiß wenig von meiner Familie«, sagt Tanja trocken und fügt hinzu: »Wir werden eine Wohnung finden müssen für Julca und Eugenia.«

»Das werden wir wohl.«

Kaum ist sein eigener Teller abgeräumt, steht Tanjas Teller vor ihm, sie hat vom Fisch nichts angerührt, lächelt entschuldigend.

»Aber mit Wohnungen kenne ich mich aus. Ich bin oft umgezogen hier.«

Kaum sind sie draußen, sind es wieder die Schuhe, die sie interessieren, für ihre Schwester Eugenia, für ihre Mutter, vor jedem Geschäft müssen sie halten. Was werden die Squadristi sagen, wenn sie seine Wohnung durchsuchen und nichts als Schuhe finden?

»Jetzt wollen Sie also auch noch Vertreter für Damenmode werden, Herr Abgeordneter?«

## XXIII DIE LUST DER ZERSTÖRUNG

»Vielleicht ist es wirklich besser, wenn du erst einmal weg bist«, hatte Hedda zu mir gesagt, einen Tag bevor ich nach Rom abgereist war. Ich hatte mich ins Schlafzimmer zurückgezogen, um meinen Koffer zu packen, was ich in Ruhe zu tun gehofft hatte, doch kaum dass ich sie die Wohnung hatte betreten hören, lehnte sie schon in der Schlafzimmertür und starrte mir auf die Finger. Sie stand da in ihrem Kostüm, mit geschminkten Lippen, als wäre sie bereit zum Ausgehen, dabei war sie gerade heimgekommen, was das Kostüm erklärte, aber nicht den Lippenstift.

»Es ist eben nicht besonders angenehm, einer Liebe beim Sterben zuzusehen«, sagte sie.

»Dann sieh halt nicht hin«, entgegnete ich. »Es hat auch etwas mit Disziplin zu tun, Hedda.«

»Ja, natürlich, Disziplin«, wiederholte sie spitz. Sie hörte mir ja gar nicht zu, wollte überhaupt nicht begreifen, was ich meinte. Sie tat geradezu so, als habe sie keinen eigenen Willen, keine Entscheidungsgewalt in ihrem Leben, sie machte sich lieber beständig zum Opfer. Zum Opfer der Umstände, Opfer anderer Menschen, allen voran zu meinem, Opfer einer vergangenen Beziehung, überhaupt der Vergangenheit, die nun eben so war, wie sie war, und an der sich nichts mehr ändern ließ. Man konnte allenfalls versuchen, die Gegenwart wieder erfreulicher werden zu lassen, Hedda aber stürzte sich ja geradezu hinein ins Unglück, und wenn es schon beinahe vorüber war, winkte sie ihm nach und rief: Halt, warte auf mich, ich will noch mit!

»Von welcher Liebe sprichst du da überhaupt, Hedda?«, fragte ich und griff einen Stapel Hemden aus dem Schrank. »Wir haben doch beschlossen, dass wir keine Beziehung mehr führen. Du hältst dich nicht an unsere Abmachungen und wirfst es mir auch noch vor.«

Die Hemden stoben vor mir auf, eine bunte Explosion. Hedda hatte sie mir mit der flachen Hand weggeschlagen, und das eben noch ordentlich Gefaltete lag zerwühlt am Boden.

»Wir haben beschlossen?«, schrie sie. »Du hast! Alles hast du beschlossen. Was ich anzuziehen habe, welche Frisur ich tragen soll, in welche Stadt wir ziehen, wie unser Sohn heißt. Mein ganzes Leben hast du für mich beschlossen und mich mit keiner Silbe zu Wort kommen lassen. Was ich mir wünsche, was ich mir für mein Leben wünsche und vielleicht auch für deines und für das von Lasse, hat dich nie auch nur im Geringsten interessiert. Du hast entschieden und am Ende vom Wir gesprochen. Das ist keine gemeinsame Entscheidung, Anton, das ist reden im Pluralis Majestatis.«

Ich bückte mich und hob die Hemden auf, es ging noch, sie ließen sich wieder falten, ohne ein weiteres Mal gebügelt werden zu müssen.

»Natürlich, ich habe mich nie dafür interessiert, was du dir wünschst.« Ich legte die Hemden aufs Bett und strich die Ärmel glatt. »Wolltest du mit mir zusammen sein?«, fragte ich und blickte sie nicht an, denn eben das hatte sie ja provozieren wollen. Wie mich ihre kleinen, alltäglichen Erpressungen langweilten. »Wolltest du in eine gemeinsame Wohnung ziehen?«, fragte ich. »Wolltest du heiraten? Wolltest du ein Kind? Ich habe mich bis zuletzt um dich gedreht.«

»Du hast dich höchstens um das gedreht, was du für mich gehalten hast«, sagte Hedda. »In Wahrheit hast du dich nur um dich bemüht.«

»Ich habe mich um dich gedreht, während du nur an deine

Arbeit in der Galerie gedacht hast und an deine Chefin und den nächsten verkauften Farbklecks und bestenfalls noch an Lasse. Ich war dir doch die ganze Zeit über gleichgültig.«

»Vielleicht warst du mir auch zu wichtig, vielleicht war das mein Problem«, antwortete Hedda leise. Ich hörte ihrer Stimme an, dass sie kurz davor war zu weinen, was sie immer dann tat, wenn sie mit Argumenten nicht mehr weiterkam.

»Ich habe die Professur nicht bekommen und du hast nicht einmal nachgefragt, ich habe meinen Job in der Uni verloren und es war dir egal.«

»Weil es für mich unvorstellbar war. Weil ich einfach nicht geglaubt habe, dass dir so etwas passieren kann. Weil du nie Schwächen hattest. Weil du nie Fehler hattest. Das hatten doch immer nur die anderen.«

»Aber es ist mir passiert, Hedda. Es ist mir passiert. Du bist kein Kind mehr.«

»Du hast mir gesagt, dass du Kalkreuther den Vortritt lässt. Ich wollte mich nicht einmischen. Ich hatte nicht gedacht, dass ich das Recht dazu hätte.«

»Wie alt bist du, Hedda? Musst du dich wie eine Fünfzehnjährige aufführen?«

»Du hast mich doch zu einer Fünfzehnjährigen gemacht.«

»Deine Vorwürfe werden immer abstruser.«

»Ich hatte Respekt vor dir, Anton. Ich habe aus Respekt manches falsch gemacht, und vielleicht habe ich auch vieles falsch gemacht, oder alles. Aber es war keine Gleichgültigkeit. Ich könnte dir gegenüber nicht einmal gleichgültig sein, wenn ich es wollte.«

»Hörst du dir eigentlich zu?«

»Ich habe viel zu lange nur dir zugehört«, sagte sie, und jetzt hüpfte ihre Stimme vom unterdrückten Schluchzen. Fünfzehn?

Was hatte ich denn gedacht? Wie fünf führte sie sich auf. »Das wolltest du doch, Anton, dass ich auf niemanden sonst höre.«

»Du wirst langsam verrückt, Hedda, ist dir das klar?«

»Du hast mir meine Freunde abspenstig gemacht. Mit den Frauen wolltest du schlafen, so sehr, dass ich ihnen nicht mehr über den Weg getraut habe. Sofie nicht und Carolin nicht und Magda am wenigsten. Und die Männer waren alle unter deiner Würde. Du hast sie so lange schlechtgeredet, bis ich sie selbst unausstehlich fand. Und jetzt stehe ich allein da. Ich schaue auf die Wände unserer Wohnung, die dir nie edel genug waren, ich fahre mit der Hand über das Vertiko, das du von deiner Mutter geerbt hast, oder war es deine Großmutter?, entschuldige, Anton, ich kann mir nicht mehr jedes Detail deiner Geschichte merken. Auch die wird einmal unwichtig, aber ich habe an dich geglaubt, Anton, und merkst du das etwa nicht, wenn du zurückkommst, merkst du nicht, dass ich noch verstörter bin als sonst, und vielleicht habe ich sogar gerötete Augen, ich weiß es nicht, ich schaue nicht in den Spiegel, und du hast nie ein Wort darüber verloren.«

Sie setzte sich aufs Bett, neben meine gerade wieder geglätteten Hemden, und starrte, den Kopf in die Hände gestützt, auf den offenen Kleiderschrank.

»Du hast ja keine Nähe zugelassen«, entgegnete ich. »Hast du gedacht, ich halte das ewig aus, dieses Alleinsein?«

»Ich habe einfach nicht mehr gewusst, was ich tun soll. Egal, was ich gemacht habe, es passte dir nicht.«

»Es tut mir ja so leid, dass ich dich in deiner Eitelkeit gekränkt habe. Etwas anderes ist es doch nicht. Narzisstische Kränkung. Und du sitzt auf meiner Anzughose.«

Sie zog die Augenbrauen in die Höhe, zu viel, es war immer ein bisschen zu viel bei ihr. Sie hatte es nie richtig verstanden, ihre Reize einzusetzen, dabei hatte ich ihr Anleitungen gegeben, eine kurze Zeit war es gut gegangen, aber nach ein paar Monaten schon hatte sie es wieder schleifen lassen.

»Es ist keine Kränkung, es ist ganz einfach Traurigkeit«, sagte sie, »aber so etwas kennst du ja nicht. Du hast dich getrennt, aber du begreifst die Trennung nicht. Du begreifst dein gesamtes Leben nicht mehr.«

»Deine Überheblichkeit habe ich immer albern gefunden.«

»Ich habe immer geglaubt, du hättest einen so komplexen Charakter, dass ich nie ganz dahinterkomme«, sagte sie nachdenklich. »Vielleicht hast du auch einfach nur einen schlechten.«

»Schön, Hedda, damit wäre dann wohl alles gesagt zwischen uns. Jetzt hast du ja, was du dir wünschst. Künftig entscheide ich nichts mehr für dich.« Ich zog zwei weitere Hosen vom Bügel, faltete sie noch einmal, ehe ich sie auf die Hemden legte. »Sicher wirst du einen Mann finden, der sich sehr viel besser aus deinem Leben heraushalten kann, als ich das getan habe.«

»Das tut er bereits.«

»Verzeihung?«

»Ich vögele seit Monaten mit deinem Chef, und du merkst es nicht mal.«

»Na, wie hübsch, Hedda.« Ich stieß die Lade mit der Unterwäsche zu und warf Socken und Unterhosen in den Koffer. »Warum meinst du ständig, mich eifersüchtig machen zu können?«

»Ich kann dich beruhigen, deine Eifersucht ist mir völlig egal.« Sie stand vom Bett auf, ließ ihre Hand über meinen Koffer gleiten, nahm erst ein Paar Socken heraus, eine Unterhose, dann eine Krawatte, die sie entrollte und wie ein Seil zwischen ihren Fingern laufen ließ. »Das Schlimme für dich ist ja«, sagte sie langsam und hielt mir prüfend die Krawatte ans Jackett, »dass wir, wenn ich es genau überlege, niemals dich geliebt haben. Ich nicht und ganz sicher keine deiner Affären. Wir haben nur deinen verliebten Blick auf uns gewollt. Das Glänzen, das du eine Zeitlang in uns gesehen hast. Und wir wollten nicht wahrhaben, dass es dieses Glänzen gar nicht gab.«

Sie drehte sich von mir weg und schlang sich die Krawatte ungeschickt um den Hals. »Und wenn du dann anfängst, uns den Glanz abzusprechen, bemühen wir uns umso mehr um dich. Wir machen Männchen, du tadelst uns. Wir versuchen einen Salto, er ist dir nie gut genug.«

»Du bist entsetzlich eitel, Hedda, merkst du das eigentlich?«, fragte ich und sortierte die Socken und die Unterhose zurück in den Koffer.

»Immerhin merke ich wieder etwas. Je länger man mit dir zusammen ist, desto leerer fühlt man sich. Man wird abhängig von dir, weil da nichts anderes mehr ist. Nur noch du. Deine Anforderungen. Deine Wünsche. Aber in Wahrheit ist es deine Leere, deine endlose innere Leere, Anton. Deshalb kann man dich nicht lieben. Und du kannst es ebenso wenig.«

»Bist du dann fertig, Hedda? Die Krawatte würde ich gerne mitnehmen. Und das ist wirklich manisch, wie du noch immer um mein Liebesleben kreist.«

»Dein Liebesleben ist mir genauso scheißegal wie deine Eifersucht.« Sie warf die Krawatte aufs Bett und ging zur Tür. »Aber halt mir verdammt noch mal nicht vor, dass du früher eine Rolle für mich gespielt hast!«, sagte sie und schlug die Tür hinter sich zu.

»Wenigstens jemanden von meinem Kaliber hättest du dir suchen können!«, rief ich ihr nach. »Nordhoff ist plump bis in die Gürtelschnalle.«

Ihre Schritte im Flur wurden leiser. Ich stand vor den Jacketts und konnte mich nicht entscheiden, welches hierzulassen war, ich wechselte gern zweimal am Tag meine Kleidung, gerade im römischen Sommer, wenn einem schon der Schweiß der Passanten die Hemden durchnässte. Nordhoff käme natürlich mit drei Jacketts aus, weil er von Stil ungefähr so viel verstand wie … ach, er verstand einfach gar nichts von Stil, Punktum.

**XXIV FAMILIENLEBEN** Tanja und Gramsci stehen am Bahnsteig acht, Bahnhof Termini. Der Zug kommt dampfend und quietschend zum Halten, Gramsci blickt hinauf an der schmutzigen Metallhaut, die erste Tür wird aufgestoßen, die zweite Tür, Hände wuchten Gepäck hinaus, Damen mit wippenden Rocksäumen und übermüdeten Gesichtern balancieren die Metallstufen hinunter und werden von Blumensträußen in Empfang genommen, hinter denen blässliche Männer zum Vorschein kommen. Ein kleines Kind poltert übers Koffergebirge, Gramsci will seine Arme ausstrecken, den Jungen in die Luft stemmen, doch da reißt schon eine Matrone das Bürschchen an sich und hievt es über den Perron. Er ist so nervös, dass er bereit ist, jedes Kind für seinen Sohn zu halten, und der Zug ist schon fast gänzlich leer.

»Da«, flüstert Tanja ihm zu. »Wagen vier.«

Gramsci erschrickt, jetzt geht es so schnell, er weiß nicht, was er sagen wird, ist nicht vorbereitet, als könne man sich auf ein Wiedersehen vorbereiten wie auf eine Rede im Parlament. Und dann, als die Gestalt ins Licht tritt, erkennt er, dass es nur Eugenia ist. Das strenge Hölzchen mit flammendem Blick. Auf dem Arm hält sie ein Kind. Weiches Flaumhaar, hellbraun, fast blond. Schon hat sie ihn erkannt, schon schreitet sie auf ihn zu. Wie Hochwürden Oberarzt ihr das Laufen wieder beigebracht hat, allerhand! Gramsci fühlt ihren mageren Hals an seinem Kinn, den zerbrechlichen Torso an seiner Brust, das Kinderhaar an seiner Wange. Delios verschrecktes Gesicht wird ruckzuck an die Tantenschulter gedrückt, den Vater hat er wohl nicht einmal erkannt.

Gramsci hat seinen Sohn in diesem Winter zum ersten Mal gesehen, als er für zwei Wochen in Moskau war, davor hat er ihn nur von den Fotos gekannt, die zeitverzögert bei ihm eintrafen, ihn über den tatsächlichen Entwicklungsstand des Jungen täuschten, und auch jetzt ist es wieder, als begegne er dem Kind zum ersten Mal. Er weiß nicht, was er nun sagen, was er fühlen soll, hält also erst einmal das zu Beobachtende fest: Der Junge ist größer geworden, als Gramsci erwartet hat, er ist hübsch, aber ist er so hübsch, wie er ihn sich vorgestellt hat, ist er vielleicht sogar hübscher? Gramsci versucht den Jungen aus seiner Vorstellung heraufzubeschwören und merkt, dass die Kategorien (größer kleiner hübscher hässlicher mehr und weniger) unwichtig werden. Dieser Sohn hier ist wirklich, und er ist ihm fremd. Gramsci will ihn halten, anschauen, seine Arme berühren, sein Haar. Aber Eugenia gibt ihn nicht her. Der Junge schaut Gramsci verschreckt an, was hat er erwartet, Nähe lässt sich nicht verordnen, er wird um Delio buhlen müssen, und es wird schwer werden, denn der Junge hat bereits ein Elternpaar. Julia und Eugenia.

Und da ist sie. Julia. Unauffällig glühend tritt sie aus dem Waggon, sieht ihn kurz an, sieht auf ihre Schwester, sieht zu Boden. Gramsci tritt auf sie zu, streicht ihr über den Arm, spürt die Wärme ihres Köpers durch den Blusenstoff. Er kann sie berühren, sie an sich ziehen, mit den Fingern über ihre Haut tasten, vorsichtig. Kein Schemen mehr, sondern tatsächlich Julia.

»Da bist du ja wieder.«

»Ja, da bin ich wohl.«

»Wenn du es sagst, wird es schon stimmen.«

Sie schaut sich um, als erkenne sie nichts wieder, wirkt verwirrt, je länger sie ins Offene des Sackbahnhofs blickt. Viel fragiler noch als ihre Schwester ist sie und wird bei einem zu heftigen Atemstoß wegwehen, gewichtslos wie ein Kokon. Umständlich versucht Gramsci eine Umarmung. Er sieht Tanja an einen Pfeiler gelehnt, sie starrt ihn mit leerem Blick an.

Die Wohnung, die sie und Gramsci für die beiden Schwestern und Delio gefunden haben, ist sauber und hell, nicht so weitläufig wie die Wohnung der Schuchts in Moskau, aber wozu auch, weicht Eugenia ihrer Schwester ohnehin nicht von der Seite. Zwei Zimmer, eines das Schlafzimmer mit Ehebett, in dem sie sich wie Gatte und Gattin nebeneinanderlegen und unter einer grimmigen Madonna in den Schlaf reden werden. Zwischen sich Delio. Das andere Zimmer ist das Wohnzimmer, es gibt eine Chaiselongue, einen Esstisch, sogar ein Klavier, dessen weiße Lasur Delio betastet. Die Küche ist klein und liegt in grünem Schatten, die Platane hat das Fenster zugewuchert, und die Gesichter der beiden Frauen wirken wie unter einem Hauch Grünspan verborgen. Tanja ist im Flur stehengeblieben, sie hält Abstand zu ihren Schwestern, auch wenn Julia nach ihrer Hand greift und sie sanft zu sich ziehen will.

»Gefällt es euch?«, fragt Gramsci.

»Es wird gehen«, antwortet Eugenia.

Ein normales Familienleben könnten sie hier beginnen, ein fast normales, Tante, Mutter, Kind. Gramsci wird bei den Passarges bleiben, er ist vorsichtig, er will nicht, dass Julia oder Delio wegen ihm in Gefahr geraten. Er wird mit ihnen zu Abend essen, er wird seinen Sohn baden und zu Bett bringen, er wird mit Julia schlafen, wenn Eugenia außer Haus ist, zum Einkaufen auf dem Markt oder bei einem Spaziergang, den ihr der Arzt gegen ihre schwachen Beine verordnet hat.

Ein fast normales Familienleben, denn er weiß, dass ein gänzlich normales für sie niemals möglich wird. Er steht unter Beobachtung, zwei Polizeibeamten verfolgen jeden seiner Schritte, mal mehr, mal weniger diskret, aber immer so, dass er ihre Präsenz spürt. Das ist das eine. Das zweite ist Eugenia. In Silberwald, wenn Julia zurück nach Iwanowo gereist ist und sie ihn für sich allein hatte, ist sie distanziert geblieben oder vielmehr ist ihr Körper, ihre Haltung distanziert geblieben, was sollte sie tun mit ihren hinfälligen Beinen, denen sie vielleicht im Nachhinein die Schuld dafür gab, dass Gramsci sich für ihre Schwester entschieden hat und nicht für sie. Distanziert war sie und drängte sich doch auf. Sie riet ihm zu Julia, sie schob ihn auf sie zu, fast eine Kupplerin war sie, und zugleich spürte er, dass sie nicht einverstanden war mit seiner Wahl, dass sie ein Anrecht auf ihn zu haben glaubte, dass sie Julia nur als Mittlerin sah, durch die hindurch er mit ihr verbunden wäre, das eigentliche Ziel. Er ist ihre Eroberung, sie hat ihn damals am Gartenzaun aufgelesen, sie teilt alles mit ihrer Schwester, aber jetzt erwartet sie, dass auch ihre Schwester alles mit ihr teilt.

Fast heimlich stehlen Gramsci und Julia sich mit ihrem Sohn aus dem Haus, entwenden ihn aus dem Gewahrsam der Schwägerin. Auf der Straße bindet Julia dem Jungen ein dünnes Stofftuch um den Kopf, »gegen die Sonne«, wie sie sagt, und schiebt den Kinderwagen vor sich her, ein weißes Korbgeflecht, das Gramsci über Sraffa bekommen hat, schiebt ihn durch einen nahe gelegenen Park, Gramsci geht mal neben, mal hinter ihr, und dann überholt er sie plötzlich, beugt sich über den Korb und betrachtet den Kopf, der da aus dem Deckenknäuel herausragt und schläft und erwacht und zu schreien beginnt. Ja, das ist er. Das ist aus den 3600 Gramm geworden, von denen Julia ihm geschrieben hat und die er sich mit Büchern aufgewogen hat, um zu spüren, wieviel das ist, 3600 Gramm. Drei Bücher von Benedetto Croce, Marx' Kapital, und dann kam noch Dantes Komödie obendrauf. Julia ruckelt am Wagen, bis das Kind ruhiger wird und nur noch glucksend weint. Gramsci duckt sich und dreht seinen Kopf zum Himmel, um zu sehen, was sein Sohn jetzt sieht. Er erschrickt, wie groß und grausam die Welt wirkt, wenn man sie aus dem Korb eines Kinderwagens sieht.

Sie gehen ein paar Runden im Park, Gramsci macht Grimassen, formt mit seinen Händen Hasen und Füchse und sein Sohn weint nicht mehr, wenn er ihn sieht, sondern beginnt vorsichtig zu lachen. Langsam gewöhnen wir uns aneinander, denkt Gramsci, greift mit seiner Hand in den Wagen hinein, um das heiße Köpfchen zu streicheln. Da beißt Delio zu. Mitten hinein in den Zeigefinger, und wie kräftig ein zahnloser Kiefer sein kann. Gramsci flucht etwas auf Sardisch, das sich fern und nach endlosen verdorrten Wiesen anhört.

»Er ist nervös«, sagt Julia. »Was hast du denn geglaubt, bei *den* Eltern?«

»Welche Eltern meinst du, Eugenia oder mich?«

Julia zuckt die Schultern und lenkt den Wagen zurück Richtung Nomentana.

»Wir haben in Moskau einen neuen Arzt für ihn gefunden. Ein Spezialist für Nervenerkrankungen«, sagt sie.

»Ihr?«

»Eugenia und ich.«

»Die Eltern!«, bemerkt Gramsci spöttisch.

Julia schiebt den Wagen noch weiter von ihm fort.

»Ist es nicht ein wenig früh für Spezialisten?«, fragt Gramsci. »Wohin soll er denn gehen, wenn er erst einmal reden kann?«

»In den Kindergarten und dann in die Schule.«

»Hier in Rom werden wir mit diesem Unsinn aufhören.«

»Es tut ihm gut.«

»Ohne Zweifel«, erwidert Gramsci und saugt an seinem zerbissenen Finger.

Als sie heimkommen, stürzt ihnen Eugenia entgegen und

drückt Delio an sich, als sei er von einer Entführung endlich wieder in Sicherheit gebracht.

»Ihr wart zu lange aus, er verträgt so viel Sonne nicht«, rügt sie ihre Schwester und blickt auch tadelnd zu Gramsci herüber. Wie zugesperrt wirkt ihr Gesicht, es ist die Miene von jemandem, der mit einfachen Mitteln, aber fest entschlossen herrscht. Und wenn eine Frau wie Eugenia zu etwas fest entschlossen ist, wenn sie ihre Klugheit dazu verwendet, zu bekommen, was sie will, dann wird sie sich durchsetzen, das weiß Gramsci, nur wonach genau sie aus ist, das weiß er nicht. Sie lächelt ihn an, rechts fehlt ihr ein Stück vom Schneidezahn, oder ist es eine Lücke, die sich durch das ungerade Wachstum der Zähne gebildet hat? Da ist ihr Lächeln schon wieder verschwunden.

Am Abend im Bett tastet Julia vorsichtig nach Gramscis Hand, ihre Finger schließen sich umeinander, neben sich die Lenin-Ausgabe auf dem Nachttisch, ein Kleid Eugenias hängt streng gebügelt am Kleiderschrank, ihre Stellvertreterin, die über die beiden wacht, während sie draußen ist, nur kurz mit Delio im Kinderwagen die Straße hinab- und wahrscheinlich schon wieder hinaufspaziert. Schnell müsste es jetzt gehen, schnell. Gramsci küsst Julia auf die Augen, auf den Mund, ihre Hand gleitet seinen Arm hinauf bis zur Schulter, er rückt noch enger an sie heran, horcht auf die Schritte im Gang, die gleich wiederkommen, er liegt auf ihr, und immer die Schritte, die Schwägerin, die dort am Schrank hängt, draußen vor der Tür steht, durchs Schlüsselloch schaut, gleich hereinkommt. Julias Beine spreizen sich, er drängt sich dazwischen, drängt sich in sie hinein, Schweiß sammelt sich zwischen seinem Bauch und ihrem, ihre Hand in seinem Nacken, hinab über den verwachsenen Rücken, klammert sich fest, er atmet heftiger, die Wohnungstür fällt zu, sie schrecken auseinander.

Es könnte ein fast normales Familienleben sein. Julia findet eine Anstellung in der sowjetischen Botschaft, Eugenia liest jeden morgen Lenin und kümmert sich um Delio, Gramsci geht ins Parlament und trifft die Genossen, Tanja ist gereizt und verlässt den Raum, wenn Gramsci ihrer Schwester über die Wangen streicht. Alle leiden sie an Schlaflosigkeit, weil es so heiß ist, Delio schreit und schreit und ist dann zu erschöpft, liegt wach und schlägt mit den Händen um sich. Zwei Fliegen jagen sich über seinem Kopf. Julia hört, wie ihre Schwester sich in der Nacht hin und her wälzt, sieht ihre feuchte Stirn, und ihr selbst klebt das Nachthemd am Körper. Gramsci kommt am Morgen zum Frühstück vorbei, manchmal auch Tanja. Sie treffen sich gegen neun in der Küche und trinken den scharfen italienischen Kaffee. Tanja spricht kaum, starrt Julia gedankenverloren an, und Gramsci würde sie am liebsten in den Arm nehmen, so bedrückt wirkt sie. Er vermisst ihre gemeinsamen Spaziergänge, die Schnelligkeit ihrer Rede, wenn sie ihn von etwas überzeugen will.

»Die Küche ist kein Ort für Versammlungen«, entscheidet Eugenia, sammelt die Kaffeetassen ein, und sie ziehen als ihr Gefolge ins Wohnzimmer um. Delio liegt auf einer Decke neben Julia und schläft, schreckt kurz auf, schläft wieder ein, das genügsame Kind, genügsames Scheusal, das nun doch wieder aufschreckt. Julia beugt sich über ihn, will mit einem Stoffzipfel den Kleinen beruhigen, Eugenia drängt sich dazwischen, »Julia, ich bitte dich«, und Julias Wangen röten sich, wieder hat sie etwas falsch gemacht, wieder ist es ihrer Schwester nicht entgangen, nur ihr selbst, und sie weiß nicht zu sagen, woran genau sie nun wieder scheiterte, auch Eugenia sagt es ihr nicht, hat nur das Kind an die eigene, flache Brust gedrückt. *»Ich möchte von einem, von zwei, von hundert Kindern geliebt werden, ja, es ist etwas Krankhaftes in meinem Wunsch«*, wird Eugenia später schreiben, jetzt wiegt sie Delio in den Schlaf, während Julia wie eine Fremde dabeisitzt, auf den Jungen sieht und sich vielleicht etwas Ähnliches einmal wünscht, in ein paar Jahren, aber sie weiß, dass in dieser Familie allein Eugenia für das Erfüllen von Wünschen zuständig ist, dass bei ihr die Anträge gestempelt oder weggeworfen, die bürokratischen Finessen abgeschmeckt werden.

Als Delio sich wieder beruhigt hat, hebt Eugenia ihn auf den Klavierstuhl. Er biegt seine winzigen Finger auf den Tasten, und gerade wenn Gramsci meint, sie würden zerbrechen, hebt sich ein Ton aus dem Kasten. Delio hat sich die Töne mithilfe von Tierstimmen gemerkt, links der Bär, rechts das Küken, dazwischen ein ganzer Zoo. »Hör mal, djadja!«, ruft er.

»Djadja? Wer hat Delio beigebracht, seinen Vater Onkel zu nennen?«, fragt Tanja.

Julia senkt den Blick, Eugenia hebt den Kopf.

»So war es leichter für ihn. Sein Vater war ja nicht da«, erklärt Eugenia.

»Sein Onkel war auch nicht da«, entgegnet Tanja, geht hinüber zum Klavier und legt ihren Arm um Delio. Sie deutet auf Gramsci und wiederholt die beiden Wörter papa und nána, drückt dabei auf die Taste links vom Bären.

»Papa. Verstehst du?«

Delio nickt, besonders scheint es ihn nicht zu interessieren. Er wendet sich von ihr ab, rutscht vom Klavierstuhl herunter, wetzt durch den Raum und jagt einen Zelluloidball, den Gramsci ihm mitgebracht hat. Der Ball ist mit Wasser gefüllt, Schwäne schaukeln darin, eine ganze Schwanenfamilie mit drei grauen Schwanenkindern wackelt kopfüber kopfunter durch den Raum. Piero Sraffa hat Gramsci das Geschenk mitgegeben, vielleicht hat er es in London gekauft, in Italien hat Gramsci so etwas Kurioses noch nie gesehen. Auch Delio scheint das Spielzeug absonderlich zu finden, wieder versucht er, den Ball zu öffnen.

»Siehst du, wie klug er schon ist. Er will verstehen, wie es gemacht ist«, meint Gramsci.

»Ach was, er will nur an die Schwäne heran«, sagt Julia. »Außerdem glaubt er, du könntest alles reparieren, was zerbricht.«

»Genia, hast du ihm auch beigebracht, dass ich Wunderkräfte habe?«, fragt Gramsci und lacht.

Eugenia hebt ihren Kopf, ein Zucken um ihre Mundwinkel, zu mehr lässt sie sich nicht herab. Sie weiß, sie wird gegen Gramsci gewinnen und auch gegen Julia, denn am Ende entscheidet Delio, und Delio, das weiß Eugenia mit absoluter Gewissheit, Delio wird sich für sie entscheiden.

Gramsci beugt sich zu seinem Sohn herab, das Kind schlingt seine Arme um den Hals des Vaters, so lang, so heftig, dass Gramsci sich schließlich sanft von ihm befreien muss, in einer halben Stunde geht der Zug. Nach Turin, Lazio, Neapel, durchs ganze Land muss Gramsci für die Partei reisen, heute ist es Florenz. Das bringt Unruhe in ihr fast normales Familienleben, von dem er sich mit einem fast gewöhnlichen Kuss auf die Wange seiner Frau verabschiedet. Tanja und er gehen zusammen die Treppe hinunter, er eilt ihr voraus, hält ihr die Tür auf, und als sie an ihm vorbei will, greift er ihre Hand.

»Du fehlst mir, Tanja, weißt du das?«

»Lass, Nino.«

Er streicht ihr den Arm hinauf, über die Schulter, sie duckt sich unter der Berührung weg.

»Du musst dich jetzt um deine Familie kümmern. Damit habe ich nichts zu tun.«

»Wir könnten ein paar Schritte zusammen zum Bahnhof gehen.«

»Ja, wir könnten«, sagt sie und dreht sich von ihm weg. »Wenn die drei wieder in Moskau sind.«

Er sieht ihr nach und fühlt sich einen Moment lang von allen verlassen, von Tanja, von Julia und vom ganzen grauen Rest der Welt. Morgen, übermorgen, wenn er von der Reise zurückkommt, wird er Julia wiederhaben, denkt er, um sich zu beruhigen. Doch dann steigt wieder der Gedanke in ihm auf, dieses Glück könnte beim nächsten Mal ausbleiben. Weil es eigentlich zu groß für ihn ist, weil er es nicht greifen, kleinkriegen, nicht beherrschen kann. Er hat Angst, sie könne eine Täuschung gewesen sein, eine Hochstapelei seiner Gefühle, und wenn er zurückkommt, vor der Wohnung der Schuchtschwestern steht, öffnet ihm ein alter Mann im Bademantel die Tür.

**XXV MICHELANGELO** Tatjana erschien nicht mehr im Institut. Nach einigen Tagen sah ich das Pony wieder. Es hatte sein Fell abgelegt, trug ein ausgewaschenes graues T-Shirt und tat am anderen Ende des Saales wichtig mit allerlei Unterlagen, die ihm ein fadendünner Jüngling aus dem Archiv herbeitrug. Ich starrte ihn eine Weile an, dann erhob ich mich und ging auf ihn zu.

»Wann wird Tatjana zurück sein?«

»Sie wieder!«, rief es gedämpft.

»Ist sie im Urlaub?«

»Woher soll ich das wissen.«

»Aber Sie kennen sie doch.«

»Kennen!«

»Sie haben mit ihr geredet.«

Es winkte ab. »Ach reden, was soll's.«

»Warum wollen Sie es mir nicht sagen? Was sind das für Besitzansprüche?«

»Verzeihen Sie, ich glaube, es gibt hier ein Missverständnis. Außerdem muss ich arbeiten.« Das Pony beugte sich wieder über seine Archivseiten.

»Sie können eine Frau nicht für sich behalten«, sagte ich so laut, dass sich sogar die Mumien zu mir umdrehten. Sollten sie doch einmal merken, dass es mehr gab, als im Alphabet zu verenden. Ich wandte mich von ihm ab und verließ den Lesesaal.

Am Empfang blieb ich stehen, der Bibliothekar lugte zu mir hoch.

»Können Sie mir sagen, ob Tatjana Bücher für diese Woche vorbestellt hat?«, fragte ich ihn.

Er schob seine Brille auf der Nase ein wenig herab und blickte prüfend über den Rand. »Wer?«

»Tatjana. Hellbraune Locken. Etwa so lang«, erklärte ich und hielt ihm meine flache Hand ans Ohrläppchen. »Zierlich. Und ihr Mund. Sie kennen die Davidstatue von Michelangelo? Natürlich kennen Sie die. Dieser Mund ist es. In Wahrheit ist es ein Frauenmund, deswegen ist er so schön.«

»Wenn Sie ein Buch suchen, können Sie gern eine Bestellung aufgeben«, sagte der Bibliothekar und schob mir eine graue Pappkarte über den Tresen. »Die Bearbeitung kann dauern, wie Sie wissen.«

Ich schüttelte den Kopf.

»Vielleicht geht es heute schneller«, sagte er versöhnlich. »Es scheint mir« – er schnippte seine Brille den Nasenrücken hinauf – »durchaus dringlich.«

»Danke«, sagte ich trocken und wandte mich ab. Ich wollte kein Buch lesen. Nichts, das mich noch näher an Gramsci heranführte, an den Parteitag von Livorno, an den von Lyon, an die Abspaltung der Sozialisten und an ihre Wiederannäherung, ich wollte die Dinge nicht mehr bis zum Grund durchschauen, denn was lag dort? Nur Steine und Kiesel, nur Fußnoten und Quellenangaben.

Ich stand eine Weile auf der schiefen Asphaltfläche vor dem Institut, betrachtete den alten Reifen, der noch immer hier lag, und konnte nicht sagen, wann mir etwas je so leer vorgekommen war wie dieser Vorgarten. Die Erde war ein kalter Stein, der durchs Universum fiel. Forschung war töricht, zu leben war töricht, ohne Tatjana zu leben war es ganz bestimmt. Nach Tatjana, das wusste ich, konnte nichts mehr kommen. Tatjana war perfekt, oder nein, schlimmer noch, sie überflügelte das Perfekte, ließ es als gegeben hinter sich und ging darüber hinaus. Ihr

Mund war der eines Davids, das machte es so raffiniert. Sie war besonders, von einer Art, die man sich nicht ausdenken, die einem nur zustoßen konnte. Und wenn man das Schönste einmal erlebt hatte, kam einem alles, was man davor für schön gehalten hatte, nur noch grau und grausam vor.

Freitags nahm sie Violinunterricht, stellte ich mir vor, samstags verließ sie erst spät das Haus, um sich mit Freunden in einer Pizzeria zu treffen. Den Sonntag verschlief sie. Mit Sonntagen konnte Tatjana bestimmt nichts anfangen, diese von Traditionen und Tischmanieren beherrschten Tage, an denen man um fünfzehn Uhr mit einem Paket vom Bäcker unterwegs sein musste, sonst wurde man von einer melancholischen Verlorenheit zerfressen, die viel größer war, als die wenigen Stunden erwarten ließen, die bis zum Ende des Feiertags blieben. Sicher mochte sie Calvino und Ginzburg, sie mochte die Stille, wenn man um vier Uhr morgens unerwartet erwacht, sie mochte Orangen, Saltimbocca und den Schnee der Toskana, der als unwirklicher Dunst auf den Hängen lag und verschwand, kaum dass man sich ihm näherte.

»Und, was haben Sie heute herausbekommen?«, fragte Brevi, als ich an seinem Wohnzimmer vorbeischlich. Er saß vor einem Stapel Manuskriptseiten, strich seine schlohweißen Locken zurück und sah aus wie Pasolinis älterer Bruder.

»Es ist kompliziert«, erklärte ich.

»Davon halte ich nichts«, gab mir Brevi zurück. »Dass Philosophie etwas Schwieriges sei, ist ein landläufiges Vorurteil, aber Sie, Anton, dürfen nicht darauf hereinfallen. Benutzen Sie Ihren Menschenverstand.«

»Die Materiallage im Archiv«, verteidigte ich mich. »Man hat im Privatleben aussortiert.«

»Vielleicht ist das Archiv nicht der richtige Ort für Sie.«

Ach, Brevi. Du begreifst nicht. Du glaubst an Archive und an Tatsachen. Du glaubst, dass man nur den richtigen Schluss ziehen muss.

»Ich war heute in der Klinik Quisisana«, berichtete Brevi. »Ein alter Hausmeister hat mich durch den Speicher geführt. Er schwatzte ein wenig von der schlechten Moral der Ärzte und Pfleger. Jeder ist so sehr damit beschäftigt, sich hintenrum die eigenen Taschen vollzuschaufeln, dass niemand mehr den anderen bei der gleichen Tat zuschaut. Es ist im Übrigen nichts Neues, es war schon vor Jahrzehnten so. Sie sollten sich einmal in Tanjas Wohnhaus umschauen«, befand Brevi.

»In Tatjanas Wohnhaus, natürlich.«

»Und Tonio, ich möchte Ergebnisse.«

»Natürlich«, wiederholte ich. »Es ist nur eben kompliziert«, fügte ich hinzu, »sehr kompliziert« und zog mich in mein Zimmer zurück, um an die Wand zu starren.

**XXVI VIA RICCOLI** Abfahrt Termini am Morgen des 31. Oktober 1926, umsteigen in Mailand, dann Weiterfahrt nach Genua, von wo aus ein Fahrer Gramsci ins Val Polcevera bringen wird. Dort, in der Abgeschiedenheit, soll er den Genossen Humbert-Droz treffen, Weisung von oberster Stelle. Gramsci kennt den Mann nicht, und er ist sich nicht sicher, was genau er von ihm will. Soll er ausgehört werden? Wird man ihm von Moskau aus die Leviten lesen?

»Wir sind sehr besorgt«, hat Gramsci am 14. Oktober im Namen des Politbüros der KPI an die große Parteischwester in Moskau geschrieben. »Genossen, ihr seid in diesen neun Jahren der Weltgeschichte das treibende Element der revolutionären Kräfte aller Länder gewesen. Aber heute seid ihr dabei, euer Werk zu zerstören. Ihr degradiert die führende Position, die die KPdSU zu Lenins Zeiten erreicht hat, und lauft Gefahr, sie aufs Spiel zu setzen.« Er hat Namen genannt, die in Misskredit gefallenen Genossen Sinowjew, Trotzki und Kamenew, »sie waren unsere Lehrer«. Warnend hat er am Schluss noch hinzugefügt: »Wir wollen sicher sein, dass die Mehrheit des ZK der KPdSU ihren Sieg in diesem Kampf nicht missbraucht und bereit ist, auf exzessive Maßnahmen zu verzichten.«

Gramsci sitzt kerzengerade auf seinem Platz, sieht die umbrische Landschaft an sich vorbeiziehen, weite, gelbe Wiesen, Pinien. Wenige Tage nach seinem Brief sind Trotzki und Kamenew aus dem Politbüro ausgeschlossen worden, und Sinowjew wurde von Bucharin als Vorsitzender der Komintern verdrängt. Gramsci hat seinen Brief an Palmiro Togliatti gesandt, er weiß nicht, ob Palmiro ihn zurückgehalten hat oder ob er ihn jemandem zeigte. Bucharin vielleicht? Vor dem Plenum des Zentralkomitees hat Togliatti Gramscis Brief nicht verlesen lassen, Stalin weiß somit noch nichts davon. Aber wem hat Togliatti das Schreiben gezeigt? Bucharin? Irgendjemand muss es außer ihm noch gelesen haben, sonst säße Gramsci heute nicht im Zug, auf dem Weg ins Nirgendwo zu Humbert-Droz.

Immerhin ist Julia in Sicherheit. »Hier ist es schon Winter«, hat sie ihm kurz nach ihrer Ankunft in Moskau geschrieben. »Wenn ich an Rom denke, werde ich ganz traurig … In Rom ist heute der 15. September.« Sie hat sich von der Geburt gut erholt. Giuliano. Sie rufen ihn Julik. Gramsci versucht ihn sich vorzustellen, er denkt an eine kleinere Version Delios, aber auch Delio hat er in den ersten Monaten nicht gekannt, und ohnehin ist es Unsinn, sie werden jeder eine eigene kleine Persönlichkeit sein.

Er schlägt die Zeitung auf, sieht auf Fotografien pompöser Paraden, der Marsch auf Rom hat sich zum vierten Mal gejährt, die Faschisten feiern noch immer. Heute ist Mussolini in Bologna eingetroffen und winkt den Menschen auf der Straße zu, eine Militärkapelle spielt, Faschisten in scharf gebügelter Uniform laufen vor ihm, hinter ihm her, streng formiert, mit überheblichen Mienen. Gramsci sieht eine Fotografie vom Vortag in der Zeitung abgedruckt, und ebenso wird es in Bologna aussehen, in Neapel, in Turin, dem ganzen Land wird die immer gleiche Inszenierung vorgespielt. Er legt die Zeitung beiseite, liest in einem Buch von Benedetto Croce, notiert etwas, denkt wieder an Humbert-Droz, den er sich mit einem sehr schmalen Schnurrbart und einem hohen Zylinder vorstellt, auch wenn er weiß, dass kein Kommunist zu einem Geheimtreffen mit Zylinder erschiene, und dann nickt er kurz ein, sieht Julia vor sich, hochschwanger in einem Liegestuhl, es ist ihr Sommerurlaub in Trafoi, wenige Kilometer nur bis zur Schweizer Grenze.

In Mailand will Gramsci aussteigen, drängt sich mit seinem Gepäck zur Waggontür, da tritt ein Polizeibeamter auf ihn zu und versperrt ihm den Weg. Gramsci ist unwirsch, er muss seinen Anschlusszug erreichen, er will jetzt nicht diskutieren, er ist Parlamentsabgeordneter, sie können nicht alles mit ihm machen. Der Beamte legt seine Hand auf Gramscis Unterarm und sagt halblaut zu ihm: »Herr Abgeordneter, mir ist klar, wer Sie sind, und ich rate Ihnen, fahren Sie nach Rom zurück. Es ist das Beste für Sie!« Die Stimme des Beamten klingt vertraulich, ja sogar vertrauenswürdig, und Gramsci ist versucht, ihm zu glauben, nur wem darf er noch glauben, was weiß er über diesen Beamten, was weiß er über den Grund seiner Warnung, er weiß nur, dass er in Gefahr ist, die Gesetze stehen zwar noch zu ihm, aber was sind sie wert.

Ein Attentat auf Mussolini, erfährt Gramsci. Schüsse. Ein Fünfzehnjähriger hat sie abgefeuert. Haben sie ihn getroffen? Ist er verwundet? Ist er tot? Durchs Fenster sieht Gramsci die Polizisten auf dem Bahnsteig, sie haben sich zwischen die abfahrenden und ankommenden Reisenden gemischt, kontrollieren, was hier aussteigt, diese Masse, dieses Gedränge, und mit düsteren Mienen stellen sie sich Einzelnen in den Weg. Ein kleiner Junge reißt sich von der Hand seiner Mutter los und rennt vor einem Polizisten davon. Immerhin ist Julia in Sicherheit, sind es Delio und Julik. Auf Eugenias Drängen hin ist Julia am 7. August abgereist, ein Umzug nach Moskau würde danach zu beschwerlich werden, und lange können sie nicht mehr sicher in Italien leben. Als Gramsci vor zwei Jahren nach Italien zurückgekommen ist, hat er gewusst, dass es ihn das Leben kosten könnte, unter der Prämisse ist er eingereist, aber heute ist er zu erschöpft zum Sterben. Heute kippt er bewusstlos hinaus, ohne einen letzten Gedanken, ohne ein Schlusswort.

In der Via Riccoli, nahe des Palazzo Re Enzo, haben die Schüsse den Duce verfehlt. Der Täter, Anteo Zamboni, ein Kind fast noch, ist bereits tot. Ein Infanterist aus Mussolinis Leibgarde hat ihn gegriffen, Carlo Alberto Pasolini, und dann war es nicht mehr aufzuhalten: Geschrei. Schläge. Schüsse. Lynchjustiz der Faschisten auf offener Straße.

»Bleiben Sie einfach sitzen«, sagt der Polizist. »Zeigen Sie sich nicht in der Nähe der Fenster. Es ist das Beste für Sie. Fahren Sie zurück nach Rom.«

Gramsci nickt, und als der Zug wenige Minuten später wieder anfährt, lässt er sich zurücksinken, beinahe erleichtert.

Die Faschisten rächen sich. Tagelang. Sie plündern, sie legen Feuer, sie verwüsten sogar die Wohnung des großen bürgerlichen Intellektuellen Benedetto Croce in Neapel. Es ist der Moment, auf den sie gewartet haben. Nun können sie den seit Jahren totkranken Rechtsstaat mit dem jungen Zamboni zu Grabe tragen. Nun gibt ihnen der Lauf der Gewalt recht. Am 5. November werden alle Reisepässe für ungültig erklärt. Wer das Land illegal verlassen will, wird erschossen. Die antifaschistischen Zeitungen und Parteien werden verboten und aufgelöst.

Gramsci soll endlich ins Ausland, beschließt die Partei, es wird für ihn zu gefährlich, die Faschisten werden sich die Chance nicht entgehen lassen, das Denken und Sagen gänzlich unter ihre Kontrolle zu bringen, das Land gleichzuschalten. Gramscis Bekannte Ester will ihn gegen seinen Willen in die Schweiz mitnehmen, doch er weigert sich, die Wohnung der Passarges zu verlassen.

»Ich kann erst gehen, wenn die Umstände eindeutig sind«, beharrt er.

»Aber sie sind eindeutig.«

»Ich will nicht, dass die Arbeiter das Gefühl haben, man habe sie im Stich gelassen.«

»Das werden sie nicht denken. Sie sehen, was die Faschisten tun. Sie haben sogar vor der Wohnung Croces nicht haltgemacht. Und der ist nicht einmal Kommunist.«

Auch Gramsci glaubt nicht mehr an seine Immunität, aber er will am 9. November gegen Mussolini im Parlament reden und den Gesetzentwurf zur Wiedereinführung der Todesstrafe angreifen. Aufhalten wird er ihn nicht mehr. Trotzdem will er ausharren. Er will standhalten. Optimist im Willen. Ein paar Tage noch, dann wird er Julia nach Moskau folgen. Mitte November vielleicht. Eine Woche. Sechs Tage. Am 10. November wird er fliehen.

Am Abend des 8. November 1926, um 22 Uhr 30, dringen faschistische Uniformierte in die Wohnung der Passarges ein und verhaften unter Verletzung der parlamentarischen Immunität den Abgeordneten Antonio Gramsci. Sondermaßnahmen nennen die Uniformierten es. Carla Passarge steht stumm in der Küchentür, sie hält den Porzellantrichter für den Filterkaffee in der Hand, als wolle sie Gramscis Abholung durch ein paar Tassen heiß aufgebrühter Bohnen hinauszögern. Die Uniformierten sehen sie nicht einmal an. Die Nacht verbringt Gramsci im Gefängnis Regina Coeli, oh Himmelsgöttin, als schere sich die heilige Muttergottes um die paar armen Sünder, die hier sitzen.

Die Möwen sind das erste, was Gramsci hört, als er am nächsten Morgen erwacht. Durch das schmale Fenster seiner Zelle kann er sie sehen. Sie scheinen ihm ein wenig unglaubwürdig, wie sie hoch über das Gefängnis segeln mit ihren gelben, skeptischen Blicken. Nur ein paar Meter von hier fließt der Tiber träge und gleichgültig vorbei, an seinem Ufer werfen Männer Angeln ins Wasser und hoffen auf einen guten Fang bis zum Mittag.

**XXVII SALBEI** Über mir stak ein altes, verdrecktes Schild des Partito Socialista aus der Wand. Hammer, Sichel und rote Nelke. Die Partei war seit zwanzig Jahren tot, verstorben an Schmiergeldern und dem Untergang der zweiten Republik, ihr Generalsekretär Bettino Craxi hatte sich nach Tunesien abgesetzt, das Schild hatte er wie ein auf der Flucht verlorenes Taschentuch zurückgelassen.

Es war vier Uhr am Nachmittag, und natürlich war die Tür verschlossen. Neben dem Eingang sackten einige Kartons, vom Regen durchweicht, zu Pappmaché zusammen. Auf einer Notiz, die unter der Klingelleiste klebte, konnte ich Öffnungszeiten ablesen, wofür auch immer, Dienstag, Mittwoch und Freitag 10 bis 13 Uhr.

Aus meiner Jacketttasche zog ich den Bestellzettel, den ich aus der Bibliothek hatte mitgehen lassen. Martinelli. Ihre Adresse hatte ich im Telefonbuch nachgeschlagen, und obwohl ich den Namen sofort neben der Klingel #4 sah, T. Martinelli, las ich alle Namen über und unter ihrem, ich las sie mehrmals, als könnte sich doch noch ein Missverständnis auftun, und ich las es noch einmal, Bertoni, Franceschini, Inglese.

Tatjana Martinellis Wohnung, App. 4, lag im Souterrain, ein kleines vergittertes Fenster zeigte auf die Straße. Das war ihr Fenster. Ich wusste es mit einer Gewissheit, wie man es manchmal, eigentlich selten, genau genommen fast nie weiß, nur bei Dingen, die notwendig sind und zugleich unmöglich. Das Gemäuer war von nutzlosen Rohren zerfressen und unterschied sich von den alten Ruinen vor allem dadurch, dass es in der Nacht nicht angestrahlt wurde. Als ich hinaufsah, verlor ich mich im Gewusel der Kabel, und hinter der Tür hörte ich Schritte, langsam und kratzend wie die einer Schildkröte.

Eine alte Frau mit himmelblauem Kopftuch schob die Tür auf.

»Was wollen Sie hier?«, fragte sie.

»Ufficio«, nuschelte ich, was sowohl Amt wie Büro oder auch nur Arbeitszimmer bedeuten konnte und offenließ, ob ich die PSI noch am Leben glaubte oder lediglich mit einem Bekannten den Schreibtisch teilte.

»Ich habe wohl nicht die richtige Zeit abgepasst«, fügte ich hinzu.

»Nicht die richtige Zeit«, bestätigte sie. Ihre aus weichen Falten hervorblitzenden Augen suchten erst mich, dann die Straße ab. »Ist doch seit Jahren vorbei«, meinte sie und ordnete den Stoffknoten unter ihrem Kinn. »Besser ist nichts seither. Ich habe Schmerzen im Bein, und der Krebs sitzt jetzt in der Lunge, sie geben mir noch vier Monate oder vier Jahre, wollen sich nicht festlegen, diese Feiglinge. Und wie sie sich in ihren weißen Kitteln vor mir aufbauen und mein Leben auf ihren Handflächen tragen, da möchte ich ihnen an die Gurgel springen. Guten Tag.«

Sie wackelte dicht an mir vorbei, ich schob mich in den Eingang, ehe die Tür wieder ins Schloss fiel, und blickte der Frau nach, die die Straße hinunterhinkte, das linke Bein starr, ohne natürliches Gelenk, eine kurpfuscherische Prothese. Dann drückte ich die Tür auf.

Etwas huschte im Schatten der Wand entlang. Eine Maus, dachte ich. Ich stand im Hof oder vielmehr in dem, was man Tatjana von diesem Hof zugestand, die Rückseite der Mülltonnen, und vielleicht war es auch eine Ratte gewesen. Erst als es noch einmal vorbeilief und kurz innehielt, erkannte ich eine abgemagerte Katze, wie sie zu Dutzenden den Largo Argentina bevölkerten. Eine kränkliche Palme wuchs in der Mitte des Hofes, zwischen Betonsäcken und Fahrrädern, und auch hier hatten sich Tauben zwischen die Schuppen des Stamms eingenistet.

Von meinem Platz aus konnte ich in Tatjanas Küche hineinsehen: Ein Gasherd, abgenutzte Hängeschränke, ein Esstisch, in einem Regal hingen Gewürze, auf einem Bord lagerten Essigflaschen und eine riesige Plastikflasche mit Öl. Auf dem Herd stand eine Pfanne mit Pasta, glänzend von Butter und mit einigen Salbeiblättern darin. Auf dem Tisch Teller und Weinglas.

Zwei Teller, zwei Weingläser. Einander gegenüber.

Ich ging näher an das Fenster heran, um zu sehen, ob Tatjana sie vielleicht nur zum Trocknen auf dem Tisch abgestellt hatte oder dort vergessen, die Reste zweier Abende, an denen sie hier allein gesessen und auf die Mülltonnen gesehen hatte. Zwei Weingläser. Zwei Teller. Zwei saubere Servietten.

Hatte ich es denn nötig, einer Frau hinterherzulaufen, zwischen Mülltonnen und halbverhungerten Katzen zu stehen? Es gab genügend Frauen, die über Jahre meine alte Telefonnummer aufbewahrten, damit sie einmal im Jahr, wenn die Erinnerung sie überkam, anrufen konnten, es zehn-, fünfzehn-, zwanzigmal klingeln ließen, um sich zu vergewissern, dass ich wieder nicht abheben würde. Und jetzt stand ich hier und stellte mir Tatjanas unermüdlich schwenkenden Bewegungen vor, mit denen sie die Butter in der Pfanne zerlaufen ließ. Vorsichtig, geradezu sanft richtete sie das Essen auf den Tellern an, es war nichts Besonderes, eine Pasta in Salbeibutter, und roch doch besser als alles, was ich je gegessen hatte.

Das Licht eines Deckenleuchters glomm auf, der vermutlich bereits von den Vor- oder Vorvormietern in dieses Haus gebracht worden war, und ein sterbensblasser Mann tappte in die

Küche, so mager, dass sein Alter nicht mehr zu erkennen war. Gebückt schlich er auf den Tisch zu, gähnte, kein einziger Zahn war mehr in seinem Mund, und ließ sich langsam auf den Stuhl vor einem der Weingläser sinken. Er prüfte die Brillengläser im Schein des Leuchters, und da erkannte ich ihn. Gramsci. Er blickte nicht zu mir auf, nahm, wie so oft, keine Notiz von mir, hob nur eine Ecke des Tischtuchs an und begann, die Brillengläser zu putzen. Klein, zerbrechlich, mit aufschäumendem Haar saß er da, unendlich allein, und nicht einmal seine Einsamkeit brachte ihn dazu, an mich auch nur einen Blick zu verschwenden.

Ein Schatten zog durch den Raum, ein himmelblaues Kopftuch flatterte an dem Alten vorbei. Die Frau mit dem Schildkrötengang stand neben ihm, ihren weißen Haarkranz entblößt, im Gesicht eine steife, seit Jahrzehnten eingeübte Trauer. Ihre Locken wirkten wie eine kümmerliche Gloriole. Ich wollte grüßen, irgendeine höfliche Floskel zurückgeben, doch die steinerne Miene bedeutete mir, dass etwas Intimes hier im Gange war. Sie hielt ihr Gesicht länger in meine Richtung gewandt, trat dann ans Fenster und rief mir zu:

»Welches Büro suchen Sie überhaupt?«

Ich starrte sie stumm an. Ihren zusammengekniffenen Mund, die blasse, kalte Haut. Als sie merkte, dass ich nicht antworten würde, riss sie eine Gardine vors Fenster und ich stand allein im schattigen Hof. Ich blickte an der Hauswand hinauf, die Fenster mit ihren teils geöffneten, meist angelehnten Fensterläden glichen sich auf eine bedrückende Art. Das dort drüben war Tatjanas Wohnung, dachte ich jetzt, oder war es doch das Fenster im zweiten Stock? Das dort drüben konnte es ebenso gut sein, oder wohnte sie ganz oben, unter dem Dach, wo sich die Fenster aus meiner Perspektive zu schmalen Streifen zusammenzogen? Ich drehte mich um und sah noch mehr Fensterläden, geschlossen die meisten, angelehnt einige, offen nur zwei, und an allen schälte sich der Lack vom Holz.

Da war es wieder, das tiefe, weiche, fast schmerzhafte Balzen der Tauben. Ich wandte mich zum Baum um, doch war ich mir nicht sicher, ob es wirklich von dort kam oder nicht vielmehr durch das Fenster über mir oder dem links darunter drang. Ich meinte schemenhaft eine Frau im abgedunkelten Innern zu sehen und hörte, wie sie schwer atmete, wie sie zu stöhnen begann. Ich trat einen Schritt vor und noch einen, meine Brust berührte beinah das Fenstersims. Vor das Fenster war eine dünne, gazeartige Gardine gezogen, durch die hindurch ich einen altertümlichen Schrank erkennen konnte, einen Nachtkasten, einen Stich von Savonarola an der Wand und auf dem Bett die Frau, deren nacktes Becken sich in die Höhe drängte. Ihr Körper verzog das Laken und ihre Hände griffen nach der Decke, mehr um sich daran festzuhalten, als um sich damit zu bedecken, und der Mann – ich sah den Mann nicht, aber er musste da sein, ich sah seine Stöße in den Bewegungen der Frau. Ihr Mund öffnete sich, sie legte ihren Kopf im Kissen zurück, ihre Lippen waren zu voll, was mir an Frauen nie gefallen hatte, es war vulgär. Er stieß in bereits schnellem Takt ihren Körper auf der Matratze vor, sie riss ihre Augen auf, erstaunt oder erschrocken, ihr Bauch bebte, der Mann sank vermutlich auf sie, ich sah ihn noch immer nicht, starrte auf die Frau und überlegte, ob sie Tatjana ähnelte, aber ich wusste mit einem Mal nicht mehr, wie Tatjana aussah.

Ich wagte mich nicht zu regen, nahm nur die morschen Fensterläden um mich wahr, geöffnet, angelehnt, geschlossen, immer mehr Fensterläden, wohin ich mich auch wandte, und alle waren sie gleich, und alle waren sie marode. An meinem Bein spürte ich einen leichten Druck, ein drängendes Streicheln. Ich blickte hinab, die magere Katze rieb sich jaulend und mit zerrissenem Fell an meiner Hose. Mit einem Tritt scheuchte ich sie fort und rannte zurück auf die Straße.

Das jahrezehntealte Schild ließ ich hinter mir, ging vorbei an den Wohnblöcken mit verrosteten Blumenkästen, Satellitenschüsseln und Ruß an den Klinkersteinen, auf eine blasse Neubaukirche zu. Ein Kioskbesitzer kurbelte an seiner Markise. Aus einem Supermarkt wurde ein Stapel ausgenutzter Pappkartons geschoben. Nichts anderes als die Normalität von Brotpreisen und Einkaufswägen wollte ich jetzt und schob mich hinter einer Schülergruppe in den Laden hinein.

Vor dem Kühlregal voller Joghurtbecher und Milchtüten kam ich zur Ruhe. Die Kälte war wie eine sanfte Betäubung. Da sah ich eine Frau, die den gleichen lockigen Kopf hatte wie Tatjana. Im Nacken war ihre Frisur hoch geschnitten, was die Locken noch lebendiger um ihren Kopf wippen ließ. Vor der Brottheke blieb sie stehen, ich näherte mich ihr in meiner durchkühlten Kleidung, zog eine Wartemarke und hoffte, dass ihre Nummer noch lange nicht aufgerufen würde. Vielleicht blickte ich ihr zu heftig in den Nacken, denn sie drehte sich um und stieß gegen das Körbchen mit den verbrauchten Marken, die aufstoben und als numerierter Pollenflug über den Boden segelten. Ihr Gesicht war streng und mindestens hundert Jahre alt.

**XXVIII INSELN** Diese Wände sind ab jetzt der Alltag. Zwei mal vier Meter, wäre man großzügig beim Vermessen. Ein Tisch steht hier. Da ein Bett. Ein Schrank für die Kleider und für die Motten. Ein Fenster. Der Versuch eines Fensters. Ob das Licht aus einem Keller heraufdringt oder aus einem Aquarium, kann Gramsci nicht sagen, schal ist es, wie vor Jahren erloschen.

Auf der Gefängnisinsel Ustica, seiner ersten Station, hat er Sonnenuntergänge gesehen, die mit nichts vergleichbar waren, und Regenbögen, einzig in ihrer Art. Die Natur dort war mild und abgelegen, ein kleiner Splitter von Sizilien, der ins Meer gespült wurde, ein wenig Vulkangestein. Die Überfahrt war dreimal verschoben worden, weil die See zu sehr gewütet hatte. Sie mussten im Gefängnis von Palermo ausharren, es zerrte an ihren Nerven, Molinelli wurde in der Nacht ohnmächtig. Am 7. Dezember sind sie endlich angekommen, um für vierundvierzig Tage zu bleiben und sich wie Robinson zu fühlen. Robinsons und Freitage, die einen kommunistischen Inselstaat gründen, Kartoffeln schälen, Salat putzen und tagsüber freien Ausgang haben. In der Hütte mit Bordiga, Ventura, Sbaraglini, Conca und einem Freund aus den Abruzzen. Ventura, mit dem er sich eine Schlafkammer teilt, schreckt schreiend auf mitten in der Nacht, zuckt, schlägt um sich. Gramsci blinzelt im dunklen Raum umher, sieht Conca, der das andere Bett belegt, dort wach in die Kissen gestützt sitzt, Zigarre raucht und seufzt. Morgens schleppt sich Gramsci über den Flur, der Gang eines Mannes, der noch keinen Kaffee getrunken hat, wie Bordiga meint. Erst nach dem Kaffee beginnt das Leben oder das, was man ihnen an seiner statt zugeordnet hat.

Es ist so schlecht nicht: Sie kochen füreinander, jeden Tag um zwölf. Nachmittags sitzen sie in der noch warmen Novembersonne, werfen Spielkarten auf einen aufgeheizten Baumstumpf und werden braun, während es in Moskau bereits tiefer Winter ist, die Straßen gefroren, die Wimpern weiß vom Frost. Einmal die Woche kommt das Postschiff.

»Ich glaube, jeden Moment zerbrechen zu müssen«, schreibt Gramsci von seiner Überfahrt nach Mailand an Julia. Am 20. Januar hat man ihn herausgerissen aus seinem Haftidyll. Eingesperrt in einen Waggon, fährt er durchs winterkalte Norditalien. Er zittert wie im Fieber, klappert mit den Zähnen, so laut, dass er von seinem eigenen Lärm wach gehalten wird. Er ist sicher, die Reise nicht zu überstehen, das Herz wird ihm bei der Kälte einfrieren. Er schläft im Transit, es ist das dunkelste Loch zwischen dunklen Löchern, eine Zelle für durchreisende Gefangene. Wer Pech hat, bleibt bis zu einer Woche dort inhaftiert. Gramsci liegt mit angezogenen Beinen auf dem Strohsack, in dem er das Ungeziefer rascheln hört, er reibt sich über seine Handgelenke, die von den kalten und schweren Handschellen blau angelaufen sind. Tags, beim Hofgang, lernt er einen Lebenslänglichen kennen, der Nietzsche zitiert. Er lacht und ist heiter, obwohl er seit zweiundzwanzig Jahren in Haft sitzt, und Gramsci hofft, dass er sich daran festhalten kann die ersten Tage, Wochen, Monate im neuen Gefängnis, das jetzt sein neues Zuhause ist. Der Lebenslängliche triumphiert ausgelassen über die Regeln des Zuchthauses. So muss man es machen, denkt Gramsci und klemmt sich die Beine zwischen seine Arme, hält sie fest, sehr fest, damit bloß nichts von ihm im Schlaf den Boden berührt.

Ein paar Tage später erreicht Gramsci Ancona. Er vermeidet es, sein Gesicht in den selten sich bietenden Glas- oder gar Spiegelscheiben anzusehen. Es wird grau sein, mit geröteten Augen, umgeben von tiefblauen Schatten. Im Meldebüro des Gefängnisses von Ancona sitzt ein gereizter Jüngling in Uniform, der an allem etwas auszusetzen hat. »Reden Sie deutlicher!« – »Können Sie nicht gerade stehen!« – »Schreien Sie nicht so, das hier ist kein *casino*, hier benimmt man sich anständig!« – »Was haben Sie zu grinsen, das hier ist kein Laufhaus, das hier ist eine Verwaltung!« – »Sehen Sie mich gefälligst an, wenn ich mit Ihnen rede!« Der Mann vorne in der Schlange wendet sich ab, ihre Blicke treffen sich. Das Gesicht ist verschlossen, sein Blick bohrend und doch leblos. Da erkennt Nino ihn: der Lebenslängliche. Wie ein Knochen, aus dem alles Mark herausgekocht ist, sieht er jetzt aus. Ein paar Tage im Transit haben sogar ihn vollständig zerstört. Gramscis natürliche gebräunte Hautfarbe wird nicht mehr zurückkommen, das ist ein erstes, wovon er sich verabschiedet, als er aus dem Transit entlassen wird in sein neues Zuhause, der Zelle, die ihm nur kaltes Licht zugesteht und auch davon nicht viel. Man darf den Dingen nicht nachtrauern, man muss sich von dem Unnötigen lösen und das Notwendige in sich bewahren, gegen das ganze Gefängnismilieu mit seinen Werten, Routinen, Entbehrungen und Notwendigkeiten, kleinsten Dingen, die mechanisch tage-, monate-, jahrelang aufeinanderfolgen, Sandkörnchen in einer gigantischen Sanduhr. Jedes Molekül in ihm widersetzt sich, und doch weiß er, dass auch er zusammenbrechen, dass die Kerkerhaft den Gefangenen so zerstören kann, bis er zu keinem moralischen Widerstand mehr fähig ist. Manchmal kehrt jenes Frösteln aus dem Gefängniswagen zurück, in dem er nach Mailand gebracht wurde.

Im Aquarium überlebt nur, wer lernt, unter Wasser zu atmen. Man muss sich daran gewöhnen, dass alles vorbeitreibt, jeder Eindruck gedämpft und verwischt ist. Hat man endlich gewagt, die Augen beim Tauchen zu öffnen, erkennt man, dass es so einsam nicht ist hier unten. Eine Fliege fliegt ihren Zickzackkurs über dem Bett. Eine Schnecke sondert ihren Schleim ab und hinterlässt eine silbrige Spur auf dem Gemäuer. Ameisen haben Kolonien nahe der Tür gegründet. Solange man selbst nicht zur Ameise wird, ist es ein interessanter Zeitvertreib, ihnen auf ihren Wegen zuzuschauen, wie sie der unsichtbaren vorgeschriebenen Linie folgen, an winzigen Körnern schleppen, die doch zu groß wirken für ihre kleinen Körper, und Gramsci muss daran denken, wie er mit elf Jahren im Katasteramt von Ghilarza Registerbücher herumtrug, die schwerer waren als er selbst, acht, neun Stunden am Tag und auch noch am Sonntagmorgen für neun Lire im Monat, die kaum etwas waren, und doch notwendig, weil das Einkommen des Vaters seit seiner Verhaftung ausblieb und seine Mutter sich nicht traute, um Hilfe zu bitten, sie wollte keine Bettlerin sein und die Schmach nicht eingestehen, nicht vor den anderen und schon gar nicht vor sich selbst. Neun Lire im Monat, das waren zwei Pfund Brot am Tag. Bis in die Nacht stopft seine Mutter Peppina noch die dünngescheuerten Socken, und die Kinder wagen nicht, irgendetwas zu wollen, weil jedes Bedürfnis das angestrengt errichtete Gleichgewicht zerstört, wir kommen schon zurecht.

Sein Bruder Mario stiehlt die Katzen der Nachbarn und lässt sie sich beim Bäcker braten. Peppina steckt ihn in die Kleidung seiner Schwestern, damit er nicht mehr aus dem Haus rennt, das sich einstöckig im Zentrum Ghilarzas duckt, die Wände aus erröteten Lavasteinen, als schäme sich sogar das Gemäuer für die Familie, die es umschließt. Und Gramsci denkt daran, wie er selbst ausgebrochen ist, um im Mondschein die Hasen tanzen zu sehen und einen Fuchs vergeblich mit Steinen zu vertreiben, erst als in der Ferne ein Schuss abgefeuert wird, verschwindet das Tier als orangefarbener Blitz über die Mauer. Er denkt daran, wie er auf den überhängenden Felsen sitzt und über die Felder schaut, endlose Felder, die nicht einmal gedacht in diese Zelle passen, wie er auf den Wiesen Frösche und Igel fängt, er duckt sich mit einem Freund ins Gebüsch und wartet, bis eine ganze Igelfamilie aus ihrem Versteck in den Mondschein tritt, Igel, Igelin, drei Igelchen, sie können so viele Äpfel auf ihren Rücken spießen, dass sie darunter kaum mehr zu erkennen sind. Sein Freund und er springen hervor und treiben sie in einen Sack, in dem es nun wackelt und quiekt. Sie tragen sie zu Gramsci nach Hause, wo er sie ein paar Monate lang im Hof hält. Sie jagen Schaben und Käfer und lassen sich von Gramsci mit Salat füttern. Er untersucht ihre Bäuche und Schnauzen und versucht jetzt, auf seinem Gefängnisbett liegend, sich jeden einzelnen Stachel in Erinnerung zu rufen. Es gelingt ihm nicht, und er muss an den Tag denken, da er in den Hof trat und sie nicht mehr vorfand, alle Ecken absuchte, mit Salat lockte, pfiff, stampfte, mit einem Ast sogar den sandigen Boden aufwirbelte, als hätten sie sich, ohne eine Spur zu hinterlassen, vergraben.

»Bestimmt hat sie jemand mitgenommen«, sagt seine Schwester. »Und hat sie gegessen.«

Vielleicht ist es Mario gewesen, der sie zum Bäcker gebracht hat, und verübeln können sie es ihm nicht, auch ihnen war oft schwindelig vor Hunger. Gramsci denkt an das Lachen seiner Schwester, das die Melancholie in ihrem Blick vergessen macht, er denkt an seinen Bruder Mario, dem die Mutter die Füße mit Schuhcreme schwarz anmalt, wenn ihn nicht einmal mehr die Mädchenkleidung am Davonrennen hindert. Er denkt an den Geruch der Salinen. Er denkt an Julias schmalen Hals, an das kleine Muttermal auf ihrem linken Schulterblatt. Er denkt daran, wie sie vor ihm sitzt, und er küsst ihren Rücken, diesen leicht nach vorne gekrümmten, zu mageren Rücken, in dem die Wirbel sich abzeichnen, die Rippen, fünfzig Kilo wiegt sie, zehn Kilo sollte sie zunehmen, mindestens, er möchte sie ermahnen und streicht doch nur das Wirbelgebirge hinunter, der Flaum richtet sich auf, alles an ihr ist für sich lebendig. Er rückt fester an sie heran, umklammert sie mit seinen Armen, seine Finger zupfen an ihren Brüsten, sie legt ihren Kopf zurück, atmet unterdrückt und heftig, während vor der Tür Eugenia auf und ab schleicht, und er sieht jede einzelne von Julias Wimpern, als ihre Lider plötzlich flattern, und er sieht sie und er zählt sie und sieht das schwache Blau dazwischen, liest alles an ihr, als wäre sie ein philologisches Problem, das er näher an sich heranholt, indem er es zergliedert.

»Ich stelle mir vor, dass du lächelst«, schreibt er an Julia, »und das macht mich glücklich.« Jeden zweiten Montag hat er eine halbe Stunde Zeit, um Briefe zu schreiben, nicht mehr als zwei und ausschließlich an Verwandte, was Nachrichten an Piero Sraffa und jeden seiner Parteigenossen verbietet. An Julia zumindest darf er schreiben, an sie zuallererst. Auch an Tagen, an denen er in trübseliger Gleichgültigkeit feststeckt, schreibt er an sie, kein Tag darf verlorengehen, keine dieser kostbaren halben Stunden. Oft kann er nicht noch einmal korrigieren, was er geschrieben hat, weil die Zeit nicht ausreicht. Eine halbe Stunde lang. Alle zwei Wochen.

Sonst gibt es nichts, was noch für ihn Bedeutung hätte. Täglich fünf Zeitungen liest er, Trotzki soll aus der Partei ausgeschlossen worden, Stalin Alleinherrscher in Russland geworden sein, doch er weiß nicht, welchen Zeitungen er trauen kann, weiß noch weniger, welche Informationen man ihm vorenthält wie einem entmündigten Kind. Und was sind ihm die Nachrichten schon wert, jetzt, da er sich nicht mehr in die Politik einmischen wird? Keine Zeile zur Politik schreibt er in seinen Briefen, es könnte ihn, es könnte, was schlimmer wäre, die Empfängerinnen gefährden, Julia und Tanja. Er will nur noch etwas »für ewig« schaffen, notiert er an seine Schwägerin. Das ist die einzige mögliche Antwort auf die Zensur.

Zu den Zeitungen kommen noch einige Zeitschriften hinzu und pro Monat etwa dreißig Bücher aus der Gefängnisbibliothek, eine zufällige und teils krude Auswahl: Von Wilhelm Buschs *Max und Moritz* bis zu einem Ritterroman, in dem Sizilien an der Polargegend liegt. Er studiert Russisch und Deutsch, übersetzt Grimms Märchen und lernt Dostojewkis *Jungfer Bäuerin* auswendig. Anders, als er es angenommen hat, lernt es sich schlecht im Gefängnis. Er ist übermüdet, jede Nacht rumpeln ihn die Gefängniswachen aus dem Schlaf. Er weiß nicht, ob es Absicht ist oder Nachlässigkeit, ob sie eine Freude daran haben, ihn zu quälen, oder ob es ihnen gleichgültig ist, und was wäre schlimmer? Er will wütend aufstehen, spürt, dass er zu schwach dafür ist. Er schließt die Augen. Julia. Immer wieder Julia. Ein Faden, der ihn in der Welt hält. Dabei kann er sich ihr Lachen jetzt nur noch mit großen Schwierigkeiten vorstellen.

»Du bist mein Japan«, schreibt er ihr. Ein Ort, von dem er sich kein Bild machen kann, und wenn das Verständnis für diese so wichtige, so ferne Insel ihm fehlt, wenn er sie nicht sinnlich wahrnehmen kann, dann weiß er absolut nichts. Gar nichts. Und auch sein eigenes Leben begreift er nicht mehr. Im Fenster ist mittlerweile November, ein Ausschnitt von November.

Julias Briefe erreichen ihn selten, und er ist sich nicht sicher, ob einige verlorengehen auf dem Weg durch die doppelte Zensur, vielleicht die dreifache, rechnete man Eugenia noch hinzu. Dann die sowjetischen Behörden, dann die italienischen, ein Wunder überhaupt, dass jemals etwas ankommt von dort nach hier.

Eines Morgens wird Gramsci ins Büro des Gefängnisdirektors gerufen. »Nun mach schon«, herrscht der Wärter ihn an, der ihn aus der Zelle holt, ein kurzes Entkommen aus der gespenstischen Monotonie, doch je weiter sie den Flur hinabgehen, desto beklommener fühlt er sich. Er weiß nicht, wie weit sie hier bei den Verhören gehen. Er weiß nur, dass er nichts sagen wird. Dass er jetzt sicher sein muss, nichts sagen zu können.

»Was bedeutet Kitai?«, fragt ihn der Direktor, dessen fulminante Körpermaße im Schreibtischstuhl gefährlich nach vorne wanken.

China, denkt Gramsci und schweigt. Es ist so einfach, er hätte es in einem Wörterbuch nachschlagen können.

»Und was hat das mit Österreich zu tun?«, setzt der Direktor nach und kneift seine Äuglein zusammen.

Gramsci zögert. Er kann nur raten, nein, nicht einmal raten kann er, wie dieser Brief Österreich an China rückt und was er jetzt sagen darf und was nicht. Er spielt Blindenschach gegen diesen Mann, von dem er kaum etwas weiß, und vom Inhalt des Briefes kennt er nur die Worte, die dieser Mann ihm zuwirft, nicht die Zusammenhänge.

»Und wer sind die Menschen, die ihre Karren von Hunden ziehen lassen?«, blafft der Direktor.

Gramsci kämpft allein gegen drei Gegner, gegen den Direktor, einen Lückentext und eine offene Zensur, er weiß, dass es unmöglich ist zu gewinnen, er sollte sich zurückziehen und diesen Brief verlorengeben, aber ein Stück von Julia verlorenzugeben, das ist noch unmöglicher. Er muss das wenige, was dort liegt, die einhundert, zweihundert Wörter bekommen, wenigstens lesen, wenn er sie schon nicht mit sich nehmen darf. Er muss sich konzentrieren, er kennt zwar die Zusammenhänge nicht, aber er weiß doch, wovon sie ihm für gewöhnlich berichtet. Von ihren Krankheiten, die weder mit China noch mit Österreich, nun ja, vielleicht mit Österreich zu tun haben, aber gewiss nicht mit Hunden und Karren. Von ihrer Arbeit, die weshalb auch immer mit Karren zu tun haben könnte, aber ganz gewiss die beiden Länder unerwähnt ließe, von der Familie, die in ihrer eleganten Stadtwohnung nichts mit Karren zu tun hat. Aber von ihren Söhnen berichtet sie ihm ganz gewiss.

»Haben Sie eigentlich eine Frau?«, fragt Gramsci. »Und da verstehen Sie nicht, wie eine Mutter schreibt, wenn sie dem Vater über das Kind berichten will?«

Der Direktor wirkt mit einem Mal verlegen, all diese neunzig Kilogramm Übermacht wiegen es nicht mehr auf. Er hat keine Kinder, aber eine Frau, und eigentlich haben sie sich auch einmal Kinder gewünscht, nein, er weiß nicht, wie eine Mutter schreibt, aber er würde es sich gerne vorstellen können, und dass er sich so getäuscht haben kann, ein Kinderspiel für eine Chiffrierung hielt, dass er selbst so wenig noch zwischen Wirklichkeit und Tarnung unterscheiden kann, macht ihn betroffen, er weiß nichts zu entgegnen, reicht Gramsci nur den Brief, und selbst wenn er gerade auf einen Trick dieses Gefangenen hereinfällt, so ist es ihm lieber, als diesen Moment länger auszuhalten.

Gramsci lächelt höflich und verlässt mit einer jungenhaften Verbeugung das Büro. Auf dem Flur muss er sich beherrschen, um nicht zu rennen oder gar zu springen. Auch wenn die Zensur am Ende immer recht hat, diesmal hat er ihr eins ausgewischt. In seiner Zelle endlich liest er, wie Delio auf dem Bett liegt, rechts Österreich, links China, die Krim an seinen Beinen, und an seinem Kopf lassen die Menschen ihre Karren mit Hunden ziehen. Schlittenhunden. Erste Lektionen in Geografie.

## XXIX TAUBEN

»Ach, Tonio, wie schön, Sie zu sehen!« Ich starrte sie an, diesen Spuk in Rosinenhaut und Plüschpantoffeln. Brevis Haushälterin stand dicht vor mir, ihr Abendkleid hatte sie mit einigen Pailletten aufgehübscht, die über ihre Brust irrlichterten und mir einen leichten Schwindel verursachten. Ihre Haare waren versteckt unter einer Haube aus blauem Plastik, und hinter ihrem linken Ohr, wo sich der Schutz ein wenig verschoben hatte, konnte ich einen Lockenwickler sehen, der eine spinnwebdünne Strähne um sich hielt.

»Mögen Sie nicht mit uns zu Mittag essen?«

Ich suchte noch nach einer Ausflucht, da glitt ihre faltige, fleischlose Hand in meine, und sie zog mich den Flur hinab.

»Tonio isst heute mit uns«, verkündete Gabriella und schob mich ins Esszimmer. Die Fenster zeigten zur Gartenseite des Hauses, die ich bislang nur hinter den grauen Außenmauern vermutet hatte. Jetzt sah ich in die grüne, beinahe parkähnliche Anlage, aus der sich eine Truppe weißer Gestalten erhob, Sandsteinadel, Damen mit aufgesteckten Haaren, Herrscher in antiquiertem Büstenkostüm, dazwischen ein Wasserbecken, alles angeschlagen, verwittert und grau. Drei Stufen führten in die Beletage.

»Alles geht den Bach runter«, sagte Brevi und lächelte müde. »Aber nehmen Sie doch, nehmen Sie«, forderte er mich auf und Gabriella schöpfte Linsen aus einem Topf, die sie auf meinen bereits überfüllten Teller lud. Um Brevis Glas war ein Kreis aus bunten Pillen gelegt.

»Herz«, zählte er auf. »Leber. Nieren. Und diese hier, wofür ist die?«

»Cholesterin.«

»Wo liegt das?«

»In den Arterien, Pippo.«

»Hauptsache, sie finden ihren Weg. Was macht Gramsci, Tonio?«

»Seid ihr immer noch bei dem!«, rief Gabriella. »Die Kommunisten werden wir hier nie los«, jammerte sie. »Selbst in Russland sind sie verschwunden, und bei uns saßen sie noch bis gestern im Präsidentenamt. Weißt du, Tonio, manchmal denke ich, dass diese Stadt schon von zu vielen Wahnsinnigen regiert worden ist, die Leute haben sich einfach daran gewöhnt.«

»Napolitano ist nicht wahnsinnig, Cara«, mischte sich Pippo ein, »und auch nicht mehr bei den Kommunisten.«

»Ach«, fauchte Gabriella ihn an. »Eintausend verhinderte Abgeordnete, und dieser Präsident regiert das Land im Alleingang. Seit wann ist das demokratisch?«

»Demokratisch!«, rief Pippo und wippte auf seinem Stuhl. »Ein wunderbares Mittel, um all jene, denen Politik gleichgültig ist, in jedem vierten Jahr um vierzig Euro reicher zu machen. Für die Blutspende bekommen sie das Gleiche wie für ihre Stimme auf dem Wahlzettel. Aber ihr müsst bedenken, wie viel länger der Körper braucht, um sich davon zu erholen. Nach den Wahlen habe ich geschlafen wie ein Säugling.«

»Du hast vor Wut über das Ergebnis zu viel getrunken, deswegen hast du geschlafen.«

»Das ist doch nicht wahr!«, stritt Pippo ab.

Gabriellas Brust hob und senkte sich, die Pailletten blitzten auf. Als sie den Kopf schüttelte, kamen ihre Haare wie eine weiße Schaumkrone unter der Haube zum Vorschein.

»Aber nimm doch, nimm doch, Anton«, sagte sie, und schon eilte sie in die Küche, um den Braten aus dem Ofen zu holen.

Brevi lehnte sich vor und flüsterte mir zu: »Sie dürfen mich nicht falsch verstehen. Ich halte nichts vom Wahlbetrug, so wenig wie von diesen kleinen Pillen, die ich täglich, was sage ich, stündlich nehmen muss.« Er ließ die bunten Kapseln über die Tischdecke rollen und fing sie in seinem Handteller auf. »Was soll ich machen, ich halte nichts von ihnen, und trotzdem wäre ich ohne sie längst tot.«

Er legte sich eine Pille in den Mund und nahm einen Schluck Wasser. »Oh, und denken Sie nicht, Skrupel sei für mich ein leeres Wort. Sehen Sie, Sie können eine demokratische Wahl mit verschiedenen Mitteln gewinnen, und wenn Sie mich fragen, ist mittlerweile keine davon mehr redlich. Vielleicht haben wir das von Anfang an nicht hinbekommen.« Er steckte sich eine zweite Pille zwischen die Lippen, wiegte den Kopf und nippte am Glas. Eine Weile betrachtete er die irisierenden Streifen, die der Kristallschliff auf die Tischdecke warf, und versuchte sie mit den Fingern zu verschieben. »Es ist eine so schöne Idee gewesen, ein demokratisches Europa«, sagte er. »Aber Ideen erstarren, wenn wir sie in die Wirklichkeit holen. Dann stehen sie nur noch da, die Autos fahren einen Bogen um sie, und Taubendreck läuft ihnen von der Schulter.«

Er nickte vor sich hin und blickte gedankenverloren aus dem Fenster. Eine Weile saßen wir stumm nebeneinander, betrachteten die gemarterten Sandsteinköpfe im Garten, und ich wäre beinahe eingenickt, so friedlich und still war es.

»Hast du die Temperatur im Backofen verstellt, Pippo?«, rief Gabriella aus der Küche.

»Warum sollte ich?«, murmelte er und sah sich nun wieder zu mir um. »Haben Sie Tanjas Wohnhaus aufgesucht?«

»Ich war ...«, begann ich und brach ab. Eine magere Katze huschte durch den Hinterhof, Tauben gurrten in der Palme.

»Ich war in der Nähe.«

»In der Nähe? Was wollen Sie damit sagen?«

Ich stocherte in den Linsen, Gabriella rumorte in der Küche.

»Waren Sie eigentlich schon einmal in Moskau, Anton?«, fragte Brevi und ließ die Pillen vor seinem Teller auf und ab rollen.

»Nein«, gab ich zu. »Aber ich wollte.«

»Sie wollten!«

»Mein Antrag wurde von der Förderstelle abgelehnt.«

»Wie wollen Sie Gramsci verstehen, wenn Sie noch nie in Moskau waren?«

»Aber das heutige Moskau hat doch nichts mehr mit seinem zu tun.«

»Das heutige Moskau mag mit dem Moskau Gramscis wenig zu tun haben, aber jede andere Stadt hat noch weniger damit zu tun. Wir müssen uns mit dem zufriedengeben, was wir bekommen. Waren Sie auf Sardinien? Sind Sie durch die Straßen von Sorgono gegangen und haben einen Gottesdienst in Ghilarza besucht?«

»Ich war in Cagliari. Es hat vier Tage geregnet. Dann habe ich die Fähre zurück genommen.«

»Und Sorgono?«

»Ich wollte.«

»Sie wollten!«

»Ich habe zwei Stunden vor dem verschlossenen Bus gewartet, aber der Fahrer ist nicht erschienen.«

»Von einem säumigen Busfahrer lassen Sie sich abhalten? Wenn es fünfzig Fahrer gewesen wären oder hundert, ein Generalstreik der sardischen Busbetriebe. Aber einer, Anton. Einer!«

Das römische Licht war zu viel für mich, grell, gleißend, unerträglich klar. Ich war hinunter in die Altstadt gefahren und lief nun ziellos durch die kleinen Gässchen. Überall blickten Heilige auf mich herab, die seit Jahrhunderten in den Fassaden feststeckten, nicht einmal die Hitze vertrieb sie, und ich spürte eine dumpfe Wut gegen all die Relikte, die diese Stadt in sich trug. Die eine Kirche stand auf der anderen, stieg man in die Sakristei hinab, fand man die Rudimente aus einer noch weiter zurückliegenden Epoche, nie war ein Schlussstrich gezogen worden, nicht im ersten, nicht im zwölften, nicht im zwanzigsten Jahrhundert, nie hatte man sich von irgendetwas lösen können, weil man alles mit Bedeutung auflud, weil dies hier Rom war, Stadt aller Städte, und nicht Bottrop, Brandenburg oder Lazio.

Am Rand einer Piazza waren die Tische der Touristenlokale unter Sonnenschirmen und Markisen geschützt, Kellner charmierten mit aufgeschlagener Speisekarte auf die vorbeieilenden Passanten zu, lächelten über die überteuerten Preise hinweg, und hinter den Glaszäunen aßen Familien verkochte Pasta, lustlose Sahnesoße, ein Junge in Lasses Alter maulte, seine Cola sei nicht kalt genug, die Mutter verdrehte die Augen, der Vater wandte sich ab, und ich war mir nicht sicher, ob sie mir leid taten oder ob ich sie doch, zumindest in diesem Moment, beneidete.

Ohne zu wissen, wohin ich wollte, bog ich in eine Gasse ab, an einer Straßenecke spielte ein verwachsenes Männlein Geige, vor einer Bäckerei stritt sich ein junges Paar. Ich passierte die alte Synagoge und stieß auf den Lungotevere. Vor mir hockte die Tiberinsel wie eine prähistorische Amphibie im Wasser, einstige Krankeninsel, auf der die Aussätzigen weggeschlossen waren und die Verrückten und die Traurigen, damit sie nicht die ganze Stadt ansteckten.

Ich folgte dem Fluss mit seinem grün schillernden Wasser,

den Platanen am Ufer, die den Gehweg mit ihrem zitternden Schatten maserten. Zwei Nonnen warteten an einer Busstation, ein Clochard schlief auf einer Bank, und eigentlich wünschte auch ich mir, nur noch zu schlafen, in meinem Göttinger Bett mit verstellbarem Lattenrost und neuwertiger Matratze, ich wollte schlafen, bis sich alles um mich her wieder geordnet hatte, zurückgekehrt war in die vorhersehbare Gleichmäßigkeit unserer ersten Jahre, als es nur Hedda und mich gab und die Sicherheit einer künftigen Professur, als die Irritationen, die mal Teresa, mal Laura, mal Verena hießen, keine Abgründe aufrissen und Hedda mir meine Fehler noch verzieh.

Wieder sah ich Tatjanas Hof vor mir, das Gesicht der Alten am Fenster, und hinter ihrem Rücken saß der sterbensblasse Mann mit dem aufgetürmten Haar und der kreisrunden Brille. Ich schüttelte den Kopf, sicher war es nur die Brille gewesen, die mich an Gramsci erinnert hatte, aber es war ja kein Wunder, dass ich in dieser Stadt auf so wirre Gedanken kam. Nichts ging hier voran, weil alles von antiken Scherben blockiert war, die den Boden unter meinen Füßen durchsetzten, seit fünfzig Jahren versuchte man eine dritte Metrolinie zu bauen, und die Arbeiten wurden alle paar Tage unterbrochen, weil der Bagger wieder Rudimente freigelegt hatte, die uns angeblich etwas über unsere Vergangenheit erklärten, die gar nicht unsere Vergangenheit war, sondern die Vergangenheit von Menschen, die vor Jahrhunderten gelebt hatten. Man entließ diese Stadt einfach nicht in die Gegenwart, als sei es nicht möglich, etwas zu beenden und beendet zu lassen, mit etwas abzuschließen, und ich konnte nirgendwohin fliehen, ich hätte bis in die Peripherie fahren müssen, nach Ponte Mammolo oder Anagnina, um wenigstens die Hochhäuser der Sechziger zu erreichen, oder, wenn ich Glück hatte, eine Bausünde der letzten Jahre, staubig weiße Becken, die einmal, wäre dem Bauherrn das Geld nicht ausgegangen, Wohnblocks geworden wären, und so wirkte auch das Neue, das nur aus gemauerten Umrissen der Räume bestand, niemals ein Dach besessen hatte, alles nur anskizziert war, wie die antiken Ausgrabungen am Largo Argentina.

Ein heftiger Sommerregen setzte ohne Vorwarnung ein. Menschen liefen verschreckt den Lungotevere hinunter, Schirmverkäufer tauchten aus dem Nirgendwo auf, die Touristen wichen ihnen aus, man wusste ja nie, diese Straßenhändler. In der Ferne donnerte es. Wäre Lasse jetzt bei mir, würde er seinen Kopf unter meinem Arm verstecken. Ich ging schneller und suchte unter den monomanischen Säulen einer Kirche Schutz. Busse schnaubten mit wedelnden Scheibenwischern an mir vorbei. Die Straßenhändler schrien den Vorbeieilenden hinterher, Autos hupten, Passanten brüllten in ihre Mobiltelefone, und ich wünschte mich zurück in die Stille einer mitteldeutschen Stadt, zu wortkargen Menschen und unter eine Sonne, die bereits im August blass war.

**XXX 20 JAHRE** Am 10. Februar 1928 werden in Moskau drei Briefe abgestempelt, die an Insassen des italienischen Gefängnisses San Vittore adressiert sind: an Terracini, Scoccimarro und Gramsci. Ruggero Grieco, ein führender KPler, versichert jedem der drei Häftlinge, dass die Partei ihnen immer nahe gewesen ist, auch als sie Grund hatten, es nicht zu vermuten, und stellt Hilfe aus Moskau in Aussicht.

Vielleicht, überlegt Gramsci, haben sie doch Neues vom Berliner Nuntius Pacelli gehört, vielleicht gelingt er doch, der Gefangenenaustausch, um den sich die Partei im vergangenen Jahr bemüht hat. Einige italienische Priester wollen sie aus der russischen Haft losgeben, wenn es dem Unterhändler Pacelli gelingt, mit Engelszungen bei Mussolini eine Freilassung von Gramsci und weiteren kommunistischen Gefangenen zu erwirken. Ausgerechnet von einem katholischen Geistlichen hängt sein Schicksal nun ab. Gramsci könnte darüber lachen, wenn Pacelli nur endlich einmal etwas anderes nach Moskau schickte als ein Telegramm mit der Meldung: »Keine Neuigkeiten.«

»Herr Abgeordneter Gramsci, Sie haben Freunde, die Sie für längere Zeit hinter Gittern sehen wollen«, begrüßt der Untersuchungsrichter Enrico Macis ihn und legt ihm eine Kopie von Griecos Brief auf den Tisch.

»Das wird Folgen für Sie haben«, sagt Macis und mustert Gramsci, ohne eine Miene zu verziehen. »Für den Prozess im Mai. Falls Sie sich Hoffnungen auf eine Freilassung gemacht haben: Vergessen Sie's. Wenn die Partei so fest hinter Ihnen steht, wie wir es hier lesen können, dann werden Sie sich nicht mehr herausreden können.«

»Ich weiß, was Sie mir vorwerfen können. Sie müssen mir nicht mit Schimären drohen.«

»Wir haben Sie verhaftet, Gramsci, aber Ihre Genossen sorgen dafür, dass Sie im Gefängnis bleiben. Mit diesem Brief hat die Anklage alles in der Hand, was sie braucht, um Sie für viele Jahre aus dem Verkehr zu ziehen.«

Als der Prozess drei Monate später beginnt, ist es Frühsommer und die schönste Jahreszeit in Rom, die Hitze ist noch nicht drückend, die Blüten sind noch nicht in der Sonne übergequollen und herabgefallen, die Pilgerströme haben seit Christi Himmelfahrt nachgelassen und werden erst zu Pfingsten wieder stärker werden. Die Möwen sind wieder da, Gramscis ferne Begleiter in der Isolationshaft von Regina Coeli, anderthalb Jahre ist das her, jetzt segeln sie über dem Justizpalast. Wie alt wird eine Möwe?, überlegt er. Wie weit ziehen sie in anderthalb Jahren? Ist es möglich, dass es noch dieselben sind?

Vor Gramsci sitzen sechs schwitzende Richter hinter sehr viel edlem Holz, aufgereiht, als warteten sie auf eine Fütterung. Sie tragen Militäruniformen anstelle der Roben, und der Präsident des Richterkollegiums, General Alessandro Saporiti, starrt beharrlich auf die Angeklagten. Zweiundzwanzig Kommunisten werden vor Gericht gestellt, ohne Handschellen, aber unter militärischer Bewachung, vor das Sondergericht zum Schutz des Staates, das es seit November 1926 gibt, jenem Monat, in dem Italien endgültig in die Diktatur gekippt ist. Ein Reporter des *Manchester Guardian* sitzt im Zuschauerraum, auch der *Petit Parisien* und der *TASS* durften je einen Korrespondenten schicken.

Die offizielle Anklage lautet: Vorbereitung eines Bürgerkriegs, Schaffung eines revolutionären Heeres, Verschwörung, Anstiftung zum militärischen Ungehorsam, zum bewaffneten

Kampf, zum Klassenhass, zur Plünderung. Einige von Gramscis Genossen entgehen der Teilnahme am Prozess, einer wegen Krankheit, einer wegen Korruption, einer wegen Wahnsinn.

»Der ganze Staat ist doch schon von den Kommunisten unterwandert«, sagt Professor Li Causi aus und vergnügt sich an seiner Lüge, die den sechs Richtern ein kurzes, ängstliches Augenzucken verursacht.

»Herr Ferrari, bei Ihnen ist eine Vorstrafe aktenkundig. Ein Streik in Modena im Jahr 1913«, erklärt General Saporiti und versucht mit seinen Perlhuhnaugen einen strengen Blick.

»Tatsache ist, Herr Vorsitzender«, antwortet Ferrari gelassen, »dass mir das Ereignis das höchste Lob eingebracht hat vom damaligen Direktor des *Avanti!*, von Herrn Benito Mussolini.«

Unterdrücktes Lachen im Zuschauerraum, einer der fünf Beisitzer knöpft an seiner Jacke, um etwas frische Luft an seinen glühenden Körper zu lassen.

»Ihnen werden konspirative Handlungen vorgeworfen«, erklärt der General nun Gramsci. »Anstiftungen zum Bürgerkrieg und Aufwiegelungen zum Klassenhass. Was haben Sie zu Ihrer Entlastung zu sagen?«

»Ich verweise auf die Erklärung, die ich der Polizei gegeben habe. Für die Tatsache, dass ich Kommunist bin, übernehme ich im Übrigen die volle Verantwortung.«

»In den beschlagnahmten Schriften ist von Krieg und Machtergreifung seitens des Proletariats die Rede. Was sollen diese Schriften aussagen?«

»Ich denke, Herr General, dass alle Militärdiktaturen früher oder später in einen Krieg verwickelt werden.«

»Einspruch, Euer Ehren«, unterbricht ihn der Staatsanwalt.

»Ihr stürzt Italien in die Katastrophe«, ruft Gramsci gereizt, »und dann liegt es an uns Kommunisten, das Land zu retten.«

Das Schlusswort für die Angeklagten spricht Terracini. »Wenn später jemand lesen wird, welche ungeheuerlichen Urteile über uns verhängt worden sind«, ruft er und fährt sich durch das schüttere Haar, »dann muss er zu der Überzeugung kommen, dass dieser Prozess und die Urteile selbst ein Stück Bürgerkrieg und ein gewaltiger Akt der Aufhetzung und des Klassenhasses sind.«

Der Staatsanwalt erhebt sich empört, der Vorsitzende versucht, Terracini zu unterbrechen, aber Terracini beugt sich vor und redet mit lauter Stimme weiter.

»Aber das darf man nicht sagen, nicht wahr? Herr Vorsitzender, diese Verhandlung war die denkbar würdigste und treffendste Art, den 80. Jahrestag der Verfassung zu begehen, den Sie gestern in den Straßen Roms mit Böllerschüssen gefeiert haben.«

»Herr Angeklagter, ich entziehe Ihnen hiermit das Wort!«

Als sich das Gericht zur Beratung zurückzieht, ist es still zwischen den Angeklagten, sie wechseln nur Blicke. Sie warten auf nichts mehr. Alles, was jetzt folgt, wird mit Gewissheit eine Katastrophe sein. Während das Urteil verlesen wird, kommt Gramsci der Saal immer kälter vor. Er blickt auf die schwarzbehelmten Soldaten mit ihren aufgepflanzten Bajonetten. »Wir müssen verhindern, dass dieses Hirn in den nächsten zwanzig Jahren funktioniert«, hat der Ankläger Michele Isgrò über ihn geurteilt. Er hört, wie Terracini zu 22 Jahren, neun Monaten und fünf Tagen verurteilt wird, und dann sein eigenes Urteil: Antonio Gramsci bekommt 20 Jahre, vier Monate und fünf Tage Gefängnishaft. Jedem Anwesenden im Saal ist klar, dass er diese Haftzeit nicht überleben wird.

**XXXI MENSCHEN UND ENGEL** Dass ich seit zwei Jahren keinen Ehering mehr trug, war eher ein Umstand als eine Entscheidung. Ich hatte es nicht mit großer Geste geplant, es war mir unterlaufen, ich hatte ihn irgendwann vergessen, wie man einen Regenschirm vergisst, wenn ich auch zugeben musste, häufiger Regenschirme als Eheringe vergessen zu haben, doch auch das passierte. Es war mir passiert.

Ich vergaß den Ring an einem Abend nach dem Händewaschen oder nach einer Feier, bei der ich ihn in die Jackettasche hatte fallen lassen, wegen der Frau mit dem blassen Teint am Nebentisch, oder ich ließ ihn auf dem Nachttisch in einem Hotel zurück, weil ich nicht mit meinem Ehering an der Hand eine andere Frau befriedigen wollte, was Unsinn war, da ich die andere Hand, also die rechte, zur Befriedigung einer Frau benutzte und im Übrigen die Hotelepisode auch nicht mir zugestoßen war, sondern einem Kollegen aus Barcelona, der es mir bei einer Tagung erzählte und sehr herzlich darüber lachte. Ich lachte nicht, und schon gar nicht herzlich.

Es ging eben nicht mehr. Hedda fiel mir lästig, sie war zu viel da und zugleich zu wenig, zog sich von Tag zu Tag mehr von mir zurück und ließ mich vollkommen allein in einer Stadt, in der ich nichts mehr zu suchen hatte und auch nichts mehr zu finden hoffte. Wir hatten einen Punkt erreicht, von dem ab wir uns nur noch Verletzendes sagen konnten. Und falls wir doch einmal etwas Nettes, etwas Versöhnliches herausbrachten, kam es beim anderen nur als missglückte Verletzung an. Es waren Wochen, vielleicht Monate, in denen wir uns mit verachtungsvollen Blicken begegneten oder wegsahen, als wäre der andere nicht da.

Und dann folgte Stille. Wir stritten nicht mehr, wir hatten das Streiten aufgegeben, und Hedda glitt wie tot von mir weg. Wir meinten verstanden zu haben, dass nichts mehr zu verlieren war, da es nichts mehr zu gewinnen gab. Ich verließ Hedda nicht, weil es eben das Einfachste, sondern vielleicht, weil es das Allerschwerste in meinem Leben war.

Wir hatten uns ja bemüht umeinander, wir hatten uns jahrelang bemüht. Wir hatten versucht, ein bürgerliches Leben aufzubauen, als wir nach Göttingen zogen, diese Wohnung mit Fischgrätparkett und einem Wohnzimmer, in dem vor dem Wintergarten das Klavier gestanden hätte, damit Hedda daran üben konnte, und wir hatten die Wohnung nicht genommen, weil sie im vierten Stock lag ohne Fahrstuhl, und wir waren sicher, dass wir bald ein Kind haben, dass alles seinen gewohnten Gang nehmen würde und eine Wohnung im vierten Stock zu hoch lag, um den Säuglingskorb hinaufzutragen, und auch, wenn das Kind erst später kam, wegen dem wir die Wohnung nicht genommen hatten, war es doch richtig, weil es unsere Vorstellung davon war, wie ein Leben auszusehen hatte, Hedda in weichen Wollsocken am Klavier, ich auf dem Sofa oder im Arbeitszimmer, und auch wenn sie erst Jahre später schwanger wurde, war es richtig, diese Wohnung nicht genommen zu haben, weil es ein Zugeständnis war, dass wir es miteinander versuchen wollten und unser Leben als Ganzes der Einsatz war.

Ich begegnete Hedda weiterhin jeden Morgen, ich sah sie, bevor ich ein Stück Brot im Magen, einen Kaffee getrunken hatte, ich musste sie ab und an anschauen, weil es so viel nicht gab, auf das ich stattdessen hätte sehen können, und weil wir obendrein miteinander Dinge zu regeln hatten, und wenn die Dinge geregelt waren, gab es immer noch Lasse, für den wir zusammen die Verantwortung trugen, und die Verantwortung schien, je weiter wir uns voneinander entfernten, immer größer zu werden. Wenn es sich einmal nicht vermeiden ließ und wir uns auch am Abend, nachdem sie oder ich Lasse zu Bett gebracht hatte, am Esstisch gegenübersaßen, Hedda mit ihrem Bordeaux, ich mit einer Schale Erdnüsse vor mir, und Dringliches besprachen, spürte ich, wie sie mir Lasse mehr und mehr entzog. Ich dachte daran, wie er mich manchmal mit befremdeten Blicken musterte oder von mir wegrückte, wie eine Abneigung auf meinen Sohn überging, die er nicht begriff, die keine Ursache zwischen ihm und mir hatte und die er dennoch annahm, ein Kind, das eine Sprache adaptierte, für die es noch viel zu jung war.

Hedda verdiente inzwischen mehr Geld als ich, sie würde die Wohnung übernehmen, ich würde ausziehen müssen, und sie trug es wie einen Triumph vor sich her, dabei war es nur den Umständen geschuldet, für die sie nichts konnte, für die ich nichts konnte, die im Übrigen genauso gut anders hätten sein können, und Kalkreuther war nie ein guter Wissenschaftler gewesen, und wäre Kalkreuther nicht gewesen, hätte er mir nicht die Professur vor der Nase weggeschnappt, dann hätte ich die Wohnung zahlen können, dann hätte Hedda uns verlassen, sie hätte Lasse an sich gedrückt und wäre mit theatralischem Gehabe aus der Wohnung fortgegangen, aber es wäre dennoch sie gewesen, die gegangen wäre, und so war ich es, war ich derjenige, der sie beide im Stich ließ oder vielmehr lassen musste. Erst vergaß ich den Ehering, und dann vergaß ich, wann ich ihn vergessen hatte. Ich hatte mir das Ende einer Ehe nie vorgestellt, und als es dann da war, kam es mir bedrückend unscheinbar vor. Es war mir passiert. Weil es eben schwer war, sich zur großen Geste durchzuringen. Weil ich am Ende doch unsicher gewesen war.

Aber schließlich hatte ich auch nicht mit großer Geste die Ehe begonnen. Ich hatte Hedda, zwei Wochen nachdem ich damals die Sache mit Teresa beendet hatte, einen Antrag gemacht, oder vielmehr hatte ich sie gefragt, ob es nicht an der Zeit sei … ob wir uns nicht überlegen sollten … wie sie sich die nächsten Jahre vorstelle … Drei Monate später hatten Hedda und ich geheiratet, hastig, als könne noch etwas dazwischenkommen, wenn wir zu lange zögerten.

Am Wochenende vor unserer Hochzeit war Teresa aus Göttingen fortgezogen, wie ich von meinem Kollegen Joachim Wendtland erfahren hatte, der im vergangenen Herbst eine Professur an der Göttinger Uni erstritten hatte und seitdem meinte, nicht nur alles zu wissen, sondern auch, allen sein Wissen weitergeben zu müssen. Ich hatte ihn nicht danach gefragt, ich hatte es nicht hören wollen, ich wollte gar nichts mehr von Teresa hören.

Hedda und ich wünschten uns eine unauffällige Hochzeit, eine Hochzeit ohne Fauxpas, sogar Wendtland hatte ich eingeladen, um jede Beleidigtheit abzuwenden. Ilsa natürlich war ein Fauxpas an sich, das aber ließ sich nicht umgehen. Sie empfing mich in einem viel zu bunten Stoffgestöber am Vormittag in ihrem Hotelzimmer. Sie hatte bereits getrunken, Sekt, wie ich hoffte, Schnaps, wie ich annahm, und am Ende war es auch egal, sie konnte einfach nicht dem Scheitern ihrer eigenen Ehe ein weiteres Mal zusehen, die geendet hatte, bevor sie überhaupt einen Standesamtstermin beantragt hatten. Sie hatte es nicht zugelassen, dass jemand sich vollständig an sie bände oder sie an sich, in Wahrheit hatte sie Angst gehabt, dass, hätte sie es doch erlaubt, einfach niemand da gewesen wäre, der sie vollständig, und nicht bloß als vorübergehende Zier, als kurzfristige Irritation, hätte haben wollen. Niemand, der ein Leben mit ihr teilen wollte, der für sie einstünde und von ihr verlangte, dass sie für ihn einstand. Der das von ihr gefordert hätte, worin sie gescheitert wäre, nämlich nicht allein für sich da zu sein.

»Kirchlich auch noch!«, stöhnte Ilsa. Sie hielt nichts von der katholischen Kirche, sie hielt noch weniger davon, dass Hedda für mich konvertiert war. »Als ob sie nicht ihr ganzes Leben schon für dich konvertiert hätte«, bemerkte sie.

Als es an der Tür klopfte, regte sie sich nicht.

»Dein Vater, deine Angelegenheit«, sagte sie nur.

Bernd kam mit einem farblosen Blumenstrauß, den er mir in die Hand drückte, und murmelte irgendetwas von Vasen und Hedda, das nur wenig Zusammenhang besaß. Er trug ein Cordjackett, als wäre er geradewegs aus einer Lehrerkonferenz gekommen. Seine Begleiterin strahlte mir entgegen, sie mochte ungefähr mein Alter haben, wirkte korrekt wie eine Lohnsteuererklärung und war, wie Bernd uns verkündete, Redakteurin eines Hamburger Magazins zur Neueren und Neuesten Geschichte.

»Aha«, bemerkte Ilsa mit vernichtender Knappheit. Ich enthielt mich jeglichen Kommentars.

»Was hast du überhaupt mit den Katholen am Hut«, fragte Bernd, der in seinem calvinistischen Kleinmut jede Religion, die unterhalb der Wesermündung ihre Hochburg hatte, für laxen Hokuspokus hielt. »Damit dir irgendeine schläfrige Autoritätsperson alles vergibt, was du an Unfug anstellst, ist es das?«

»Im Gegenteil«, wusste Ilsa es sofort besser. »Er will doch die Verbote, die verwandeln ihm jede Dummheit in etwas Ehrwürdiges. Erst durch die Sünde bekommt man ein offenes Auge für die Seligkeit.«

Sie las nun Kierkegaard, *Entweder – Oder*, und meinte, mich endlich durchschaut zu haben.

»Es ist nur der Weihrauch, ich bin süchtig nach Weihrauch«,

rief ich aus dem Badezimmer herüber und spritzte mir Wasser ins Gesicht. Als ich zurückkam, war auch noch Ilsas Lebensgefährte aufgetaucht, Jürgen, ein mausgrauer, kahler Mann, der einmal der DKP in Bremen vorgesessen hatte und bis zum vierzigsten Jahrestag der DDR, nicht etwa bis zum Ende der Deutschen Demokratischen Republik, was er nicht müde wurde zu betonen, einen Hammer-und-Sichel-Anstecker am Revers getragen hatte.

»Mein Sohn forscht übrigens zu Antonio Gramsci«, erklärte Bernd seiner Geschichtsredakteurin.

»Zivilgesellschaft«, wusste sie gleich blassklug. »Kulturelle Hegemonie. Der integrale Staat.«

»Die sind doch nie im Leben zusammen«, zischte Ilsa ihrer grauen Maus zu und erklärte laut in die Runde: »Und Hedda hat gerade einen ganz ausgezeichneten Aufsatz über die Ehefrauen führender Sozialisten verfasst.«

»Über die Ehefrauen?«, fragte Bernd. »Warum denn nicht gleich über die Sozialisten selbst.«

»Die Ehe«, sagte Ilsa sanft, »war ja ihr Lebensdilemma. Grund ihrer Krisen. Sie waren fast alle in Nervenheilanstalten. Das muss man sich mal vorstellen. Weil es der einzige Fluchtweg für sie war. Krisen, eine nach der anderen!«

»Nichts ist schwerer, als die Frau eines bedeutenden Mannes zu sein«, zitierte die Redakteurin Emma Adler.

»Allenfalls, die Frau eines Mannes zu sein, der sich für bedeutend hält«, fügte Ilsa hinzu und sah mich scharf an.

»Es heißt: die Frau eines berühmten Mannes«, stellte ich richtig.

»Und wie war das mit Gramscis Frauen«, fragte Bernd, dessen Ton verriet, wie sehr er sich in seine Geschichtsstunden zurückwünschte.

»Drei«, antwortete Ilsa für mich. »Drei Schwestern. Und alle hatten sie Zusammenbrüche.«

»Schreib darüber doch mal was«, fand Bernd.

»Alle haben sich auf ihre Art um ihn gedreht«, setzte Ilsa nach.

»Das kann man so nicht sagen«, entgegnete ich.

»Sehr wohl kann man das so sagen. Anders hätte er es doch gar nicht gestattet.«

»Auf Eugenias Art hätte er wohl gern verzichtet«, hielt ich dagegen. »Sie hat ihn denunziert, sie hat ihn vor der ganzen Familie, vor seinem eigenen Sohn schlechtgeredet.«

»Und hatte sie denn keinen Grund dafür? Er hat Tanja für sich tanzen lassen, er hat Julia gegängelt und verletzt, und vermutlich war am Ende Eugenia die einzige, die einen klaren Blick auf ihn hatte.«

»Eine ganz neue Sicht auf deinen Gramsci«, bemerkte Bernd. »Hatte immer gedacht, der sei ein Idol für dich.«

»Du kennst mich seit dreißig Jahren nicht mehr«, entgegnete sie. »Außerdem muss man zwischen Werk und Privatleben unterscheiden können. Alles andere ist dilettantisch.«

Meinen Kollegen Wendtland sah ich schon von weitem. Ilsa und Bernd wuchteten sich mit ihren Begleitungen noch aus den Taxisitzen, ich spazierte bereits an der Schautafel mit unserem Aufgebot vorbei, da stand er vor dem Kirchenportal und sprach auf eine rothaarige Frau ein, die ihren Trenchcoat durchaus akkurat, jedenfalls zu akkurat für Wendtland, um ihre Taille zusammengezurrt hatte. Natürlich war sie gelangweilt. Mich langweilte Wendtland seit sechs Jahren, und gleich würde er mir von seinen ach so wichtigen Aufgaben in der Univerwaltung berichten, von den Studentenströmen, die durch seine Sprechstunde zogen, von nicht enden wollenden Sitzungen, in denen man oder vielmehr Wendtland persönlich die Wissenschaft noch einmal gänzlich neu erfand, von seiner Sekretärin, die er nicht loswurde, weil im öffentlichen Dienst jede noch so verwirrte Gestalt durch zigfache Kündigungsschutzregeln an ihrem Stuhl festgebunden war.

»Sei bloß froh, Anton, dass du nur im Mittelbau bist, so viel Ärger«, würde er mir vorjammern, das hatte er sich doch während der Fahrt in seinem Saab 900 überlegt. Oder hatte er mittlerweile einen Saab 9000?

Ich lächelte der Rothaarigen im Trenchcoat zu, Ilsa stieß mich in die Seite und zischte, ob ich selbst auf meiner eigenen Hochzeit fremden Frauen schöne Augen machen müsse.

»Es wäre für dich und mich besser, wenn wir uns aus dem Leben des anderen so weit es geht heraushielten«, sagte ich und starrte auf ihre zerschlissene rote Handtasche, die sie vor mir herschlenkerte. Dass sie selbst auf meiner Hochzeit nicht darüber nachdachte, wie man sich zu geben hatte, überhaupt ihre ganze Liederlichkeit, die ich seit Jahren kannte, provozierte mich, ihre Gleichgültigkeit gegen die Welt und ihre Mitmenschen. Nie hatte ich all ihre Unordnung ertragen, die sie mit einem zu aufgeräumten Kopf auszugleichen suchte, und dieser Kopf konnte doch kaum mehr, als sich über andere lustig zu machen.

»Du hast dich nie an die Regeln gehalten, die für alle anderen gelten, Anton«, meinte nun ausgerechnet sie.

»Der Liebende steht über dem Gesetz«, erklärte ich und nahm ihr die Handtasche ab, um sie nicht mehr ansehen zu müssen.

»Du liebst nicht, Toni, du willst nur beherrschen.«

Sie lächelte mich an und strich über ihr kindlich buntes

Kleid. Natürlich, sie wusste es ja besser, weil sie meinen Vater so außerordentlich geliebt hatte und mich und die übrigen Männer, die durch unser gemeinsames Leben gezogen waren wie Menschen auf einer Wohnungsbesichtigung. Sie strich die Provision von jedem ein und gab doch niemandem den Zuschlag. Wenn Ilsa überhaupt etwas liebte, dann waren es jene Gestalten, die sich schon zu Lebzeiten in den weiten, winzigen Raum zurückzogen, den uns das Alphabet zur Verfügung stellt, alle anderen, bisweilen drei im Jahr, wurden nicht glücklich mit ihr, aber alle versuchten es bis zur Selbstaufgabe.

Ich liebte Hedda, und das nun schon seit Jahren, ich liebte den kleinen Fleck an ihrer Schulter, ihre sanfte, heisere Stimme, wenn sie mich früh am Morgen weckte, ich liebte ihre Zehen und ihre Finger und sogar die Fußnoten ihrer Magisterarbeit, die ich ihr kurz vor der Abgabe noch hineingeschrieben hatte, ich liebte es, wie sie da in meinem Arm lag, sie war die einzige Instanz, die es in meinem Leben gab, und ich wollte ihr ausschließlich und sehr viel Gutes, wie bitte schön hätte ich ihr das geben können, wenn ich in diesen Monaten, in denen sie mit geschwollenem Bauch neben mir lag, all meine Begierden niedergedrückt hätte? Wie geduldig ich ihr die Füße massierte, die müder waren als gewöhnlich, weil sie nun eben schwerer an sich selbst zu tragen hatte, wie ich ihr den koffeinfreien Kaffee aufbrühte und die Stirn kühlte in den Wochen der Morgenübelkeit. All das hätte ich niemals geschafft, wenn ich auf meine Bedürfnisse ganz und gar verzichtet hätte, ich wäre einer jener knatschigen, verständnislosen Ehemänner geworden, die es wie Sand am Meer gab und die sich während Schwangerschaften geradezu zwanghaft in Büros oder Sitzungsräume verzogen oder aber mit der Gattin zusammen die Nerven verloren.

»Ich hätte jetzt gern meine Handtasche zurück«, sagte Ilsa

und griff danach. »Außerdem geht es gleich los. Deine Braut ist soeben eingetroffen.«

Ich drehte mich um, Hedda stand zwischen ihrem Vater, der einen steifen Konfirmandenanzug trug, und der Schautafel, in der für die Kollekte geworben wurde, die, ich hatte nicht genau hingesehen, für irgendeine Orgelpfeife oder einen Brunnen in einem afrikanischen Land vorgesehen war. Hedda trug ein für ihre Umstände zu enges Kleid, ich hatte sie ja nicht in der Auswahl beraten dürfen, das hatte eine Freundin übernommen, mit der sie mehr gekichert als gültige Geschmacksurteile getroffen hatte.

Kaum dass Hedda aufs Kirchenportal zuschritt, beherrschte ihre schwangere Erscheinung, ihr herausgestülpter Bauch die Hochzeitsgesellschaft. Meine zwei Tanten drehten sich in ihren Tüllgestümen zu ihr um, und das anwesende Unikollegium, die Frau mit dem Trenchcoat und sogar Wendtland blickte zu ihr. Es war das erste Mal, dass ich Hedda in der neuen Erscheinung präsentierte, ich hatte erwartet, stolz zu sein, führte ich Ilsa hier schließlich vor, was ihr ein Leben lang missglückt war, nämlich eine bürgerliche Existenz.

Hedda hing apathisch am Arm ihres Vaters, kam auf mich zu, schwerfällig atmend, sie hatte vergessen, Parfum aufzutragen oder aber schlicht zu wenig davon verwendet, ihr Körper produzierte düstere Mutterhormone, die alles nach ihrem leichten weiblichen Schweiß riechen ließen und, wie mir schien, bereits süßlich nach Muttermilch und Säuglingshaut, und ich wäre gern ein Stück beiseitegerückt, doch da kam der Pastor auf uns zu und begrüßte uns, ein sechsjähriges Mädchen aus Heddas Verwandtschaft lief hinter ihm her, das zum Blumenstreuen bestellt war und schlechte Laune hatte.

Wir zogen in die Kirche ein. Es orgelte. Unser Leben sei ein

Fest, sang die Gemeinde. Heddas Mutter drückte sich ein Taschentuch unter die Augen. Bernd nestelte am Cord, seine Begleitung glotzte ungläubig. Ilsa stand mit faltiger Mundpartie in der ersten Reihe, sang nicht und weigerte sich einzusehen, wie gut ich Hedda tat und dass Freiheit nur durch Freiheit geschaffen werden konnte, lies deinen Bakunin, Ilsa!, Freiheit und Zwang müssen in Balance stehen, und wenn Hedda nicht verstand, was sie wollte, dann musste eben ich es ihr sagen.

»Wenn ich in den Sprachen der Menschen und Engel redete, hätte aber die Liebe nicht, wäre ich dröhnendes Erz oder eine lärmende Pauke«, verkündete der Pfarrer, der sich selbst nicht gerade dröhnend, sondern allzu fistelig anhörte. Ich betrachtete Hedda von der Seite, die stolz ihr Kinn reckte, weil sie weder Erz noch Pauke war, weil es hier um *ihre* Liebe ging, die sie erfolgreich vollzog, weil all das geschrieben worden war, um jetzt ihr vorgetragen zu werden, und ich fragte mich, ob es ihr überhaupt um mich ging und nicht vielmehr einzig und allein um sich und darum, geliebt zu werden.

»Und wenn ich prophetisch reden könnte«, gab der Pfarrer zu bedenken, »und alle Geheimnisse wüsste und alle Erkenntnis hätte; wenn ich alle Glaubenskraft besäße und Berge damit versetzen könnte, hätte aber die Liebe nicht, wäre ich nichts.«

Ich dachte an Teresa in gelben Dessous, ich war von ihr weggegangen, um genau hier anzukommen, weil ich wünschte, dass mein Leben in Ordnung käme, weil ich ein geordnetes Leben wollte, ein verheirateter Mann unter verheirateten Männern sein, seriös, verantwortungsvoll, bereit, eine Professur einzunehmen, und ich betrachtete Hedda, die ich einmal so sehr begehrt hatte, die ich länger und ausschließlicher begehrte als jede andere Frau, und die nun ihren Bauch noch ein wenig weiter vorstreckte.

»Die Liebe«, belehrte der Pfarrer uns, »ereifert sich nicht, sie prahlt nicht, sie bläht sich nicht auf. Sie handelt nicht ungehörig, sucht nicht ihren Vorteil, lässt sich nicht zum Zorn reizen, trägt das Böse nicht nach.«

Hedda hätte die Schulterblätter zusammendrücken können. Ich hatte das einmal bei einer Bekannten gesehen, es vermindert die Schwangerschaft optisch um einen Monat, aber Hedda wollte es lieber vor sich hertragen wie eine Monstranz, um die keiner gebeten hatte. Sie atmete schwer, schnaufte geradezu. Es gab Frauen, die schwanger waren, und es gab Frauen, die sich schwanger aufführten. Ich verkniff mir einen Kommentar, schließlich wusste ich, wie man sich benahm. Natürlich, da gab es die Biologie, aber es gab ja auch noch Achtsamkeit und das Parfum, das ich ihr vor zwei Wochen von einer Reise mitgebracht hatte, und wenn die Hormone stärker arbeiteten als gewöhnlich, dann musste eben auch sie stärker an sich arbeiten, zweimal am Tag duschen, die Kleidung häufiger wechseln, Hedda aber dachte darüber nicht nach, war nur noch mit sich und dem in ihr wachsenden Wesen beschäftigt, ich war lediglich Beiwerk, wenn überhaupt, und meine Wünsche hatten kein Stimmrecht mehr.

»Jetzt erkenne ich unvollkommen«, behauptete der Pfarrer, »dann aber werde ich durch und durch erkennen, so wie ich auch durch und durch erkannt worden bin. Für jetzt bleiben Glaube, Hoffnung und Liebe, diese drei; doch am größten unter ihnen ist die Liebe.«

Und plötzlich kam mir der Gedanke, dass sie gar nicht mich heiratete, sondern den Vater dieses Kindes in ihrem Bauch, mit dem sie bereits eine heftigere Allianz geschmiedet hatte, als dieser magere Pfarrer, dieser verkappte Calvinist, dieser den Sinnesfreuden so skeptisch gegenüberstehende Miesepeter jemals für uns würde schließen können. In diesem Moment ekelte ich mich vor ihr, und wenn nicht vor ihr selbst, dann doch vor der Veränderung, die in ihr vorging. Sie war ein Hüllenorganismus, der darauf hinarbeitete, einen anderen Organismus fertigzustellen. Sie hatte mich an den Rand ihrer Wahrnehmung gedrängt, weil es nur noch Ultraschall und Atmung und Entbindungsstationen für sie gab. Ich mochte vor ihr herlaufen und sie würde mich kaum bemerken. Es gab allein sie und das Kind, und ich hatte Teresa für sie verlassen, ich hatte meine Gewohnheiten für sie aufgegeben, und jetzt sah ich, wie der Trauzeuge mit den Ringen auf uns zukam, es waren schmale, schlichte Ringe, die wir gemeinsam ausgesucht hatten, Hedda hatte breitere gewünscht aus gebürstetem Gold, ich hatte ihr erklärt, dass jede Extravaganz bei Trauringen unangebracht war, weil sie in zwanzig, dreißig Jahren nach der Mode einer obsoleten Generation aussah.

Der Pfarrer krempelte an seinen Ärmeln herum, segnete die Ringe, wieder Georgel, alles dröhnte um mich. Hedda sah aus, als erwarte sie jeden Moment das Einsetzen der Wehen, die rothaarige Frau lächelte in meine Richtung, einziger Trostpunkt in dieser vor lauter Hochzeitseuphorie stickigen Kirche. Ich zwinkerte ihr zu, Wendtlands Hand wackelte durch die Luft, legte sich dann vertraulich auf ihre Schulter, und ich fühlte mich unerträglich müde, als mir dämmerte, dass dies seine Gattin war. Hedda reichte mir ihre Hand, ich steckte ihr den Ring an, dann gab ich bereitwillig meine Finger in ihre und sah auf meine nun entstellte Hand hinab, nie hatte ich Schmuck getragen, er missfiel mir an Männerhänden, allen voran an meinen eigenen, am liebsten hätte ich den Ring sofort wieder abgezogen, doch ich konnte mich beherrschen, das hatte ich immer gekonnt. Ich legte meinen Arm um sie, strich ihr über die Schulter und spürte das weiche, gleichmäßige Pochen ihres Körpers. Ich küsste sie, denn so war es im Ablauf vorgesehen.

**XXXII WELTANSCHAUUNG** *Gute Wünsche auf bald,* telegrafiert Tanja nach Turi, in das Spezialgefängnis für Kranke, eine neue Station auf Gramscis Odyssee, als hätten die Faschisten vor, ihn jedes Gefängnis ihres, seines Landes kennenlernen zu lassen. Hier in Turi darf er in seiner Zelle schreiben, ein starkes Mittel gegen die übermächtige Zeit, die im Gefängnis kein Ende und keinen Anfang hat. Er teilt sich den Tag durch Gymnastik und Grammatikübungen ein, soweit es eben geht, durch die Bücher, die er liest und vor allem durch die Hefte, die er vollschreibt, in denen er seine Gedanken ordnen kann, anstatt sie in der Luft verdampfen zu lassen, Hefte, in denen er sprechen darf, wenn man ihm schon das Handeln verbietet, und die sein Arzt als Zeugnis seines Wahnsinns versteht.

Es ist kurz vor Weihnachten, Gramsci sitzt vor dem schmalen Fensterschacht, durch das nur fahles Licht hereinfällt, es wird seit Tagen nicht mehr richtig hell und die Temperaturen sind stark gesunken. »Der Übergang von der Utopie zur Wissenschaft«, hat er notiert, den Wollpullover bis ans Kinn gezogen, »und von der Wissenschaft zur Tat (an die Broschüre Karl Radeks erinnern)«, als der Wärter ihm die Notiz hereingebracht hat. Jetzt liegt die schmale Botschaft auf den Heftseiten, vier Wörter, »gute Wünsche auf bald«, darunter kommt seine eigene Schrift wieder zum Vorschein: »Die Gründung einer herrschenden Klasse (das heißt eines Staates) kommt der Schöpfung einer Weltanschauung gleich.« Er versteht nicht, was so dringlich an Tanjas Nachricht ist, dass sie es ihm hat telegrafieren müssen. Gestern erst kam eine Weihnachtskarte von ihr an, warum musste sie ihm dies noch hinterherschicken? Er kratzt sich am Hals, der unter der Wolle zu jucken beginnt, und denkt über die merkwürdige Botschaft nach. Wofür die guten Wünsche, wieso auf bald? Will sie ihm sagen, dass sie ihm erst im neuen Jahr wieder schreiben wird, erst spät im Januar vielleicht? Ist sie erneut krank geworden? Ist sie in einer Klinik? Sendet sie die guten Wünsche in Wahrheit an sich selbst? Es macht für ihn keinen Sinn, und er ist sich sicher, dass sie ihm etwas anderes darin mitteilen will, dass es eine geheime Nachricht ist, die er nicht versteht, und ist das nicht Tanjas Schuld? Sie denkt nicht aus dem Kosmos eines Gefangenen heraus, für den ein »Auf bald« ein zu großes Versprechen ist, der sich an Worten festklammert in Ermangelung der Menschen, die sich dahinter verbergen mögen. Bis in die Nacht hinein liegt Gramsci wach, sein Magen krampft sich immer wieder zusammen, gegen ein Uhr morgens muss er sich übergeben. Es ist stockfinster, und nur der beißende Geruch füllt das Zimmer. Er spült sich den Mund mit Wasser aus, schleppt sich zurück in sein Bett, das Erbrochene stinkt in der Bettpfanne, er döst dennoch vor Erschöpfung ein, wacht wieder auf, dämmert erneut weg.

Am nächsten Morgen wird der geschwächte Häftling hinausbeordert, unter einem Dach im Hof muss er warten, und er weiß nicht, worauf. Da betritt Julia den Hof. Gramsci kann sie so klar vor sich sehen wie an den hellen Frühsommertagen in Rom, wenn das Licht alle Farben sauber wäscht. Dann zögert er. Erst als sie fast vor ihm steht, erkennt er, dass es Tanja ist.

»Nur reines Italienisch«, weist der Direktor sie an. »Sonst muss ich das Gespräch beenden.«

»Wie geht es dir, Lieber?«

»Warum das Telegramm?«

»Weil ich auf dem Weg zu dir –«

»Das wusste ich nicht, es konnte alles bedeuten.«

»Ich dachte, du wüsstest –«

»Woher?«

»Der Stempel auf der Postkarte. Bari. Ich war doch schon fast hier.«

»Du kannst mich nicht so in Unruhe versetzen«, fährt er sie an. »Hier wiegt alles dreimal so viel wie bei euch draußen. Das sind andere Schwerkräfte, ein Unterschied wie zwischen Erde und Mond. Das müsstest du mittlerweile wissen.«

Tanja dreht sich weg, schweigend betrachtet sie den Wärter, der müßig und gelangweilt neben ihnen sitzt.

»Du siehst blass aus«, flüstert Tanja endlich.

»Nein, nein, mach dir keine Sorgen um meine Gesundheit, es geht mir gut, es war nur, die letzte Nacht, es geht mir gut, Tanja, aber sag, wie war deine Reise? Wie geht es Julia und den Kindern?«

Tanja erzählt von dem Meccano-Baukasten, den Delio bekommen hat, und mit ihren Händen führt sie Gramsci die Bewegungen der Stoffgans vor, mit der Giuliano spielt, des langen, wackeligen Halses. Ihm gefallen Zeitungen, wenn sie rascheln, und Delio unterscheidet die Dinge nach den lebenden und den leblosen, nach geborenen und nicht geborenen.

»Ich hatte eine Rose für dich«, sagt Tanja, »und Überstrümpfe und eine Zichorie, aber die haben sie mir an der Pforte abgenommen, ich darf dir nur das Allernötigste mitbringen. Was verstehen sie hier schon vom Nötigen. Sie verstehen hier gar nichts«, sagt sie.

Der Aufpasser räuspert sich und Tanja fügt hinzu: »Nichts verstehen sie, nur reines Italienisch.«

»Ich hatte Angst«, sagt Gramsci.

»Ich weiß.«

»Nein, du weißt es nicht«, entgegnet er heftig, und es ist, als risse da etwas. Als lasse ein Ventil alles hinaus, was sich angestaut hat und von dem er nicht einmal wusste, dass es in ihm war. »Du kannst dir das Leben hier nicht vorstellen. Wie es ist, vergessen zu sein.«

»Ich …«, versucht es Tanja.

»Du hast einfach keine Phantasie. Du stellst dir alles sanft vor, lyrisch, ja, du denkst, die Welt sei ein romantisches Gedicht, ist es nicht so?«

»Natürlich, Toni, du hast recht«, entgegnet Tanja. »Du hast wie immer recht. Ich habe mich um dich gesorgt, das war alles. Ich konnte es nicht besser, ich kann eben nicht für mich selbst leben, ich lebe immer nur das Leben eines anderen.«

»Aber wir sind hier nicht im Tierschutzverein!«, ruft Gramsci.

Der Aufpasser blökt in seinen Schnauzbart, ein unterdrücktes Lachen.

»Denkst du, dass ich es ständig nötig hätte, geliebt und umsorgt zu sein? Und die Überstrümpfe«, fügt er hinzu, »müssen weiß sein, sonst sind sie nicht zugelassen.«

Tanja streicht sich unruhig über die Stirn, Gramsci schweigt, schweigt, schweigt düster vor sich hin, dann endlich die Absolution: »Ich bin ja froh, dass du hier bist. Mit dir ist Julia auch ein wenig da.«

Er will Tanjas Hand greifen, sie zuckt zurück, und womöglich wäre es ohnehin nicht gestattet von der Gefängnissatzung. Wieder das schnaubende Lachen des Aufpassers, der wohl glaubt, Gramsci verwechsle hier zwei getrennte Wesen, aber so simpel ist es nicht, wie dieses Walross glaubt, das für alles einen Schlüssel hat, um wegzusperren, was es nicht begreift. Soll er doch einmal Pirandello lesen, dann verstünde er, was hier vor sich geht, und wenn er nur ein wenig für sich nachdenken würde, dann verstünde er es auch: Dass Gramsci niemals nur mit Tanja reden kann, dass er durch sie mit seiner Familie spricht und mit Julia und mit der Partei. Tanja ist sein Sprachrohr nach Moskau, und auch, wenn er mit Moskau nicht zu reden wünscht, wird Tanja es nicht verhindern können, sie ist alles, was noch an ihn heranreicht außer den Gedanken aus den Büchern und den Briefen von Julia, eine Welt, die ihm immer abstrakter wird, weil er sie nicht mehr mit Erfahrungen anreichern kann, weil sie bleiben muss, was sie ist, eine Buchstabenlandschaft, eine Sprachwüste, eine abstrakte Taubheit.

Zum Abschluss gibt Gramsci ihr einen Pappmachéball, den er für Delio geformt hat, ein kleines, um alles Runde kläglich bemühte Ding.

»Das ist nicht gestattet«, befindet das Walross.

Tanja und Gramsci sehen sich an.

»Sie dürfen nichts von dem Gefangenen entgegennehmen.«

»Das ist nur Papier.«

»Und mit hinausnehmen schon gar nicht.« Mit bestürzender Geschwindigkeit wackelt das Walross auf sie zu und entwendet Tanja den Ball.

»Den muss ich beim Oberwärter einreichen.«

»Ein Spielzeug?«

»Das ist kein Spielzeug, das ist ein Schmuggelversuch, Herr Gramsci.«

»Ich warte auf Briefe von Dir«, schreibt Julia ihm, »ich höre nicht auf zu warten«, und der Pappmascheeball wird vom Wachdienst dem Verwalter für Häftlingsbesitz vorgelegt, Giuliano wächst sein zweites Zähnchen, der Ball wird vom Verwalter weitergereicht an den Vorstand des Teiltrakts A, Eugenia muss ins Sanatorium, der Ball gelangt vom Vorstand zum Juristen Ligursi,

Julia ist von Schwermut fast gelähmt, der Ball wird von Professor Ligursi dem Zuständigen für Besuchsfragen vorgelegt, Delio soll zur Großmutter, die Koffer sind schon gepackt, gleich wird man ihn abholen. Als es an der Tür klingelt, reckt er sich und fragt: »Vielleicht ist es Papa?« Julia streicht ihm übers Haar, antwortet nicht. Seine zweite Mama schickt eine Postkarte aus dem Sanatorium, und das Tageslicht ist wie immer zu hell, wenn Gramsci aus dem Ewigblei des Gefängnisinneren hinaustritt. Seine Genossen laufen schon dressiert im Rondell. Im Hof hängen Kinderfotografien. Die Wärter nennen es Ausstellung, oder haben die Häftlinge es zuerst so genannt? Bei ihrem täglichen, vorgeschriebenen Rundgang gehen sie an der Staffel Kinderköpfe vorbei, ihre Kinder und die Kinder ihrer Mithäftlinge, auch Delio ist dabei, und bei jeder Runde, die Gramsci an ihm vorbeizieht, sieht Delio ein wenig anders aus, als würde er an der Hofwand heranwachsen. Gramsci muss sich zusammenreißen, um nicht stehenzubleiben. Er möchte an die Wand treten, als könne er seinen Sohn einfach von dort herunternehmen und ihn an der Hand mit sich durch den Hof führen, Delios Hand in seiner fühlen und ihm diese Welt zeigen, die nicht schön ist, aber immerhin seine. Er bleibt nicht stehen, dreht die nächste Runde. Einige Fotografien sind kaum noch zu erkennen, so oft fuhr ein Daumen darüber, so häufig wurden sie in eine Tasche gesteckt und wieder hervorgeholt. Andere wirken neu, gerade erst beim Fotografen erstanden, vielleicht wurden sie anbetend hinter einer Glasscheibe verwahrt, in einem Bilderrahmen. Was machen die Häftlinge, denkt Gramsci, wenn sie heute Nacht schlafen gehen und wissen, dass alles, was sie noch haben, im Hof ist und sie noch einsamer sind als an den Hunderten von Tagen, die sie hier schon einsam waren?

## XXXIII UGO

Das erste Mal war ich mit Ilsa nach Rom gereist, es waren die Frühjahrsferien 1978 gewesen und Ilsa in einer aufbrausend nervösen Verfassung. Bereits einige Tage vor dem offiziellen Urlaubsbeginn hatte sie mich in der Schule entschuldigt und war mit mir in den Zug Richtung München gestiegen. Im Abteil hatte sie mehrmals kontrolliert, wann und wo wir umsteigen mussten (München Hauptbahnhof, 22.31 h) und zuvor einen dortigen Genossen zu Dienst befohlen, der mich an der Hand nahm und mit uns in einer Bahnhofskneipe zwischen Rauchschwaden und verwackelten Gestalten auf den Nachtzug nach Rom wartete.

Dort kamen wir am nächsten Morgen auf Gleis 8 des Bahnhofs Termini an. Ilsa schritt, ganz Dame, über den Bahnsteig, schob eine Sonnenbrille vor die Augen, rekelte sich in der heißen, trockenen Luft und vergaß lustvoll, dass es einen Sohn gab. Ich lief ihr nach. Ich rackerte meinen Koffer hinter mir her. Am Taxistand endlich erinnerte sie sich meiner und schickte den Fahrer zu mir. Der kam mit schwermütigen Schritten auf mich zu, nahm mir den Koffer aus der Hand. Ich roch das schwere, herbe Aftershave und strahlte zu ihm hinauf, ich spürte, jeden Moment würde er in herzliches Lachen ausbrechen.

Wir fuhren die Via Nazionale hinunter, an der Schreibmaschine vorbei, der Hochzeitstorte, dem Gebiss, dem Vittoriano, diesem Monument, errichtet für König Vittorio Emanuele, das mehr Spitznamen hatte als Möwen, die über seinen Bögen kreisten. Wir wohnten bei Freunden von Ilsa, in einem maroden zweistöckigen Haus nahe der Bahnstation Trastevere. Im Flur tappte uns ein ausgemergelter Hund entgegen, der sicherlich tot umfiele, wenn man ihn nur lange genug ansah. In der Küchenwand war ein Rohr gebrochen, was die Tapete großflächig dunkel verfärbte und die Wasserrechnung seit Jahren steigen ließ. Das ganze Haus wirkte, als würde es nur noch von einem dünnen Balken gehalten, der jeden Moment brechen konnte.

Es gab diverse, überwiegend ineinander verschachtelte Räume und noch mehr Bewohner, ernst dreinblickende Männer, die etwas jünger als Ilsa waren und stets mit gedämpften Stimmen von Toni Negri und Mario Tronti, von Potere Operaio und Lotta Continua sprachen und ab und an ein Gramsci-Zitat einflochten. Es gab zwei Ehefrauen und eine dritte Dame, die mit dem einen oder dem anderen oder allen liiert war, am Ende womöglich mit gar keinem. Und es gab Ugo.

Er war elegant von der Kleidung bis zu den Falten um seinen Mund. Die anderen Bewohner nannten ihn den Spieler, was sich sowohl auf seinen sorglos erfolgreichen Umgang mit Frauen als auch auf die luxuriöse Leichtigkeit bezog, mit der er durchs Leben schritt. Er hatte einen Onkel, der es immerhin bis zum Kardinal gebracht hatte und, wie es hieß, in einigen imposanten Marmorgemächern residierte, was mir imponierte, und ich versuchte, etwas über diesen Onkel herauszubekommen, aber Ugo hielt sich bedeckt, vielleicht, weil er ungern über seine Nähe zum Vatikan sprach, vielleicht, weil er diesem Onkel alles verdankte, Rom und die Frauen und auch die Melancholie, die er mit sich herumtrug. »Einsamkeit ist ein Hurensohn«, war einer der Sätze, die er fallen ließ, wenn ihm die Gesellschaft um ihn herum zu fröhlich wurde.

Es war Mitte März, und Aldo Moro stellte eine Regierung aus Christdemokraten und Kommunisten zusammen, compromesso storico, den historischen Kompromiss. Mitten im Kalten Krieg tat sich eine undenkbare Koalition zusammen: ein Verstoß gegen den westeuropäischen Glauben, der Kommunismus sei in der Demokratie nicht regierungsfähig, eine Ungeheuerlichkeit für die Sowjetregierung, der ihr Absolutheitsanspruch über eine KP verlorenzugehen drohte. Durfte man Moro so viel Macht überlassen? Würde der Kompromiss die Kommunisten nicht im Inneren zersetzen? Und was bliebe von ihnen? Ein aristokratisch lächelnder Berlinguer, der sich allenfalls als falsch etikettierter Sozialdemokrat entpuppte? Kurz wurden die gedämpften Stimmen lauter und ich wurde ins Bett geschickt.

Ich hatte ein Zimmer im zweiten Stock bezogen, von wo aus ich auf den Fluss sehen konnte, grüner Schlamm, der unter mir vorbeizog und auf der Höhe der Ponte Testaccio in kleine Wirbel aufbrach. Alles war herabgedimmt, das Licht, die Lautstärke, die chaotische Schönheit, als wäre ich nördlich der Alpen hängengeblieben.

Tags darauf betrat ich mit Ugo und Ilsa zum ersten Mal das Terrain einer Universität, die Sapienza, jene faschistisch anmutende Kleinstadt nahe des Hauptbahnhofs, durchmischt mit der Architektur billiger Parkhäuser, ein Bastard, der dem Kopf eines irren Baumeisters entsprungen sein musste und in dem alles Mögliche gelehrt wurde, nur nicht, wie man den richtigen Raum fand. Wir irrten durch die Gänge der Rechtswissenschaft, wir sahen Studenten in den Gängen hocken, und es war Ugo, der mir auch die Studentinnen zeigte, während Ilsa für ein paar Minuten mit einem bierernst dreinschauenden Universitätsmitarbeiter in einem Büro verschwand, um Konspiratives zu besprechen. Wir ließen die Studentinnen an uns vorbeiflanieren, jung, seidig, schnatterhaft, mit ondulierten Haaren oder wilden Locken, mit ausschwingenden Röcken oder enganliegenden Hosen, und ich stand da, an der Hand von Ugo, und dachte, dass es sicherlich nicht schlecht sein würde, später einmal zu studieren.

Als Ilsa zurückkam, lächelte Ugo ihr mit seinem erhabenen Charme entgegen und strich ihr durchs Haar. »Ich bin froh, Ilsa, dass wir die Republik retten, aber jetzt brauche ich wirklich einen Aperitif.«

Wenig später saßen wir zwischen wippenden Schuhspitzen in einer Bar an der Via Veneto, zwischen Rocksäumen und bronzefarbenen Dekolletés, und ich begriff, dass die Universität nur das Vorstudium gewesen war. Hier tranken die Frauen Campari und lachten so leicht, als sei das Leben ein Seidenschal, der ihnen auf einer Cabriofahrt um den Hals flatterte, und wenn er auch verlorenging, dann hatte es immer noch Stil. Die Welt war großzügig zu ihnen. Sie nahmen sich alles, was sie wollten, und fragten nicht danach, ob jemand so viel zahlen konnte. Ugo zahlte immer einen großen Teil davon. Ich folgte den Frauen mit dem Blick, wenn eine von ihnen auf die Toilette ging, um sich die Nase zu pudern, wie sie ihrer Begleitung erklärte. Mein ganzer Körper war angespannt, prickelte, als liefe starker Strom durch mich, während ich mir vorstellte, wie die Puderquaste erst zaghaft, dann heftig über ihren Nasenrücken fuhr.

An einem Donnerstag, das Wetter war bereits frühsommerlich, fuhr ich mit Ilsa und Ugo aus der Stadt heraus. Wir waren in der Frühe hektisch aufgebrochen, ich hatte nicht verstanden, warum solche Eile nötig war, und weder Ilsa noch Ugo erklärte es mir. Sie sahen verschlafen aus, Ilsa schenkte Kaffee aus einer Thermoskanne in Plastikbecher, Ugo lenkte einen wackeligen Fiat, der schwerlich mit seiner sonstigen überlegenen Eleganz in Einklang zu bringen war. Abenteuerlich nahm er die Kurven und war doch ungelenk, wenn er sich, meist spät, zum Abbremsen entschied. Ich war froh, dass ich mich niemandem gegenüber zur Rechenschaft verpflichtet fühlte, sollte ich diesen Pfingsturlaub nicht überleben. Bernd hatte sein Seelenheil nach Cuxhaven verlagert, wo er, wie ich mir vorstellte, nach Dienstschluss mit einer Lehrerkollegin in einem Strandkorb saß und Frikadellen aus einer rot-weißen Kühltruhe aß, und der ehemalige Ministerpräsident Moro hatte in den Morgenstunden sein Wohnhaus verlassen, um ins Parlament zu fahren, wo die vierte Regierung Andreotti vereidigt, der historische Kompromiss Wirklichkeit werden würde, und Ugo bremste vor einer dreirädrigen Ape mit zwei Schafen auf der Ladefläche ab.

Kompromisse, aber das verstand ich erst später, waren halbe Sachen. Sie wurden zwischen zwei oder mehreren Parteien geschlossen, die sich etwas anderes ausgemalt hatten und dabei auch gern geblieben wären. Ein gewöhnlicher Kompromiss wurde begleitet von zynischen Bemerkungen, langen Gesichtern und Schlafentzug. Dieser hier hatte andere Dimensionen. Moskau war entsetzt. Die größte West-KP verlor die revolutionäre Perspektive und drohte sich vom sowjetischen Diktat loszusagen. Washington stand kurz vor dem Infarkt: War den Roten erst einmal eine Tür geöffnet, würden sie wie eine Kaninchenherde über die saftigen Grasflächen der kapitalistischen Welt herfallen und mit Appetit und Fünfjahresplänen zugrunde richten, was eben noch blühend in der Landschaft gestanden hatte.

Das kleine Land Italien führte die großen Mächte an der Nase herum, indem es den Weltkonflikt löste, als wäre es nur ein Streit um den sonnigsten Platz am Strand von Ostia. Der Eiserne Vorhang zitterte, und dort oben, am Himmelsgewölbe, wo er mit schweren Ösen festgemacht war, hörte man ein Knarren, als stürze der schwere Stoff jeden Moment mit all seinen Falten herunter.

Wir fuhren durch ein schweres gusseisernes Tor und rollten über eine lange Auffahrt auf ein Herrenhaus zu. Balkone ragten in feuchtgrüne Palmenhaine hinein. In den Fenstern flackerten

Lichter, und im oberen Stockwerk waren einige Schemen auf dem bunten Glas zu sehen. Eine Frau, umschleiert von weißen Stoffbahnen, schritt auf uns zu. Ugo ließ seine Lippen über ihre Wangen gleiten, Ilsa schaute böse, die Umschleierte kicherte trocken und winkte uns, ihr zu folgen. Endlose Rasenflächen. Die Luft war drückend. Eine von einem vergangenen Sturm geschundene Palme knarrte über mir.

»Verzeiht mir die Unordnung. Ich bin einfach süchtig nach Festen, ich schlimmes Mädchen!« Ihre Hände flatterten ätherisch vor Ugo auf und ab, sie waren nach der Mode der Zeit sehr abgemagert, wie auch der Rest der Frau, die fünfundzwanzig oder fünfundvierzig sein mochte, ihr Gesicht hatte etwas Versteinertes, und sie wirkte zu hochmütig, um sich auf ein Alter festzulegen. Ugo griff mit einer müden Handbewegung nach ihren Fingern und umschloss sie.

»Carla, es ist alles in Ordnung, der Papst wird es dir vergeben, dafür sitzt dein Vater tief genug in den vatikanischen Bankgeschäften.«

»Ach, es gibt doch keine Sicherheiten mehr. Weißt du, dass unser Premierminister entführt worden ist?«, fragte Carla. »Heute Morgen!«

Ich erinnere mich nicht, was Ugo ihr antwortete. Ich könnte nicht einmal sagen, ob wir von Aldo Moros Entführung bereits im Auto erfahren hatten, ob es dort ein Radiogerät gab, und wenn ja, ob es auf der Fahrt eingeschaltet gewesen war oder ob wir es erst in diesem der Realität hohnsprechenden Garten erfuhren, dass die Republik, die uns umgab, einem weiteren Chaos entgegentaumelte.

Ein Kommando der Roten Brigaden habe den Dienstwagen Moros in der Via Fani zum Halten gebracht, berichtete Carla, die Eskorte hingerichtet und Moro gefangen genommen.

»Liebes, es steht dir gar nicht, wenn du dir Sorgen machst«, sagte Ugo und strich ihr über die Stirn.

»Du bist ein Biest!«, rief Carla aus und ließ sich an seine Schulter sinken. »Ich bin so froh, dass es dich gibt.« Ilsa trat auf den Saum des weißen Kleides und entschuldigte sich mit einem boshaften Lächeln, das selbst ich ihr nicht zugetraut hatte.

Ein etwa hundertjähriger Butler und sein jugendlicher Kompagnon öffneten die Türen der Villa und hießen uns in verschlepptem Venezianisch willkommen. Durch das offen stehende Entree konnten wir in den Eingangsbereich blicken, ein mit rotem und weißem Marmor karierter Boden, auf dem soeben eine elegant gekleidete Gruppe erschien, drei Männer, diverse Frauen, die, ohne sich zu uns zu drehen, vorbeidefilierten. Ein Mädchen, nur ein, zwei Jahre älter als ich, schritt mit einem Kerzenhalter in der Hand voran.

»Nein, wie ich diese Tage liebe«, tschilpte eine Frau aus der Menge.

Die Gesellschaft zog kichernd und mit Fächern flatternd durch einen mächtigen Eichentürbogen davon. Aus dem Keller drang Schlagermusik. Carla stieß mit großem Pathos die Tür zu einem Nebenflur auf. Das Licht war staubig, der Marmor wie von Insekten zernagt. Hinter einer Tür rumpelte eine Waschmaschine im Schleudergang, hinter einer anderen brummte ein Nachrichtenprogramm. Carla schritt voran, Ugo folgte ihr gravitätisch, Ilsa mit allzu festem Schritt, ich schlitterte über den glatten Boden hinter ihnen her.

»Jetzt geht dieses Land endgültig unter«, sagte Carla und kicherte heiser. »Es musste so kommen. Seit dem Risorgimento musste es so kommen. Die Einigung war ein Fehler, Piemont ist über uns hergefallen, so war es doch.«

»Es ist immer hübsch, Carla, wie du von Dingen sprichst,

als wärst du dabei gewesen«, sagte Ugo. In seiner Stimme lag etwas, das ich damals noch nicht begriff und worin ich heute eine unentschiedene, gleichsam aggressive Anziehung zu erkennen meine. Ilsa schritt in einigem Abstand hinter ihnen her. Es war gut, dass ich bei ihnen war, oder vielleicht war es auch nicht gut, jedenfalls verhinderte ich jede weitere Invasion auf ungehöriges Gelände, und sie begannen über die Roten Brigaden zu sprechen, über die verkniffene KP und über den Kommunismus, der aus Ugos Sicht wie ein betrunkenes Schlachtross auf Europa zugaloppierte und immer wieder die Richtung vergaß.

In den folgenden Wochen würden sechseinhalb Millionen Menschen kontrolliert, 38 000 Häuser durchsucht werden, nicht aber die Via Montalcini Nummer 8, in der Aldo Moro in einem winzigen Kabuff, hinter einem Bücherregal versteckt, gefangen gehalten wurde und Briefe an den Regierungschef Giulio Andreotti, an den Papst und an seine Frau schrieb, siebenundneunzig Briefe insgesamt, in einem der letzten heißt es: »Liebste Noretta, es ist alles zwecklos, wenn man die Tür nicht öffnen möchte. Der Papst hat auch nur wenig getan; vielleicht hat er Skrupel.«

Der Saal, den wir betraten, hatte kein Ende, und einen Anfang besaß er auch nicht. Leichte Jazzmusik wurde gespielt. Überall tauchten neue Sessel, Menschen und Gläser auf, Ugo griff zu, reichte auch Carla und Ilsa ein Getränk, Carla kicherte und verschwand kurz darauf, wie ein Schatten verschwindet, wenn das Licht zu viel Raum greift. Ugo schien es nicht zu interessieren, er zwinkerte in diese und jene Richtung, Ilsa aber atmete spürbar auf. Seine Finger knabberten an ihrer Taille, dann fiel eine Frau ihm um den Hals, rothaarig, mit unzähligen Sommersprossen auf ihren Schultern, er küsste ihr die Stirn, schon stob die nächste heran, und er wandte sich der dritten zu.

Ich verzog mich in eine Ecke, lehnte mich an eine Eichenholzwand und nippte an dem kelchartigen Glas. Neben mir staken Schlüssel aus der Wand, mit dem Finger ließ ich die Quasten, die daran hingen, schaukeln, was mir einen wohligen Schwindel verursachte.

»Du musst eines wissen«, erklärte mir Ugo, der plötzlich wieder neben mir stand, in die Hocke ging, was seiner Noblesse keinen Abbruch tat, und sein Glas versöhnlich gegen meines klirren ließ. »Der Kommunismus ruht auf den Schultern von Winzlingen.« Er nippte an seinem Champagnerkelch und gab auch mir davon zu kosten. Die Süße war hässlich durchmischt von Säure, die Bläschen zu klein, im Mineralwasser hatten sie eine anständige Größe. »Lenin war eins vierundsechzig groß, als die Revolution in Russland siegte, Stalin erkämpfte sich 1927 die Macht mit einem Meter fünfundsechzig, Gagarin wurde 1961 in den Kosmos gefeuert und maß bei all dem nur eins siebenundfünfzig, wenig genug, um als erster Mensch die Erde zu umkreisen, und als Gramsci starb, gab es höchstens noch anderthalb Meter von ihm.«

Der Champagner umschloss wie eine sanfte Narkose mein Bewusstsein, und Ugo schrumpfte und wuchs vor meinen Augen, als hätte er von Alice' Saft aus dem Wunderland getrunken.

»Deine Mutter ist eine erstaunliche Frau, das weißt du sicher. Ich habe mich ihr immer nah gefühlt, aber sie versteht mich einfach nicht. Nicht im Ganzen. Den italienischen Kommunismus versteht sie genauso wenig, in Berlinguer hat sie jemanden gesehen, der er nicht war. Es ist Unsinn, es weiter zu versuchen, es tut mir leid. Es tut mir vor allem leid für dich.«

Ich grinste ihn an und hatte nicht die geringste Ahnung, wovon er sprach. Sein Kopf schwankte vor mir, die Müdigkeit zog mich resolut zu Boden. Schuhe scharrten über die Steinfliesen.

Wäre dies nicht der Moment gewesen, um mich endlich von meinem zögerlichen Wachstum zu befreien? Um meine ganze Anstrengung nicht mehr auf das Faulenzen in der hintersten Klassenreihe oder die Lästereien im Pausenhof zu verwenden, sondern darauf, genügend und viel zu essen, Dehn- und Willensübungen zu vollbringen, um dem Kommunismus und somit unserem heimisch verklärten Bücherregal, den Lektürestapeln links und rechts vom Biedermeiersofa, all den weltwandelnden Küchengesprächen mit Gerd, Jürgen und Werner zu entkommen? Wollte ich etwa mit diesen Typen in einer Reihe marschieren? Lenin war mir mit seiner Schiebermütze nie geheuer gewesen, die stets etwas zu verbergen schien, am Ende war es nur eine Glatze, und Stalin hatte ich zwar eine Zeitlang wegen seines massigen Schnauzers gemocht, dann aber meine Meinung überdacht an dem Tag, da Gertraud, eine mütterliche Freundin Ilsas, bei uns im Wohnzimmer mitten auf den Perserteppich sich hatte erbrechen müssen bei seinem plötzlichen Anblick im Fernsehen, irgendein Jahrestag wird es wohl gewesen sein, und sie schließlich, nach beruhigenden Einflüsterungen und der Frage Ilsas, warum sie sich habe übergeben müssen, antwortete: »Weil ich mal an ihn geglaubt habe.«

Seitdem mochte ich auch Stalin nicht mehr so richtig. Und heute weiß ich es natürlich besser, weiß von den Schauprozessen, Säuberungen, Ermordungen ohne Prozess, Gulag, Terror, totalitärer Entvölkerung eines Landes, und dass Stalins Wüten noch Jahrzehnte hätte weitergehen können, bis zur Weltherrschaft, bis zur endgültigen Menschenleerung dieses Planeten.

Es muss am Kosmonauten gelegen haben, der mich mit seinem ständigen Lächeln zwar irremachte, aber auch bezirzte, der auf Fotos nicht anders konnte, als glücklich zu wirken, dabei war Einsamkeit im Orbit nun wirklich nichts, was ich mir als seligmachend vorstellte, vielleicht aber das Gefühl, unsterblich zu sein, ohne auch nur einen einzigen Menschen umgebracht zu haben. Gagarin jedenfalls war derjenige, der übrigblieb als Erklärung.

Aber ich war müde und Aldo Moro war entführt worden und ich begriff all die Zusammenhänge nicht, die um mich her trudelten und fluoreszierten oder einfach nur das Perlen im Champagner waren, sah das schneeweiße Flattern um meinen Onkel, der einer weiteren Dame zum Opfer fiel, und da betrat jenes Mädchen den Raum, das vorhin einen Kerzenleuchter vor sich hergetragen hatte. Sie war zart, was aber eher an ihrem Alter als an ihrem Körperbau oder gar ihrer Verfassung lag. Sie mochte dreizehn sein oder vierzehn, mitten in der blühendsten hormonellen Wandlung, die ich noch als fernes Mysterium vor mir hatte. Sie wirkte verloren, darin jedoch sehr wohlig aufgehoben. Sie schlich mal zu diesem, mal zu jenem Mann, ließ sich Haar, Wange, sogar die Hüfte tätscheln und kicherte genauso wie Gina Nazionale. Ich weiß nicht, wie lange ich sie angestarrt hatte, bis sie mich bemerkte. Es muss eine Ewigkeit gewesen sein, eine von diesen Ewigkeiten, die man aufbewahrt und wie Blütenblätter zwischen schweren Büchern presst. Sie drehte sich unschlüssig auf ihren Socken, wandte dann ihren Blick ein zweites Mal zu mir, sah wieder weg, ließ sich von einem Herrn das Haar aus dem Gesicht streichen und kam schließlich fast trotzig auf mich zugestelzt.

Ihre Beine hatten die Mückenstiche und den nachlässigen Schorf der Kindheit, waren nur zu lang geworden, um sich ganz darin zu verstecken. Ihr Gesicht übte bereits Mienen, deren Bedeutung sie noch nicht begriff, ihre Brüste wölbten sich beängstigend, anrührend und unmissverständlich unter der Bluse. Sie hockte sich neben mich und blies mir anstelle einer Begrüßung ins Gesicht. Dann sagte sie etwas auf Italienisch, und als sie merkte, dass ich sie nicht verstand, rollte sie mit den Augen, womit sie mir wohl bedeuten wollte, dass sie mich für ziemlich einfältig hielt. Dennoch blieb sie bei mir sitzen, ab und an warf sie einem der vorbeitänzelnden Herren einen aufreizenden Blick zu.

Als habe sie ihren ersten, gescheiterten Versuch bereits vergessen, redete sie wieder auf mich ein, ich hörte ihr eine Weile lang zu, ihre Lippen schoben sich bei all dem herb auf und zu, und an einer Stelle war ich überzeugt, sie frage mich nach meinem Alter, wohl, weil ich mich ertappt fühlte und meinte, nun müsse auch sie vernünftig sein und den allzu großen Unterschied zwischen uns bemerken. Ich deutete ihr also mit den Fingern die Zahl elf an, sie aber lehnte sich nur vor, beugte sich über den verspäteten einzelnen Zeigefinger, der nun nach den zwei blanken Handflächen zu sehen war, griff mit der Hand danach, senkte ihren Kopf darüber und umschloss ihn mit ihren Lippen. Ich war so überrascht, dass ich mit dem Gesäß kurz aufhüpfte, dann aber doch sitzen blieb. Sie drückte meine Schultern zu Boden, hielt meine Hand in ihrer, meinen Finger zwischen ihren Lippen eingesperrt, ich fühlte ihre Zahnreihen die Hautfalten über dem Gelenk streifen, dann das Milchigweiche ihrer Zunge. Schuhe scharrten über die Steinfliesen. Ich öffnete kurz die Augen und sah schemenhaft baumelnde Schlüsselquasten über mir.

## XXXIV TANJA

Morgens 36,2°, um 11 Uhr 36,9°, um 14 Uhr 37,2°, zwei Stunden später nur noch 36,9°, um 18 Uhr 36,8° oder auch 36,7°.

Das ist Antonio Gramsci Anfang der dreißiger Jahre. Er ernährt sich von Milch, Joghurtbakterien, Weintrauben, drei Würfeln Sedobrol um halb acht abends und dem zehnten Gesang der Dante'schen Hölle. In Iwanowo feiert Julia ihren vierunddreißigsten Geburtstag und geht zusammen mit ihrem Vater und den Kindern Pilze sammeln. Gramsci leidet unter dem Schirokko und der Sommerhitze, und wenn er versucht, Brot zu essen, steigt die Temperatur schlagartig an, die Verdauungsbeschwerden ermatten ihn mehr als die Unterernährung, weshalb er versucht, das Essen so lange wie möglich hinauszuzögern. An seinen Bruder Carlo schreibt er: »Mein allgemeiner Eindruck ist, dass ich dabei bin, mich endgültig zu erholen.« Er hat Kopfschmerzen und Streit mit seiner Schwägerin Tanja, die das Gefängnis für eine Art Mädchenpension hält. Sie schreibt ihm nachts aus einem Tabacchi eine Postkarte, mit Bleistift, weil die Feder nichts taugt, während Gramsci Schmerzen an den Atmungsorganen hat, die er mit inhalierten Terpentindämpfen bekämpft. Er besitzt noch zwei Zähne in seinem Mund und einen überflüssigen Pullover in seinem Zellenschrank, in dem sich die Motten eingenistet haben und ihr stilles, bleischillerndes Dasein führen, bis er mit der Hand ins Schrankdunkel fährt und nach ihnen schlägt. Da flattern sie auf und entkommen.

Eine neue Gefängnisordnung der Haftanstalt in Turi erlaubt ihm Briefwechsel einmal die Woche, er bewohnt eine Einzelzelle, die ihm das Arbeiten erleichtert, konzentrierte Lektüre der

Bücher, die Piero Sraffa ihm mit der Bitte zusendet: »Sag mir, was du davon hältst, schreib mir eine Rezension dazu«, um den siechen Gefangenen am Denken und am Leben zu halten und Seite um Seite aus ihm herauszupressen. Gramsci wird die Haft nicht überleben, das ahnt er selbst, und er weiß, dass es auch die anderen wissen, und weigert sich dennoch, eine Hafterleichterung oder gar Begnadigung zu erbetteln, ein politischer, ein moralischer Selbstmord in seinen Augen. Vor Mussolini persönlich müsste er auf den Knien rutschen, denn dieser hat sich den Fall Gramsci zu eigen gemacht, um, wenn nicht seine Gedanken, so doch sein Leben zu kontrollieren.

Tags geht Gramsci in seinem Zimmer auf und ab, ihm ist, als denke er nicht mehr nur im Kopf, sondern durch seine Bewegung. Sobald er einen Gedanken in einem Satz gefasst hat, eilt er zum Tisch, stützt sein Knie auf dem Schemel ab und sticht ihn so hastig mit seinem Bleistift aufs Papier, als könne der Satz ihm wie ein in der Hand gefangener Falter wieder entkommen. Er schreibt von den praktischen Ursprüngen jeder für absolut gehaltenen Wahrheit, er schreibt von den billigen Polemikern, die daraus Kapital schlagen, er schreibt von den Bewusstseinsdramen, die daraus bei den kleinen Leuten entstehen, und er warnt davor, dass der Marxismus »selbst dazu tendiert, zu einer Ideologie im schlechten Sinne zu werden, das heißt zu einem System absoluter und ewiger Wahrheiten«.

Die Schweißausbrüche halten an, so wenig an Fläche sein Körper bietet, überall tritt Wasser aus, schwemmt ihm dic Salze aus dem Körper. Er müsste mehr essen, aber er kann nicht, sein Darm verweigert die Arbeit. Er notiert die Geschichte eines Schiffbruchs, ein paar Leute, die in einem Rettungsboot sitzen, dem Meer ausgeliefert, der Hitze und irgendwann, wenn die letzten Konserven verbraucht sind, dem Hunger. »Vor dem

Schiffbruch hat natürlich keiner je gedacht, schiffbrüchig zu werden …«, schreibt Gramsci, »und erst recht nicht … Menschenfresser zu werden. Aber sind das wirklich dieselben Menschen? Nur vom Standpunkt des Gesetzes aus kann man sagen, dass es sich noch um dieselben Menschen handelt.«

Gramscis Zelle liegt im ersten Stock, und über den Korridor laufen Tag und Nacht Wächter, Ärzte, Männer unklarer Befugnis, vielleicht Angehörige der OVRA, der faschistischen Geheimpolizei, die in schweren Stiefeln den Gang entlangklopfen, ein Bett wird vorbeigerollt, von hier geht es zur Krankenstation, von hier aus geht es in alle Abteilungen, kein Fleck im ganzen Gebäude ist so belebt wie dieser, und Gramsci irrt in seiner Zelle herum wie eine Fliege, die nicht weiß, wo sie sterben soll. Sein Gedächtnis verdampft.

Am 3. August 1931 schläft er trotz Hitze und Lärm gegen Mitternacht ein, erwacht aber eine Stunde später schon wieder und spürt ein Gluckern beim Atmen. Wie bei einem Katarrh, denkt er. Er setzt sich in seinem Bett auf, da kommt der erste Hustenstoß, der zweite, nicht heftig oder stark, nur als habe er einen Fremdkörper im Hals, drei, vier weitere Stöße, ein Husten ohne Höhepunkt. Er schmeckt eine metallische Süße auf seiner Zunge. Er spuckt aus und sieht das Blut im Taschentuch. Sein ganzer Mund ist gefüllt davon. Wieder ein Stoß, und wieder. Er spuckt aus, in seinen Nachttopf, da nichts anderes zu greifen ist, spuckt und hustet und schwitzt und fühlt sich, als rinne alles aus ihm heraus, was er noch an Kraft hat.

Bis vier Uhr am Morgen hat er mehr als ein halbes Pfund Blut gespuckt. Sein Gehirn fühlt sich an, als habe jemand es wie einen Schwamm zusammengepresst. Er röchelt noch ein wenig, doch nur noch Schleim mit einzelnen Blutklümpchen hustet er heraus.

»Eine Bronchialentzündung«, befindet sein Arzt und verordnet ihm Calciumchlorid mit einem Tausendstel Adrenalin.

»Vermutlich offene Tuberkulose«, meint Tanja und schickt Gramsci weiteres Sedobrol, fünf Würfel über den Tag verteilt, rät sie ihm, drei am Abend sind zu viel, hörst du! Sie rät ihm zu Forgenia, jeweils zwei Spritzen, und er solle die Milch andicken mit einem Stück Brot, einen Joghurt herstellen, Bakterien für die Darmflora, wie es Metschnikow empfiehlt, und der hat immerhin den Medizin-Nobelpreis erhalten.

»Das ist Weiber-Empirismus und keine Wissenschaft«, wirft Gramsci ihr vor. Sie streiten sich immer häufiger, dabei ist sie die einzige, die noch greifbar für ihn ist. Sie reist ihm nach, sie lebt ihr Leben auf der Route seiner Gefängnisse, und vielleicht ist es gerade das, was ihn wütend macht. Dass der letzte Mensch ihn nicht mehr versteht. Als Tanja bei ihm war, hat er ihr wieder versucht zu erklären, dass sie ihm nur genau das schicken darf, um was er sie bittet. Die Gefängnisdirektion erlaubt nichts sonst. Sie solle endlich aufhören, aus der Logik eines freien Alltags zu denken. Vollkommen reglos hat sie vor ihm gestanden, hat ihn angeschaut und plötzlich zu zittern begonnen.

»Was ist denn, Tanicka?«

»Nichts. Es ist nichts.«

Da steht sie vor ihm, ihr Körper ist älter als der von Julia, aber er ähnelt ihr doch. Ihre Hände sind zu weich für alles, was er hier im Gefängnis kennt. Ihr Atem strömt über seine Wange, als sie neben ihm in die Hocke geht und sich in seinem Bett über ihn beugt. Schwach spürt er den Wunsch, wieder zurück ins Leben zu kommen. Und er weiß doch, dass das Leben für ihn nicht mehr gilt.

»Du solltest nach Moskau. Es reicht, wenn einer von uns hier sitzt«, erklärt er.

»Ich verlasse Italien nicht, solange du hier bist.«

»Du musst dich erholen, Tanja.«

»Ich würde dich nie allein lassen. Und du, zwing mich nicht dazu.«

Sie fährt mit ihrem Finger über seine Hand. Sie fährt seinen Arm hinauf. Er riecht ihre Haut, wie Julias, nur ein wenig blasser. Schrader kommt ihm wieder in den Sinn, das triste Gespenst, mit dem Tanja in Rom zusammengelebt hat. Wie wenig er über Tanjas Liebesleben weiß. Sie streicht ihm mit der Hand über das Gesicht, seine Wangen hinauf, über seine Stirn, ihr Kopf liegt ganz nah bei seinem, er spürt ihren Atem auf seinen Lippen.

»Was es zwischen Julia und mir gibt, wird es mit niemandem sonst geben«, flüstert er.

»Ich wünsche dir, dass ihr euch wiederseht.«

»Wir wissen beide, dass es nicht sehr wahrscheinlich ist. Und du solltest jetzt besser gehen, Tanja.«

Es ist einer der ersten Novembertage, an dem kaum Licht in seine Zelle dringt. Gramsci sitzt wie benommen an seinem Tisch und löffelt eine Brühe, die sie ihm schon fast kalt gebracht haben. Er hat mittlerweile auch seine letzten beiden Zähne verloren, sie kamen im März abhanden, zwei ausgespuckte Stücke schmutziges Weiß, die er in seinem Handteller hielt, und er kennt ihn schon, diesen Schock, wenn ein Stück von ihm selbst wegbricht, und auch, wenn er es zum zweiunddreißigsten Mal erlebt, es hat ihn noch immer in Atemnot versetzt. Die letzten Zähne. Nun ist er nackt im Mund. Jetzt gibt es auf ewig nur noch Milch, Brühe und den Saft ausgepresster Früchte, den er im Übrigen nicht verträgt.

Ein Schlüssel wird in seiner Zellentür gedreht. So früh haben sie noch nie das Essen abgeräumt. Er versucht, schneller zu löffeln, aber sein Magen wehrt sich wieder einmal gegen die Nahrung.

»Vorgezogene Weihnachten!«

Gramsci, der seine Hand schützend um die Schüssel gelegt hat, blickt den Wärter verständnislos an.

»Ein Telegramm. Von Ihrem Bruder«, erklärt der, legt ihm ein Schreiben auf den Tisch und stampft mit seinen schweren Schritten wieder hinaus. Erst, als die Tür zugeworfen ist und Gramsci das Knacken der Schlossriegel hört, beugt er sich über die Nachricht.

»Von Amnestieerlass erfahren«, schreibt ihm sein Bruder, »bin dir nahe bitte dich Notwendigkeit meiner Anwesenheit oder anderes zu telegrafieren.«

Amnestie? Kann das möglich sein? Kann mit einem Mal alles aufhören, wogegen er sich für Jahre gerüstet hat, wofür er verroht ist, innerlich, und kaum noch etwas zu sich durchdringen lässt, was einmal Gefühle hervorgerufen hat. Da ist der Tisch, der Stuhl, das Papier mit der Nachricht, so viel ist wahr. Er fühlt, wie es in ihm pocht, die Organe wieder zu arbeiten beginnen, als stünde die Rettung kurz bevor, und dann gibt auch sein Kopf nach und dann das Gefühl: Ja, warum denn nicht? Vielleicht ist es wahr, was er da liest. Es ist möglich. Es könnte doch möglich sein. Dass sie trotz allem etwas erwirkt haben. Nur wer? Die Parteiführung in Moskau? Die Komintern? Die Rote Hilfe? Die Sowjetdiplomaten Kerzentschew und Makar? Tanja? Sein Freund Sraffa, der so eng mit der Partei zusammenarbeitet, dass jede Handlung von ihm zu einer Handlung der Partei wird? Julia?

Nein, Julia hätte nicht die Kraft dazu. Wer auch immer es gewesen ist – und womöglich haben sie alle ihre Finger im Spiel gehabt, hat sich Stalin persönlich für ihn eingesetzt –, sie haben ihn nicht vergessen, wie er geglaubt hat. Jemand hat sie davon überzeugen können, dass er kein Trotzkist ist, wie man es ihm vorgeworfen hat, dass sie ihn zurückholen wollen, dass sie ihn brauchen als Arbeiter der Partei. Das, womit er nicht mehr gerechnet hat, scheint gegen seine eigene Logik einzutreten: Dass seine Geschichte ein gutes Ende nimmt.

Nur noch kurz den Atem anhalten, alle Kräfte zusammen nehmen. Er riecht schon die Luft unter den Kirschbäumen in der Via Carlo Fea, sein Körper wird sich wieder bewegen können, wird endlich in sich zusammenbrechen dürfen, und jemand, der ihm Gutes will, trägt ihn hinüber in das Bett, dessen Decke weiß und vor Stärke knarrend für ihn hergerichtet ist. Jemand bringt ihm heiße Suppe. Jemand hält ihm die Hand. Die Nerven werden wieder lebendig in seinem Körper, die so ganz und gar abgestorben wirkten in der Haft. Die Zähne werden nicht nachwachsen, aber darauf kommt es nicht an.

Am Nachmittag wird ihm das Dekret ausgehändigt, von dem Carlo gejubelt hat, und die Hoffnung verblasst in der Behördensprache. Er erkennt kaum etwas darin, nur so viel: Keine Freilassung, vielleicht eine Hafterleichterung, aber er weiß selbst, dass sein Körper nicht mehr viel Kraft hat, dass eine Erleichterung nicht genügt. Dass jeder Tag einer zu viel sein könnte. Dass er dann zwar früher, aber doch schon leblos in die Freiheit gelangt.

Einen Tag lang will er alles von sich stoßen, seinen Bruder verfluchen, der ihm mit der falschen Aufregung abverlangte, was er nicht mehr besitzt, Reserven an Ruhe und Stärke. Seine Nerven liegen blank, und er hat schon genug zu kämpfen, um nicht von der unmittelbaren Wirklichkeit erdrückt zu werden. Alles soll weg von ihm. Auch das, was ihm das Nächste war, das Meiste, das Einzige. Julia.

Er hat von Ehemännern gehört, die zu hohen Haftstrafen

verurteilt im Gefängnis saßen und sich von ihren Frauen scheiden ließen, um ihnen ein neues Leben zu ermöglichen. Er hat von diesen Frauen gehört, hat sich vorgestellt, wie sie, starke, emotionale Frauen, die moralischen Bindungen aufbrachen, ihre Männer vergaßen oder vergessen zu haben vorgaben. Und liegt nicht etwas Vernünftiges darin, überlegt Gramsci. Wieso sollte ein lebendes Wesen an einen Menschen gebunden sein, der tot oder so gut wie tot ist. »Der Schmerz kann nicht vermieden, aber er kann begrenzt werden«, schreibt er an seine Schwägerin Tanja und bittet sie, Julia die Scheidung nahezulegen.

Er leidet mittlerweile selbst an jener Krankheit, die er Kerkeritis nennt, eine Abstumpfung des Gefühls, eine Einbuße an Sensibilität, und in einem Jahr wird er vielleicht nur noch in einem tierhaften Egoismus vor sich hin vegetieren. Er wird es aushalten, er wird sich daran gewöhnen, wenn Julia ihn verlässt. Das verspricht er seiner Schwägerin. In eine sardische Schale zurückziehen und mit jedem Tag gefühlloser werden, so stellt er es sich vor.

»Beeindruckend in seiner Abstrusität!«, befindet Sraffa, dem Tanja Gramscis Brief weiterreicht, sie selbst weiß nicht, was um alles in der Welt sie auf einen solchen Vorschlag antworten soll. »Das ist keine ernst gemeinte Bitte, Tanja. Das ist nicht mal ein richtiger Brief. Das ist, wenn du es hören willst, nur das Zeugnis eines Kranken. Wir verlieren Gramsci an das Gefängnis. Aber das war absehbar, über kurz oder lang musste es so kommen.«

Manchmal jagt es Tanja Angst ein, wie Sraffa das Gefühlschaos anderer Menschen ordnet, bis es so klar vor ihm liegt, als wäre es das Bruttoinlandsprodukt ihres Gemüts.

»Du solltest ihn an Julia schicken«, erklärt Sraffa. »Vielleicht begreift sie dann, wie krank er ist. Vielleicht kommt sie dann endlich nach Italien. Wenn sie ihm noch länger fernbleibt, reißt der letzte Faden, der ihn noch im Leben hält. Dann wird er sterben«, fügt Sraffa hinzu, und Tanja fragt sich, ob es für Gramsci vielleicht besser wäre, endlich nicht mehr durchhalten zu müssen mit einer Geliebten, die nur eine hastige Handschrift auf zensierten Papierseiten ist, ob Julia gesund werden könnte, wenn sie die Düsterkeit aus dem Gefängnis los wäre, und Tanja weiß ebenso wenig, ob Sraffa seinem Freund wirklich nur Gutes will, oder bloß das Genie Gramsci weiter fordert, damit noch eine Seite und noch eine produziert wird, ehe dieser unersetzbare Kopf die Arbeit gänzlich einstellt.

Julia ist verstört von dem, was ihre Schwester ihr schreibt, und wieder einmal ist Italien zu weit weg, um wirklich zu begreifen, was dort vor sich geht, doch Moskau verlassen, nein, das kann sie nicht, nicht jetzt, vielleicht später, wenn sie sich von ihrer Krise erholt hat. »Du wirst dich ja nie von der Krise erholen, wenn du bleibst, wo du bist«, schreibt Tanja an ihre Schwester, aber anstatt ihn abzuschicken, zerreißt sie den Brief. Gramsci hat sich derweil wieder in die Hoffnung gestürzt und denkt nicht mehr an die Scheidung. Das Dekret kann er bald auswendig, ohne es wirklich zu verstehen, wie ein Kind, das ein Lied in fremder Sprache singt.

Art. 79, 135 (abgeschafft) in Bezug auf die Art. 118, Nr. 3 und 120 Strafgesetzbuch (abgeschafft)

Art. 79, 247 Strafgesetzbuch (a) in Bezug auf Art. 1, Gesetz vom 19. VII. 1894, Nr. 135.

Art. 79 Strafgesetzbuch (a) und 2 vom Gesetz vom 19. VII. 1894, Nr. 135

Art. 251 Strafgesetzbuch (a)

A. 9 Abs. Gesetz vom 25. Dezember 1925, Nr. 2263

Art. 252 Strafgesetzbuch (a)

Art. 134 Nr. 2 in Bezug auf die Art. 120 und 118 Nr. 3 und 78 Strafgesetzbuch (a)

Er rechnet es nach, wieder und wieder, was er nicht begreift, wie im Fieber. Er muss vorsichtig sein mit dem Hoffen, jede Enttäuschung könnte für ihn den Tod bedeuten. Von den sechs Anklagepunkten, mit denen er zu sechs Strafen verurteilt wurde, meint Gramsci, dass vier entfallen müssten, und er rechnet sich die Lücken in die Jahre, die noch vor ihm liegen: 15 Jahre Zuchthaus, 10 Jahre Gefängnis, abzüglich 5 Jahre Straferlass, 3 Jahre Straferlass, ein Jahr für den vorausgehenden Straferlass. 20 Jahre, 4 Monate, 5 Tage plus eine Geldstrafe. Die Zeiten rutschen durcheinander, die Jahre bleiben unerbittlich, und die Paragrafen bleiben es auch.

»Das sind die Anklagepunkte«, antwortet Tanja ihm auf die Bitte, ihm all dies zu erklären. »Und ich glaube«, fügt sie hinzu, »keiner ist entfallen. Morgen werde ich dir Strümpfe schicken.«

»Gäbe es nur weniger Ärzte und weniger Diagnosen auf der Welt«, schreibt Julia ihrer Schwester. Es ist Januar 1933, in Deutschland gelangt Adolf Hitler an die Macht. Ausgerechnet Deutschland, das Land von Marx, wird von den Nationalsozialisten unterworfen. Eine weitere Revolution von der falschen Seite. »Und doch kann ich mir sehr wenig helfen«, schreibt Gramsci am 30. Januar an Julia. »Je mehr ich weiß, dass ich schlimmen Momenten entgegengehe, dass ich schwach bin, dass die Schwierigkeiten größer werden, umso mehr versteige ich mich und spanne alle meine Willenskräfte an. Dein Brief an Tanja erschien mir zu melancholisch und düster.«

Im Februar brennt der Reichstag in Berlin, die Kommunisten werden dafür verantwortlich gemacht und nun auch in Deutschland mit staatlicher Befugnis verfolgt. Im März liegt Gramsci im

Sterben. Die Gefängnisdirektion beschließt, ihm einen Mithäftling zur Betreuung in die Zelle zu schicken. In Acht-Stunden-Schichten teilen es sich einige politische Gefangene untereinander auf. Sie hocken neben Gramsci am Bett, der zu schwach ist, um sich noch daraus zu erheben, sie gehen in der Zelle auf und ab und wissen auch nicht, was tun gegen den Verfall. Der Anblick Gramscis erzeugt einen traurigen Eindruck, man meint, ein greises Kind vor sich zu haben, so klein, so abgemagert ist er.

Es ist zwei Uhr am Morgen, als Gustavo Trombetti zu ihm kommt. Gramsci scheint zu schlafen, aber sein Brustkorb hebt sich nicht. Gustavo nähert sich ihm, will mit dem Handrücken den Atem unter der Nase prüfen, da schlägt Gramsci die Augen auf, blickt ihn an, ohne ihn zu erkennen, leere, wässrige Augen. Dann streckt er die Hand nach ihm aus, ist plötzlich entschieden, als sei alle Kraft in ihn zurückgekehrt, er will Gustavo halten oder von ihm gehalten werden, nur seine Stimme ist noch schwach, als er flüstert: »Siehst du, was die Schufte aus mir gemacht haben!« Sein Kopf sackt zur Seite und er dämmert wieder davon.

»Hochgradige Kyphoskoliose«, diagnostiziert der bestellte Vertrauensarzt endlich, nachdem Gramsci so lange zwischen Ärzten hin- und hergestoßen wurde, die dem Faschismus stärker verpflichtet waren als Hippokrates. Pott'sche Krankheit, Tuberkulose und zweimaliges Bluthusten, Ohnmachtsanfälle, Gedächtnisverlust, frühzeitige Senilität, Arteriosklerose mit Hypertonus (190/100 mm Hg). Sieben Kilo hat er in den letzten Monaten an Gewicht verloren. »Abschließend glaube ich, dass Gramsci aufgrund dieses Krankheitsbildes unter den gegenwärtigen Bedingungen nicht mehr lange überleben kann. In Treu und Glauben. Uberto Arcangeli.«

Im Mai wird das medizinische Gutachten in der Parteizeitung *Humanité* veröffentlicht. Gramsci ist außer sich, so schwach seine Kräfte auch sind. Als sei er Schlachtvieh, nur vorführen wollen sie ihn, was glauben sie denn, mit dieser Indiskretion zu erreichen? Seine Freilassung? Ein wenig Mitleid von Menschen, die ihn nicht kennen und die er nie zu Gesicht bekommen wird? In Wahrheit verzögert diese Veröffentlichung nur alles, was jetzt so dringend notwendig wäre: Seine Verlegung in eine Heilanstalt oder wenigstens in die Krankenabteilung einer anderen Haftanstalt. »Ein Unglück, ein weiteres«, klagt Sraffa, der nicht weniger wütend ist als sein Freund. Seine Versuche, eine Freilassung zu erwirken, sind mehr zum Scheitern verurteilt denn je.

Gramsci erhält ein blasses Foto von seiner Frau und den Kindern. Julia glänzt schwach, die Gefühle sacken ihm in seiner Zelle Tag um Tag weiter ab. Die Taubheit der Sinne wird größer, er riecht kaum, er schmeckt nicht, er spürt hauptsächlich die Dysfunktionen seiner Organe. Er kann in den Wachmomenten denken, sogar ein wenig schreiben, aber er fällt bald wieder in sich zusammen. Er sieht Julia auf der ausgebleichten Aufnahme, und es ist, als zöge sie sich nun auch auf dem Fotopapier von ihm zurück. Wie alles. Wie die Welt. Wie das, was er von der Welt geliebt hat. Und es ist ja auch gut. Lieben ist in seinem jetzigen Zustand eine zu große Aufgabe. Da ist keine Kraft mehr, um etwas in seinem Inneren zu fühlen. Er registriert noch den Schwindel und die Benommenheit in seinem Kopf, tiefer wagt er sich nicht vor. Dass die Fotografie nicht sehr gelungen sei, schreibt er an seine Schwägerin. Das ist alles, was er Julia noch mitteilen will.

## XXXV HEDDA

»Anton, bist du's?«

Heddas Stimme klang so vertraut, als hätte es die letzten Wochen nicht gegeben. Brevi hatte mir den Telefonhörer ausgehändigt und sich ins Wohnzimmer verzogen. Ich räusperte mich. Hedda schwieg. Ich hörte ihren Atem in der Telefonleitung, vertrauter noch als ihre Stimme, und ich wusste nicht, was ich in solch einem Moment erwartet hätte, was ich mir, wenn man so wollte, gewünscht hätte, aber als sie endlich doch etwas sagte, klang sie unerträglich gefasst.

»Lasse ist krank.«

»Hör zu, wir sind hier in Rom mitten in der Arbeit und –«

»Anton, Lasse ist krank. Er hat seit Tagen hohes Fieber, ich war mit ihm beim Arzt, aber es wird nicht besser. Er will seinen Vater bei sich haben.«

Ich ging durch den Flur, Brevi saß über seinen Schreibtisch gebeugt, verloren in seinen Unterlagen, vom Glück nichts wissend, und auch nichts ahnend, und auch nichts wollend.

»Ich habe das verstanden, Hedda«, sagte ich so ruhig ich konnte.

»Nichts hast du verstanden, Anton. Du hast nicht mal zugehört.«

Natürlich, da waren sie wieder, ihre Vorwürfe, und unter jeder Schicht lag eine weitere, und je tiefer man schnitt, umso ätzender wurden sie. Warum war sie nicht ein einziges Mal mild zu mir? Das war der erste Anruf seit Wochen, warum fragte sie nicht, wie es mir ging? Ob meine Arbeit gelang? Sie könnte sich ja schließlich auch um mich sorgen, nicht nur um Lasse und um Ilsa und um sich.

»Warum hast du das alles nicht vorausgesehen?«, sagte sie tonlos.

»Was bitte hätte ich denn voraussehen sollen, Hedda? Werde nicht kindisch.«

Ich hörte, wie sie etwas auf dem Tisch zurechtrückte, wahrscheinlich stand sie vor dem Fenster meines Arbeitszimmers, früher hatte sie dort am liebsten telefoniert, früher, das hieß vor ein paar Wochen. Es mochte ein Wasserglas sein, das sie verschob, ein Briefbeschwerer, ein ganz und gar banaler Gegenstand jedenfalls, und ich atmete langsam ein und aus: Es konnte alles wieder leicht werden, alles wieder nebensächlich.

»Warum hast du nicht verhindert, dass es so kommt?«, fragte sie.

»Hedda, bitte.«

»Nein!«, schrie sie mich durchs Telefon an. »Kein: Hedda, bitte. Lasse redet kaum noch. Er wacht jede Nacht auf. Er kommt in mein Zimmer gelaufen, vollkommen aufgelöst. Wenn er weint, weiß ich wenigstens, was ich tun muss. Dann nehme ich ihn in den Arm und wische ihm mit der Bettdecke die Tränen aus den Augen, und irgendwann ist er so erschöpft, dass er einschläft. Aber meistens weint er nicht. Er sitzt einfach nur da, auf dem Bettrand, und will nicht reden und will nicht schlafen, und wenn ich versuche, ihn unter die Decke zu nehmen, tritt er um sich und sagt, dass er erst wieder schlafen will, wenn ich dich zurückkommen lasse. Und das, verdammt noch mal, wirst du jetzt tun. Wenn du nicht in drei Tagen hier bist, Anton, dann ist es wirklich vorbei. Dann siehst du deinen Sohn so bald nicht wieder.«

»Willst du mir drohen?«

»Weißt du eigentlich, was du angerichtet hast? Dass du ihn sitzen gelassen hast? Ist dir das klar?«

»Ich habe ihn nicht sitzen gelassen, Hedda. Es ist eben beruflich, im Moment …«

»Beruflich hast du doch in Rom nicht das Geringste zu tun. Was sind deine romantischen Flausen denn wert?«

»Hedda, ich glaube, es ist besser, wenn wir das Telefonat beenden.«

»Also gut, Toni. Vergiss, was ich gesagt habe. Vergiss mich. Aber komm Lasse zuliebe. Ich weiß nicht mehr, was ich mit ihm tun soll. Ilsa hat dir ein Ticket gekauft, sie hat es dir schon geschickt. Der Flug ist in drei Tagen. Und bitte, Toni.«

»Was noch?«

»Enttäusch ihn nicht.«

Als ich auflegte, stand Brevi in der Wohnzimmertür. Er musste das Gespräch mit angehört haben, zumindest Teile davon, wenn sein Gesicht auch wie so oft nichts verriet. Ich konnte nicht sagen, ob Brevi sich für Liebe interessierte und für das Aufhören der Liebe. Ich wusste nicht, ob er etwas begriff außerhalb seiner Forschung, oder ob er alles nur vermittelt erlebte, nur die von Gramsci analysierten Gefühle Tanjas und Julias kannte, Emotionen zum Text geordnet, von der Grammatik beruhigt, abgerückt von dem, was uns überwältigt, was uns dazu bringt, falsch zu handeln, immer wieder, weil wir nicht anders können, weil uns die Ordnung des Textes am Ende eben doch nicht berührt.

»Brevi«, sagte ich leise.

Er schwieg. Durch das geöffnete Wohnzimmerfenster hörte ich den Verkehrslärm, eine Kulisse aus Abgas und verschlissenem Aluminium, und leise, fast beruhigend das Flappen eines Ventilators.

»Ja, ich verstehe Sie«, sagte Brevi endlich. Seine Stimme klang trocken, als habe er seine Zunge zu lange stillgehalten.

»Was verstehen Sie?«, fragte ich.

»Ich verstehe Sie nur allzu gut. Denken Sie jetzt an die Forschung, glauben Sie daran, an unsere Forschung, in der wir Gramsci näher kommen, als es bislang gelungen ist. Nicht einmal Julia Schucht ist ihm so nahe gewesen, denn sehen Sie, es war eine Liebesbeziehung, nicht mehr, nicht weniger, die beiden haben sich nicht durchdrungen, nicht gänzlich, da standen ihnen die Gefühle im Weg, der Kampf um sich selbst, um den anderen, wieder um sich selbst.«

»Mit Julia hat er Kinder, und wir bekommen nicht mal sein verdammtes Heft zu fassen. Wir haben gar nichts von ihm.« Ich betrat das Wohnzimmer, in dem es überraschend kühl war. Ein schweres Rauschen lag in der Luft. Brevi hatte, wie ich jetzt sah, gleich mehrere Ventilatoren eingeschaltet, und die Blätterstapel auf dem Boden waren gegen die aufkommenden Luftbewegungen mit Aschenbechern und Kristallschalen beschwert.

»Die beiden haben zwei Kinder, nun gut«, erwiderte Brevi, »so etwas passiert, aber es manifestiert doch nichts, das ist eine ungültige Überhöhung, ein Kind drückt nichts aus, es ist nur da. Vollkommen da. Haben Sie keine Angst, Anton. Das ist keine Konkurrenz für uns.«

»Ich weiß wirklich nicht, Brevi, ob wir von demselben reden.«

»Julia und Gramsci waren mit zu viel Sehnsucht beieinander, und genau das hat sie blind gemacht. Wir sind es endlich, die verstehen, was ihnen entgehen musste. Klar im Verstand und klar im Gefühl«, sagte Brevi und wanderte seine Regale entlang, blieb in der historischen Ecke, Russland bis 1917, stehen, wo ihn schlammgraue Zuschusspublikationen und einige pompöse Klassikerausgaben einrahmten. »›Was wir brauchen ist Nüchternheit: einen Pessimismus des Verstandes, einen Optimismus des Willens‹, hat Gramsci geschrieben. Auch im Gefühl, Anton, und das ist nichts für Liebende. Die beiden verlieren sich in Ängsten und in Verletzungen.«

Brevi glühte. Um seinen Kopf ein Kranz aus wirrem Haar, der von einer Stehlampe angestrahlt wurde und zu brennen schien.

»Gefühle stehen uns doch im Weg, wenn wir wirklich verstehen wollen«, sagte er, »und wenn wir verstehen, können wir ja nicht mehr ernsthaft an Gefühle glauben, an diese Überhöhung, an diese Unruhe im Magen und im Brustkorb, an diese barocken Ausfallschritte, die über das Maß des gegenseitigen Verstehens hinaustreten.«

»Sie begreifen doch überhaupt nichts«, sagte ich und schlug mit der Faust gegen den Türrahmen. »Sie denken, alles sei so abgesichert wie ein Literaturverzeichnis. Waren Sie mal verheiratet, Brevi? Können Sie sich vorstellen, wie es ist, wenn so was zu Ende geht?«

Brevi blickte nicht auf, sondern blätterte in einem Manuskript, auf einer alten Schreibmaschine getippt, die Buchstaben hatten die Seiten zerschlagen.

»Natürlich war ich verheiratet«, antwortete er so gelassen, dass es zynisch klang. »Aber glauben Sie allen Ernstes an Hochzeiten, Anton? Ich habe geheiratet, weil meine Familie es erwartet hat, zu früh vielleicht, die falsche Frau oder die richtige, kann man das aus der Distanz noch sagen? Aus der Nähe ganz sicher nicht.« Er ließ das Manuskript achtlos zu Boden fallen. »Eine schöne Hochzeit auf einem Landgut in Umbrien«, fuhr er fort, »und eine Mamma Roma, die ein Schwein hereintrieb, war auch dabei. Meine Mutter hat mich geohrfeigt, vielleicht hätte es meine Braut tun sollen, die aber blieb ruhig, sie hat alles, auch das, was noch folgte, mit einer unterwürfigen Ruhe ertragen, vor der ich irgendwann in die Knie gegangen bin. Ich bin nach Turin geflohen, sie blieb in Rom, sie wird dort ihre Liebschaften gehabt haben, mit der gleichen Ruhe, mit der sie meine Liebschaften acht Jahre lang ertragen hat, vielleicht ist sie nach unserer Trennung auch allein geblieben, wer weiß, ich habe nie danach gefragt.«

»Haben Sie sie geliebt?«

»Geliebt? Ja nun, vielleicht habe ich mich geliebt. Im Ernst, Anton, ich weiß es nicht. Wir verstehen doch alle etwas anderes darunter.« Er strich mit der Hand über die Bücher von Kollegen, die sich an Populäreres als Gramsci gewagt hatten und bei Populärerem gelandet waren, bei gebundenen Ausgaben, die ein paar Tantiemen abwarfen und Einladungen nach Harvard, Yale, zur École normale supérieure nach sich zogen.

»Haben Sie Kinder?«, fragte ich.

»Sophia. Sie war vier, als es auseinanderging. Danach war Gramsci. Davor war Gramsci. Die Konstante, auf die ich mich verlasse. Romantische Gefühle sind flüchtig, genau genommen sind sie einfach nicht da. Wir glauben kurz etwas zu sehen, aus den Augenwinkeln, aber wenn wir genau hinschauen, ist da nichts. Nur ein verpatzter Kuss, ein leerer Blick, in den wir sinnlos etwas hineinlesen. Nichts, Anton, seien Sie sich darüber im Klaren: nichts.«

»Sie glauben einfach nicht ans Gegenüber.«

»Ich glaube an die Forschung. Das ist die Quintessenz aus fünfundsiebzig Jahren. Gar keine schlechte übrigens. Verleugnen Sie nicht unseren Gramsci.«

»Aber Sie verleugnen ihn doch, wenn Sie nicht an seine Verliebtheit glauben!«, sagte ich heftig. »›Der Irrtum des Intellektuellen besteht im Glauben, man könne wissen, ohne zu glauben, und vor allem, ohne zu fühlen und leidenschaftlich zu sein.‹ Das hat Gramsci geschrieben. Haben Sie ihn denn überhaupt gelesen?«

»Das nennen Sie fühlen? Er war verwirrt damals in Silberwald, überspannt, er war in einer Klinik für seelisch angegriffene Menschen. Das war ein Durchbrennen. Ein Irrsinn. Was hat ihn denn zerstört? Sein Körper? Der Faschismus? Oder diese unsaubere Beziehung zu einer hochgewachsenen Blondine aus Iwanowo, die zwischen Lachen und Weinen nicht unterscheiden konnte und alle um sich herum konfus machte?«

Tatjanas Schritte im Gang. Ihre Finger, die durch alte Papiere blätterten.

»Sind Sie eigentlich einsam, Brevi?«

»Einsamkeit ist ein Hurensohn«, antwortete er und brach in ein herzliches Lachen aus. Seine Haare wurden von der Luft der Ventilatoren zerrauft, ich spürte mit einem Mal die Kälte in meinem Gesicht und taumelte zurück. Kurz stand ich dort reglos, starrte auf die irr durcheinanderflatternden Manuskriptseiten, dann drehte ich mich um und floh über den Flur in mein Fremdenzimmer.

Gegen die violetten Tapetenblumen gelehnt, versuchte ich die Ruhe zu spüren, die von den Lichtstreifen in den Fensterläden ausgehen musste, aber es blieben helle Streifen auf splitterndem Holz, und ich dachte daran, zum Telefon zu gehen, die Rückruftaste zu drücken, zu warten, bis Hedda sich melden würde: »Stöver, hallo?«, und ihr das zu sagen, was ich eben vergessen hatte, was ich, aus welchem Grund auch immer, dann doch nicht gesagt und in dem Moment nicht einmal gedacht hatte. Es war ja nicht so, wie es eben geklungen hatte. Es war jedenfalls nicht immer so gewesen, und es hätte auch anders ausgehen können, die Chancen standen nicht gut, weil sie auf lange Sicht nie gut stehen, es ist wahrscheinlicher, irgendwann zu stolpern, als nie gestolpert zu sein. Aber wir hatten uns ja einmal bemüht umeinander. Wir hatten versucht, ein bürgerliches Leben aufzubauen, vier Zimmer mit Garten, vor dem Wintergarten das Klavier, wir sind nach Göttingen gezogen, weil alles danach aussah, dass uns zusammen dieses Leben gelingen würde, wie es eben unserer Vorstellung entsprach, mit Fischgrätparkett, einem Klavier, einem Kind und mit dir in einem eleganten, aber doch sportlichen Nadelstreifenkostüm, und auch wenn es jetzt womöglich anders aussieht, ist es doch richtig gewesen, findest du nicht, Hedda?

XXXVI MOSKAU »Sei still! Still! Still jetzt!« Julia steht auf der Treppe und schreit ihre Schwester an. Delio läuft davon, Julik versteckt sich hinter einer Tür, Genia sieht strafend zu ihr hinauf.

Wenn Julia erschöpft ist, wenn die Gedanken in ihrem Kopf durchdrehen, wenn ihr schwindelig ist vor lauter Vorwürfen, für die ein Leben zu kurz ist, um sie zu entkräften, und Delio etwas will, das es hier nicht gibt, das es nirgendwo gibt, dann schreit Julia das ganze Haus zusammen.

Um eine Puppe aus Holz, die lebendig wird, bettelt er ihre Schwester schon den ganzen Vormittag an, immer und immer wieder, und Genia streicht ihm über den Kopf und verspricht ihm diese vermaledeite Puppe, die es nicht gibt, auch nicht in der besten aller Gesellschaften, der sowjetischen.

»Wir holen dir morgen ein Stück Holz aus dem Schuppen«, sagt Genia, und Julia auf der Treppe schreit: »Lass den Unsinn!«, schreit Delio zu: »Schlag dir die Puppe aus dem Kopf! Holz ist Holz und wird nicht lebendig!«

»Aber in dem Buch von Kolja –«

»Ich will nichts mehr hören! Sei still! Still jetzt! Seid endlich alle still!«

Dabei ist nur sie selbst es, die schreit. Die Übrigen sehen sie stumm an. Seit Monaten leidet Julia an Kopfschmerzen, an Kindergebrüll und immer mehr daran, wie untätig sie ist, ein überflüssiger Teil der Gesellschaft, der nichts zum Wachstum, zum Aufbau, zum Gedeihen des Landes beitragen kann, und auch dass sie morgen aufs Land fahren werden, um sich zu erholen, wird nichts daran ändern, das weiß sie doch, nichts wird etwas daran ändern, und das ist kaum zu ertragen. Für niemanden kann sie etwas tun, weder für ihre Söhne noch für ihren Mann, und sobald sie Genia zur Hand gehen will, weist diese sie zurecht: »Nein, lass nur, ruh dich aus, du bringst mir hier alles durcheinander.« Schickt sie fort, nur um wenig später wieder in ihrer Nähe zu sein. Julia und Genia sind ständig beieinander, das Mutterpaar, das Zweigespann, die Informantin und die Zensurbehörde. Genia lässt sie kaum aus den Augen, als könne sie ihr weglaufen wie ein ungezogenes Kind, und auch jetzt, da Julia auf der Treppe endlich wieder Luft holt, sich ans Geländer stützt, geschwächt von ihrem Wutanfall, hält Genia sie streng im Blick. Julias Mutter, Oma Schucht, steht einfach nur da, schüttelt den Kopf und murmelt: »Der Papa im Gefängnis und die Mama spielt hier den Hampelmann.«

Als ob Julia nicht um seine Lage wüsste! Viel zu viel weiß sie davon: Dass er zu wenig isst und zu wenig schläft, sein Gesundheitszustand ist schlecht, auch wenn er ihr schreibt, es gehe ihm besser, es gehe ihm durchaus gut, lügt er, wenn es um ihn selbst geht, obwohl er von ihr und allen anderen stets die Wahrheit, die rückhaltlose Wahrheit verlangt. Sie weiß zu viel von allem, aber zu wenig davon, wie es ihm tatsächlich geht. Und dann dieses Schweigen, das mehr sagt, als sie hören will, das sagt, wie recht die Zeitungen haben, die schreiben, dass er stirbt, die ihn schon tot glauben. Sie darf nicht daran denken.

Natürlich sorgt Julia sich um Nino, aber sie kann nicht immer an ihn denken, es würde sie rasend machen, denn was kann sie von hier aus tun, nichts kann sie tun, nur ihm weitere Sorgen bereiten, weil sie an all der Anspannung auch noch erkranken muss. Seit Jahren geht sie zu Psychoanalytikern und Ärzten, die Diagnosen reihen sich aneinander und ändern doch nur wenig. Krisen, heißt es, psychisch-physische Erschöpfungen.

Manchmal, morgens, denkt sie an Nino, die Bilder von ihm sind schwach, sie kommt sich selbst weit entfernt und verborgen vor und erinnert sich an ihn nur mittels der Fotografien, die im Kulturpark in Moskau zu seinen Ehren ausgestellt werden, sie braucht diese Bilder als Gedächtnisstütze, sie bleibt lange vor den Schautafeln stehen, sieht sein Gesicht, übergroß und beängstigend, und dann, heftig wie eine Übelkeit, steigt die Erinnerung in ihr hoch und sie sieht endlich wieder sein Gesicht, wie nur sie es gesehen hat, wie es wirklich und außerhalb der Fotografien gewesen ist, abends in Silberwald, als er ihr seine Zunge herausstreckt, und in der Wohnung in Rom, als sie Delio baden und Nino ihr zuflüstert: »Wir haben einen richtig schönen Sohn.«

Aber was bringen diese Gedanken an Nino, nichts bringen sie, den Kindern will sie keinen schwachen Mann in Ketten vorstellen, sie sollen stolz auf ihren Vater sein, sie sollen ihn sehen, wie er im Kulturpark von einer Leinwand herabblickt und die Menschen ihn bewundern mit seinem störrischen Haar und dem milden, aber entschiedenen Blick, den kleinen, runden Gläsern vor den Augen, dem schmalen Drahtbügel auf der Nase, den dünnen Lippen, und niemand weiß, wie er jetzt aussieht. »Ich habe seit vier Jahren nicht mehr in einen Spiegel geschaut«, hat Nino ihr geschrieben.

Julia ist so matt, das Schreien hat sie noch müder gemacht, sie holt sich Bücher aus der Bibliothek und lässt sie dann unangetastet auf dem Tisch liegen. Bald wird sie sogar darin versagen, aufzustehen, sie ist nichts, nichts, nichts, sie war nur einmal etwas, als Nino an ihrer Seite war, übergroß in seinem Verstand, der ein wenig auf sie abstrahlte, der sie wachsen ließ in seinem Schatten.

Zwölf, vierzehn Stunden hat sie an der Schreibmaschine ausharren können, wenn sie im Büro gesessen hat, und sie hat durchgehalten, weil sie gemeint hat, dass, wenn sie schon keine großen Qualitäten mitbringt in das neue Leben, für das neue Land, dann doch wenigstens Quantitäten, vielleicht wiegt sich das auf. Sie ist unpraktisch, sie ist zerstreut, aber sie hat es immer wieder versucht, immer weiter, während Eugenia ihr Delio abgenommen hat. Auch ihrem Sohn hat Julia nichts geben können, nichts Warmes, nichts Spontanes, so wenig lebhaft und wirklich, wie sie ist. Sie hat zugesehen, wie Genia ihn in die Höhe gehoben und ihr Sohn lachend Luft ausgeprustet hat, wie sein Gesicht heller wird, wenn er Genia anblickt, und wenn sie selbst ihn bei sich hält, wirken seine Augen immer ein wenig betrübt. Seine Haut ist blass, und vor wenigen Tagen hat er einen Brief aus der Schule mitgebracht, in dem sein Lehrer sie darum bittet, für mehr Ausgleich in Delios Freizeit zu sorgen. »Wenn er im Unterricht etwas geschrieben hat, zerreißt er das Blatt sofort und ist danach wieder unruhig. Er stört die anderen Schüler.«

Julia schlägt eines der Bücher auf, aber sie merkt, wie gereizt sie ist, die Zeilen kommen ihr stumpf und feindlich vor, sie stößt das Buch zurück auf den Tisch und steht auf. Langsam geht sie den Flur entlang, die Treppe hinauf, bleibt vor der Tür des Kinderzimmers stehen. Delio wiegt Julik sanft in seinen Armen, sie spielen Vater und Sohn, wie so oft.

»Fahren wir morgen? Wir fahren doch morgen aufs Land, oder nicht?«, fragt Delio. Sie nickt und möchte anfangen zu weinen, ohne zu wissen, weshalb. Sie sieht, wie Delio seinem Bruder über den Kopf streicht und dieser sich ganz nah an Delio drängt.

»Das ist gut«, erklärt Delio. »Ich habe es Julik nämlich versprochen.«

Julia will sich zurückziehen, die Kinder allein lassen, aber sie hat Angst um den Kleinen. Sie hat Delio einmal dabei ertappt, wie er sich in den eigenen Arm biss, den Rücken zu ihr, ohne zu merken, dass sie hinter ihm stand, immer wieder, wie wild geworden biss er in sein Fleisch, das zu wenig nachgab und nur eine rosige Spur Zähne zeigte, kein Blut, weiter und weiter biss er, als müsse er sich für etwas Gewaltiges bestrafen. Auch Julia hat er schon gebissen, die kleinen, stumpfen Milchzähne blitzschnell und heftig in ihre Schulter gerammt, als sie ihn trug, und sie hat Angst, dass er diese Anfälle auch haben wird, wenn er bei Julik ist.

In Rom hat sie ihn zu einem Arzt gebracht, gegen Ninos Einwände, zu einem Spezialisten für nervöse Kinder. »Neuropathisch«, hat er ihr erklärt. »Sie müsse das Kind toben lassen, sonst weiß es nicht, wohin es mit seiner Energie soll.« In Moskau ist sie mit Delio bei einem Psychiater gewesen, der erst sie ausgefragt hat, nach Delios Gewohnheiten, nach seinen Besonderheiten, dann den Jungen untersuchte, den Kopf, die Reflexe am Knie, am Musikknochen, die Schnelligkeit der Augenbewegung, schließlich hat er ihm Denkaufgaben gestellt, die Delio nicht immer richtig, aber stets mit einer klugen Erklärung gelöst hat. »Aufgeweckt«, hat der Psychiater geurteilt, »intelligent. Erstaunlich, dass Eltern wie Sie ein solches Kind haben können«, hat er bemerkt, etwas auf ein Blatt Papier gekritzelt und sich wieder an Delio gewandt.

»Wie viele Freunde hast du?«

»Drei«, hat Delio geantwortet.

»Und wie heißen sie?«

»Sascha, Kolja und Oleg.«

»Und wie viele Feinde hast du?«

»Oh, tausend!«

Der Arzt hat kurz zu Julia hinübergeblickt, die den Kopf gesenkt hielt, was hätte sie antworten sollen, sie hätte sich am liebsten entschuldigt, aber womit?

Endlich, nach fünf Stunden Fahrt, in denen Delio immer unruhiger geworden ist und mit seinen Fäusten auf den Sitz eingetrommelt hat, steigen sie vor der Datsche aus. Hier auf dem Land ist Delio ausgelassener, fern von der Stadt mit ihrem Lärm und den nervösen Menschenmengen. Er läuft sofort los, in die Wiese hinein, in der er wie im letzten Jahr Frösche fangen will, und während Genia und Julia die Koffer auspacken, Tee kochen und die Terrasse herrichten, jagt Julik die Katzen und Hunde vorm Haus, fällt immer wieder hin, steht lachend auf und singt, als er den Hühnern im Hof nachläuft, die verschreckt aufflattern. Es sind noch keine Pionierslieder, nur Silben und Töne, aber auch er ist größer geworden. In seiner Kinderbadewanne wird jetzt der Sohn eines Bekannten gebadet, im alten Gitterbett schläft ein Säugling, im Kinderwagen wird der Bruder eines Freundes von Delio spazieren gefahren, und Julik möchte immer eines der kleinen Kinder mit zu sich nehmen.

»Und eine Schwester möchte ich!«, erklärt er Julia, als er von seinen Raubzügen zurück auf die Terrasse kommt.

»Ja«, sagt sie. »Später.«

Er setzt sich auf einen der kleinen Kinderstühle und pfeift gedankenverloren vor sich hin. Julia hört es gerne, vielleicht wird auch er einmal an der Musikhochschule studieren, oder er wird Kutscher, denn er mag die Pferde und ist aufgeregt, wenn sie an ihrer Terrasse vorbeitraben und einen leichten Wagen hinter sich herziehen mit Menschen darin, die alle fröhlich aussehen, fröhlicher als die Menschen in diesem Haus.

Genia bringt Tee auf die Terrasse, setzt sich neben ihre Schwester und mustert sie, wie sie es seit Jahren tut.

»Julia, du isst zu wenig. Zehn Kilo könntest du zunehmen, und wenn nicht im Sommer hier auf dem Land, wirst du es in der Stadt ganz sicher nicht schaffen.«

Julia nickt. Auch das wird sie also nicht schaffen. Sie braucht so viele Ärzte, so viele Diagnosen. Früher wollte sie gar nicht gesund werden. Sie ging zur Kur, um sie abzubrechen. Eine Ärztin hat ihr jetzt Hysterie attestiert, nachdem sie alle so lange an Epilepsie geglaubt haben. In Sewastopol fand sie ein Arzt hysterisch-epileptisch. »Warum haben mir die anderen Ärzte bislang nicht diese Diagnose gestellt?«, hat sie gefragt. »Ach, Ärzte vergeben diese Diagnose sehr ungern«, hat er ihr gelassen geantwortet. »Weil es die Krankheit nicht gibt. Aber wissen Sie, auch Gogol und Dostojewski haben schon daran gelitten. Sie befinden sich in hervorragender Gesellschaft.«

Auch mit der Hysterie hat sie hochrangige Leidensgenossen. Im Evangelium gibt es Fälle, hat ihre neue Ärztin ihr erklärt, die ihrem ganz ähnlich sind, und auch Napoleon war hysterisch. »Große Namen, Frau Schucht.«

»Eigentlich genügt mir mein eigener Name.«

Delio kommt klatschnass auf sie zugelaufen, er hat seine Schuhe zum Angeln benutzt, erzählt er, aber nicht mehr als dieses kleine, zappelnde Etwas gefangen. Er hält Genia den Schuh hin, dann darf auch Julia schauen, was da im kleinen Ledertümpel kreist, ein paar Kaulquappen.

»Du kannst doch nicht mit all deinen Kleidern ins Wasser gehen«, ermahnt ihn Genia und fährt ihm durchs nasse Haar.

»Aber Mama, das macht doch nichts, ich lasse mir doch nicht die Schuhe von der Strömung wegtreiben.«

»Aber sieh dir das Leder an, wir werden das Wasser in einen Krug geben und die Schuhe in die Sonne stellen. Denkst du denn, dass das ein guter Kescher ist?«

»Djadja hat erzählt, dass sie in Sardinien mit ausgehöhlten Steinen Fische fangen. Die Schuhe sind viel praktischer, sie sind schon ausgehöhlt und sie sind leichter.«

Genia dirigiert das Kind ins Haus, sie wird ihn in seinem Schlafzimmer mit einem Handtuch trocknen, ihm neue Kleider anziehen, Genia folgt er, ohne zu murren, und Julia hört noch, wie er sie beim Hineingehen fragt: »Und welchen Fisch soll ich morgen für dich fangen?«

»Was hat er nur mit den Fischen?«, fragt Julia ihre Schwester, als sie wieder auf die Veranda herauskommt.

»Das wundert dich? Wenn Antonio ihm so wirres Zeug schreibt? Ich glaube nicht, dass es gut ist, wenn du ihm die Briefe von Antonio vorliest.«

»Aber er ist ihr Vater.«

»Ein großartiger Vater! Kümmert er sich vielleicht? Er treibt dich an, er weist dich zurecht, er dreht sich nur um sich. Und er kann nicht lieben. Woher kommen denn deine Krisen? Als wüsstest du das nicht selbst. Willst du, dass es Delio bald genauso geht wie dir?«

Julia könnte ihrer Schwester ins Gesicht schreien, dass sie sich nicht einzumischen hat, nicht in die Kindererziehung, nicht in ihre Beziehung zu Nino. »Seien Sie aggressiv, wenn Sie es sein müssen«, hat ihr die Ärztin geraten. »Seien Sie ungerecht. Das ist für Ihre Genesung unerlässlich.« Julias Kehle wird pochen vor Wut, aber recht wird am Ende doch Eugenia behalten.

»Ich wollte ihm nicht sagen, dass die Briefe aus dem Gefängnis kommen«, antwortet Julia matt.

»Darum geht es nicht. Antonio hat nie verstanden, als Vater liebevoll zu sein. Er ist ein kalter Mann. Er lebt in seinen Gedanken. Er ist nicht gut für die Kinder.«

Julia weiß, dass es anders ist, oder hat zumindest geglaubt, es zu wissen, sie war sich eine Zeitlang sicher, dass Nino den Kindern nah sein will, denn das schreibt er ihr ja, wenn er ihr schreibt: Dass er wissen will, welche Entwicklungen sie machen, wie groß sie sind, ob sie genügend essen und zunehmen, aber dann, und hat Genia nicht doch recht?, sind seine Briefe wieder entsetzlich pedantisch, er tadelt Julik dafür, dass er so flüchtig schreibt, und kritisiert Delio, der nicht gründlich genug nachdenkt. Dabei sind es doch Kinder.

Wenn sie zurück in der Stadt sind, wird sie die alten Artikel und Fotografien heraussuchen, die sie von Nino gesammelt hat, wird Delio vorlesen, was andere über Nino geschrieben haben, andere als diese Familie, in der jeder seine eigene Wahrheit für die einzig gültige hält und die anderen ständig zensiert.

Delio soll seinen Vater sehen, wie er war, ein aktiver Kämpfer für die Revolution, für den Kommunismus, der jetzt im Kerker sitzt, aber nicht, weil er Schlechtes, sondern, weil er zu viel Richtiges getan hat, weil er sich geweigert hat, Italien zu verlassen, erst gehen wollte, wenn für alle Arbeiter klar und unverkennbar deutlich wäre, dass die Situation im Land ihn zum Gehen zwingt. Er wollte sie nicht im Stich lassen, er wollte nicht, dass sie das Gefühl hatten, er ließe sie im Stich, und das soll Delio wissen, damit er sich nicht vor der Wirklichkeit zu verstecken braucht wie sie selbst.

Delio kommt wieder heraus, seine Wangen wirken rosiger als gewöhnlich, vielleicht hat ihm der Gang in den Bach tatsächlich gutgetan.

»Hast du gelebt, als Puschkin lebte?«, fragt er und schmiegt sich nun doch an seine Mama-Julia.

Sie lacht, legt ihren Arm um ihn. »Nein, da haben sie noch nicht einmal an mich gedacht.«

»Und lebte die Oma damals? Und als Mongolfiere lebte, lebte sie da?«

»Nein, auch die nicht.«

»Aber wie kann das sein? Wer denn dann?«

»Es ist schon sehr viel passiert, bevor der älteste Mensch, den du kennst, geboren wurde. Aber du hast Glück, das war nämlich keine gute Zeit. Damals haben die wenigen den vielen vorgeschrieben, nichts zu wollen und nichts zu denken und nur zu dienen. Und die vielen haben noch nicht gewusst, dass sie sich dagegen wehren können, dass man die Gesellschaft ändern kann. Du hast das Glück, in einer sehr guten Zeit geboren zu sein.«

»Wieviel Zeit wird vergehen, bis das Kind geboren wird, für das ich so alt bin, wie Djadja jetzt ist? Für das ich«, er rechnet nach und reißt staunend seine Augen auf, »für das ich ein *Vierzigjähriger* bin?«

»Nicht so viel Zeit, dass sich noch einmal alles ändern wird. Das kann jetzt nicht mehr passieren, hab keine Angst«, sagt Julia und streicht ihrem Sohn über die Wangen. Es fühlt sich an, als streichle sie eine Puppe. Etwas ganz und gar Fremdes. Delio stößt sie von sich: »Lass mich, lass mich«, schreit er und tritt gegen den Tisch. Julia springt auf, um das Geschirr aufzufangen, da hängt Delio bereits an ihrem Arm. Und beißt zu. Und beißt, als ginge es ums Überleben.

## XXXVII ZYPRESSEN

»Es tut mir wirklich leid für unser Projekt«, sagte ich Brevi zum Abschied.

»So ist es nun mal«, antwortete er. Mit hängenden Schultern stand er vor seinem Hauseingang und hielt sich stützend am Gartentor fest. Als ich ihm die Hand geben wollte, zog er mich an sich und umarmte mich lange.

»Alles Gute, Anton. Passen Sie auf Ihren Sohn auf.«

Ich stieg ins Taxi und blickte mich noch einmal zu Brevi um. Matt hob er die Hand, winkte mir zu, und zum ersten Mal sah er wie ein sehr alter Mann aus. Der Fahrer startete den Wagen.

An der Porta Pia tauchten wir in den Stadttunnel ab. Ich starrte auf die orangen Lichter vor der Windschutzscheibe, ein Motorrad überholte uns, ein Bus schaltete seine Scheinwerfer an und aus. Der Taxifahrer beschleunigte und wir fuhren wieder hinauf ans Tageslicht. Die Häuser zogen zu schnell an mir vorbei, dreckige Fensterläden, Kabel, Rohre. Rechts Platanen, die den Fußweg säumten. Dahinter der Tiber.

»Hier ist Matteotti entführt worden«, sagte ich.

»Wer?«

»Ein Sozialist.«

»Stand das heute in der Zeitung?«

»Nein, das ist neunzig Jahre her.«

»Na dann.« Der Fahrer schnippte gegen den Rosenkranz am Rückspiegel und stellte das Radio lauter. Links die schmalen Seitenstraßen. Ein verrostetes Schild mit einer roten Nelke. Ich lehnte mich vor und tippte dem Fahrer auf die Schulter.

»Entschuldigen Sie, sind Sie sicher, dass das der richtige Weg ist?«

»Sie wollen doch zum Flughafen Fiumicino, oder?«

»Nein, ich glaube …«

»Müssen Sie nach Ciampino?«

»Ich glaube nicht.«

»In Ciampino landen die Billigflieger und der Papst. Die anderen in Fiumicino.« Der Fahrer warf mir einen kurzen Schulterblick zu. »Und der Papst sind Sie ganz sicher nicht.«

»Entschuldigen Sie, ich habe mich im Tag geirrt.«

»Wollen Sie das nicht lieber auf Ihrem Ticket nachschauen?«

»Der Flug ist erst morgen«, sagte ich gereizt.

»Soll ich Sie zurückfahren?«

»Nein, nein, hier ist es gut«, antwortete ich. »Hier ist es gut.«

»Wie Sie wünschen.«

Er hielt auf dem Parkplatz vor dem alten Schlachthof, wuchtete mein Gepäck aus dem Kofferraum und lächelte mich ratlos an.

Eine Touristengruppe stand vor dem Tor des Schlachthofes, der mittlerweile ein Museum für moderne Kunst beherbergte. Gerötete Gesichter, durchgeschwitzte weiße Hemden, Reiseführer an die brutheiße Brust gedrückt. Ein kleines Mädchen zerrte an der Hand seiner Mutter, es hatte wie im Fieber gerötete Wangen, und ich fragte mich, ob Lasse wohl wirklich so krank war, wie Hedda behauptete, oder ob es nur wieder eine von ihren Übertreibungen war. Hinter dem Tor wuchs eine aus Bambusstäben gesteckte Skulptur wie eine Flamme aus Holz zehn Meter in die Höhe. Ein fragil gewaltiger Kegel, der sich nach links bog, als würde er vom Wind gekrümmt.

»Und es wird Sie interessieren, dass der neue Schlachthof 1975 in der Via Togliatti eröffnet wurde«, behauptete eine Stadtführerin, die mit ihrem gelben Sonnenschirm wie eine riesige Polle aussah. Ein Mann mit umgeschnalltem Fotoapparat hob seinen Arm und begann, ohne dass ihn jemand aufgerufen hätte, aus seinem akribischen Halbwissen zu dozieren: Die Pferdetränken des Adels seien früher mit sauberem Wasser gefüllt gewesen, während die Pferde der Bürgerlichen das Waschwasser aus der Küche tranken, das habe er gelesen, und was sie ihnen dazu berichten könne.

»Nun, die Tiere sind nicht in erster Linie zum Trinken hierhergekommen«, verteidigte sich Miss Polle. Beim nächsten Windhauch würde sie mit ihrem Schirm davonfliegen, verdammter Besserwisser. Da sah ich Tatjana vor der Mauer des Monte Testaccio. Sie bog gerade in die Straße ein, die Richtung cimitero acattolico führte, zum Protestantischen Friedhof, wie es die Deutschen fälschlicherweise übersetzten. Ich wandte mich von Miss Polle ab und folgte eilig Tatjana.

»Bitte spenden Sie 3 Euro, wir brauchen sie dringend«, las ich auf einem Schild, daneben stand eine Plexiglasbox, in der einige Münzen und ein Geldschein unkenntlicher Provenienz lagen. Die Cestius-Pyramide links liegen lassend, vorbei an Lenore Kipp-Cotten, die ihr Ehemann auf einer länglichen Grabplatte hatte verewigen lassen, suchte ich, wie bei jedem meiner Besuche hier, nach dem richtigen Weg. Bei Keats lungerte lediglich ein Brite in Kolonialtracht herum. Eine Frau goss ein Grab. Niemand wollte den Architekten Muller oder das Gedenken an Lenore Kipp-Cotten sehen.

Ich blickte mich nach Tatjana um, konnte sie jedoch nirgendwo entdecken. Zwei schlanke Frauen standen in schwarzer Kleidung vor einem Gebüsch wie verwitterte Wächter und sahen nicht einmal auf, als ich an ihnen vorbeiging. In einer der Reihen waren einige Säulen übereinandergestürzt, in einer anderen fehlte einer Trauernden aus Stein der Kopf. Zwischen dem vor hundertfünfzig Jahren aus Bern verschwundenen Herrmann

Jimmer und einem Herrn Wendriner, dessen Grab gerade exhumiert wurde, ließen sich frische Geburts- und Sterbedaten finden, bei deren Anblick ich mich ertappt fühlte, als hätte ich meinen eigenen Tod nur aus Achtlosigkeit übersehen.

Ich folgte einem deutschen Kahlkopf samt Frau. Das Pärchen schritt verstört vom römischen Sommer durch die Grabreihen, schenkte den Zypressen keinen Blick, die hoch und, wenn man mich fragt, äußerst sehenswert in den Himmel ragten. Wenig später ging auch ein kräftiger Dunkelhaariger hinter uns her, er trug die Ärmel hochgekrempelt und hatte einen roten Reiseführer dabei, Giro d'Italia, ein Buch, das es seit den sechziger Jahren eigentlich nicht mehr gab.

Es herrschte eine drückende Stimmung. Der Verkehr, der mich auf den wenigen Schritten bis zum Friedhofseingang betäubt hatte, die wirr ineinanderlaufenden Straßen, über die die Fußgänger hechteten, Heiligemariamuttergottes, lass mich heil auf der anderen Seite ankommen, sanken wie ein Fiebertraum von mir weg. Nur einen Schritt weiter, und plötzlich war alles lautlos, als triebe ich auf dem offenen, windstillen Meer. Eine von Gramscis Geschichten kam mir in den Sinn, in der ein paar Schiffbrüchige in einem Rettungsboot saßen, dem Hunger ausgeliefert, und schließlich zu Kannibalen wurden.

Ich schüttelte mich, was für ein hässliches Gedankenspiel. Noch einmal suchte ich die Reihen nah Tatjana ab, ich wusste, dass sie in der Nähe sein musste, dass sie gleich wieder auftauchen würde, es war ja gar nicht anders möglich, doch meine Augen waren nicht gemacht für diese Sonne, sie waren zu träge und mein Körper zu durchlässig. Die Pupillen müssten elastisch sein wie die der Katzen oder aber von einer besonders dicken Hornhaut überzogen. Die Hitze lief in meinem Kopf über und ich glaubte, eine Halluzination zu haben. Ich sah einen älteren, großen Mann durch eine der Reihen schreiten. Das war an sich nichts Verwunderliches. Allein, dass er aussah wie Piero Sraffa, verwirrte mich. Er kam näher, blieb vor der kopflosen Statue stehen und musterte das Grab. Dann schaute er auf und wir blickten uns an. Seine Brauen lagen wie Schwingen über seinen Augen. Ohren und Nase waren so groß, als wären sie mit seinem Verstand mitgewachsen. Die wenigen weißen Haare, die er noch hatte, bauschten sich um seinen Kopf. Kurz, es bestand kein Zweifel, dass dieser Mann der uralte italienische Ökonom und Wegbegleiter Gramscis, dass dies tatsächlich Piero Sraffa war. Er wandte sein Gesicht ab und blickte in eine Richtung, als erwarte er jemanden.

Von den hinteren Reihen, dort, wo Shelley lag und auch Goethes Sohn, eilte eine Frau herbei. Sie musste noch jung sein, zumindest bewegte sie sich so, wenn sie auch ein altertümliches Kleid trug, ein heller, steif um ihre Knöchel schaukelnder Stoff. Ihr Gesicht war durchscheinend. Ihr Haar dunkelblond und schulterlang. Ich wusste, dass ich sie kannte, ich konnte mich nur nicht entsinnen, woher.

Es knisterte zwischen den Zweigen, es rauschte bei jedem Schritt. Die Geräusche wirkten wie mit einem alten Radiogerät übertragen. Sraffa ging der Frau entgegen. Sie hielt eine Hand auf ihr Brustbein gedrückt, als sei sie lange gerannt und müsse nun ein Stechen in ihrer Luftröhre beruhigen. Sie redeten aufeinander ein, so leise, dass ich kaum einzelne Silben verstand. »Menschenfresser«, meinte ich zu hören. Und noch einmal, »Menschenfresser«, das war das einzige Wort, das zu mir drang.

Und dann wusste ich, wer die Frau war. Die Zusammenhänge erschienen mir mit einem Mal klar oder aber als verlöre die Unklarheit an Gewicht. Wenn der Mann vor ihr Sraffa war, dann war sie niemand anderes als Gramscis Schwägerin. Tanja

Schucht. Sie hielt Sraffa am Mantelärmel, er beugte sich zu ihr hinab, ihre Lippen nah an seinem Ohr, sie redete hastig auf ihn ein, er nickte, seine Miene beherrscht, doch mit einer fast unerträglichen Schwermut. Eine Schwermut, wie ich sie nur von Brevi kannte.

Und dann war alles schwarz. Ausgeknipst. Ich spürte einen Schlag. Ich spürte nichts mehr. Vielleicht fiel ich. Vielleicht lag ich. Vielleicht saß ich noch in einem Taxi und fuhr auf den Flughafen zu.

»Sie haben etwas gesagt«, behauptete jemand.

Ich schüttelte den Kopf, ohne zu wissen, ob ich gemeint war. Die Müdigkeit und die Hitze, dazu all der Kaffee, den ich seit dem frühen Morgen in mich hineingekippt hatte, ohne ein einziges Glas Wasser zu trinken. Ein roter Punkt funkelte vor meinen Augen.

»Sie haben nach jemandem gerufen.«

Der rote Punkt nahm Form an, ich konnte die goldfarbene Schrift darauf lesen, Giro d'Italia. Unter meinem Rücken kratzten Steine, ich hatte mich mitten auf den Friedhofsweg sinken lassen. Man half mir auf, der Kahlkopf, seine Frau, der Mann mit dem Giro, und vor mir lag eine verwelkte Nelke, die der Wind von einem der Gräber geweht hatte.

»Wenn Sie gestatten«, sagte der Mann mit dem Reiseführer schüchtern. Ich stand noch immer benommen da, er hakte mich unter, das Ehepaar nickte uns aufmunternd zu, und wir zogen wie zwei alte Geliebte den Weg entlang, vorbei an orthodoxen Kreuzen, an Muller und Kipp-Cotten, auf den Ausgang zu. Flüchtig blickte ich mich zu der kopflosen Trauernden um und sah, wie Brevi und Tatjana, meine Tatjana, hastig auseinandergingen.

## XXXVIII ROBINSON

Um sechs Uhr am Morgen holen die Wachen Gramsci aus der Zelle. Es ist eine übereilte Abfahrt nach Formia, man hat Gramsci gesagt, es gehe erst in ein paar Tagen los. Monatelang haben Tanja und Sraffa darum gekämpft, dass er in das Gefängniskrankenhaus verlegt wird, und die Antwort hat sich ein ums andere Mal verzögert, aber jetzt scheint es auf jede Minute anzukommen. »Mach schon, mach schon, wir haben noch anderes zu tun«, herrschen die beiden Wachen ihn an.

Gramsci tritt mit zitternden Schritten hinaus, sein Genosse Gustavo Trombetto stützt ihn. Der Wagen wartet auf der Straße vor dem Gefängnis wie ein in der Dunkelheit hockendes riesiges Insekt. Drum herum ist alles noch finster, nicht einmal ein Lichtstreifen zeigt sich am Horizont. Gramsci sackt kurz ein, als er die Pflastersteine unter seinen dünngelaufenen Sohlen spürt. So anders als im glatten Inneren des Gefängnisses geht man hier draußen, und wie lange ist es her, dass er auf dieser Seite der Mauern stand, im Freien, wo der Himmel nicht rechteckig ist wie der Gefängnishof? Er hatte schon geglaubt, diese Seite existiere nicht mehr.

Gustavo stellt den Koffer neben dem Wagen ab, sie umarmen sich zum Abschied, dann steigt Gramsci ein. Er spürt den Wagen holpernd anfahren, starrt aus dem Fenster, zunächst nur auf die schwarze Fläche, in der sich nichts regt. Er denkt an Sardinien. Dorthin will er zurück, wenn er die Haft hinter sich hat. Er wird ein kleines Häuschen in Ghilarza beziehen. Er wird eine Ziege haben und vielleicht ein paar Schafe. Vielleicht wird Julia bei ihm sein. Es wird ein ruhiges Leben sein, ein Leben, das zu ihm gehört.

Als sie den Bahnhof erreichen, hat die Dämmerung eingesetzt, erste Umrisse sind zu erkennen, Schatten, die andeuten, dass es tatsächlich etwas um sie herum gibt. Im Zug sitzt Gramsci von zwei Polizisten bewacht in einem Abteil, die Landschaft vor dem Fenster wird heller und er kann es nicht fassen. Er will es nicht fassen. Die Wiesen, Wälder, Menschen, die Kinderscharen, Bäume und Gärten gibt es noch immer. Sechs Jahre lang hat er nur dieselben Dächer und Mauern und Gesichter gesehen, und das Leben draußen ist einfach weitergegangen.

An seiner ersten Zwischenstation, dem Gefängniskrankenhaus in Civitavecchia, wird er einen düsteren Gang entlanggeschickt und soll vor einer verschlossenen Bürotür warten. Er späht im Halbdunkel umher, blickt auf ein Fenster, das auf einen anderen Flur zeigt, ein uralter Mann starrt ihm entgegen. Er ist so alt, dass man die Jahre nicht mehr schätzen kann, er hat keine Lippen, die Wangen sind eingefallen und die Hautfarbe ist grau wie schlechtes Druckpapier. Es könnte das Gesicht eines Schwerkranken sein, oder das eines Toten. Da begreift Gramsci, dass es sein Spiegelbild ist, auf das er zum ersten Mal seit seiner Verhaftung sieht.

»Du musst mir schreiben, was du davon gehalten hast«, bittet Piero Sraffa seinen Freund, als er ihn in Formia besucht und einen Stapel Bücher auf den Tisch legt. Doch Gramsci schüttelt nur den Kopf.

»Was soll das heißen?«, entgegnet Sraffa. »Das dulde ich nicht.«

»Ich kann nicht mehr, Piero, ich habe keine Kraft.«

»Schreib!«, herrscht er Gramsci an. »Schreib! Du musst schreiben, das ist das beste Mittel gegen den Wahnsinn. Und es ist das einzige, was wir dir ins Gefängnis bringen können.«

Wie Tanja hat Sraffa gehofft, dass es Gramsci in Formia besser gehen würde, aber Gramsci zieht sich nur weiter zurück, spricht kaum mehr, will auch nicht mehr an Julia oder die Kinder schreiben, sondern lebt in einem Kokon aus Erinnerungen, ein regressives fieberndes Häufchen Mensch, das müde ist, totmüde, und weder Sraffa noch Tanja kann es noch aufrütteln.

Im Herbst 1934 geschieht das, womit keiner der drei mehr gerechnet hat: Dem Antrag auf bedingte Haftentlassung wird stattgegeben. Tanjas Stimme ist heiser, als sie spätabends einen Anruf von Sraffa bei einem Genossen entgegennimmt.

»Was wird es heißen?«, fragt sie.

»Ich weiß nicht. Es kann alles und nichts bedeuten.«

»Sie werden es nicht zulassen. Sie glauben, Antifaschisten aus New York hätten seine Flucht vorbereitet.«

»Sie glauben es nicht, sie streuen das Gerücht, um einen Grund vorzuschieben, warum sie ihn weiter festhalten.«

Am Ende ändert sich fast nichts: Das Gitter vor Gramscis Fenster verschwindet, die Wache zieht von seinem Zimmer in den Garten. Gramsci hat sich kurz aufgerichtet, und ist wieder in sich zusammengesunken. Eine von vielen nichtigen Hoffnungen. Tanja sitzt am Tisch in seiner Zelle, um einen Brief an seinen Vertrauensarzt zu schreiben, der einzige, der vielleicht noch etwas erzwingen kann.

»Schreib ihm, ich werde verrückt«, sagt Gramsci.

»Was?«, fragt Tanja und erhebt sich. »Was meinst du damit?«

»Ach nichts, ich habe es nur so gesagt.« Kurz schließt er die Augen. Seit Tagen versucht er an Julia zu denken, doch sie existiert kaum noch für ihn. Sie wird zunehmend blasser, eine unwirkliche Erinnerung. Etwas, dessen Verlust nicht einmal mehr schmerzhaft ist. »Man will ja nur umso heftiger leben, je mehr man weiß, dass es nicht möglich ist«, sagt er.

»Das musst du aushalten.«

»Aber es macht keinen Sinn mehr. Meine Bindungen zur Außenwelt lösen sich eine nach der anderen auf.«

»Du musst Julia schreiben. Du hast ihr seit Monaten keinen Brief mehr geschickt.«

»Warum soll ich einem Menschen schreiben, für den meine Briefe belanglos sind?«

»Das ist nicht wahr.«

»Sie freut sich nicht mehr über meine Briefe, sonst würde sie mir antworten.«

»Ich lasse nicht zu, dass du dich aufgibst. Und wenn du nur ihr zuliebe durchhältst. Und wenn du nur durchhältst, damit Mussolini dich nicht gebrochen hat.«

Tanja tritt an sein Bett heran, steht dort, reglos, als wäre sie aus Wachs.

»Ich weiß einfach nicht mehr, wer sie ist«, sagt Gramsci.

»Sie war für dich mal der wichtigste Grund der Welt.« Tanja wendet ihr Gesicht von Gramsci ab und starrt auf die Wand. »Das ist sie noch immer«, verbessert sie sich.

»Was verstehst du davon?«

»Du weißt, dass ich es verstehe«, sagt sie leise. »Du weißt, dass ich Gefühle habe. Auch wenn ich mich nicht öffnen kann. Ich kann es eben nicht. Ich bin zurückhaltend, vielleicht auch gemein, ja, bestimmt bin ich grausam.« Sie fährt mit den Fingern über ihre Stirn, ihr dämmriger Blick ruht nun wieder auf ihm. »Verzeih mir, Nino. Ich habe dir und niemandem etwas zu sagen. Ich bin leer.«

Sie tastet ihren Haaransatz entlang, prüft, dass auch kein Haar aus der strengen Ordnung ihrer Frisur ausbricht. Wie ihre Schwester, denkt Gramsci, aber diesmal meint er nicht Julia. Wie Eugenia ist sie.

»Warum willst du, dass ich ihr Briefe schreibe?«, fragt er sie. »An wen gehen diese Briefe? An Julia oder an die Partei? Ihr wollt mich aushorchen. Aber ich kann nicht mehr. Ich will nicht mehr. Palmiro hat meinen Kurs übergangen, ihr habt mich alle übergangen. Julia hat es nie gegeben. Sie war nur da, damit ihr hört, was ich denke. Damit ihr in meinen Kopf hineinsehen könnt. Ihr seid genauso wie die Faschisten, ihr wolltet meine Gedanken beherrschen, nur habt ihr es mit anderen Mitteln versucht. Und eure Mittel waren die besseren.«

»Nino, sei ruhig«, sagt Tanja und greift sein Handgelenk. »Was redest du dir ein?«, fragt sie und fährt beruhigend über seine papierene Haut.

»Ihr lügt mich an, wie mich alle immer angelogen haben. Meine Eltern haben mir erzählt, ein Kindermädchen habe mich fallen gelassen. Sie wollten mir nicht sagen, dass ich erkrankt bin, dass mein Skelett von der Pott'schen Krankheit verformt ist, sie haben mir auch nicht gesagt, dass mein Vater im Gefängnis ist. Immer diese Scham. Immer diese Lügen. Seid doch mutig genug, mir die Wahrheit zu sagen. Jetzt ist es doch ohnehin zu spät. Sag mir, dass Julia nur in mein Leben gebracht wurde, um mich auszuhören. Nichts anderes war sie für mich! Nichts anderes!«

Wie bizarr seine schwache Stimme klingt, wenn er zu schreien versucht und doch nur ein dünnes Pfeifen herausbringt. Tanja ist an sein Bett getreten und wischt mit einem Taschentuch über seine feuchte Stirn, er will sie von sich wegschieben und lässt seine Hand, kaum dass er sie gehoben hat, doch auf die Bettdecke zurücksinken.

Es klopft an der Tür, sie blicken beide auf, und lassen beide ihren Blick wieder sinken.

»Meine größte Schwäche war, nicht den Mut aufgebracht zu

haben, allein zu bleiben«, fügt er ruhiger hinzu, »ohne Bindungen, Zuneigungen, Beziehungen und all das. Das ist der Ursprung der ganzen Misere.«

Ein Wachmann tritt ein und nickt Tanja zu.

»Ich kann dir nichts mehr entgegnen, Nino«, sagt Tanja. »Auch wenn ich es gern würde. Du würdest es ohnehin nicht hören.« Sie nimmt die Papiere vom Tisch und folgt der Wache hinaus in den Gang.

Gramsci horcht noch auf ihre Schritte, oder sind es schon die Schritte von anderen, wie gleich sie alle klingen, wenn sie durch den Gang vor seiner Tür gehen. Er blickt gegen die Decke und versucht, an etwas zu denken, was ihn beruhigen könnte, doch die Gedanken gleiten ihm weg, selbst die nahen Erinnerungen sacken ab, und bald weiß er schon nicht mehr, was gerade zwischen ihnen geschehen ist. Nur die weit zurückliegenden Ereignisse tauchen in seinem Kopf auf, klar und ruhig und so viel wirklicher als die Gegenwart.

Er hängt am Deckenbalken seines Elternhauses und schaut auf die gedrungenen Gestalten hinab, er sieht seinem Hundewelpen dabei zu, wie er versucht, eine Treppenstufe hinaufzutapsen, es ist kein schönes Tier, hässlich eigentlich, sehr hässlich, wenn er es sich genau überlegt. Als Kind hat er das Seefahrervokabular im Schlaf aufsagen können, er hat im Alter von sieben Jahren *Robinson Crusoe und die geheimnisvolle Insel* gelesen. Er ist damals, in Ghilarza, nur noch mit Weizenkörnern und in einen Wachstuchfetzen gewickelten Streichhölzern aus dem Haus gegangen, für den Fall, dass er aus dem sardischen Alltag auf eine einsame Insel gespült wird. Dabei war er ja schon auf einer einsamen Insel, Sardinien, und er hat sie geliebt trotz Malaria und Hunger, das vom Festland vergessene Sardinien, und weggespült wurde nicht er, sondern sein Vater, den zwei Polizisten mitnahmen, er sieht sie noch auf der Straße davongehen, niemand will ihm sagen, was gerade geschieht, und seitdem hat er Angst gehabt, dass sie zurückkommen und auch ihn holen. Er hat aus Papier stolze Schiffe mit Doppeldeck gebaut, und jetzt zieht ein Zittern durch seinen Körper, da er daran denkt, er wünscht sich nichts mehr, als noch einmal ein solches Schiff zu besitzen, aber das Papier ist mittlerweile zu wertvoll geworden, dass er es nicht dafür opfern kann. Oder vielleicht doch.

Julia wird ihm keine Briefe mehr schicken, die zu beantworten wären, davon ist er überzeugt. Sie ist nicht mehr sein Japan, wie sie es zu Beginn seiner Haftzeit noch gewesen ist, dieser ferne Punkt, der ihm noch etwas Welt versprach. Das ist vorbei. Sie ist für ihn verschwunden, wie alles verschwunden ist. Es verletzt ihn nicht mehr wie noch vor einigen Monaten, und er ist nicht mehr wütend, wie er es acht Wochen lang gewesen ist, obwohl er kaum mehr die Kraft dazu hatte. Es ist ihm gleichgültig. Und das ist das schlimmste Gefühl für jemanden, der außerhalb von sich nichts hat. Japan ist nicht mehr im Völkerbund, was soll's, vielleicht ist es nicht einmal mehr eine Insel im Pazifik, Japan existiert nicht für ihn und auch nicht die Gefängnisinsel Ustica mit ihren Regenbögen und Bordigas Kunst des Kaffeekochens. Gramsci ist weder Robinson noch Freitag, er ist nicht gestrandet, nicht in eine einsame Bucht gespült worden, sondern geht mit all den anderen im Bauch des Schiffes unter. Er hört, wie es leiser um ihn wird, immer leiser. Es ist ihm, als versinke er in den tieferen Schichten des Meeres, bis hinab in die Stille, wo auch die größten Stürme nichts mehr bewegen. Still. Still jetzt. Endlich still.

**XXXIX BOCCA DI LUPO** Der Zuckerberg in meiner Tasse wuchs, während ich an der Via Marmorata auf Tatjanas Ankunft wartete. Über kurz oder lang musste sie hier entlangkommen, das wusste ich mit Gewissheit. Es gingen blonde und braunhaarige Frauen vorbei, Frauen mit weißen und schwarzen und bizarr ins Orange gefärbten Frisuren, und ich dachte an Tatjana, meinte schemenhaft ihre Locken im Gegenlicht zu sehen und dachte daran, dass auch Julia Schucht kaum wirklicher gewesen sein konnte für Gramsci, jene im fernen Russland festsitzende Genossin, seine Ehefrau, die nur in Briefen existierte.

Ich aß ein Mignon al Forno und trank meinen Cappuccino, während ich auf die Piazza del' Emporio blickte, auf der Tatjana bald erscheinen würde. Über mir traten zwei Fußballmannschaften auf einem flackernden Fernseher gegeneinander an, hinter dem Tresen polierte ein alter Mann Gläser, und das Mädchen an der Kasse rekelte ihren dicken, aber geschmeidigen Körper den Kunden entgegen, während sie stets etwas mehr berechnete, als richtig war. Die Mannschaft in den roten Trikots gewann, das Mädchen tippte lasziv und lustlos auf der Kasse herum, und der Alte erzählte mir, als er einen zweiten Cappuccino brachte, von seiner sterbenden Katze, die er mit einem Spatenschlag erlösen musste, was er nicht übers Herz brachte. Er setzte sich auf den freien Stuhl neben mir und sprach von all den Wochen, die seine Katze schon vor sich hin siechte und niemals ganz aufgab, in denen sie sich mit ihrer artistischen Widerständigkeit im Leben verheddert hatte, dabei war es für einen mit Geschwüren angefüllten Körper nicht der beste Ort. Ob ich auf jemanden warte? »Ah, natürlich, du wartest auf jemanden!«, rief er.

Es muss an der glühenden Nachmittagssonne gelegen haben, dass sich meine Wangen ein wenig röteten. Der Alte zwinkerte mir mit seinen vielfach gefalteten Lidern zu.

»Bocca di Lupo«, sagte er, als verstehe er was auch immer, und mir blieb nichts anderes, als ihm im Gegenzug alles Gute für seine Katze zu wünschen.

Als ich hinaustrat, war die Straße noch immer leer. Das heißt, sie war fraglos überfüllt mit Menschen, die hierhin und dorthin gingen oder stehen blieben, aber was sollte das, diese Straße bestand in Wahrheit nur, damit Tatjana über sie auf mich zukam. Und sie kam nicht, und alle diese Menschen, diese Staffagegestalten, verloren ihren Zweck.

Julia Schucht, das musste ich zugeben, hatte Gramsci immer wieder geantwortet, sie hatten sich intime Briefe geschrieben, die über die unergründlichen Wege der italienischen Post und den revolutionären Kurs russischer Postflugzeuge von der einen zum anderen gelangt waren, sie hatten sich versichert, dass sie aneinander dachten, dass sie sich wiedersehen würden, ein Wiedersehen, das wegen eines Generalstreiks, einer heimlichen Versammlung, eines neuerlichen Schlags der Faschisten immer wieder verschoben wurde, und wie dumm war ich gewesen, dachte ich nun, da ich an der Via Marmorata stand und wartete, wie ich immer gewartet hatte, in den entscheidenden Momenten hatte ich irgendwo gestanden und die Zeit verstreichen lassen, wie naiv war ich, mir einzubilden, dass es Tatjana für mich gab, wie es Julia Schucht für Gramsci gegeben hatte.

Es war kurz vor sieben, vor einer Stunde war mein Abfluggate geschlossen worden. Paare gingen Arm in Arm die Straße entlang, Schüler drängten sich zu kleinen Gruppen zusammen, Passanten grüßten einander, verabschiedeten sich. Die Sonne war bereits aus meinem Gesichtsfeld verschwunden und hing hinter den Platanen, als ich mich erhob und die Straße hinunterging Richtung Bahnhof Ostiense. Ich hielt an der Ampel beim Stadttor, die Autos rumpelten an der Pyramide vorbei, die auf dem Platz Stellung bezogen hatte, und dahinter lag der Friedhof, auf dem all die glorreichen Menschen beigesetzt waren, Intellektuelle, Reisende, Widerstandskämpfer und andere, die, kaum zurück von ihren Kriegen und Reisen, ihre Frauen mit ihrer Einsilbigkeit töteten.

Ich trieb durch die Straßen, an der Station Ostiense vorbei, unter einer Bahntrasse hindurch, hinter der die Häuser sich in schäbige Kästen verwandelten, wieder hinauf zu den alten Arbeiterbauten, über einen Platz, auf dem Jugendliche an ihren Vespas lehnten und Campari aus kleinen Glasflaschen tranken. Vor einer Eisdiele wiegte sich eine junge Bedienung allein zu knisternder Radiomusik. Ich blieb vor ihr stehen und lächelte sie an.

»Wissen Sie, woran ich gerade denken musste?«

»Wissen Sie, dass mich das nicht im Geringsten interessiert?«, antwortete sie und verschwand im Inneren des Ladens.

Durch die Scheibe sah ich ihr zu, wie sie die Eisbottiche mit einem Lappen säuberte. Sie hatte karamellfarbene Haut, und aus ihrem schlanken Hals trat eine Sehne hervor, als sie mit dem Arm weit vorlangte, um die hinterste Ecke der Kuchenvitrine zu reinigen. Sie blickte kurz auf und machte mir Zeichen. Ich zwinkerte ihr zu, und sie kam doch wieder heraus.

»Geht es Ihnen gut?«, fragte sie. »Sie wirken, entschuldigen Sie, wenn ich das so sage, ein wenig verwirrt.«

»Mir geht es gut«, sagte ich und lachte laut auf. »Sie glauben gar nicht, wie gut es mir geht. Ich bin immer fröhlich.«

»So sehen Sie aber nicht aus. Wo müssen Sie denn hin?« Sie wies auf meinen Rollkoffer. »Suchen Sie ein Hotel?«

»Kommen Sie mit?«

»Ganz sicher nicht. Aber ich kann Ihnen den Weg beschreiben.«

Ich spürte mit einem Mal die Müdigkeit des Tages in mich einsacken, oder der gesamten Tage meines römischen Aufenthalts oder der Monate, in denen ich auf dem Sofa in unserem Wohnzimmer mehr gelegen als geschlafen hatte.

»Sie müssen mir aber versprechen, dass Sie nachkommen.«

»Keine Sorge«, sagte sie und erklärte mir mit flatternden Bewegungen, wie ich zu einem Hotel in der Nähe käme.

Das Eckhaus wirkte verlassen, ein Brief lag hochkant auf dem Postkasten, doch als ich an der Tür vorbeiging, hörte ich, wie drinnen ein Schlüssel im Schloss gedreht wurde. Ich mochte mich getäuscht haben, das Geräusch erstarb, ohne dass sich die Tür bewegt hätte. Ich war schon hundert Meter entfernt, als ich mich noch einmal umdrehte und sah, wie die Metalltür ins Innere gezogen wurde und ein Mann auf die Straße trat. Einen Moment lang blickte er sich nach links und rechts um, seine Hand tastete an der Mauer entlang, bis er den Brief zu fassen bekam. Da stürzte ein Hund neben ihm heraus, hässlich und muskulös, und auf seinem grauen Körper taumelten zwei Köpfe.

Der Mann zerrte an der Leine, obgleich er unmöglich dieses Tier bändigen konnte, das mit seinen vor Kraft zitternden Beinen vorwärtsdrängte. Er riss noch einmal am Griff, und zu meinem Erstaunen trennten sich aus dem Monster zwei Körper, ein englischer Pitbull und ein Mischling, dessen Verwandte wohl Dogge und Boxer waren. Der Mann klemmte sich den Brief unter den Arm und ging so gemächlich davon, als führe er zwei dressierte Dackel aus.

Ein abgewetzter Teppich führte mich auf einen Rezeptionstresen zu, hinter dem eine alte Frau schlief. Das Deckenlicht flackerte. In einer Kristallschale lagen leere Pistazienhülsen. Als ich direkt vor der Frau stand, schrak sie auf und blickte mich aus winzigen, fiebrigen Augen an.

»Sie wünschen?«

»Ist noch ein Zimmer für heute Nacht frei?«

Sie wandte sich um und begutachtete das Bord, an dem einige Schlüssel baumelten.

»Ein einziges, Sie haben Glück. Macht neunzig die Nacht.«

Sie angelte nach dem obersten Schlüsselbund und kratzte das Geld auf dem Tresen zusammen, ihre Finger wirkten ebenso schäbig wie das Etablissement, das sie seit wer weiß wie vielen Jahren schon umschloss.

»Folgen Sie mir«, befahl sie und ging mir voran eine schmale Treppe hinauf, die eher an einen Dienstbotenaufgang erinnerte, und stieß die Tür zu einer mit Bett und Stuhl versehenen Besenkammer auf.

»Bitte!«

Ich schob meinen Koffer in das Kabuff und mühte mich, selbst noch Platz darin zu finden. Die alte Frau wackelte die Stufen hinunter. Ich blicke mich um, obwohl es kaum etwas zum Umsehen gab. Vor dem Fenster hatte es zu regnen begonnen.

Auf dem Bett sitzend, öffnete ich meinen Koffer und zog das Heft heraus, das Brevi mir zum Abschied überreicht hatte. In die obere rechte Ecke hatte jemand *Incompleto XXXIV* geschrieben, es schien mir die Handschrift einer Frau zu sein. Ich klappte den Pappdeckel auf und blätterte durch die leeren Seiten.

# XL DAS HEFT

§1 *Über den Staat*
Ich habe früher einmal die Frage gestellt, wie es möglich sein kann, eine Masse von Menschen zu lieben, für den, der nie einen einzigen Menschen geliebt hat. Diese Frage ist für die klassenlose Gesellschaft fundamental, da sie nicht zerfällt in Herrschende und Subalterne, sondern die Masse gleichsam als ihr Herzstück anerkennt. Die Antwort darauf ist schlicht: Es ist für einen solchen Menschen nicht möglich. Der gesellschaftlichen Liebe geht stets die bedingungslose Liebe zu einem einzigen Menschen voraus. Hier aber finden wir das eigentliche Problem, das später einmal genauer zu behandeln wäre. Denn was genau ist diese Liebe? Ein Irrtum, bedroht durch Verlust. Man kann, so scheint mir, keinen Staat aufrechterhalten, der auf einer solchen Liebe basiert. Jeden anderen Staat aber werden wir nicht ertragen.

»Gramscis Asche wird in einem mit Holz verschalten Behälter aus Zink für zehn Jahre gebührenfrei an einem von der Verwaltung angewiesenen Ort beigesetzt«, berichtet Tanja am 12. Mai 1937 Piero Sraffa. Zwei Monate später teilt sie ihm mit, die Hefte abgegeben zu haben. »Alle«, schreibt sie. »Und was mich betrifft, kann ich derzeit ohne Ihre Anweisungen nur schweigen. Sehen Sie zu, was getan werden muss, ich brauche Ihnen dazu nichts zu empfehlen, und ich gestehe auch, dass ich mich nicht danach fühle, eine solche Verantwortung zu übernehmen. Schreiben Sie mir. Herzlich. T.«